La Divina Commedia

神曲

단테의 신곡

L\NN
도서출판 린

La Divina Commedia

神曲

단테의 신곡

지옥과 연옥 그리고 천국을 노래하다

《신곡》은 14세기 이탈리아의 작가 알리기에리 단테(Alighieri Dante, 1265~1321)가 1308년부터 쓰고 죽기 1년 전인 1320년에 완성한 대표 서사시이다. 《신곡》은 이탈리아 문학에서 가장 뛰어난 작품이자 인류 문학사의 위대한 작품으로 널리 평가받는다. 《신곡》의 원제목은 Commedia, 즉 '희곡' 또는 '희극'이다. 참으로 비참하고 고통스러운 내용을 다루고 있는 〈지옥편〉에 비해 〈연옥편〉과 〈천국편〉은 매우 쾌적하고 행복한 내용을 다루고 있기에 '슬픈 시작'에서 '행복한 결말'에 이른다 하여 이 같은 제목이 붙여진 것이다. 그런데 《데카메론》를 저작한 조반니 보카치오(Giovanni Boccaccio, 1313~1375)가 다시 이 제목에 형용사 Divina를 덧붙임으로써 단순한 희곡 차원을 넘어 숭고하고 성스러운 뜻을 가진 Divina Commedia(신성한 희곡)라고 불리게 된 것이다.

단테의 《신곡》은 하나님의 섭리와 구원, 그리고 그를 대하는 인간의 자유의지 문제를 중심으로 서구의 기독교 문명을 집대성한 문학작품이다. 다루는 범위는 예술과 문학, 역사, 전설, 종교, 철학, 정치학, 천문학, 자연 과학 등 인간의 삶과 지식에 관계되는 거의 모든 분야에 걸쳐 있다. 내용뿐만 아니라 형식에서도 신곡은 균형과 절제를 통하여 문학작품이 구현할 수 있는 최고의 업적을 이루어냈다.

단테는 고대 로마 최고의 시인 베르길리우스와 젊은 시절 짝사랑했었던 베아트리체의 인도를 받아 사후세계인 지옥, 연옥, 천국을 여행하며, 신화 혹은 역사의 인물들을 만나 이야기를 나눈다. 〈지옥편〉, 〈연옥편〉, 〈천국편〉으로 나뉘는데 지옥편이 가장 잘 알려졌다. 각 33곡인데 서곡을 더해 총 100곡으로 이루어졌다.

〈지옥편〉은 지표에서부터 불타올라 지구의 중심에까지 이르는 지하의 심연이다. 늪이나 호수에서는 악취와 증기가 피어오르며, 얼음처럼 차가운 바람, 열풍, 쏟아지는 비와 우박으로 하늘은 잠시도 조용하지 않다. 미식가들도 더러운 것들을 마구 먹어야만 하며 낭비가들과 탐욕가들도 결코 재산을 손에 넣지 못한다.

증오심에 불타는 사람들이 서로 뒤엉켜 싸우는 사람들이 쉴새 없이 피가 흐르는 강 속으로 빠지고, 뜨거운 사막 위를 걸어야 하는 동성연애자들의 머리에 불이 쏟아진다고 묘사한 지옥에서 단테와 베르길리우스는 잠시 걸음을 멈추게 된다.

또한 그의 인생을 괴로움 속에 빠뜨렸던 위선적인 피렌체 시민, 그의 재산을 약탈한 사기꾼들과 탐욕스러운 횡령꾼들이 펄펄 끓는 기름 가마 속을 떠다니는 광경을 보게 된다. 단테는 교황 첼레스티노 5세, 교황 보니파시오 8세, 교황 니콜라오 3세, 교황 요한 22세, 교황 클레멘스 5세 등, 당대의 부패하고 무능한 교황들을 비판하고 있으며 귀도 다 몬테펠트로, 보카 델리 아바티, 베네디코 카치 아메네코, 에르콜라노 마코니, 자코모 다 산토 안드레아 등 당대의 정적들을 지옥에 등장시켜 복수하고 있으며, 오타비아노 델리 우발디니, 브란카 도리아, 본투로 다티 등 이전 시대의 인물들도 비판하고 있다.

〈연옥편〉의 '연옥'은 가톨릭 교리에서 천국으로 가기에는 자격이 부족하지만, 지옥으로 갈 정도의 큰 죄를 짓지 않은 죽은 자들의 영혼이 머무르는 곳이다. 영혼들은 연옥에서 보내는 고통스러운 시간을 통해 이승에서의 죄를 씻고 정화한다. 연옥이 정죄계(깨끗함과 죄 사이의 경계)나 정화소(깨끗해지는 장소)로 불리는 것은 이 때문이다. 정화의 방법으로는 '정화하는 불'이 알려져 있는데, 이는 신약성서 고린도전서 3장에 나오는 '심판의 날에 내려질 불'에 근거하고 있다. 문화 인류학자들은 불이 가지고 있는 신화적 · 고대적 이미지인 소멸, 소생, 불멸, 시련의 통과, 단련, 신의 상징, 물과 불의 대비와 환기(물세례 vs. 불세례), 자연의 4원소(물, 불, 흙, 공기) 등이 영향을 끼쳤다고 보기도 한다. 그러나 연옥에서의 불이 물질적 의미인지 정신적 의미인지에 대한 명확한 정의는 내려지지 않았다. 한편 연옥은 심판의 공간이 아닌 정화의 공간이므로 연옥으로 들어간 영혼들은 지옥으로는 가지 않는다. 단, 죄의 크고 작음, 이승에서의 회개와 선행 등 다양한 요소에 따라 연옥에서 머무는 시간은 달라질 수 있다. 이러한 체류 기간을 가톨릭에서는 신의 뜻이 작용한 신비로움이라고 정의한다.

〈천국편〉은 기독교에서 말하는 하늘나라로 《신약성서》의 〈마태복음서〉에 나오는 말로서 〈누가복음서〉, 〈요한복음서〉, 〈마가복음서〉에서는 하느님 나라라고 한다. 복음서 저자들에게 하늘나라 또는 하느님 나라는 죽어서 가는 저세상이 아니라 미래적이면서 현재적인 하느님의 다스림을 뜻한다. 즉, 예수 그리스도의 성육신으로 임하였고 누룩이나 겨자씨처럼 자라가는 하느님의 다스림이요, 앞으로 오게 될 하느님의 다스림이 하늘나라 또는 하느님 나라이다.

단테의 《신곡》에서는 프톨레마이오스의 천동설 우주관을 배경으로 지구를 중심으로 원형으로 둘러싼 하늘의 층계로 형태가 구상되었다. 기독교 개혁 교단 측은 천국은 가야 할 곳이 아닌 하나님의 말씀이 있는 곳이라고 한다.

단테와 그의 동행자는 차례차례로 여러 구역을 지난 뒤에 드디어 낙원에 도착한다. 단테의 동행자는 이미 베르길리우스가 아니며, 그를 대신하여 베아트리체가 '후광에 감싸여' 단테를 천국으로 인도하게 되는데, 단테는 그녀를 눈으로 똑똑하게 확인함으로써가 아니라 그녀에게서 나오는 신비한 힘에 의해서 옛날의 사랑에 대한 원초적인 힘을 느낄 수 있게 된다.

이 책은 주석 없이도 읽어 갈 수 있도록 가능한 한 쉽고 재미있게 풀어 썼다. 그렇기에 이 책을 접하는 독자들에게 칭찬과 질타를 받을 수 있으나 그 평가에 연연하고 싶지 않다. 단지 처음으로 단테의 《신곡》을 접하는 독자들이 다소나마 도움이 되도록 원작을 압축하여 정리했음을 밝힌다. 그렇지 않고 원작을 그대로 풀어쓰면 이 책의 서너 배 분량은 될 것이고, 그러다 보면 그 모든 내용을 읽어낼 독자가 없겠다는 생각에서였다. 또한, 독자들이 이해하기 쉽게 유명한 동판화가 귀스타브 도레(Gustave Doré,1832~1883)의 동판화 그림을 함께 실었다.

알리기에리 단테

단테는 1265년 이탈리아 중부의 피렌체에서 태어났다. 사실 단테라는 한 개인에 관한 기록은 거의 없다. 그가 자신에 대한 기록을 거의 남기지 않았기 때문이다. 유년시절 단테의 삶에 관해서는 무엇보다도 소년 시절에 경험한 베아트리체와의 인연을 주제로 하는 《새로운 인생》에서 어느 정도 찾아볼 수 있다. 단테는 아홉 살 때 동갑내기 소녀 베아트리체를 처음 만나 연모의 정을 느꼈고, 열여덟 살 때 다시 만나 그리움으로 애를 태웠다. 그러나 그녀는 다른 남자와 결혼했고, 젊음과 아름다움이 한창 피어날 24살의 나이에 세상을 떠났다.

그 무렵 단테는 아레초의 기벨린당원들과 캄팔디노에서 혈전을 벌이고 나서 피사에 대항하여 싸우고 있었다. 전장에서 그녀의 죽음 소식을 전해들었다. 그리고 1298년, 단테는 피렌체의 도나티 가문의 딸 젬마와 결혼하여 세 아들을 두었다. 그중 둘째 아들인 피에트로는 아버지 단테의 문학을 깊이 연구하여 학자가 되었다. 그 후 단테는 현실정치에 몸을 담고 본격적으로 활동하기 시작했다. 당시 피렌체는 중산층을 옹호하는 겔프당과 상류층의 대변자

기벨린당 사이에 피비린내 나는 전쟁이 벌어지고 있었다. 단테는 겔프당에 속해 있었다. 여러 분야에 걸쳐 해박한 지식을 갖추고 있었던 그는 정계에서 중추적인 역할을 담당했다.

청년 시절에는 '청신체파'라는 혁신적인 문학운동을 주도하였고, 아홉 살에 만난 소녀 베아트리체를 향한 사랑의 감정을 표현한 시와 산문을 모아 《새로운 인생》(1294년)을 펴냈다.

스물네 살의 젊은 나이로 세상을 떠난 베아트리체는 단테가 《신곡》을 저술하는 결정적인 요인으로 작용했으며 이 작품에서 그녀를 사랑과 구원의 여인으로 형상화했다.

단테는 호메로스, 셰익스피어, 괴테와 더불어 세계 4대 시성 중의 한 사람으로 이탈리아가 낳은 당대 최고의 시인이었다. 그뿐만 아니라 위대한 사상가였고 활동적인 정치가였으며 종교적 명상가이기도 했다. 그는 괴테의 말마따나 영원불멸의 거작이자 인간이 만든 가장 위대한 작품인 《신곡》을 자신의 조국 이탈리아에 바침으로써 이탈리아 국민문학의 시조이자 르네상스의 선구자, 그리고 유럽 근대문학의 효시로 추앙받고 있다. 대표적인 작품 《신곡》 외에도 《새로운 삶》, 《속어론》, 《향연》, 《제왕론》 등의 작품을 남겼다.

귀스타브 도레

19세기 중반에 가장 저명한 프랑스의 화가이자 삽화가, 판화가인 귀스타브 도레(Gustave Doré, 1832~1883)는 독특한 상상력과 생생한 묘사력으로 정확한 소묘와 극적인 구도로 환상과 풍자의 세계를 구현하고 있다. 그는 평생(51년) 동안 10,000점 이상의 판화를 제작했고, 200권 이상의 책에 삽화를 그렸으며 이 책 중엔 400점 이상의 도판이 사용된 것들도 있다.

미술 교육을 전혀 받지 못했던 도레는 그의 스케치 작품들로 파리 출판사를 놀라게 했다. 이때 그의 나이는 겨우 열다섯 살이었고, 같은 해에 그의 삽화가 들어간 책이 처음으로 출판되었다.

그의 작품은 단순한 삽화의 개념을 넘어 각 작품만으로도 충분히 명화로서의 깊이와 울림을 가지며, 고전이 지닌 상상력의 지평을 새롭게 열었다는 평가를 받고 있다. 피카소도 그의 세밀한 선과 터치에 매혹되었으며, 반 고흐는 도레를 '최고의 민중화가'로 칭송하기도 했다.

목차

연옥편

천국편

단테, 지옥에 내려가다

알리기에리 단테의《신곡》지옥편은 단테의 지옥이라고도 불린다. 지옥을 소재로 한 작품 중에서 가장 유명하다. 사실상 이 작품 이후 지옥, 특히 기독교의 지옥을 다루는 모든 창작물은 크든 작든 이 지옥의 영향을 받았다고 해도 무방하다. 지옥에는 단테가 개인적으로 싫어하던 사람이나 그의 정치적 라이벌도 많이 들어있다. 심지어 이 글을 쓸 당시에는 아직 살아 있었는데도 영혼은 이미 지옥에 있다고 묘사하기도 한다. '중세의 필사본'으로 단테의 발자취를 따라 가보자.

단테가 짐승들에게 공격을 받고 베르길리우스의 도움으로 위기를 넘기고 지옥으로 향한다.

지옥의 강을 건너려는 망령들 속에 단테와 베르길리우스.

영혼이 머무는 곳 림보에서 성인들을 만나는 단테.

쾌락의 늪에 빠진 망령들 중에 파올로와 프란체스카 망령을 만나는 단테.

지옥의 입구를 지키는 머리 셋 달린 케르베루스를 만나는 단테.

지옥의 심판자 미노스에게 심판받는 망령들을 지켜보는 단테.

다섯 번째 지옥의 늪에서 고통받는 망령들.

고르곤 세 자매 악녀와 악마들을 혼내는 천사.

일곱 번째 지옥 입구의 무덤에 들어서는 단테와 베르길리우스.

반인반마의 켄타우로스를 만나는 단테와 베르길리우스.

비탄의 숲에 들어서는 단테와 베르길리우스.

비탄의 숲에 암캐들에게 쫓기는 망령들.

지옥에서 브르네토를 만나는 단테.

게리온을 타고 지옥을 내려가는 단테가 유명한 고리대금업자들을 만나는 장면.

마귀들에 의해 형벌을 받는 망령들.

불 구덩이 밖으로 솟아오른 망령들의 다리.

역청의 늪에서 형벌 받는 망령들.

마호메트 망령을 만나는 단테.

위선자 망령들의 행렬.

마왕 루시퍼를 피하고 지옥을 벗어나는 단테와 베르길리우스.

단테, 연옥의 정죄산에 오르다

베르길리우스와 단테는 지옥의 중심에서 빠져나와 다시 햇살을 받으며 연옥의 불을 저장한 산에 이른다. 연옥도 몇 개의 구역으로 나뉘어 있으며, 속죄자들은 자신의 죄를 깊이 통찰함으로써 정화될 수 있는 기회를 잡는다. 연옥의 구조는 피라미드와 같은 형태로 각 층은 일곱 가지의 대죄, 즉 교만, 질투, 분노, 나태, 탐욕, 탐식, 색욕에 할당되어 있다.

연옥의 강을 건너려 기다리는 단테와 베르길리우스.

연옥의 문에 들어서는 단테와 베르길리우스.

연옥의 골짜기에서 게으른 영혼들을 만나는 단테.

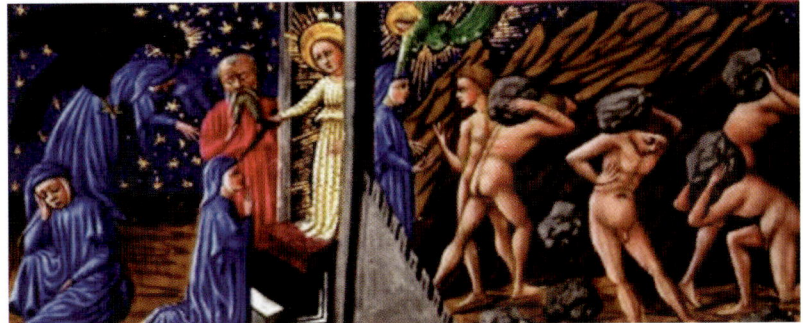

연옥의 정죄산을 향해 무거운 짐을 지고 오르는 영혼들.

연옥의 골짜기에서 살아 있는 단테를 바라보는 영혼들.

스타티우스 영혼을 만나는 단테와 베르길리우스.

연옥의 순례자를 만나는 단테와 베르길리우스.

질투로 눈 먼 사피아 영혼을 만나는 단테.

생명나무 아래서 기도하는 영혼들.

에덴의 동산에서 마틸다를 만나는 단테.

고르곤의 행렬 속의 베아트리체.

단테, 천국을 비행하다

천국에서는 단테의 연인 베아트리체가 안내한다. 작중에서 지난 시간은 지옥과 연옥은 각각 3일이지만 천국만은 1일이다. 천국은 옛 유럽인들의 믿음에 따라 지구를 둘러싸고 있는 여러 겹의 하늘로 이루어진 것으로 묘사되며, 죄에 따라 벌을 받는 지옥과 연옥처럼 각각의 선에 따라 행복을 누리고 있다.

월광천에 오르는 단테.

월광천의 안젤리 천사들을 만나는 단테.

수성천에 오르는 단테.

수성천에서 유스티니아누스를 만나는 단테.

폴코 주교의 영혼을 만나는 단테와 베아트리체.

토마스 아퀴나스와 위인의 영혼들로 구성된 합창단을 만나는 단테.

단테의 고조부를 만나 피렌체의 역사를 듣는 장면.

성 베드로와 성 요한을 만나는 단테.

목성천에서 독수리 모양의 천사 무리를 만나는 단테와 베아트리체.

다윗과 트라야누스 황제 등 많은 현자를 나타낸 그림.

승리의 천사들이 타락천사들을 천국에서 추방하는 장면.

천사들에게 찬양을 받는 예수 그리스도.

성녀들과 함께 있는 성모 마리아.

단테가 천국의 최정상에서 하느님의 빛을 목격하는 장면.

La Divina Commedia

지옥

"여기에 들어오는 자,
모든 희망을 버릴지어다"

−신곡의 지옥편

멀고도 험한 암흑으로의 여행

인생의 중반기. 단테는 올바른 길을 잃고 어두운 숲 속을 헤매고 있었다. 숲을 빠져나와 언덕으로 올라가려 하나 표범과 사자, 늑대의 방해를 받는다. 절망하고 있을 때 베르길리우스의 영혼이 나타나 단테를 지옥과 연옥으로 안내할 것을 약속한다.

단테가 서른다섯의 나이인 중년의 고갯길에 들어섰을 때인 1300년 4월 8일, 봄을 알리는 춘분이 가까이 오고 부활절의 기쁨을 사흘 앞둔 성(聖) 금요일 저녁 무렵, 단테는 자신이 인생의 부질함으로 가득한 가시밭길 중턱에 서 있으며, 새삼 자신이 참으로 잔혹하고 혼란스러우며 통과하기에 힘든 곳에 서 있음을 느끼면서 두려움에 온몸을 떨었다.

'아! 어쩌다가 어두운 숲 속을 헤매게 되었단 말인가? 혹시 내가 신의 올바른 가르침을 버렸기 때문은 아닐까?'

마음속 깊이 괴로움과 공포로 가득 찬 계곡의 끝에 다다랐을 때, 단테는 하느님의 인도를 알리는 푯말이 태양 빛에 빛나는 거를 보았다. 이 음침하기 짝이 없는 골짜기에서 깊은 절망감에 있던 두려움을 떨쳐버리고 점차 두려운 마음을 진정시키면서 새로운 힘과 용기를 얻은 단테는 앞으로 나아갔다. 평소였다면 분명히 한 번도 오른 적 없는 이 길을 물러서서 돌아섰을 것이다.

어두운 숲 속에 들어서는 단테_단테가 자신도 모르게 지옥으로 향하는 어두운 숲 속에 들어서는 장면을 묘사한 장면이다. 귀스타브 도레의 작품.

배가 난파되자 젖 먹던 힘을 다해 간신히 해안에 표류한 후 돌아서서 무서운 파도를 바라보는 것처럼, 단테는 잠시 휴식을 취하고는 곧 지친 몸을 일으켜 황량한 비탈길을 오르기 시작했다.

　단테가 계곡의 비탈길을 막 돌아서 언덕에 올라섰을 때 점박이 가죽 망토를 뒤집어쓴 사치스러운 유혹과 육욕의 달콤함을 상징하는 표범 한 마리가 그의 앞을 가로막으며 가는 길을 방해하자 단테는 더는 나아가지 못하고 되돌아가야 했다.

　단테가 떠오르는 아침 태양을 바라보며 표범에 대한 두려움에서 겨우 벗어나자, 이번에는 표범보다 더 무섭고 덩치가 큰 사자가 단테를 향해 잡아먹을 듯이 으르렁거리며 나타났다. 권력의 야욕을 상징하는 사자의 포효에 공기조차도 두려움에 떠는 듯했다.

　그러자 또 한쪽에서는 탐욕을 상징하는 뼈가 상접(相接)한 깡마른 늑대가 허기진 배를 채우려는 탐욕스러운 눈빛으로 그를 잡아 삼킬 듯이 노려보며 어슬렁거리며 다가왔다.

　단테는 앞으로 나아갈 수도 없고 뒤로 물러설 수도 없는 진퇴양난의 길목에서 그만 정신을 잃고 말았다.

　얼마나 지났을까, 어렴풋이 정신을 되찾은 단테 앞에 환상처럼 모습을 드러내는 정체불명의 무언가가 있었다. 단테는 생각할 겨를도 없이 소리쳤다.

　"제발 저를 좀 구해 주십시오. 당신은 사람인가요, 아니면 유령인가요?"

단테 앞에 나타난 짐승_단테 앞에 나타난 표범이 길을 막고 있다. 귀스타브 도레의 작품.

단테의 말에 그 정체불명의 사내가 대답했다.

"현재는 인간이 아니지만, 예전에는 인간이었다네. 내 조상은 룸바르드 가문이며, 나의 부모님은 모두 만토바 출신이셨네. 나는 말년의 율리우스 황제가 다스리던 시절에 태어나서 위대한 아우구스투스 황제 치하의 로마에서 살았지. 나는 시인으로 트로이 전쟁의 《아이네이스(Aeneis)》를 노래하기도 하였다네. 자랑스러운 나의 트로이 성이 불타 버렸기 때문이네. 그런데 자네는 어째서 모든 기쁨의 시작과 근원인 저 기쁨의 산에 오르지 않고 고통으로 가득 찬 골짜기로 돌아가려 하는가?"

"그렇다면 당신이 바로 그 주옥같이 아름다운 언어들을 넓은 강물처럼 쏟아부으셨던 저 유명한 로마 최고의 시인 베르길리우스님이란 말씀인가요?"

단테는 반가움을 금치 못하고 감격에 겨운 소리로 말을 이었다.

"오, 이럴 수가! 모든 시인의 영광이며 빛이신 분이시여, 당신은 평생 저의 스승이시며, 제가 특히 사랑하고 존경하는 최고의 시인이십니다. 제게 영예를 안겨준 아름다운 문장들은 오직 당신에게서 배운 것입니다. 스승님, 저를 삼키려 하는 저 사나운 짐승들을 좀 보십시오. 저 짐승들로부터 저를 좀 구해 주십시오. 험하고 낯선 곳에서 저놈들의 위협을 받으니 제 혈관과 맥박이 떨고 있습니다."

눈물을 흘리며 간청하는 단테를 보고 베르길리우스는 입을 열었다.

"눈물을 흘리는 그대여, 진정 이 숲을 벗어나고자 한다면 다른 길을

단테와 베르길리우스_단테가 위험에 처하자 로마의 시인 베르길리우스가 나타나 단테를 보호하고 길을 안내하는 장면이다. 귀스타브 도레의 작품.

택해야 할 것일세. 저 짐승들은 사악하고 해로워서 사람들을 지나가지 못하게 할 뿐 아니라, 길을 방해하고 끝내는 잡아먹을 것이라네. 천성이 본래 흉악하고 잔인하며 피에 굶주려 있어서 먹어도 먹어도 만족할 줄 모르고 먹기 전보다 먹고 난 후에 더 허기를 느끼는 별난 놈들이라네. 장차 그놈들의 수가 더욱 많아지리니, 언젠가 놀라운 사냥개가 '펠트로와 펠트로 사이의(Feltro and Feltro)' 나라에서 나타나 저놈들을 학대하며 죽일 것이네. 자, 내가 이제 그대를 인도할 터이니 지금부터 나를 따르게나. 그곳에서 자네는 사악한 자들의 절망하는 외침 소리를 듣게 될 것이며 두 번째 죽음을 요구하며 외치는 고통 받는 옛 영혼들을 보게 될 것일세. 그리고 또 연옥에 이르러서는, 때가 되면 자신도 천국에 올라 축복받은 영혼들과 함께 있게 될 것이라는 희망을 가지고 고통 중에도 불평불만 하지 않고 열심히 속죄하는 무리를 보게 될 것일세. 그리고 그 후 자네가 축복받은 영혼들이 살고 있는 천국으로 더 오르고자 한다면 나보다 더 가치 있는 영혼, 즉 베아트리체에게 자네를 맡기고 떠날 것이네. 왜냐하면, 천국에 계신 하느님께서는 그분의 법을 따르지 않은 내가 그곳에 오르는 것을 원하시지 않기 때문일세."

"베르길리우스님!"

벅찬 가슴을 겨우 가라앉히며 단테는 입을 열었다.

"스승님이 세상에 계실 때 미처 알지 못하셨던 하느님의 이름으로 간청하오니 저를 이곳에서 벗어나게 하여 성 베드로가 지키는 천국의 문과 복되신 분들을 만나게 해 주십시오."

문과 복되신 분들을 만나게 해 주십시오."

베르길리우스가 몸을 움직이자 단테는 곧 그를 뒤따랐다.

성 금요일인 그날이 저물고 주위에 어둠이 깔리기 시작했을 때, 단테는 다시 한번 자신을 돌아보며 마음의 준비를 단단히 하였다. 그리고는 과연 자신이 이 여정에 나설 자격이 있는지 판단해 달라고 겸허하게 간청했다.

"지극히 높은 지혜의 시성(詩聖)이시여, 지금이야말로 제게 스승님의 힘을 주소서."

단테는 계속해서 말을 이었다.

"하지만 스승님, 이 험한 길을 떠나기 전에 과연 제게 그럴만한 자격이 있는지 평가해 주십시오. 스승님께서 노래하셨던 《아이네이스》에서 아이네이아스(Aeneias)가 육체를 가진 채로 영겁의 세계를 여행했다고 기록하고 있고, 또 성 바오로도 믿음을 전하기 위하여 지옥에 내려갔다고 하지만, 저는 아이네이아스도, 성 바오로도 아니지 않습니까? 제게 그만한 자격이 있다고 누가 믿어 주겠습니까? 오히려 저의 철없고 어리석은 행위가 아닐지 두렵기만 합니다. 이는 스승님께서 저보다 더 잘 알고 있는 일이 아닐는지요?

"단테여, 그대는 지금 부질없는 두려움에 사로잡혀 있네. 설령 그대가 겁에 질려 영혼이 연약하게 되었더라도 제 그림자를 보고 놀라는 짐승처럼 하고자 하는 일을 되돌리는 우를 범해서는 안 되네."

베르길리우스는 단테를 위로하면서 자신이 왜 단테에게 보내졌는지를 설명했다.

"나는 하느님을 모르던 시대에 살았으므로 천국도 지옥도 아닌 림보(죽은 자들의 영혼이 잠시 머무는 장소)에 머물고 있었는데, 그때 하느님의 은총으로 빛나는 베아트리체의 음성이 들려왔지. '오, 만토바의 고귀한 영혼이시여! 당신의 명성은 아직도 세상에 자자하며 이 세상이 끝날 때까지 이어질 것입니다.' 하고 말일세."

베르길리우스는 허공을 바라보며 말을 이었다.

"그녀는 별빛보다도 더 빛나는 눈빛과 천사처럼 부드럽고 감미로운 목소리로 내게 말했네. '제 친한 벗이자 늘 버림받고 불행했던 단테가 인기척도 없는 어두운 산모퉁이에서 길을 잃고 두려운 나머지 왔던 길을 돌아가려 하고 있습니다. 제가 천국에서 들으니 그분께서 여태 길이 막혀 헤매고 있다는데, 그분을 구하고자 서둘러 달려왔건만 이미 늦었을까 두렵기만 합니다. 그러니 빨리 그곳에 가서서 당신의 귀한 말씀을 그에게 들려주시고 모든 수단을 동원하여 그를 구해 주신다면 제게 큰 위안이 되겠습니다. 저는 당신께서 가시고자 열망하는 기쁨 가득한 곳에서 온 베아트리체라고 합니다. 친구에 대한 사랑의 힘에 이끌려 이렇게 당신께 찾아와서 간청하는 것입니다. 제가 하느님께로 돌아가면 당신의 공에 대해 잘 말씀드리겠습니다.' 하고 말이야. 그래서 나는, '오, 미덕의 여인이여! 오직 그 미덕으로만 인간은 세상의 모든 거에서 벗어날 수 있습니다. 무슨 말씀이신지 잘 알겠으니 더는 말씀하시지 않으셔도 됩니다.' 하고 말했지."

베르길리우스는 계속해서 말했다.

"베아트리체는 나에게 이렇게 설명했지. '남을 해치는 권력을 갖고 있는 것이 아닌 한 그 어떤 것도 두려워할 필요가 없습니다. 나는 하느님의 사랑으로 창조되었어요. 따라서 그 어떤 불행도 나를 건드리지 못하고 지옥의 어떠한 불도 나를 해치지 못합니다. 하늘에 계신 성모 마리아께서 성 루치아를 불러 말씀하시기를, 너를 믿고 따르는 자가 너를 찾으니 이제 네게 그를 맡긴다고 하셨어요. 루치아는 단테가 지극히 흠모하는 성녀지요. 그분이 내게 성모 마리아의 말씀을 전해 주셨어요. 단테의 울음 섞인 고통의 소리를 듣지 못하느냐고, 바다조차 감당하지 못할 죄악의 강물에서 죽음이 단테를 집어삼키는 것을 보지 못하느냐고요.' 이렇게 말하는 베아트리체의 눈에 눈물이 이슬방울처럼 반짝거렸지."

베르길리우스는 단테에게 베아트리체의 말을 가감 없이 전하면서 용기를 북돋아 주었다.

"축복받은 세 여인이 그렇게 천국에서 그대의 편을 들어 주며 정성을 쏟고 있으며, 또 나의 언어가 그대에게 무한한 행복을 약속하는데 그대는 어찌하여 두려워만 하는가? 왜 그렇게 겁을 집어먹고 정작 마음속에 열정과 담대함을 지니지 못하는가?"

그 말을 듣고 나자 단테는 마치 밤의 추위에 움츠렸던 꽃잎들이 아침 햇살을 받아 활짝 피어나듯이 용기를 얻었다.

베아트리체!

단테와 베르길리우스_베르길리우스가 단테가 사랑한 베아트리체의 전언을 이야기해 주는 장면으로 베아트리체는 어두운 밤하늘의 천국에서 빛을 비추고 있다. 귀스타브 도레의 작품.

지옥문 골짜기에 들어서는 단테_베르길리우스가 단테를 안내하여 지목문의 골짜기에 들어서는 장면이다. 귀스타브 도레의 작품.

그 이상으로 그가 힘을 얻을 수 있는 것이 이 세상에 또 있을까!

"스승님의 말씀이 제 마음을 바로잡아 그녀의 뜻을 따르게 하셨습니다. 그럼 떠나겠습니다. 스승님은 저의 인도자이시며 주인이십니다. 스승이시여, 이제 당신과 제 뜻은 오직 하나일 뿐입니다."

단테가 말을 마치자 베르길리우스는 걸음을 옮기기 시작했다. 단테도 그의 뒤를 따라 황량하고도 거친 길로 첫걸음을 내디뎠다.

지옥으로 향하는 문

베르길리우스와 단테는 지옥문에 접어든다. 그 문에는 어두운 빛깔의 글귀가 새겨져 있다. 그 문을 들어서면 회오리바람에 말려든 모래알처럼, 제멋대로 살아온 사람들의 망령이 벌떼에 쏘여 울부짖으며 장례의 행렬을 이룬다.

'나를 거쳐 슬픔의 세계로 들어가리라.
나를 거쳐 영겁의 고통으로 들어가리라.
나는 영원히 버림받은 자들에게로 가는 문.

나보다 먼저 창조된 것은 영원한 존재인 천사 외는 없나니
나는 영원토록 남으리라.
여기 들어오는 너희는 희망을 버릴지어다.

지옥으로 가는 길, 영원한 슬픔의 길,
버림받은 사람들에게로 가는 길.
이곳을 지나는 자는 온갖 희망을 버릴지어다.'

단테는 지옥문 위에 적혀 있는 퇴색된 문구를 보자마자 두려움에 온

지옥의 문에 들어서는 단테_ 단테가 베르길리우스의 안내로 지옥에 들어서게 되는 장면이다. 귀스타브 도레의 작품.

몸을 떨었다. 그러자 베르길리우스가 단테에게 말했다.

 "앞으로 신의 모습을 잃어버린 고통받는 이들을 수없이 보게 될 것일세. 그러니 그대는 의심하지 말아야 하며 겁쟁이가 되어서도 안 되네, 우리는 그런 장소에 온 것이니까."

 단테는 베르길리우스의 뒤를 따라 어둠 속으로 발걸음을 옮겼다.

 지옥문에 들어서자 칠흑 같은 어둠이 그들을 감싸면서 뼛속을 찢는 듯한 한숨과 우는 소리와 통곡 소리가 별조차 뜨지 않는 지옥의 하늘에 울려 퍼졌다. 저마다 다른 이상한 언어와 저 끔찍한 대화들, 무시무시한 비명, 말 못 할 고통을 호소하는 신음과 성내면서 울부짖는 저 고성들, 그리고 손바닥을 치며 발을 구르는 저 소리는 대체 무엇이란 말인가? 그것들은 크나큰 소란을 만들었고, 그것은 흡사 태풍이 몰아칠 때의 모래알처럼 영원히 뒤엉킨 채 어두운 하늘에 계속 울려 퍼져 단테는 자기도 모르게 눈물을 흘렸다.

 이 빠져나갈 수 없는 공포의 한가운데에서 머리를 감싸쥔 채로 단테가 말했다.

 "스승이시여, 이토록 고막을 괴롭히는 소리의 정체는 무엇이며 끝없이 고통 속에서 괴로워하는 저 무리는 대체 누구입니까?"

 베르길리우스가 조용히 입을 열었다.

 "수치도 명예도 없이 일생을 살아온 가엾은 영혼들이라네. 저들 가운데는 하느님에게 충성도 반역도 하지 않고 오직 자기 욕심만을 위해 살아온 천사들도 섞여 있지. 하늘은 하늘의 빛을 가리는 그들을 내쫓

앉는데, 깊고 깊은 지옥에서도 그들을 받아들이지 않았어. 지옥의 영혼들이 그들의 존재를 보고 자만하기 때문이지."

단테가 스승에게 물었다.

"아무리 그렇다 해도 어째서 저토록 괴로워한단 말입니까? 저들을 괴롭히고 있는 진짜 이유가 대체 무엇인가요?"

"저들에게는 마음대로 죽을 권리도 없네. 저들은 마냥 어둡고 별빛 하나 비추지 않는 곳에서 미로를 헤매기보다는 차라리 지옥의 구멍에라도 틀어박혀 죽고 싶은 심정인데, 그것마저 뜻대로 되지 않기 때문이지. 저들에게는 천국에 가는 사람들은 물론 지옥으로 가는 사람들마저 부러운 존재이지. 자, 이제 그만 자리를 이동하세."

베르길리우스의 말에 따라 단테가 다시 발걸음을 옮겼을 때 만장(輓章)을 선두로 하여 걸어가는 기나긴 행렬과 마주쳤다. 그것은 죽음의 행렬로 바람처럼 빠르게 단테 앞을 지나쳐 갔다. 그것은 믿을 수 없을 만큼 망자들의 긴 줄이 이어져 있었으며, 걸음의 속도를 푸는 것조차도 허용되지 않아 보였다.

그중에는 단테가 아는 사람도 있었다. 그는 의지의 나약함으로 막중한 교황의 지위를 버린 첼레스티노 5세였다. 그들은 모두 하느님의 가르침대로 살지 않아 지옥행인 자들로서 몸에 아무것도 걸치지 않고 있었다. 그들은 알몸 상태로 벌떼에게 쫓기며 피를 흘리고 있었는데, 그들의 얼굴은 흘러내리는 눈물과 피로 범벅이었고, 벌떼들이 온몸을 뒤덮어 형상조차 알아볼 수 없는 참담한 모습을 하고 있었다.

아케론 강의 망령들_ 지옥을 건너는 강인 아케론을 건너는 망령들과 이를 구타하는 뱃사공 카론. 귀스타브 도레의 작품.

어느덧 죽음의 세계로 들어서는 입구에 있는 큰 강, 슬픔과 탄식의 강으로 불리는 아케론 강에 거의 이르렀을 때 단테는 많은 사람이 강변에 앉아 있는 걸 보고 스승에게 물었다.

"스승님, 저 사람들은 누구이며 어찌하여 저렇게 이 강을 건너려고 합니까?"

"좀 더 가까이 가보면 알게 될 걸세."

단테는 묵묵히 베르길리우스를 뒤따라갔다.

그때 백발의 뱃사공 카론이 배를 저어 오며 외쳤다.

"이 저주받을 영혼아! 하늘을 다시 보리라고는 꿈에도 생각지 말아라! 나는 네놈들을 저쪽 강기슭에 있는 불과 얼음 가득한 지옥에 처넣으려고 왔노라!"

입에서 악마 같은 거품을 뿜어내면서 호통을 치던 카론이 단테를 보았다.

"웬 놈이냐! 너는 살아 있는 영혼이 아니더냐! 죽은 자들의 무리에서 냉큼 떠나지 않고 무얼 꾸물거리고 있는 게냐!"

단테가 멈칫거리자 입에서 악마 같은 거품을 뿜어내는 카론이 다시금 소리를 질렀다.

"네놈들은 죽은 자들에게서 떠나 다른 길을 돌아 딴 나루터에서 건너도록 해라. 거기에는 이보다 가벼운 배가 있단 말이다."

이때 스승 베르길리우스가 나섰다.

"여보게 카론, 그렇게 화를 내지 마시게. 이 사람은 거룩하신 하느님의 뜻에 따라 이곳을 통과하기를 원하고 있으니 더는 묻지 말고 지나가게 해 주면 고맙겠네."

베르길리우스의 조용한 타이름에 납덩이처럼 얼굴에 불꽃을 담고 있던 카론은 겨우 성난 눈길을 가라앉히며 잠잠해졌다.

그러나 그의 모습과 무시무시한 호통 소리를 듣던 죽음의 무리는 안색이 변하여 이빨을 부닥치며 저주스러운 비명을 토해내기 시작했다. 이 벌거벗고 가엾은 무리는 하느님과 그들의 부모, 또 온 인류와 그들이 태어났던 장소와 시간까지 저주하고 있었다. 지옥의 관문을 지키는 카론은 이글거리는 눈으로 그들을 몰아세우고는 늑장을 부리는 자들을 모로 후려치며 가을날 낙엽 날리듯이 아담의 저주받은 후손들을 끌고 가버렸다.

이 죽음의 영혼들이 갈색 빛으로 흐르는 강 물결을 헤치고 강기슭에 닿기도 전에 저편에서는 또다시 새로 몰려든 영혼들이 떼같이 모여 울부짖었다.

베르길리우스가 단테에게 말했다.

"저길 보게, 하느님을 배반하여 그분의 노여움 속에 죽음을 맞이한 자들이 모두 몰려드는 저 꼬락서니를! 저들이 서둘러 나룻배를 타려고 하는 것은 이미 구원받을 희망이 없음을 알고 차라리 빨리 지옥으로 가서 형벌이나 받고 말자고 아예 단념했기 때문이라네. 죄 없는 영혼이 이곳을 건너는 일은 절대로 없다네. 그러니 그대도 카론의 잔소리를 괘념치 말길 바라네."

베르길리우스의 말을 마치자 갑자기 암흑으로 뒤덮인 들판이 심하게 요동치며 무시무시한 공포가 단테를 짓누르며 실신케 했다.

눈물로 젖은 대지에 원망과 한숨의 바람이 일고 번갯불이 내리치자 단테는 그만 정신을 잃고 혼수상태에 빠진 사람처럼 그대로 쓰러지고 말았다.

일시 중단된 장소, 림보

림보는 선량하나 그리스도교의 세례를 받지 않은 자들의 영혼이 떨어져 있는 곳이다. 호메로스 등 네 명의 위대한 시인을 비롯하여 역사상 영웅적인 인물들과 아리스토텔레스 이하 일련의 철학자들이 죄의 고통을 받지 않으며 빛이 비치는 고귀한 성안에 살고 있었다.

갑자기 무시무시한 뇌성벽력이 단테의 깊은 잠을 깨웠다. 잠에서 깨어난 단테는 자리에서 일어나 진정된 시선으로 주위를 둘러보았다. 이제 그들은 아비규환의 비명이 끊임없이 들려오는 아케론 강 비탈의 골짜기 가장자리에 다다른 것이다. 그곳은 어둡고 깊은 안개까지 자욱해서 골짜기 밑을 애써 바라보려고 해도 분간해 낼 수 있는 것이 아무것도 없었다.

"자, 이제 이 아래 빛이 들 수 없는 무명(無明)세계로 내려가 보세."

베르길리우스가 파랗게 질린 모습으로 말하자 단테는 온몸이 오그라짐을 느꼈다. 베르길리우스는 자신의 안색이 변한 것은 두려움 때문이 아니라, 그곳에 머무는 자들의 비탄 때문에 측은함이 앞서 그런 것이라고 단테를 위안하면서 그를 안내하였다.

단테가 묘사하고 있는 지옥계는 원추형을 뒤집어 세워 놓은 깔때기 모양을 하고 있다. 위에서부터 차례로 첫 번째 지옥, 두 번째 지옥으로

아비규환의 망령들 단테가 망령들의 아비규환 비명을 듣고 망부석처럼 얼어붙은 장면이다. 귀스타브 도레의 작품.

점점 깊어지면서 아홉 번째 지옥에까지 이른다. 여기서 첫 번째 지옥을 림보라고 부르는데 이곳은 지옥에 속한 곳이 아니며, 두 번째 지옥부터 다섯 번째 지옥까지를 상부 지옥, 여섯 번째 지옥에서부터 아홉 번째 지옥까지를 하부 지옥이라 부른다. 죄가 무거울수록 깊은 곳으로 떨어지고 아홉 번째 지옥에는 모든 지옥을 관장하는 마왕 루시퍼(사탄의 우두머리로, 원래는 천사였으나 하느님에게 반항하여 지하에 떨어졌다고 한다.)가 군림하고 있다.

베르길리우스는 첫 번째 지옥, 즉 림보로 단테를 이끌고 들어갔다. 여기에서 들리는 것은 울음소리가 아닌 불멸의 세계를 두려워하는 한숨 소리뿐이었다. 수많은 남녀노소의 영혼이 모여 신체적인 학대 없이, 천국에 오를 희망이 없기에 정신적인 고통을 당하는 것이었다.

"단테여, 그대가 지금 와 있는 이곳은 림보라네. 이곳에 있는 자들은 죄를 짓지는 않았다네. 살면서 덕도 쌓았지만, 그것만으로는 충분치 못한 경우의 영혼들이지. 이들은 그대가 지니고 있는 신앙을 갖지 못해 세례를 받지 못한 것뿐일세. 세례는 자신이 믿는 신앙으로 들어가는 문이지. 물론 그리스도가 탄생하기 이전에 태어나서 하느님을 공경하지 못한 사람들도 포함되는데, 나도 그중에 하나일세. 비록 세상에서 훌륭한 삶을 살았다고 하더라도 전지전능하신 창조주 하느님을 믿거나 숭배하지 않던 자들은 천국에 계신 하느님을 대면할 수 없기에 이곳에 머물러 있는 것이라네. 이것이 여기에 있는 사람들의 크나큰 슬픔이고 아무런 희망도 없이 살아가야 하는 까닭이라네."

림보에 있는 망령들_ 림보는 그리스도가 태어나기 이전에 죄를 씻지 못한 망령들이 머무는 곳으로 단테가 림보에 방문하여 죄 없는 망령들을 만나는 장면이다. 귀스타브 도레의 작품.

단테는 비로소 그토록 훌륭한 사람들이 단지 일찍 태어났다는 이유만으로 이곳 림보라는 곳에서 어쩔 수 없이 살아가야만 하는 걸 알고, 깊은 슬픔에 잠겨 베르길리우스에게 다시 물었다.

"스승이시여, 자신의 덕으로나 타인의 공덕으로 여길 벗어나 축복을 받은 자는 없었는지요?"

"내가 이곳에 오게 된 다음에 바로 나는 승리의 왕관을 머리에 쓰신 전능하신 분(예수 그리스도를 말한다. 그리스도가 부활했을 때, 그는 림보의 영혼을 선별하여 천국으로 올려보냈다.)이 이곳에 임하시는 것을 보았네. 그분은 인류 최초의 아버지인 아담의 영혼과 그의 아들이신 아벨, 노아, 모세, 아브라함, 다윗, 이스마엘, 그리고 그 후손들과 라헬 등 수많은 영혼을 구원하셨다네. 이들은 전능하신 구세주가 임하시는 것을 고대하면서 기도하였기 때문에 모두 구원받은 것인데, 인간의 영혼으로 이들보다 먼저 구원받은 이는 아무도 없다네."

이러한 이야기를 나누면서 그들은 발을 멈추지 않고 좀 더 깊숙이 들어갔다. 그러자 아득한 곳에서 어둠을 쫓는 빛이 흘러나오는 것이 보였다. 그 빛은 그리스도는 알지 못했지만, 지혜가 뛰어났던 학자와 시인들의 빛이었다.

"아, 이처럼 어두침침한 곳에서도 학문과 예술이 뛰어난 영혼들의 빛은 언제까지라도 사라지지 않고 저토록 빛나는 것인가요?"

단테의 감탄에 스승 베르길리우스는 대답했다.

"세상에서 떨쳤던 저분들의 명성은 천상에서도 은총을 받아 이토록

림보에서 성인을 만나는 단테_ 단테가 림보에서 호메로스 등의 성인을 만나는 장면이다. 귀스타브 도레의 작품.

림보에 있는 성인들을 만나는 단테_ 단테가 고전 시대의 철학자들을 만나 담소를 나누는 장면을 묘사한 그림. 귀스타브 도레의 작품.

돈보이는 것일세."

바로 그때였다.

"저 위대하신 시인을 찬양할지어다. 이곳을 멀리 떠났던 그의 영혼
이 다시 돌아왔노라!"

이 소리와 함께 잠시 주위가 조용해지자 네 사람의 그림자가 그들
을 향해 가까이 다가오고 있었다. 그들의 얼굴에는 슬픔도 기쁨도 나
타나지 않았다. 베르길리우스가 단테를 바라보며 설명하기 시작했다.

"맨 앞에 손에 칼을 들고 왕자처럼 다가오는 이를 보게. 그가 바로
희랍 최고의 시성 호메로스일세. 그다음이 풍자시인 호라티우스, 세
번째가 오비디우스 그리고 맨 마지막이 루카누스라네."

단테는 세상 모든 시인의 우상인 이 다섯 영웅을 향하여 예를 갖췄
으며, 이들이 자신을 그들의 무리에 넣어주어 여섯 번째의 성현이 되
는 영광을 부여받게 되었다고 감격에 겨워 고백했다.

단테는 이들과 함께 고귀한 성곽, 즉 '학문의 성'이라 불리는 커다란
성곽, 주위에는 아름다운 강물이 흐르고 있었는데, 그 강을 건너 안으
로 들어가 일곱 개의 성문을 지나게 되었다. 그곳에도 많은 학자와 위
인들이 뜰을 거닐며 이야기를 나누고 있었다.

이 모든 광경을 보게 된 단테는 꿈을 꾸는 듯 황홀감을 느꼈다.

그곳에는 헥토르와 아에네이아스 등 수많은 동료와 함께 있는 엘렉
트라, 줄리어스 시저, 카밀라와 펜테실레아 그리고 그의 딸인 라비니
아와 함께 앉아 있는 라티누스 대왕, 또한 부르투스 등에 이르기까지

많은 위인이 있었다.

　이들 가운데 한복판에 철학자들의 모습이 보였고 모든 현자의 스승, 철학의 족보에서 최고 권위를 차지하는 지혜로운 자들의 스승 아리스토텔레스가 모든 이들의 존경을 받으며 앉아 있었다.

　그리고 그 옆에 소크라테스와 플라톤, 데모크리토스, 디오게네스, 아낙사고라스, 탈레스, 엠페도클레스, 헤라클레이토스, 제논 등과 식물의 특성을 진지하게 조사한 디오스코리테스, 우르페우스와 키케로, 리노스와 도덕학자인 세네카, 기하학의 창시자 에우클레이데스, 프톨레마이우스, 히포크라테스, 아비세나, 갈레노스, 아베로스가 보였다.

　아직 가야 할 길이 먼 단테와 베르길리우스는 네 명의 시인과 작별 인사를 나누었다. 베르길리우스는 다시 단테를 인도하여 그 고요한 성을 빠져나와 다른 길로 접어들게 되었는데, 그곳은 이제까지와는 달리 빛이 한 점도 없는 곳, 공기마저 부들부들 떠는 그야말로 무시무시하고 끔찍한 곳이었다.

쾌락에 물든 무리

두 번째 지옥의 중천으로 내려가자 육욕의 죄를 범한 자들에게 지옥의 광풍이 쉴 새 없이 휘몰아치고 있다. 세미라미스, 헬레네, 클레오파트라 등에 이어 사후에도 둘이 같이 사는 바울과 프란체스카의 영혼이 날아다니고 있다. 단테의 요청에 따라 프란체스카는 그 비련의 사연을 들려준다. 단테는 너무 슬픈 나머지 정신을 잃고 만다.

단테는 베르길리우스에게 이끌려 림보인 첫 번째 지옥에서 두 번째 지옥으로 내려왔다. 그곳은 첫 번째 지옥보다 훨씬 비좁아졌고 울부짖는 소리와 고통스러운 비명으로 온통 뒤덮여 있었다.

정문에는 크레타 섬의 왕이었던 신화적인 인물인 미노스(그리스 신화에 나오는 크레타 섬의 왕, 입법자로서 죽은 사람의 재판관)가 무서운 이빨을 드러낸 채 버티고 서 있었다. 미노스는 그곳을 관장하면서 들어오는 자마다 하나하나 심판하여 어디로 보낼 것인지를 결정하고 있었다.

그의 앞에 와서 벌벌 떨며 고백하는 자의 죄가 얼마나 무거운가를 헤아려 지옥의 자리를 지정해 주는 것이었다. 이때 미노스는 자신의 꼬리를 휘감아 그 휘감은 횟수로써 어느 지옥으로 떨어뜨릴 것인가를 결정하고 지옥의 자리를 선고하는 모습이었다. 미노스가 하던 일을 멈추고 단테를 향해 입을 열었다.

"이 고통스러운 피난처로 들어온 자여! 그대는 어떻게 이곳을 들어

지옥의 미노스_ 그리스 신화의 미노스는 크레타 섬의 제왕으로 두 번째 지옥을 지배하는 심판자로 등장한다.

왔으며 누굴 믿고 지나가려 하는가. 문이 넓다고 해서 안심할 수 있을 것 같은가?"

단테의 스승 베르길리우스가 미노스를 막아서며 대답했다.

"무슨 말을 그렇게 하시는가? 거룩하신 하느님의 뜻에 따라 여정을 가는 그를 방해하지 마시오. 뜻하시는 대로 이루시는 저 높은 분께서 원하신 일이니 더는 묻지 마시오."

그때 단테는 끝없는 통곡이 그의 귀를 갈가리 찢어 놓는 듯한 비탄의 골짜기 벼랑으로 오게 되었음을 깨달았다. 그곳은 폭풍에 시달리는 바다가 울부짖는 곳으로 죽어도 쉬지 않는 지옥의 태풍이 휘몰아치면서 죄 많은 영혼을 억세게 후려치고 있었다. 죄 많은 무리는 허물어진 벼랑 끝에 다다랐을 때 비명과 한탄, 통곡을 쏟아내면서 하느님의 이름을 저주하기 시작했다.

단테는 이들이 욕망에 사로잡혀 이성을 저버리고 사음(邪淫, 마음이 사악하고 음탕함)을 일삼은 자들임을 한눈에 알아보았다. 이들은 마치 겨울철 하늘에 찌르레기들이 무리를 지어 날아가듯 지옥의 태풍이 사악한 영혼들을 몰아쳐 아래로 위로 쫓고 후려치므로 휴식도 없이 끊임없는 고달픔에 시달리고 있었다.

단테는 이들이 마치 슬픈 노래를 부르며 기다란 선을 하늘에 그리며 날아가는 기러기들처럼 슬피 울면서 폭풍에 휩쓸려 가는 모습을 보고 그들을 위로할 털끝만큼의 희망도 없음을 느꼈다.

"스승이시여, 저기 저 캄캄한 질풍에 시달리고 있는 자들은 도대체 누구랍니까?"

"잘 보게. 맨 앞에 있는 여인이 아시리아의 여왕 세미라미스라네. 그녀는 음욕으로 가득 차 쾌락을 법으로 허용하기까지 하였네. 그리고 그녀와 함께 있는 저 여자는 디도인데 그녀는 남편 시카이오스와의 언약을 지키지 못해 자살했지. 그 뒤를 따르는 것이 클레오파트라일세. 저기 헬레네의 모습도 보이지 않는가, 또 그녀 탓에 오랜 싸움을 하여 사랑 때문에 몸을 망친 아킬레우스도 있다네."

베르길리우스는 그 밖에도 파리스와 트리스탄 등 수많은 망령을 가리키면서 애욕 때문에 고통받는 그들의 사연을 들려주었다.

"스승이시여, 그렇다면 저들과 대화를 나눴으면 합니다. 저토록 가엾고도 슬프게 바람에 날리는 영혼들과 말입니다."

"지나가거든 저들을 몰아쳐 지옥으로 떨어뜨린 사랑의 이름으로 저들을 부르게. 그러면 멈출 것일세."

그때 한차례의 거센 바람에 휩쓸려 그들이 되돌아오자 단테가 다정히 불러보았다.

"괴로워 보이는 영혼들이여, 지장이 없다면 잠시 멈춰서 이야기를 했으면 좋겠습니다."

한 쌍의 비둘기가 보금자리를 찾아들 듯이 디도와 카인이 공중을 헤매는 무리에서 혼탁한 하늘을 가로질러 단테에게로 날아왔다.

"오! 고결하고 친절하신 선한 세상 사람이여! 무슨 일로 어두운 곳을 헤매 피로 세상을 더럽혔던 우리를 찾아 주셨습니까? 그대는 사악

지옥의 세미라미스_ 세미라미스는 아시리아의 전설상의 여왕이다. 시리아의 여신 데르케트와 어느 시리아인과의 사이에서 태어났지만 어려서 버려져 비둘기가 교육하였다. 성장한 후 니네베의 수도를 건축했던 아시리아 왕 니누스의 총애를 받아 왕자 니뉴아스를 낳았다. 그러나 최후는 니뉴아스가 배반하였는데, 신탁을 보다 니뉴아스의 모반을 알고 그에게 권력을 이양하고 비둘기가 되어 승천하였다고 전해진다.

한 영혼인 우리를 위해 동정을 아끼지 않으셨으니 우리도 그대를 위해 주께 평안을 빌겠습니다.

바람이 잠시 멈추는 동안 무엇이든 질문하셔도 좋습니다. 내가 나고 자란 고장은 고요한 태양이 길을 따라 흐르는 강기슭이었답니다. 사랑은 다정한 가슴속에 갑작스레 꽃을 피우는 것이기에 내 사랑의 정열은 내 육체를 사로잡았지요. 사랑이란 원래 주고받는 것이라 그가 기쁨에 못 이겨 나를 사로잡으니 무리는 지옥을 가더라도 한뜻이었습니다. 결국, 사랑은 우리 둘 모두를 죽음으로 이끌었습니다. 이곳에서 카이나(카인)는 우리 둘의 생명을 빼앗은 자를 기다리는 중입니다."

이 말을 들은 단테가 고개를 숙이고 괴로워하자 스승이 그 연유를 물었다.

"무엇을 생각하는가?"

"참으로 다정다감한 사람들인데, 이들의 사랑은 순진하고 혈기 넘치건만 이런 슬픔 속에 빠져야 한다니 비통합니다."

단테는 다시 한번 그들을 향해 말했다.

"프렌체스카여, 당신이 이렇게 고민하는 걸 보니 가슴이 아파 눈물을 막을 길이 없습니다. 하지만 말해 주세요. 사랑이 어떻게 당신을 유혹하여, 이다지 치명적인 길로 이끌었는지를 말이지요."

그녀가 대답했다.

"불행한 때에 행복한 날을 되새기는 것은 잃어버린 행복에 대한 이중의 슬픔이 됩니다. 당신의 스승은 그 연유를 알고 계실 텐데 당신이

프란체스카와 파올로의 영혼_ 이루어질 수 없는 사랑에 빠져 결국 지옥에 떨어지게 되는 프란체스카와 파올로의 망령.

단테 앞에 나타난 프란체스카와 파올로의 영혼_ 비극의 주인공인 프란체스카와 파올로의 망령을 만난 단테는 잠시 의식을 잃는다.

진심으로 우리를 불쌍히 여겨 우리 사랑의 발단을 아시고자 한다면 가슴 아픈 이야기지만 말하겠습니다. 놀이를 즐기던 어느 날에 우리는 랜슬럿의 시를 읽고 있었습니다. 우리에게는 사심도 아무런 거리낌도 없었지요. 이 아서 왕의 영웅담을 담은 고상한 이야기를 구절구절 읽어 나가자 우리의 시선은 서로 마주치고 얼굴색이 변해갔어요. 일순간에 우리의 참을성과 조심성이 뒤집혀 버렸답니다. 그 책 대목 중 여주인공의 달콤한 미소가 애인의 키스를 받는 데서 나와 함께 있던 분이 생사를 초월한 떨리는 키스를 퍼부었지요. 오오, 선한 사람이시여, 바로 그 책의 저자가 포주가 된 셈이지요. 그날 우리는 더는 읽을 수 없었습니다.”

그녀 앞에서 카인의 영혼이 어찌나 애처롭게 우는지 단테는 정신이 아찔하고 괴로움에 마음이 짓눌려 잠시 정신을 잃었다.

그가 마음의 안정을 되찾아 정신을 차리자 어느새 자신이 세 번째 지옥에 와 있음을 깨달았다.

그곳은 처음부터 끝까지 변함없이 비가 퍼부어 대고 있었다. 그 저주스러운 빗속에는 큰 우박 덩어리가 섞여 있었으며 더러운 물과 암흑의 대기에서 쏟아지는 눈보라가 휘몰아쳐 바닥은 견딜 수 없는 악취로 가득했다.

프란체스카와 파올로

단테의 《신곡》 중 실화를 배경으로 한 것이 〈지옥〉편의 파올로와 프란체스카 이야기다. 단테가 두 사람의 이야기에 관심을 뒀던 것은 피렌체로 추방당했을 때 프란체스카 집안사람의 도움을 받았기 때문이다.

13세기 말 이탈리아의 라벤다 시의 군주 말라테스타 가문과 라미니 영주의 다 폴렌타 가문은 상권에 대한 이득을 취하기 위해 자녀를 정략결혼시키기로 합의를 한다. 하지만 말라테스타 가문에서 결혼을 성사시키기 위해 계략을 꾸민다. 가문의 상속자이자 결혼할 당사자인 조반니가 절름발이에 못생겼기 때문이다.

말라테스타 가문은 잘생긴 조반니의 동생을 내세워 다 폴렌타 가문의 딸 프란체스카와 맞선을 보게 한다. 정략결혼을 반대하던 프란체스카는 성문으로 들어오는 파올로의 모습에 반한다. 그녀는 첫눈에 반한 남자 파올로가 남편인 줄 알고 결혼을 승낙한다.

말라테스타 성에서 결혼한 프란체스카는 첫날밤에 조반니가 대신 들어온 것을 보고 놀란다. 조반니는 결혼하기 위해 어쩔 수 없이 동생을 보냈다고 밝힌다. 프란체스카는 사실을 알았지만, 결혼을 무효화시킬 수는 없었다. 더군다나 조반니는 그녀의 마음에는 아랑곳하지 않고 성주 아내의 의무만 강요할 뿐이었다.

프란체스카와 파올로_ 파올로와 프란체스카는 원탁의 기사 랜슬럿 경과 왕비 기네비어의 사회적 통념에 어긋난 사랑 이야기를 함께 읽고 있었다. 자신들과 비슷한 상황에 처한 인물들의 이야기에 심취하여 감정이 복받쳐 오른 파올로는 그녀의 뺨에 키스한다. 그의 갑작스러운 움직임 때문에 프란체스카는 그들이 읽던 책을 떨어뜨리고 있다. 두 사람은 사랑했으나 불륜이기에 지옥에 떨어져 단테를 만나게 된다. 도미니크 앵그르의 작품.

　프란체스카는 조반니의 아내로 지옥 같은 결혼 생활을 하고 있었지만, 가끔 파올로를 볼 수 있다는 생각 때문에 견딜 수 있었다. 한편 파올로는 프란체스카를 만나는 순간부터 끌렸던 마음을 숨길 수가 없었다. 서로에게 사랑을 느낀 그들은 운명을 거부하기에 이른다. 파올로와 프란체스카는 성격이 난폭한 조반니의 눈을 피해 사랑을 속삭이게 되었다. 하지만 두 사람의 위험한 사랑은 발각되고 만다.

　의심이 많은 조반니가 염탐꾼을 시켜 아내를 감시했던 것이다. 어느 날, 염탐꾼은 조반니에게 두 사람이 사랑을 나누고 있는 곳을 알려준다. 두 사람을 발견한 조반니는 질투에 눈이 어두워 파올로와 프란케스카의 목을 칼로 베어버린다. 불륜 관계였던 연인들은 중세의 법에 따라 장례식을 치르지도 못한다는 내용이다.

탐욕과 분노의 늪

세 번째 지옥은 생전에 먹기를 탐한 자들의 영혼이 차가운 비를 맞으며 첼베로스라는 세 개의 목이 달린 괴물에게 물어뜯기고 있었다. 네 번째 지옥은 재물에 대한 욕심쟁이 무리와 낭비가 심한 무리가 무거운 짐을 굴리면서 서로 반대 방향을 향해 달리고 있다.

단테가 마음의 안정을 되찾고 정신을 차렸을 때, 그는 세 번째 지옥에 와 있었다. 몸을 움직여 주위를 둘러보니 눈에 보이는 것마다 온통 새로운 고통과 새로운 죄인들뿐이었다. 그곳은 차갑고 잔인한 비가 줄기차게 퍼붓고 있었다. 그 빗속에는 주먹만한 우박 덩어리가 섞여 있었는데 어두운 하늘에서 쏟아져 내리는 더러운 빗물과 눈보라로 악취가 진동하였다.

세 번째 지옥의 어느 한 길목에는 지옥의 문지기 첼베로스(그리스 신화의 케로베로스)가 지키고 서 있었다.

머리가 셋이나 달리고 꼬리가 뱀의 모양을 한 개의 형상인 첼베로스는 망령들이 지상으로 탈출하지 못하도록 경계를 서고 있었다.

첼베로스는 세 개의 목구멍을 벌려 개처럼 짖으면서 날카로운 발톱을 길게 기른 발로 할퀴고 물어뜯어 갈기갈기 찢어 놓았다. 억수같이 쏟아붓는 빗줄기와 지옥 문지기의 개처럼 울부짖는 소리가 단테와 베

첼베로스를 만나는 단테_ 지옥 수문장인 머리 셋 달린 괴물 첼베로스는 그리스 신화 속에 등장하는 명계를 지키는 개로 단테가 첼로베스에게 먹이를 주는 장면이다.

르길리우스를 막아섰다.

베르길리우스는 날카로운 덧니를 드러내며 입을 벌리고 있는 첼베로스를 향해 흙을 한 움큼 쥐어 처넣었다. 그러자 마치 굶주려 짖어대던 사나운 개가 먹이를 물고 나서 급하게 삼켜버리기 위해 잠잠해지듯 조용해졌다.

바로 그때 무거운 빗줄기 중에 엎어져 있는 망령들 가운데 하나가 몸을 벌떡 일으키며 말을 걸었다.

"지옥으로 여행하시는 분들이여! 나를 알아보겠소? 그대는 내가 죽기 전에 피렌체에 살고 있던 분이 아닌가요?"

단테는 그 말을 듣고 깜짝 놀라 발걸음을 멈췄다.

"그렇기는 합니다만, 나는 당신이 전혀 기억나지 않습니다. 하지만 당신이 누구인지 왜 이렇게 모진 형벌 속에 있는지 말씀해 주시겠습니까?"

그는 자신의 이름을 치알코라고 밝히며 입을 열었다.

"그대가 살던 피렌체 사람들이 나를 가리켜 피알코(돼지라는 뜻)라고 불렀지요. 보다시피 이 빗속에서 시달리고 있는 이유는 줄기찬 탐욕 때문이라오. 여기 있는 다른 이들도 모두 탐욕 탓에 똑같은 벌을 받고 있소."

단테가 그가 받는 고통을 함께 슬퍼해 주면서 피렌체 시민이 서로 갈라져 싸우는 이유와 결국 어떻게 될 것인지에 대해 물어보자, 그는 피비린내 나는 내전이 3년 동안이나 계속될 것임을 언급한 후에 시민

자코모를 만나는 단테_ 단테가 지옥의 가운데서 자신을 알아보는 피렌체 출신 자코모를 만나는 장면이다.

플루톤을 만나는 단테_ 단테가 세 번째 지옥의 내리막길에서 탐욕의 상징인 플루톤을 만나는 장면이다.

들 마음속에 있는 교만과 사기, 그리고 탐욕이라는 세 개의 불꽃이 전쟁의 불길을 타오르게 하고 있는 것이라고 말했다.

단테가 기벨리니당(黨)의 화리나타와 겔프당(黨)의 테기아이오가 지금은 어디에 있는지 묻자, 피알코는 그들은 자기보다 더 깊은 지옥에 처박혀 있다고 알려준 후, 단테가 만약 세상으로 다시 나가게 된다면 소식을 전해 달라고 부탁하며 더는 말할 기운 없이 다시 쓰러져 버렸다.

그가 쓰러지는 모습을 보자마자 베르길리우스가 말했다.

"천사의 나팔 소리가 울려 퍼지는 최후의 심판 그날까지, 저들은 일어서지 못하고 고통 속에 쓰러져 있게 된다네. 그러나 그날이 오면 누구나 자기의 슬픈 무덤을 다시 찾아가 육체와 몰골을 되찾고 영원한 심판의 소리를 듣게 될 것일세."

베르길리우스는 말을 마치고는 망령들의 신음과 비가 뒤섞여 질퍽거리는 더러운 늪을 천천히 헤쳐나갔다.

"그렇다면 여쭙겠습니다. 이들의 고통은 최후의 심판 이후에 더 커질까요. 작아질까요, 아니면 지금처럼 줄곧 마찬가지이겠습니까?"

단테가 묻자 그의 스승이 대답했다.

"모든 것이 완전해지면 더 뚜렷해지는 것과 마찬가지로 최후의 심판 후에는 기쁜 일에는 더욱더 희열을 느낄 것이요. 괴로운 일에는 더더욱 고통스러움이 가혹해질 것일세."

다시 내리막길에 들어섰을 때, 그들은 거기서 탐욕의 상징인 플루톤을 발견했다. 인색한 수전노들과 무엇이거나 아까움 없이 낭비를 일삼은 무리가 있는 네 번째 지옥의 길목에서 플루톤은 쉰 목소리로 '오, 사탄이시여 마왕이시여...'를 부르짖고 있었다. 베르길리우스는 단테가 겁먹지 않도록 위로하면서 노기에 찬 목소리로 그놈의 얼굴에 대고 소리쳤다.

"닥쳐라, 저주스러운 늑대야! 분노로 네 몸을 스스로 불태우려는가? 이 지옥의 밑바닥까지 내려간 데에는 까닭이 있으니 대천사 미카엘이 주께 거스른 자인 사탄을 물리치게 한 저 하늘에 계신 분께서 바라시는 바로다!"

그러자 잔인하고 사나운 플루톤은 마치 바다에 떠 있던 배가 거센 바람을 맞아 돛대가 부러지고 돛 폭이 휘말려 배 위로 떨어지듯 힘없이 쓰러지고 말았다.

단테는 지금까지 그가 보았던 죄악과 고통과 벌을 생각하여 몸서리치며 하느님의 정의가 무엇인지, 그리고 왜 이 같은 죄악들이 인간을 파멸로 이끄는지 두려워하며 네 번째 지옥의 골짜기로 접어들었다.

그러나 단테는 그곳에서 또다시 경악을 금치 못할 광경을 목격했다. 거기에는 헤아릴 수 없을 만큼 많은 무리가 카릿다의 세찬 물결과도 같은 소용돌이에 휘말린 채 고함을 질러대며 우글거리고 있었다. 그들은 '인색'과 '낭비'라는 두 패로 나뉘어 무거운 짐(금화 주머니)들을 가슴으로 굴려 가고 있었다.

왼쪽에서는 인색한 자들이, 오른편에서는 방탕한 자들이 짐을 굴려

네 번째 지옥의 전경_ 생전의 재물에 대해 인색하거나 탕진한 자들이 그만큼의 업보로 된 덩어리를 구덩이로 옮기는 형벌을 받고 있는 장면이다.

가다 서로 가까이 맞부딪힐 때마다,

"야, 이 망할 놈의 구두쇠들아 왜 모으기만 하느냐?"

"웃기지 마라, 이 놈팡이들아 왜 낭비를 일삼느냐?"

하면서 서로 욕지거리를 퍼붓고는 다시 육중한 짐들을 가슴으로 굴려 갔다. 그들은 이러한 행위를 끝없이 되풀이하고 있었는데, 그 육중한 짐이란 다름 아닌 세상에서 그들이 그토록 아끼던 재물이었다. 이 광경을 목격한 단테는 속이 뒤집힐 듯 슬퍼져서 그의 스승에게 물었다.

"저들은 도대체 어떤 사람들입니까? 왼편에는 성직자들도 보이는데, 왜 여기에 와 있는 것입니까?"

"저들 모두는 살아생전 재물을 지나치게 낭비했거나 너무도 인색하여 베풀기를 주저한 사람들일세. 이들은 저 구덩이에서 영원토록 서로 부딪히고 풀어 헤쳐진 머리로 무덤에서 일어날 것이라네."

그리고서 베르길리우스는 단테를 향해 인간의 운명과 재산에 있어 재화는 순간적 헛됨에 지나지 않는 것이라고 말했다.

그의 말에 따르면, 전능의 신께서 일찍이 세상의 영화를 다스릴 자를 세우셨다. 그런데 그가 재화를 헛되게 이리저리 옮겼다. 그로 인해 한 민족이 흥하면 다른 한 민족은 망하게 되므로, 인간의 지식으로는 운명을 알지 못하니 결국 운명의 천사가 예견하고 판단한다는 것이다.

베르길리우스는 어느덧 성 토요일이 되었음을 깨닫고 단테에게 길을 재촉했다. 그들이 네 번째 지옥을 가로질러 다섯 번째 지옥이 있는 골짜기로 들어서자 그 기슭의 샘터에서 물줄기가 용솟음치는 광경을 보았다. 그 물빛은 검붉다 못해 거무스름해 보였다.

두 사람이 검푸른 물줄기를 쫓아 험준한 길을 내려가자 슬프디슬픈 음색의 물소리는 잿빛으로 낮아지는 벼랑 아래로 떨어지면서 스틱스라고 불리는 늪 속으로 삼켜져 버렸다.

그 늪 속에는 온통 흙투성이가 되어버린 인간들이 알몸으로 허우적거리고 있었는데, 그들은 분노의 표정으로 일그러진 채 서로 치고받다가 그것도 모자라 서로의 살점을 물어뜯고 있었다.

"저토록 분노가 저 자신을 집어삼키듯 하는 군상을 보라! 이 늪 속에는 어디나 한숨짓는 자들로 가득 채워져 있으니, 그 때문에 물거품이 부글부글 끓고 있는 것일세. 저들은 늪 속에서 몸도 제대로 움직이지 못한 채 중얼거리고 있으나, 그 목소리는 목구멍까지 가득 차 있는 진흙 때문에 그르렁 소리만 날 뿐이지."

베르길리우스는 그들이 중얼거리는 소리를 단테에게 들려주었는데, 그들이 내뱉는 탄식의 노래는 이런 내용이었다.

'햇빛 부드럽고 향기로운 하늘 밑에서도 우리 마음속에서 분노의 불길이 타올라 죄스러웠거늘, 이젠 검은 수렁 속에서 슬퍼하고 있어야만 하는 신세인가.'

이들을 바라보면서 단테와 베르길리우스는 커다란 활 모양으로 생긴 늪과 말라 버린 그 주위를 돌아서 성벽 위로 높이 솟아 있는 어느 탑 밑에 다다르게 되었다.

플레기아스_ 지옥의 아케론 강을 건너게 해준 것이 뱃사공 카론이었다면, 다섯 번째 지옥 강의 늪을 건너가게 해주는 뱃사공은 플레기아스이다. 베르길리우스의 〈아이네이아〉에 등장하는 그는 전쟁과 불의 신 마르스와 크리세 사이에서 태어났다. 자기 누이 코로니스를 능욕한 아폴론 신에게 대항하여 델포이 신전을 불사른 죄로 사살되어 지옥에 떨어져 있는 망령이다. 단테는 플레기아스를 분노 지옥에서 벌 받는 망령들의 감시자로 세운다. 플레기아스는 복수에 눈이 어두워 신을 무시하는 분노의 상징이다.

그들이 가까이 갈 즈음 탑 꼭대기에는 두 개의 불꽃이 지펴지면서 서로 신호를 보내는 것이 보였다. 단테는 그의 스승에게 그것이 무슨 표시인가를 묻자 베르길리우스는 그들이 다가오고 있음을 알리고 있는 것이라고 일러주었다.

바로 그때, 조그만 배 한 척이 안갯속 물살을 헤치며 그들을 향해 다가오는 것이 보였다. 그것은 마치 활시위를 떠난 화살이 창공을 가르고 날아가는 것보다 빠른 모습이었다. 그 배를 젓는 뱃사공은 한 사람이었고 그 사공의 이름은 플레기아스로 불렸다.

사공은 단테를 향해 소리쳤다.

"이 못된 망령아, 이제야 왔느냐?"

그러자 베르길리우스는 플레기아스에게 입을 열었다.

"플레기아스여, 쓸데없이 소리 지르지 마라. 우리는 단지 건너가기 위해 신세 지려는 것뿐이노라."

플레기아스는 크게 속기라도 한 것처럼 화를 내면서 그들을 배에 태웠다. 그들이 배를 타자 그 배는 물에 잠길 듯 가라앉는 것처럼 보였는데, 그것은 이제까지 체중이 없는 죽은 망령만 실어 나르다가 살아 있는 사람을 태웠기 때문이었다.

그들을 태운 배가 수면을 깊이 가르면서 죽음의 늪을 지나고 있을 때 갑자기 진흙투성이의 그림자가 앞을 가로막으면서 소리 질렀다.

"죽을 때도 아닌데 이곳에 온 너는 뭐 하는 놈이냐?"

단테는 애써 침착함을 유지하며 말했다.

단테의 배_ 다섯 번째 지옥(분노지옥)에서 뱃사공 플레기아스가 노 저어 스틱스 늪 강을 건너
는데, 단테의 정적 필리포 아르젠티가 그 배에 오르려 한다. 그는 피렌체에 살 때 오만하고 분
노하기를 즐긴 자였다.

"내가 이곳에 있다고 해서 오래 머물 사람은 아니오. 대체 그토록 흉측한 몰골로 묻고 있는 당신은 누구요?"

"저주스러운 어두컴컴한 어둠 속에서 울고 있는 나를 보라."

흉측한 물체가 손을 뻗어 단테의 배를 움켜잡으려 하자 재빨리 사태를 간파한 베르길리우스가 그를 밀쳐버렸다. 그는 피렌체에서 심술궂기로 악명 높았던 포아르젠티의 망령이었다. 망령은 의도를 채우기도 전에 다시금 늪 속으로 굴러떨어졌고 진흙투성이의 다른 무리가 그에게 달려들어 갈기갈기 찢어놓으려 하였다. 포아르젠티의 망령 역시 분노에 짓눌려 제 몸을 스스로 이빨로 물어뜯었다. 베르길리우스는 리스 성이 가까웠음을 단테에게 알렸다. 그들은 버림받은 땅을 둘러싼 깊은 골짜기에 도달했다. 거기서 바라본 성벽은 마치 철벽으로 둘러싸여 있는 듯 보였다.

그들은 한 바퀴 크게 돌다가 "이곳이 입구이니 내리시오."라는 뱃사공의 소리를 들었다.

단테는 그때 성벽 위에 있는 수천 마리의 악마들을 보았다.

모두가 마왕 루시퍼와 함께 천국에서 쫓겨나온 천사들이었다. 놈들은 저마다 화가 난 상태에서 소리를 질러대고 있었다.

"죽지도 않고 죽은 자들의 왕국을 지나려 하는 저놈은 대체 누구냐?"

베르길리우스는 단테를 기다리게 한 후 문 앞에서 사연을 설명하고 악마들을 설득하려 하였지만, 이들은 베르길리우스의 가슴팍 앞에서 성문을 거칠게 닫아 버렸다. 베르길리우스는 느린 걸음으로 다시 돌

단테의 지옥 여행을 방해하는 악마들_ 단테가 스틱스 강을 건너 지옥의 골짜기에 들어서자 악
마인 타락천사들이 두 사람을 방해하는 장면이다.

아와 한숨을 쉬며 한탄했다.

"그 누가 이 비탄의 집으로 향하는 우리를 막는단 말인가?"

그러나 곧 단테를 안심시키면서 말했다.

"내가 화통을 터뜨린다고 해서 이 여정이 끝났다고 두렵게 생각하지 말게. 어떤 시련이 닥친다 해도 우리가 이겨낼 수 있는 일이 아닐세. 하지만 길잡이 없이 혼자서 우리가 지나온 골짜기를 지나 여기에 오시는 분이 계실 터이니 그분의 능력으로 이 성문이 열리게 될 것일세."

베르길리우스의 이런 위로에도 단테는 겁에 질려 파리하게 떨었다.

"여하튼 우리는 이 시련을 견뎌야만 할 걸세. 그런데 약속하신 하늘의 사자는 어찌 이리도 더디게 오신단 말인가?"

단테는 두려움에 휩싸여 덜덜 떨며 말했다.

"어느 누가 지옥의 꼭대기에서 이 더러운 곳까지 내려오신 일이 있단 말입니까?"

"아직 그런 일은 없었지만, 내가 에리톤의 요술에 걸려 우연히 이곳에 한 번 와 본 일이 있었네. 그때 나는 예수를 배반한 유다가 있는 아홉 번째 지옥 가장 깊은 곳에서 한 영혼을 구하기 위해 성안으로 들어가 본 적이 있었지. 그때에도 이 같은 시련 없이 성문을 통과할 수는 없었다네."

베르길리우스가 답을 해 주었지만, 단테는 다른 곳에 정신이 팔려 무슨 말인지 알아듣지 못했다. 바로 그때 성벽 위 탑 꼭대기에 피철갑을 두른 복수의 여신 세 악녀가 모습을 드러냈다.

그들은 여인의 형상을 하고 있었지만 푸른 물뱀의 띠를 두르고 실뱀과 뿔뱀으로 이루어진 머리카락을 늘어뜨려 그것들이 관자놀이를 무섭게 칭칭 휘감고 있었다.

베르길리우스는 그들이 바로 영원한 탄식의 여왕인 페르세포네의 시녀들이라고 단테에게 설명했다.

"저 표독스러운 복수의 여신 에리니에스들을 보게. 왼편에 있는 것이 메두사이고, 울고 있는 오른쪽이 알렉토, 그리고 가운데 있는 것이 타시포네일세."

그녀들은 저마다 손톱으로 가슴팍을 쥐어뜯고 제 몸뚱어리를 주먹으로 두들기면서 큰소리로 외쳐댔으므로 단테는 몸서리쳐 스승의 뒤로 숨을 수밖에 없었다. 그러자 그중 하나가 아래를 내려다보며 소리쳤다.

"메두사, 저놈을 돌로 만들어 버리면 어떠냐. 페르세우스의 습격에 복수하지 못했던 것이 원통하지 않느냐?"

이때 베르길리우스는 재빨리 단테의 눈을 그의 손으로 가려 주며 고르곤을 잘못 보아 돌로 변하게 되지 않도록 도왔다.

그는 잠시 후 단테의 눈을 풀어주면서 말했다.

"저 앞의 안개 자욱한 수면과 물거품이 일어나는 모습을 자세히 보라."

그 순간 큰 지진과 세찬 폭풍우가 함께 몰아쳐 오는 것 같이 귀청이 떨어질 듯한 굉음이 들리면서 땅이 흔들렸고, 독사 앞에 놀란 개구리마냥 저주받은 무리는 서둘러 도망치기에 바빴다.

단테 앞에 나타난 복수의 여신_ 복수의 여신은 그리스 신화에 등장하는 여신으로 단테를 돌로 만들려고 공격하나 실패한다.

그 표독스러운 무리를 바람에 흩날리게 하듯 헤치면서 다가오는 한 천사가 있었으니, 그는 스틱스의 늪에 발바닥도 적시지 않고 건너오고 있었다.

단테는 천사에게 공손히 인사를 올렸다.

노여움에 가득 찬 그가 성문 앞에 다가가 지팡이를 두드리자 문은 아무런 저항 없이 스르르 열렸다.

"오오, 천상에서 버림받은 더러운 자들이여!"

사자는 문지방 위에 서서 무시무시한 소리로 입을 열었다.

"어찌하여 너희는 이렇듯 교만한 마음이더냐? 어찌하여 너희는 그분의 뜻을 거스르느냐? 그분의 뜻이 성취되지 않았던 예는 일찍이 없었거늘, 여러 차례 혼난 너희가 잘 알고 있을 터인데 율법을 거역해 어쩌겠다는 것이냐? 기억하고 있으리니. 너희 동료인 칼베로스는 그 때문에 턱에서 목에 걸쳐 털이 없느니라."

천사는 이렇게 말을 마치고 나서 마치 다른 일에 몰두하느라 정신이 팔려 눈앞의 사람에게는 아랑곳없는 것처럼 아무 일도 없었다는 듯 흙탕물을 걸어서 되돌아갔다. 두 사람은 사자의 거룩한 말씀에 확신을 얻어 아무런 방해 없이 한 발 성안으로 들어갔다.

성채에 에워싸여 있던 내부의 광경을 한 번 보았으면 좋겠다고 생각하던 단테는 그제야 주위를 살펴보았다.

그의 오른편에도 왼편에도 고뇌의 가책으로 가득 찬 광경이 끝없이 펼쳐져 있는 게 보였다. 론 강의 물이 잠겨 늪을 이룬 아를의 모습이며

지옥의 문을 여는 천사_ 여러 악령으로부터 방해를 받아 길이 막히자 천사가 나타나 단테를 돕는 장면이다.

이탈리아의 북쪽 끝을 막아 국경을 씻어주는 카르나로 만에 가까운 폴라 근방은 땅 위가 무덤 때문에 울퉁불퉁한 모양인데, 이곳 또한 곳곳에 울퉁불퉁한 데가 있었으며, 특히 무덤의 모습은 한층 더 비참했다.

무덤과 무덤 사이로 불꽃이 펄럭거리고 그 때문에 무덤이 모두 불타고 있었지만, 대장간에서조차 쇠를 이토록 달구지는 못하리라. 무덤 뚜껑은 모조리 들려 있어 참으로 애처로운 소리가 흘러나오나니 무척이나 비참하게 상처받은 자들의 목소리였다.

"스승이시여, 저 무덤 속에 묻혀서 애처로운 소리로 우는 자들은 도대체 누구입니까?"

"이단자와 그 제자들은 어느 종파에 속하건 모두 여기에 있는 것이라네. 무덤에 갇힌 자들의 수는 그대가 상상하는 그 이상일세. 이곳엔 비슷한 자들끼리 묻혀 있나니, 그들은 정도의 차이가 있을 뿐 모두 불타고 있는 것일세."

말을 마친 스승이 오른편으로 방향을 잡았으므로 단테는 불을 뿜어대는 무덤과 높은 성벽 사이를 말없이 지나갔다.

우상과 이교도들의 성

일곱 번째 지옥의 골짜기로 들어서자 그곳에는 처참한 영혼들이 우글거리고 그 골짜기는 썩은 냄새에 몸서리쳐 친다. 단테는 역겨운 냄새를 피하려고 무덤 뒤로 갔는데, 그곳은 마리아의 동정녀 잉태를 부정한 교황의 무덤이었다.

거룩하신 천사의 보살핌으로 단테와 베르길리우스는 무사히 이교도들의 성인 디테의 성문을 통과하여 마을에 들어섰다. 마을 양편으로 넓은 벌판이 장관을 이루었으나, 단테는 그곳이 온통 무수한 고통과 혹독한 형벌로 가득 차 있음을 목격할 수 있었다. 그곳은 마치 론 강가의 공동묘지와 같았다. 무덤들은 모두 뜨겁게 달구어진 채 뚜껑이 열려 있었고, 그 안에서부터 슬픈 통곡소리가 끊임없이 흘러나오고 있었다.

단테가 베르길리우스에게 물었다.

"저 뜨겁게 달궈진 무덤 속에서 끊임없이 탄식 소리를 내뱉는 자들은 누구인지요? 뚜껑이 모두 열려 있지만 누구도 그들을 감시하 지 않는군요."

베르길리우스가 입을 열었다.

"그들은 이교도의 두목들과 그 추종자이며 이단자들일세. 그들이 겪는 고통은 상상하는 것보다 몇 곱절 더 무겁지.”

두 사람은 다시 오른편으로 돌아 탄식의 무덤과 높은 성벽 사이를 지나갔다. 단테는 그 사이를 지나가면서 재차 물었다.

“저 무덤 속에 누워 있는 자들은 누구이며, 무덤의 뚜껑은 언제까지 열려있는 것입니까?”

“대체로 저 무덤 속에 묻힌 자들은 육신과 함께 영혼도 죽는다고 믿었던 에피쿠로스와 그 추종자들이지. 그리고 저 뚜껑은 ‘최후의 심판’이 끝나고 육신이 부활하기 위하여 되돌아올 때에야 비로소 닫히게 될 걸세. 좀 더 지나가다 보면 자네의 궁금증도 점차 풀리게 될 것이네.”

이때 홀연히 한 무덤에서 상반신을 일으키며 말을 걸어오는 자가 있었다.

“오, 피렌체와 가까운 토스카나 출신인 분이여! 당신의 억양이 당신의 고향을 알려주고 있으나 그곳은 나를 너무나도 괴롭게 했던 곳이 아닐 수 없소. 살아 있는 자로서 지옥의 도시를 의연하게 지나고 계신 분이시여, 잠시라도 좋으니 이곳에 머물러 주시겠습니까?”

그의 말에 깜짝 놀란 단테가 부들부들 떨면서 베르길리우스 옆으로 다가서자 베르길리우스는 단테를 위로했다.

“두려워 말게. 그저 정중하게 대답해 주면 된다네. 저자가 화리나타 (13세기 기벨린당의 탁월한 지도자로 정치적인 인물이다.)일세.”

베르길리우스의 말에 용기를 얻은 단테가 무덤 속의 그를 바라보며 지옥 따위는 아무것도 아니라는 듯 가슴을 곧게 펴고 머리를 반듯하게

무덤 속 망자를 만나는 단테_ 단테가 무덤의 석관을 열고 상반신을 일으키는 망자를 만나는 장면이다.

무덤 속 망자를 만나는 단테_ 단테가 암흑의 무덤에서 그의 친구인 구이도 카발칸티의 아버지를 만나는 장면이다.

세웠다. 그런 단테를 힐끗 쳐다보며 화리나타가 말했다.

"당신의 조상은 누구신가요?"

단테는 숨김없이 대답해 주면서 자신은 화리나타가 속했던 기벨린 당의 반대당인 겔프당에 속했다는 사실도 말했다.

그러자 그가 거만한 표정을 지으며 말했다.

"당신의 조상은 나와 내 조상, 그리고 우리 당에 상당히 거슬리는 정적이었소. 그래서 내가 두 번이나 그들을 쫓아냈지요."

그러자 단테가 쏘아붙였다.

"그분들이 쫓겨나긴 했지만, 두 번 다 다시 돌아왔지요. 하지만 당신의 조상은 고향으로 돌아오는 방법을 몰랐던 모양입니다."

그때 그들의 이야기를 옆에서 듣고 있던 자가 두리번거리며 일어나더니 울면서 물었다.

"피렌체의 지성인 단테여! 그대만이 이 암흑의 지옥을 지나가고 있으니 그대와 어울렸던 내 아들 구이도는 어디 있단 말이요. 왜 그대와 함께 있지 않단 말이요?"

"나는 스스로 이곳에 온 것이 아니라 저쪽에서 기다리고 계신 분이 날 이리로 인도해주신 것입니다. 아마 당신의 아들 구이도는 저분이 혹시 알고 계실는지 모르겠습니다."

그는 단테의 친구인 구이도 카발칸티(그는 단테보다 몇 년 앞서 태어났으며, 피렌체의 새로운 서정시를 더욱 더 활발하게 소개하였다. 그는 단테와 함께 청신체파(淸新體派)로 젊은 시절을 보냈고 단테의 절친한 친구이기도 하다.)의 아버지였다.

"아, 그렇다면 내 아들도 이미 죽어버렸단 말인가?"

시인 구이도의 부친은 탄식을 토해내며 쓰러지고는 다시는 그 모습을 나타내지 않았다.

그런 후에도 단테는 계속해서 화리나타와 대화를 이어나갔다. 화리나타는 왜 자신이 단테와 대화를 나누고 싶었는지를 설명해 주면서, 죽음 때문에 미래의 문이 닫히는 순간부터 인간의 지혜는 종말을 고하고 인간의 지성은 헛된 것이 되어 한 치 앞을 볼 수 없게 될 뿐만 아니라 세상사 모든 것이 의문투성이뿐이라며 하소연을 했다.

단테는 그의 말을 듣고 마음이 아파서 말했다.

"아까 나에게 물어보았던 저분에게 당신의 아들 구이도는 아직 살아 있다고 전해 주십시오. 아까 그분이 물어보셨을 때 확실히 대답하지 못한 것은 당황했기 때문입니다."

베르길리우스가 단테 옆으로 다가오면서 조용히 입을 열었다.

"어찌하여 그대는 그토록 당황하는가? 베아트리체의 맑은 눈으로 꿰뚫어 보고 그녀 덕분에 그대 삶의 나아갈 길을 알게 될 터인데..."

이윽고 두 사람은 화리나타에게서 발길을 돌려 성벽에서 제법 떨어진 길 한가운데로 나아갔다. 그곳은 지독한 냄새로 가득 차 뱃속까지 뒤집어 놓는듯했다.

두 사람은 성벽을 뒤로하고 좁은 길을 따라 일곱 번째 지옥의 골짜기에 들어섰다. 골짜기 벼랑에 서서 아래를 바라보자 처참한 몰골을

지옥의 골짜기에서 단테_ 단테가 일곱 번째 지옥의 가파른 골짜기로 향하는 장면이다.

지옥의 묘지석을 밀어내는 단테_ 단테가 일곱 번째 지옥의 골짜기 앞길을 가로막는 묘지석을 밀어내려는 장면이다.

하고 있는 영혼들이 우글거리고 있었다. 두 사람은 골짜기에서 솟구치는 역겨운 냄새에 몸서리치며 무덤 뚜껑 뒤로 몸을 피했다. 무덤 뚜껑 위에는 '포티누스에게 이끌려 바른길(정통교리, 즉 그리스 정교를 가리킨다.)에서 벗어난 교황 아나스타시우스(496년부터 498년까지 교황으로 있었던 아나스타시우스 2세다.) 여기에 묻히다'라고 묘비명이 적혀 있었다.

베르길리우스는 역겨운 냄새에 익숙해질 동안 단테에게 일곱 번째 지옥 이하의 하부 지옥에 대해서 설명했다. 그의 설명으로는 하부 지옥은 커다란 돌무덤 형태로 세 개의 원을 이루고 있는데 그 원들은 내려갈수록 조금씩 작아지면서 좁아진다는 것이다.

베르길리우스는 그 속에 저주받은 영혼들이 가득 차 고통을 받고 있으며 그들이 신의 노여움을 사게 된 악한 행위 가운데에서도 남을 속이는 기만행위를 가장 사악하게 보기 때문에 더욱 큰 고통을 받게 된다고 말했다.

"일곱 번째 지옥은 폭력배들이 갇혀 있으며, 그곳은 세 개의 작은 지옥이 층층이 존재하고 있다네. 첫 번째 지옥은 이웃에게 폭력으로 인한 죽음과 쓰라린 상처를 안겨 주며 재산을 약탈하고 파괴한 자, 또한 살인자와 중상모략자, 불한당, 날도둑들이 벌을 받는 곳이고, 두 번째 지옥은 자살하거나 자해 행위를 한 자들, 그리고 놀음으로 재산을 탕진한 자들이 슬프게 지내고 있으며, 마지막으로 가장 깊은 지옥인 세 번째 지옥은 소돔과 카오르사의 고리대금업자들처럼 하느님을 마음속으로 깔보거나 남을 등쳐먹은 사람들을 낙인찍어 표시하는 곳일세.

미노타우로스를 만나는 단테_ 단테가 머리는 소이고 몸은 사람인 괴물 미노타우로스를 만나는 장면이다.

또한, 여덟 번째 지옥은 양심을 거역하고 사랑의 매듭조차 풀어 없애는 기만행위를 일삼은 자들, 즉 위선자들, 그리고 이기주의자들, 포주들이 웅크리고 있는 곳이며 마지막 지옥인 아홉 번째 지옥은 모든 반역자의 무리가 있는 곳일세."

베르길리우스는 다시 단테를 재촉하여 일곱 번째 지옥의 험준한 벼랑을 내려갔다. 그들이 벼랑을 거의 내려갈 즈음 보기에도 끔찍한 우두인신(牛頭人身)의 괴물이 모습을 드러냈다.

머리는 소의 모양에 인간 몸뚱이를 한 미노타우로스로 불리는 괴물이 분노에 휩싸여 단테에게 달려들자 베르길리우스는 벼락같은 호통을 내리쳤다.

"네놈은 너에게 치명적인 죽음을 안겨주었던 아테네의 테세우스를 만난 것으로 안단 말이냐? 어서 길을 비켜라! 이분은 네 누이의 사주를 받아 이곳에 온 것이 아니라 네놈들의 고통을 알기 위하여 지나가고 있을 뿐이란 말이다."

그러자 괴물은 치명적인 일격을 받고 고삐가 풀렸어도 도망갈 줄 모르고 허우적대는 황소처럼 나뒹굴었다. 그 사이에 빠져나와 단테가 계곡을 지나가자 활처럼 둥근 큰 구덩이가 보였다. 그 속에서 활과 화살을 가진 반인반마(半人半馬) 모양의 켄타우로스가 한 떼가 되어 날뛰고 있었다.

벼랑을 타고 내려온 그들을 보자 그 무리 중에서 셋이 활과 화살을 비켜 들고 나서며 소리쳤다.

켄타우로스족과 만나는 단테_ 단테가 그리스 신화 속 괴물인 켄타우로스족을 만나는 장면이다.

"이놈들아! 네놈들은 무슨 벌을 받기 위해 여기까지 왔느냐? 냉큼 그 자리에 멈춰서서 대답해 보아라! 그렇지 않으면 고슴도치가 될 것이다."

그러자 베르길리우스는

"그 대답은 네 곁에 있는 케이론에게 할 것이니 성급하게 나서지 말아라."

하고 쏘아붙이고는 단테에게 말했다.

"저놈이 바로 네소스인데 헤라클레스의 아내인 아름다운 데이아네이라 때문에 죽임을 당하고 결국 제 원수마저 갚던 놈일세. 잘 보게, 저 한가운데서 제 가슴을 들여다보고 있는 자가 케이론이란 자일세. 저자가 아킬레우스를 교육하였다네. 또 그 옆에 있는 자가 폴로스란 인물로서, 저들은 천 명씩 구렁 주위를 맴돌면서 죄가 정해 준 경계를 넘어 피의 강물 위로 몸을 내미는 영혼이 있으면 화살을 당기는 것일세."

단테와 베르길리우스가 그들을 향해 가까이 다가가자 케이론이 무리를 향해 소리쳤다.

"너희도 알아보겠느냐, 저 뒤에 있는 자가 건드리는 바위가 움직이는 것을. 만약 죽은 자의 발이라면 움직일 수가 없을 텐데 말이지."

베르길리우스가 재빠르게 케이론 앞으로 가서 말했다.

"네가 본 것이 옳다. 저분은 살아 있는 사람이지만, 나는 그에게 이 암흑의 골짜기를 보여주어야 한다. 그를 인도하는 것이 나의 임무인즉, 이는 부득이한 사정이 있기 때문이다. 그것은 할렐루야의 노랫소리가 울려 퍼지는 천국에서 보내신 분, 베아트리체가 내게 맡긴 일이다. 이토록 험난한 길을 따라 발길을 움직이게 하신 하느님의 존귀하신 이름으로 청하노니 너희 중의 하나가 그의 곁에 서서 길잡이가 되어 그를 업고 가게 해 주길. 저분은 공중으로 날 수 있는 혼이 아니니까 말이다."

케이론이 그의 오른편에 있는 네소스에게 명령을 내렸다.

"네가 저들을 안내하고 다른 놈들을 만나게 되거든 쫓아버리도록 하라."

이 일로 인해 두 사람은 듬직한 호위병을 두게 되어 그와 함께 벌겋게 끓어오르는 언덕을 따라 피의 강 속에서 삶아지고 태워지는 무리가 비명을 지르는 곳으로 나아갈 수 있었다.

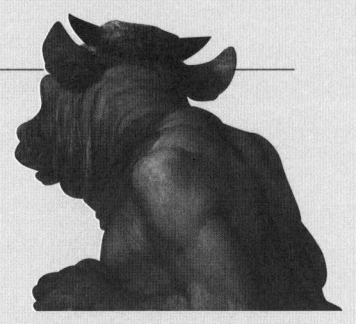

미노타우로스

미노타우로스는 그리스 신화에 등장하는 소머리에 인간의 몸을 한 괴인이다. 미노타우로스라는 이름의 뜻은 그리스어로 '미노스의 황소'를 뜻한다. 크레타의 왕 미노스(신곡에서 '지옥의 심판자'로 등장한다)는 왕이 되기 전 자신의 형제들과 왕위를 놓고 투쟁하였다. 그는 바다의 신, 포세이돈에게 자신이 왕위에 오를 수 있도록 도와달라고 기도하면서 눈처럼 하얀 황소를 증거로 보내달라고 했다. 포세이돈은 정말 잘생기고 눈처럼 하얀 황소를 크레타로 보내주었고, 이를 본 사람들은 미노스를 왕으로 인정하였다. 미노스가 왕이 되자 황소를 포세이돈에게 희생물로 바쳐야 했는데, 너무나도 잘생긴 황소가 아까워 미노스는 다른 황소를 바쳤다. 포세이돈은 자신을 속인 미노스에게 화가 나서 복수를 꾀한다. 미노스의 왕비 파시파에가 황소와 사랑에 빠지게 만든 것이다. 파시파에는 너무나 잘생긴 황소를 사랑하여 상사병에 걸릴 지경이었다.

그 무렵, 크레타에는 다이달로스라는 명장(名匠)이 있었는데, 다이달로스는 파시파에에게 나무로 만든 암소를 만들어 주었다. 그 암소는 너무나 정교하게 만들어져 진짜 암소처럼 보였는데, 파시파에는 그 속에 들어가 황소를 유혹했고 결국 포세이돈의 황소와 교접했다. 미노타우로스는 바로 황소와 파시파에가 교접한 결과로 태어났는데, 몸은 인간이고 얼굴과 꼬리는 황소의 모습이었다.

미노타우로스가 아직 어렸을 때는 파시파에가 길렀는데, 점차 커가면서 미노타우로스는 난폭하여 통제되지 않았다. 미노스 왕은 자신의 왕가의 수치이며 난폭하고 사나운 이 괴물을 처리하기 위해 다이달로스에게 아무도 들어갈 수도 나올 수도 없는 복잡한 성, 즉 미궁을 만들게 하였고 그 중앙에 미노타우로스를 가두어 버렸다.

미노스의 아들 안드로게오스는 아테네에서 열린 경기에 참가하였으나 살해당했다. 아들의 목숨에 대한 대가로 미노스는 아테네에서 9년에 한 번씩 청년 일곱 명, 처녀 일곱 명을 각각 바치게 했다. 이 인신 공물을 미궁으로 보내어 미노타우로스에게 주었다. 이렇게 두 번의 공물이 바쳐지고 세 번째 공물이 바쳐질 즈음, 아테네의 영웅 테세우스가 희생물로 자원하여 이 미궁 속으로 들어가 미노타우로스를 죽여버렸다.

이때 테세우스는 자신을 사랑한 크레타의 공주 아리아드네의 도움을 받아 명주실을 풀면서 미궁으로 가서 나올 때 다시 감고 나와 무사히 미궁을 빠져나올 수 있었다.

피의 강과 통탄의 숲

네소스의 안내를 받은 단테는 일곱 번째 지옥에 들어선다. 그곳에는 자기 육체에 폭력을 가한 자살자와 자기 재산을 탕진한 자들이 갇혀 있는 곳이다. 또 더 깊은 곳은 황량한 사막으로, 뜨거운 모래 위에서 신과 자연과 기술을 거역한 자가 불덩이 눈을 맞으며 형벌을 받는 곳이었으며, 가장 깊은 곳에는 혼음과 동성애자들의 망자들이 즐비해 있었다.

단테와 베르길리우스는 네소스의 안내를 받으며 벌겋게 불타오르는 언덕을 따라, 영혼들이 부글부글 끓어오르는 시뻘건 강물에 삶아지고 태워져 비명이 진동하는 피의 강까지 별다른 어려움 없이 나아갔다. 네소스는 그들을 가리키며 설명했다.

"저들이 살아 있을 때, 제 마음대로 사람들의 피를 흘리게 하고 재산을 약탈하였던 폭군들이죠. 지금 저 비명은 자신들의 죗값을 받으며 고통에 못 이겨서 울부짖는 소리입니다. 저쪽에 있는 영혼은 알렉산더 대왕과 시칠리아 섬의 폭군 디오니시우스, 그 옆의 새까만 머리털에 이마 부분만 보이는 놈은 잔인하기로 소문난 아촐리노, 그리고 그 옆에 보이는 금발의 저놈은 약탈을 일삼던 에스티의 폭군 오피초 (오비초 3세 디 에스테이다. 페라라이 군주로 매우 잔인했다고 한다.)입니다. 세상에 살면서 잔인하고 난폭한 행동을 서슴지 않았던 이놈은 결국 제 의붓자식에게 살해당했죠."

그들이 조금 더 앞으로 나가자 시뻘건 핏물에 목만 내밀고 있는 자들이 보였고, 그다음에 보이는 자들은 가슴까지 내놓고 있었다. 이처럼 피의 강은 점점 얕아져 발목만을 뜨겁게 할 정도로 낮아졌다.

안내자인 네소스가 말한 바로는 이쪽에서 점점 낮아진 피의 강물은 저편에서 다시 깊어지기 시작하여 폭군들이 슬피 우는 심연 속으로 미끄러져 들어가게 된다는 것이다.

그 가운데에는 신의 채찍이라 일컬어졌던 흉노족의 우두머리 아틸라와 그리스의 왕 피로스, 폼페이우스의 아들 섹스토스, 해적 라니엘, 그리고 실벤세 주교를 살해하여 파문을 당했던 강도 파초 등이 고통을 당하면서 영원히 눈물을 흘리고 있다는 설명을 들려준 후 네소스는 다시 여울목을 건너 되돌아갔다.

단테와 베르길리우스는 일곱 번째 지옥의 두 번째 원 안으로 접어들게 되었다. 그들은 오솔길도 없는 숲 속으로 들어갔는데, 그 숲의 나뭇잎은 검붉은 색을 띠고 있었으며, 나뭇가지들은 온통 뒤틀어진 채 매듭투성이였다. 열매도 달리지 않은 그 가지들은 독을 품고 있는 가시로 덮여 있었다.

이토록 거칠고 삭막한 숲 속은 야생 동물조차 살 수 없을 지경이었지만 오직 몰골 사나운 새[鳥] 아르피아(그리스 신화에 나오는 괴물로, 여자의 얼굴과 목을 갖고 있고 몸은 새이다.)만이 살고 있었다. 그 괴조(怪鳥)는 여인의 얼굴에 새의 몸뚱이를 하고 날카로운 발톱을 숨긴 채 그 뒤틀린 나무 위에 앉아 슬피 울고 있었다.

아르피아 숲을 지나는 단테_ 단테가 몰골 사나운 새 아르피아 숲을 지나는 장면이다.

숲 속 깊숙한 곳에서 끊이지 않고 비통한 통곡소리가 들렸지만, 소리를 지르는 영혼의 모습은 보이지 않아 단테는 당황했다. 어찌할 줄 모르는 단테에게 그의 스승이 입을 열었다.

"작은 나뭇가지를 하나 꺾어 보게나. 그럼 통곡소리의 주인공을 금방 알게 될 걸세."

단테가 스승의 말대로 나뭇가지를 꺾자 나무가 울부짖으며 소리쳤다.

"왜 내 몸을 그렇게 꺾는 거요?"

그와 동시에 꺾인 나뭇가지에서 검붉은 피가 철철 흘러나오고 있었다.

"왜 나를 해치는가? 너는 한 가닥 자비심도 없단 말이냐? 지금은 비록 나무로 변해 있지만, 나 또한 옛날에는 인간이었노라. 설령 우리가 뱀의 혼이라 할지라도 네 손은 더욱더 자비로워야 하는 것이 아니냐?"

단테는 생나무 가지가 불타오를 때 다른 한쪽 끝에서 거품처럼 피직하고 열기를 뿜어내듯 가지가 잘리며 말소리와 함께 피가 솟구쳐 나왔으므로 놀라 그 자리에서 몸이 굳어 버리고 말았다. 베르길리우스가 그 앞으로 나서며 피 흘리는 나무를 향해 입을 열었다.

"이분이 내가 지은 시 구절을 기억했더라면 그대에게 손을 대지 않았을 것이지만, 일이 생각지도 않게 되어 나로서도 가슴 아프게 되었노라. 하지만 이분은 다시 세상으로 돌아갈 몸이니 그대의 명예가 다시 새롭게 펼쳐질 수 있도록 이분에게 그대가 누구였는가를 말하는 것이 좋지 않겠는가?"

아르피아 숲의 단테_ 단테가 아르피아 고조의 숲에서 나무로 변신한 인간의 팔을 꺾고 있다.

그러자 피 흘리는 나무가 대답했다.

"그토록 달콤한 말씨로 나를 구슬리고 있으니 어찌 입을 다물고만 있겠소. 나는 프레더릭 황제의 마음을 마음대로 움직일 수 있었다오. 그래서 모든 사람을 황제의 비밀로부터 떼어놓는 영예로운 임무를 수행하느라 잠을 자지 못할 정도였소. 그러나 나의 충성스러운 임무를 시기하는 궁중의 음탕한 여인네들이 증오의 불길을 뿜어 황제에게 이간질하였으므로 나의 영예로운 임무는 슬픈 탄식으로 변해버리고 말았소. 나는 외로운 죽음으로 모멸감을 씻고자 자살을 시도했건만, 이는 오히려 나를 불행하게 만들었다오. 그러나 내가 이 나무의 뿌리를 향하여 맹세하지만 절대로 황제의 신의를 배반한 적은 없소이다. 그러나 당신들 가운데 누가 세상에 다시 돌아가게 된다면 아직도 사람들 질투의 불길 속에 파묻혀 있는 나의 명예를 되찾아주길 바랍니다."

잠시 후 베르길리우스가 단테에게 더 알고 싶은 것이 있으면 물어보라 권했다.

"제가 묻고 싶은 것을 이야기하기에는 너무도 측은하여 입이 떨어지지 않으니 스승께서 한 번 더 말씀해 주십시오."

단테의 부탁으로 베르길리우스가 그에게 다시 물었다.

"가엾게도 갇혀버린 영혼이여, 그대가 간청한 바 그 일을 이분께서 기꺼이 이루어줄 것이니, 그대도 좀 더 자세히 말해 주시기를, 어찌하여 영혼이 이 마디 투성이인 채 갇혀 있게 되었는가를, 또 이곳에서 벗어난 영혼이 하나라도 있었는지를..."

나무는 한숨을 몰아쉬느라 바람을 일으켰다. 그 한숨 소리는 곧 소리로 변하여 단테의 귀에 들려왔다.

"그럼 아주 짤막하게 대답하리다. 자신의 몸에 폭력을 가하여 영혼이 몸에서 떠나게 되면, 그 순간 그 폭력적인 영혼은 육신의 형태를 완전히 잃어버리게 됩니다. 하느님께서 주신 육신을 잘 유지하지 못하고 제멋대로 훼손한 까닭이지요. 미노스는 그런 영혼을 일곱 번째 지옥으로 보냅니다. 그러면 영혼은 숲에 떨어지게 되는데, 떨어질 곳은 자신이 선택할 수 없지요. 정해진 운명대로 자리를 잡고 잡초씨앗처럼 싹을 틔우게 된다오. 그래서 새순이 돋고 실가지가 피어올라 야생나무로 자라나면 아르피아들이 그 잎을 뜯어먹으면서 고통을 안겨주니, 이러한 고통은 새로운 잎이 돋아날 때마다 끊임없이 반복되지요. 다른 영혼들처럼 우리도 마지막 심판 날이 오면 부활을 꿈꾸며 지상으로 육신을 가지러 가겠지만, 우리의 영혼이 육신과 합쳐지는 일은 아마 없을 거요. 일단 자신이 버린 것에 대해서는 권리가 없으니까요. 그 때문에 우리의 저주 받은 영혼들은 이 숲 속에 와서 이렇게 가시나무에 매달린 채 슬픈 고통의 숲을 이루고 있는 것입니다."

다른 나무들도 뭔가 이야기하고 싶은 게 있지 않을까 싶어 그곳에 계속 서서 귀를 기울이고 있는데, 갑자기 떠들썩했다. 사냥꾼들과 산돼지들이 쫓고 쫓기는 기척에 놀란 짐승들과 나무들이 울부짖는 소리와도 같았다.

정체 모를 두 사람이 벌거벗은 채 상처투성이가 되어 숲 속을 휘젓고 있었다. 어찌나 억세게 달아나는지 숲 속의 모든 나뭇가지를 모조리 부러뜨리는 기세였다. 앞쪽에서 달려가는 자가 외쳤다.

"자, 어서 오라, 죽음이여!"

그러자 뒤따라가는 자가 화답하며 쫓아갔다.

"라노(시에나 출신의 에르콜라노 마코니를 가리킨다. 그는 포토에서 벌어진 시에나와 아레초의 전쟁에서 전사했다.), 토포에서 싸울 때에도 이처럼 당신이 빨리 달리진 못하지 않았소?"

그들은 이윽고 숨이 막혀버린 듯 덤불 속에 쓰러져버렸다. 그러자 그들 뒤의 숲 속에 숨어 있던 검은 암캐들이 떼를 지어 나타나 피 냄새를 맡고는 달려들었다.

그 검은 개들은 사슬이 풀린 사냥개들처럼 지쳐 쓰러진 그들에게 달려들어 물어뜯고는 갈기갈기 찢긴 몸통을 물고 사라져버렸다. 이 광경을 보고 있던 베르길리우스는 단테와 함께 다시 숲 속으로 들어갔다. 그들은 숲 속에서 피 흘리면서 비통한 한숨을 내쉬고 있는 자들 가운데 피렌체 출신 영혼의 한탄을 들으면서 꺾인 가지들을 가엾은 나무 발치에 다시 모아 주었다.

단테는 그의 고향인 피렌체에 대한 연민의 정이 벅차서 흩어진 가지들을 모은 다음 일곱 번째 지옥의 세 번째 원 가장자리에 도달했다. 거기서 단테는 정의의 심판이 펼쳐지는 두려운 광경을 목격할 수 있었다.

검은 개에게 수난을 당하는 망령들_ 숲의 망령들이 검은 개들에게 공격을 당하는 장면이다.

그 앞에는 풀잎 하나 나지 않는 메마른 사막과 같은 땅이 계속되는 벌판이 펼쳐져 있었다. 그 벌판 둘레는 자살자들로 가득했던 비탄의 숲이 에워싸고 있었지만, 그것은 음침한 운하가 성을 둘러싸고 있는 것처럼 보였다. 땅은 바짝 마른 모래층으로 먼 옛날 카론의 발에 짓눌렸던 리비아 사막과 다름없었다. 단테는 이같이 삭막하고 음침한 기운이 있는 곳에서 펼쳐지는 신의 응징을 바라보며 신의 형벌이 얼마나 무서운 것인가를 새삼스레 깨달으면서 몸서리쳤다. 수많은 영혼이 벌거벗은 채 무리를 지어 있었다. 그들은 모두 흐느껴 울면서 저마다 다른 형태로 벌을 받고 있었다.

즉, 신을 모독했던 무리는 경멸스러운 눈을 하늘을 향해 치켜뜨고 벌렁 나자빠진 채 누워 있었으며, 신과 인간에게 포악했던 고리대금업자들은 그 옆에 웅크리고 앉아 있었다. 또한, 정욕에 사로잡혀 혼음과 동성애에 빠졌던 자들은 방랑자 신세가 되어 줄곧 서성대고 있는 모습이었다. 이들은 모두 모래펄이 부풀어오르도록 뜨거운 불덩이가 떨어져 내리는 속에 있었다. 그 불의 빗줄기는 마치 바람이 없는 날 내리는 알프스의 눈처럼 끊임없이 불꽃을 퍼부어 대었다. 이 때문에 모래밭은 불아궁이처럼 불붙고 있었고 그 모습은 불꽃 심지가 타오르는 듯이 보였다. 그 속에서 불쌍한 영혼들은 저마다 머리 위로 쏟아지는 불꽃송이들을 손으로 떨쳐 버리려 안간힘을 쓰고 있었다.

단테는 그 속에서도 꼼짝하지 않고 누워 있는 자를 보고 베르길리우스에게 물었다.

불덩이의 빗속에 신음하는 망령들_ 신을 모독했던 망령들이 불의 빗줄기 속에 벌을 받는 장면 이다.

불덩이 속의 카파네우스 망령_ 테베를 공격한 카파네우스가 불덩이 속에서 단테에게 다가서는 장면이다.

"스승님, 저 끔찍한 광경 속에서도 불길을 피하지 않고 눈을 흘기며 자빠진 채 시체처럼 누워 있는 자는 누구인가요?"

그러자 스승이 대답하기 전에 거인이 나서며 말했다.

"내게 이 정도의 고통은 아무것도 아니오. 나는 죽은 자이지 만 살아 있을 때와 다름없소이다. 성난 제우스가 자신의 대장장이인 불카누스를 시켜 나를 다시 한번 더 죽인다 해도, 그리고 또 테살리아(Thessalia, 그리스 북부 에게 해에 면하여 있는 지방.)의 골짜기에서 화산이 폭발하여 내게 쏟아져 내린다 해도 난 눈 하나 깜짝하지 않을 것이오."

그러자 베르길리우스가 그동안 볼 수 없었던 큰 목소리로 그를 꾸짖었다.

"카파네우스, 그대의 오만함은 아직도 수그러들지 않았단 말이야? 그대의 광포한 교만함에는 그 못된 분노만큼 어울릴 수 있는 것도 없을 것이다."

스승의 난데없이 성난 얼굴을 바라보는 단테에게 베르길리우스는 거인에 관한 설명을 하기 시작했다.

"저놈은 테베를 공격했던 일곱 왕 중 하나로, 예나 지금이나 하느님을 경멸하고 섬기지 않는 놈일세. 내가 방금 말한 것처럼 경멸에 찬 놈의 분노는 저의 가슴에 가장 어울리는 장식일 뿐일세. 자, 이제 나를 따라오면서 정신을 바짝 차려서 불구덩이 모래밭에 발을 들여놓지 않도록 조심하고 가능한 한 숲 언저리를 벗어나지 않도록 주의해 주게."

단테는 베르길리우스의 뒤를 조심스럽게 따라갔다. 그들은 곧 숲 속의 냇물이 흘러내리는 곳에 이르게 되었다. 그 냇물은 자살자의 숲을 지나 이곳으로 흐르는 물줄기로서 온통 핏빛으로 물들어 있었다.

"우리가 저 지옥문에 들어온 이후 이 시냇물처럼 진기한 것은 본 적이 없을 걸세. 이 냇물은 모든 불꽃을 집어삼켜 꺼뜨리는 능력이 있다네."

단테가 스승의 말에 안도의 한숨을 내쉬자, 베르길리우스는 좀 더 자세하게 설명하기 시작했다.

"지중해 한가운데에 크레타라고 불리던 나라가 있었다는 건 잘 알고 있을 걸세. 그 나라의 첫 번째 임금인 사투르누스 시대에는 평온한 나날이었다네. 크레타 섬에는 '이다'라고 부르던 작은 산이 있었는데, 예전에는 맑은 샘물과 초목이 우거져 있었지만, 지금은 황폐하여 쓸모없이 되어버렸지. 제우스의 어머니인 레아가 제 아들을 숨기기 위한 안전한 요람으로 선택했던 산으로, 레아는 아이가 울 때면 같이 소울음소리를 내어 감추었던 것일세."

베르길리우스는 단테의 얼굴을 바라보며 말을 이었다.

"그 산속에는 나이 먹은 거인이 하나 버티고 서서 이집트의 옛 도시인 다미에타에 등을 돌리고 거울을 관찰하듯 로마를 바라보고 있었지. 그의 머리는 순금이었으며 양팔과 가슴은 은으로 하체는 무릎까지 동, 그리고 그 밑으로는 모두 쇠붙이로 되어 있으나 오른발만은 진흙으로 이루어졌다네. 그런데도 이 거인은 온몸의 무게를 오른발에만 실어 지탱하고 있었지. 결국, 순금 이외에는 어느 부분이고 모조리 부서져 버렸고 그 갈라진 틈새로 눈물이 방울져 모여서 저 바위를 꿰뚫게 된 것일세. 그 물줄기는 바위를 돌고 돌아 이 계곡까지 이르렀고 아케론, 스틱스, 그리고 플레게톤 강을 이룬 다음, 좁은 물길을 따라 내려가다가 마지막으로 더는 내려갈 수 없는 곳에서 지옥 맨 바닥의 연못인 코치토의 늪을 이룬 것이라네. 이제 머지않아 그대는 직접 그대의 눈으로 그것을 볼 수 있을 것이니 더는 설명은 생략하겠네."

단테는 베르길리우스의 그처럼 장황한 설명을 듣고서 다시 물었다.

"스승께서 말씀하신 것처럼 이 냇물이 만약 세상으로부터 연결된 것이라면 어찌하여 이 숲 근처에서 우리에게 나타난 것입니까?"

"그대는 이곳이 동굴인 줄 알고 있지만, 지옥은 원래 둥근 것일세. 그대와 내가 밑바닥을 향해 오긴 했어도 내려오는 것은 언제나 왼쪽이었고 아직도 그 둘레를 다 돌지는 못한 것일세. 그러니 새로운 게 나타났다고 해서 놀랄 일은 못 되네."

다시 한번 단테가 말했다.

"그렇다면 당신께서 말씀하신 플레게톤 강과 망각의 강이라고 불리는 레테의 강은 어디에 있습니까? 스승께서는 플레게톤 강이 거인의 눈물비로 되었다고 말씀하셨지만, 레테의 강에 대해선 한 마디 말씀조차 하지 않으셨습니다."

베르길리우스가 지긋한 미소를 띠며 대답했다.

"그대의 물음이 퍽 마음에 드네. 앞선 내용은 끓어오르던 붉은 핏물의 모습이 해답을 줄 것이지만, 그다음 질문인 레테의 강에 대해선 이

웅덩이 밖에서 보게 될 걸세. 그곳은 죄를 뉘우친 자들이 죄 사함을 받는 날, 그들의 영혼이 몸을 씻으러 가는 심연이니까 말일세."

베르길리우스는 계속해서 말을 이었다.

"자, 이제 숲을 빠져나갈 때가 되었으니 정신 차려서 내 뒤를 따르도록 하게. 불에도 타지 않는 강기슭이 저 앞에 있네. 그곳은 모든 불꽃이 꺼지게 되어 있어."

베르길리우스를 뒤쫓아 숲에서 상당히 떨어진 둑길을 걸어가면서 단테는 한 무리의 영혼들을 만났다. 그들은 어스름한 달밤에 상대방의 얼굴을 확인하려는 것처럼 단테의 얼굴을 뚫어지게 쳐다보았다. 그중 한 사람이 단테의 옷자락을 부여잡으며 소리쳤다.

"아! 이게 누구란 말인가!"

단테가 그를 좀 더 자세히 눈여겨 살펴보자 비록 불에 그슬린 얼굴이긴 해도 금세 알아볼 수 있었다. 단테는 깜짝 놀라 부르짖었다.

"아니, 브르네토 선생님! 선생님께서 이곳에 계시다니 이게 대체 어찌 된 일입니까?"

"오, 단테! 무리를 먼저 보내고 돌아와서 잠시만이라도 자네와 함께 이야기를 나누고 싶으니 꺼리지 말게나."

단테가 고개를 끄덕이자, 그는 다시 말을 이었다.

"아직 종말의 날이 많이 남았는데도 자네를 이곳으로 이끈 것은 어떤 운명의 힘에 의해서인가, 아니면 어느 신의 노여움 탓이란 말인가. 도대체 자네에게 길을 인도하고 있는 자는 누구란 말인가?"

브르네토를 만나는 단테_ 단테가 망령들 중 자신과 인연이 있던 브르네토를 만나는 장면이다.

"저 위의 고요한 세상에서 제 나이가 차기도 전에 저는 여느 골짜기에서 길을 잃고 말았습니다. 그곳을 떠나온 것이 바로 어제 아침인데 바로 제 곁에 계신 이분께서 저를 이곳을 지나는 길을 안내하여 주고 계신 것이지요."

단테의 따뜻한 설명을 듣고 브르네토는 감격에 북받쳐 옛일을 기억하면서 앞날에 대한 예언까지 곁들였다.

"우리가 살았던 아름다운 삶을 내가 잘 알고 있기에, 나는 그대가 그대 운명의 별자리를 따라가는 영광스러운 항구에 꼭 도달할 수 있을 것임을 의심치 않노라. 내가 이토록 일찍 죽지만 않았어도 그대가 신의 가호를 받고 있음을 목격한 이상 그대의 앞날을 격려해 주었을 텐데. 하지만 그 옛날 피에졸레에서 내려와 아직도 산과 바위에 쪼그리고 앉아 있는 저 비열하고도 악독한 피렌체 백성은 자네의 선한 행실을 눈으로 확인하고서도 오히려 자네를 원수로 대할 것이야. 자네는 절대로 그들처럼 오염돼선 안 되네. 운명은 자네에게 명성을 가져다 주겠지만, 저들처럼 오염되면 파멸을 면치 못하게 될 걸세. 그러니 인색하고 질투심 많은 눈먼 무리의 행위에서 벗어나 자신을 지켜야만 하네. 비록 양쪽 편 모두에서 자네를 끌어들이기 위해 안달을 하겠지만, 초목은 산양으로부터 멀리 떨어져 있어야 한다는 사실을 명심하게나."

단테는 그의 충고를 고맙게 받아들이면서 대답했다.

"저의 소망이 모두 이루어졌다면, 선생님은 아직도 인간 세상에서 나오지 않을 수 있었을 것입니다. 인간의 도리를 가르쳐 주시던 어버이 같은 인자하신 모습이 아직도 마음속에 새겨져 저를 감동시키고 있습니다. 스승님께서 가르쳐 주셨던 것들과 스승님께 대한 감사의 마음은 마음속 깊이 간직해 두었다가 저의 사랑인 베아트리체곁에 가게 되면 모두 다 털어놓겠습니다. 지금 제가 스승님께 말씀드리고 싶은 것은, 양심의 가책을 받지 않는 한 운명의 뜻에 따를 각오가 되어 있다는 것입니다. 지금 저에게 하신 충고의 말씀이 지난날 스승님의 가르치심보다 새삼스러운 것은 아니지만, 아무튼 운명의 바퀴를 힘껏 돌리는 것이 농부가 쇠스랑질을 열심히 하는 것이나 다를 게 없지 않을까 싶습니다.”

그때 베르길리우스가 단테의 오른편에서 뒤를 돌아보며 “잘 듣는다는 것은 마음에 깊이 새겨 놓는다는 것과 마찬가지일세.”라고 말해 주었다. 그렇지만 단테는 계속해서 브르네토와 함께 걸으면서 같이 있는 영혼 중에서 유명한 사람이 또 있는가를 물어보았다.

“이들 가운데 몇몇에 대해 이야기해도 좋겠지. 다른 사람에 대해서 말하자면 시간이 너무 짧겠지만, 간단히 한 마디 하자면, 저들은 모두 살아생전 성직자들이거나 위대한 문인, 학자들로서 명성을 떨쳤던 자들일세. 하지만 사는 동안 똑같이 혼음과 동성애 등의 죄를 범했지. 문법학자 프리시아누스와 법률학자 프란체스코 다 코르소도 마찬가지라네. 그대가 만나고 싶어 한다면 그럴 수도 있을 걸세. 저들은 교황이 아르노 강에서 바킬리오네 강으로 추방한 자들로 모두 가정이나 나라에 해악을 끼치던 자들일세. 좀 더 이야기하고 싶지만 저 앞에 모래사장에서 연기가 솟아오르는 것이 보여서 더는 동행도 대화도 할 수 없구나. 대신에 내가 저술했던 《태소로》라는 책을 한번 읽어보길 바라네. 그 외의 달리 부탁할 말은 없네."

브르네토는 말을 마친 후 베로나의 들녘으로 육상선수가 달려가는 것처럼 뛰어갔다. 마치 우승하기 위해 녹색 깃발을 거머쥐고 달리는 것처럼 힘찬 모습이었다.

괴물 게리온과 열 개의 구덩이

단테와 베르길리우스는 괴물 게리온의 도움으로 고뇌에 찬 고리대금업자들의 무리와 뚜쟁이의 무리, 성직과 성물을 매매한 무리를 차례로 만났다.

단테는 스승을 따라 일곱 번째 지옥의 세 번째 원에 이르렀다.

이곳은 플레게톤 강물이 끓는 소리를 내며 깎아지른 절벽 밑으로 떨어져 폭포수를 만들어내는 장관이 펼쳐지고 있었다.

그 모습은 마치 포우 강의 상류에 있는 몬테베소 산에서 동쪽으로 흘러 이탈리아 반도를 양편으로 갈라놓는 아펜니노 산맥 왼편 기슭을 훑어 내리는 강물과도 같았다. 그 강물은 로마 평원까지 흘러가지만, 상류는 아콰퀘타, 즉 '조용히 흐르는 강'이라는 이름으로 불리다가 마침내 포를리에 이르러 그 명칭이 자취를 감추게 된다. 알프스의 성베네딕트 수도원이 자리잡고 있는 몬테네 가(家)에 이르러 거대한 폭포를 이루게 되기 때문이다.

폭포는 험준한 벼랑 아래로 한꺼번에 내리질러 소리쳐 울리듯이 떨어졌는데, 단테는 지옥의 저주를 담은 핏빛 물줄기가 쏟아내는 소리에 귀가 떨어져 나가는 듯한 고통을 느꼈다.

단테는 수도승들이 주로 사용하는 절제의 허리띠를 매고 있었고, 곧 그것을 풀어서 둘둘 말아서는 베르길리우스에게 건네주었다. 그러자 베르길리우스는 오른편으로 돌아서서 벼랑 건너편의 깊은 골짜기로 그것을 던져버렸다.

단테는 스승의 행동에 의아심을 품었으나 자기의 스승이 어떤 신호를 보내 새로운 일이 벌어지게 되는 것이려니 하고 믿었다.

베르길리우스가 말했다.

"내가 기대하는 것이 곧 나타날 것이고, 또한 그대가 생각하는 것이 떠올라 나타날 것이네."

바로 그때 무겁고 어두침침한 허공을 향하여 헤엄쳐 거슬러 오르는 형체가 보였다. 그것은 아무리 강심장인 사람일지라도 놀라 자빠질 만큼 무서운 형상을 하고 있었다.

괴물체는 마치 암초에 걸린 닻을 끌어올리기 위해 바닷속에 들어갔다가 떠오르는 뱃사공처럼 양팔을 벌리고 다리를 웅크린 자세를 취하고 있었다.

"저걸 보게나. 뾰족한 꼬리를 가진 괴물, 저놈은 산과 들을 넘어서 성벽을 무너뜨리고 온갖 무기를 쳐부수며 온 세상에 악취를 퍼뜨리는 놈일세."

베르길리우스는 그렇게 말하고는 괴물에게 눈짓하여 그들이 서 있는 벼랑 가까이 다가서게 하였다. 그러자 더럽고 비겁한 기만을 상징하는 괴물이 다가와 제 머리와 가슴패기를 언덕 위에 걸쳤다. 하지만

단테 앞에 나타난 게리온_ 게리온은 그리스 신화에 등장하는 괴물로 단테의 《신곡》에서 지옥의
일곱 번째와 여덟 번째 원 사이의 절벽 아래에 존재한다고 한다.

꼬리만은 그 위까지 올려놓지 않았다.

자세히 살펴보니 얼굴은 분명히 사람이었다. 겉으로 보이는 피부는 온전히 사람의 것이었으나 나머지 몸통은 꼭 뱀과 닮아 있었다. 두 앞발에서 겨드랑이까지는 털이 많았다. 그리고 등과 가슴, 양 옆구리에는 매듭과 작은 동그라미(사기꾼들이 사용하는 올가미, 즉 속임수를 뜻한다.)가 그려져 있었는데, 타타르 사람이나 터키 사람이 짠 직물도 그보다 더 화려하고 곱지는 못할 것이다.

베르길리우스는 단테를 데리고 언덕 위 오른쪽으로 돌면서 뜨거운 모래와 불꽃을 피하여 언덕 밑으로 다시 걸어 내려갔다.

"그대가 이곳에서 얻은 경험을 토대로 저곳에 있는 자들의 동태를 살펴볼 수 있을 것일세. 단, 거기서는 되도록 짧게 이야기해야 할 것인즉, 나는 그대가 돌아올 동안 이놈과 이야기하여 그 강인한 어깨를 빌릴 수 있도록 부탁해 놓겠네."

베르길리우스의 말대로 단테는 혼자 일곱 번째 지옥의 맨 끝 가장자리로 걸어 들어갔다.

그곳엔 혹심한 고통을 당하고 있는 사람들이 모여 앉아 있었다. 그들이 겪는 고통과 괴로움은 눈물이 되어 쏟아지고 있었고, 그들은 퍼붓는 불똥과 타들어 가는 모래를 이리저리 피하는 데 여념이 없었다. 그 모습은 여름날 강아지가 주둥이와 발목을 벼룩이나 모기에 물려 쩔쩔매는 모습과 다름없었다.

그들은 하나같이 돈주머니를 목에 매달고 있었는데, 그것들은 제각

불의 지옥에서 벌 받는 망령들_ 단테가 불덩이 속에서 고통받는 고리대금업자의 망령들을 만나는 장면이다.

각의 색깔로 구분되어 있었다. 그 돈주머니는 고리대금업자들이 세상에서 사는 동안 갖고 다니던 것으로 저마다 가문의 문장을 새긴 것들이었다.

단테는 좀 더 가까이 다가가서 그들 사이를 지나며 관찰했다. 그는 노란 주머니에 하늘색 사자 관머리의 형태가 새겨진 것을 발견했다. 그것은 겔프당의 잔필리 아치 가문의 문장을 나타내는 것이었다. 그 옆으로 눈길을 돌리자 핏빛보다도 더 붉은 바탕에 버터보다도 더 흰 거위 모양을 새긴 돈주머니가 보였다. 바로 그때, 흰 바탕에 살찐 암퇘지를 파란색으로 그려 넣은 돈주머니를 목에 맨 사내가 단테를 향해 큰 소리로 외쳤다. 그 주머니는 그가 파도바 지방의 스크로베니 가문임을 말해 주었다. 스크로베니는 파도바에서 사채업을 하여 막대한 부를 축적한 가문이었다.

"지금 이곳에서 무엇을 하고 있는 건가? 어서 물러가지 못할까! 당신은 아직 살아 있는 몸으로, 기억해 둘 것이 있다. 촌뜨기 비탈리아노(악랄한 고리대금업자이다.)는 여기에서도 내 왼쪽에 앉게 될 것이다. 여기에 있는 영혼들은 모두 피렌체 사람들이지만, 나는 파도바 사람이다. 저들은 가끔 내 귀가 떨어져 나갈 정도로 크게 소리쳐 나를 부르고는 '주둥이 셋 달린 주머니를 가져올 지엄하신 기사여, 어서 오시라.'고 외쳐대곤 했지. 그들 역시 머잖아 내 옆자리로 오게 될 것을 믿어 의심치 않는다."

단테는 이곳에 오래 머물러 있으면 그의 스승이 걱정할 것 같아 고통에 지친 불쌍한 영혼에게서 떠나 베르길리우스 곁으로 되돌아왔다. 그의 옆으로 다가온 단테를 보고 스승이 말했다.

"자, 기운을 내도록 하게. 이제 우리는 이 무서운 짐승을 사다리 삼아 저 밑으로 내려가야만 하네. 그대가 타면 내가 그대 뒤에서 괴물 게리온의 꼬리가 닿지 못하도록 하겠네."

단테는 두려움에 질린 채 괴물의 등에 올라탔다. 베르길리우스는 단테를 꼭 껴안아 안심시켜 주면서 괴물에게 명령을 내렸다.

"이제 움직여라, 게리온! 네가 등에 태운 고귀하신 분을 생각하여 천천히 내려가도록 하여라."

게리온은 마치 뱀장어처럼 몸을 꿈틀거리면서 움직이기 시작했다. 앞발로 공중의 대기를 움켜쥐듯 빙그르르 돌며 천천히 지옥의 바닥을 향해 내려갔다. 단테는 공포에 질린 얼굴로 밑에서 올라오는 바람만을 간신히 느낄 수 있을 뿐, 거의 정신을 잃을 지경이었다.

오른쪽 밑의 깊은 수렁에서 요란하게 떨어지는 물소리를 듣고서 간신히 정신을 차렸다가 그곳에서 타오르는 불꽃과 탄식의 신음을 듣고서 부들부들 떨다가 하마터면 떨어질 뻔했다.

괴물 게리온은 먹을 것이 없어 울화가 치민 새처럼 골짜기 밑 깎아지른 바위틈에 그들을 내팽개치고는 쏜살같이 달아나 버렸다.

그곳은 여덟 번째 지옥에 해당하며 말레볼제(여덟 번째 지옥의 열 개 구역들을 가리키기 위해 단테가 만든 용어로, '사악한 사람들이 머무는 고리'라는 뜻의 합성어이다. 이곳은 열 개의 볼제로 이루어졌다.), 즉 알의 주머니라고 불리는

게리온의 등 위에 올라탄 단테와 베르길리우스_ 단테와 베르길리우스가 게리온에 올라타 여덟 번째 지옥에 이르게 된다.

지옥이었다. 그곳은 주위를 에워싸고 있는 원형의 언덕과 무쇠 빛의 바위로 둘러 싸여 있었고, 열 개의 작은 못으로 구분되어 있었다. 그들이 괴물 게리온의 등에서 떨어진 곳에서 베르길리우스는 왼쪽으로 방향을 잡았다.

그들이 발길을 서둘러 내려가는 첫 번째 길목에는 첫 번째 못이 있었는데, 그곳에는 항상 새로운 번뇌와 새로운 형벌, 그리고 새로운 매질의 고통이 가득 채워져 있었다. 그 구덩이 밑바닥에서 죄 지은 영혼들이 벌거벗은 채 떼 지어 걸어오고 있었다. 여기저기 시커먼 바위 위의 뿔 달린 마귀들이 그들에게 사정없이 채찍질을 가하고 있었다.

단테는 채찍질을 피하려고 발뒤꿈치를 들고 달아나는 영혼들의 불쌍한 모습을 보고 깊은 탄식을 내뱉지 않을 수 없었다. 단테는 그때 채찍을 맞으면서 도망쳐 오는 한 사내를 보았다.

"저 사람은 어디선가 본 듯합니다."

단테가 좀 더 자세히 확인하기 위해 걸음을 멈추자 베르길리우스도 함께 걸음을 멈추고 잠시 떨어져 이야기할 수 있게 허락했다. 채찍에 매질을 당하면서 온 사내는 고개를 숙여 얼굴을 감추려 했지만, 아무 소용이 없었다. 단테는 그에게 소리쳤다.

"너는 땅을 내려다보고만 있지만, 네 얼굴이 틀림없다면 분명 베네디코 카치아니미코(1260년부터 1297년까지 볼로냐 겔프당의 수장이었으며, 이몰라, 밀라노, 피스토이아 등의 집정관을 역임하기도 했다. 당시 페라라를 다스리던 에스케 가문의 환심을 사기 위해 오피초에게 돈을 받고 자신의 누이 기솔라벨라를 건네주었다.)가 맞겠구나. 넌 어찌하여 이런 몹쓸 고통을 받게 된 것이란 말이냐?"

그가 자신 없는 목소리로 대답했다.

"나는 말하고 싶지 않소. 하지만 그대의 자상한 배려에 힘입어 옛일을 돌이켜 말하겠소. 추잡한 이야기로 들릴지 모르겠으나, 나는 아름다운 내 여동생을 데리고 후작의 환심을 사 그의 욕심을 채우려 했던 자라오. 부끄러운 이야기를 해봤자 무슨 소용이 있겠소만, 여기에서 울고 있는 볼로냐 사람은 나 혼자만이 아니라오."

두 사람이 이야기하는 동안 멀리 떨어져 있던 악마가 다시 사내에게 채찍질을 해대면서 소리쳤다.

"꺼져라, 이 뚜쟁이야. 여긴 네놈에게 돈을 줄 계집들도 없단 말이다!"

단테는 서둘러 베르길리우스에게로 되돌아왔다. 그들이 몇 걸음 앞으로 나아가자 돌다리 하나가 불쑥 나타났다. 그 돌다리를 딛고 언덕을 올라 자갈이 깔린 윗길로 들어서자 영겁의 굴이 보이지 않았다. 그들은 비좁은 길을 지나 두 번째 구덩이가 엇갈리는 지점에 도착했다.

그곳은 활꼴 문의 어깨가 되는 지점이었다. 거기서 그들은 다른 구덩이에서 울려오는 신음과 거칠게 숨을 몰아쉬며 제 몸을 두들기는 소리를 들었다. 그 구덩이는 밑에서 치솟아 오르는 악취가 곰팡이처럼 서려 있어 눈과 코를 찔렀다. 또한, 바닥이 얼마나 깊은지 돌다리가 솟아 있는 활꼴 문 꼭대기에 올라서서 보지 않으면 그 속이 들여다 보

말레볼제 지옥의 광경_ 지옥의 사탄들이 망령들에게 채찍질을 가하는 장면이다.

이지도 않았다. 그래서 악취를 무릅쓰고 그곳에 올라서서 밑을 내려다보자 그곳은 오물통 속과 같아서 수많은 영혼들이 똥물 속에 가득 잠겨 있었다. 단테는 그 속에서 오물로 범벅된 한 영혼을 발견했는데, 겉모습만으로는 그가 속인이지 성직자인지 쉽게 구별조차 할 수 없었다. 그 영혼이 단테에게 소리쳤다.

"그대는 어찌하여 다른 더러운 놈보다 나를 더 유심히 살펴보는 것인가?"

단테가 그에게 대답했다.

"왜냐고? 내 기억이 옳다면 네 머리칼이 그처럼 젖어 있지 않을 때 그대를 보았다고 기억할 수 있기 때문이다. 당신은 루카 태생의 알레시오 인테르미네(이탈리아 중부 피사 근처의 도시인 루카 출신이다. 인테르미네 가문은 루카의 백당을 이끌었다.)가 아니오?"

똥물 속의 영혼이 제 머리통을 후려치면서 탄식의 한숨을 쏟았다.

"나를 이 지경으로 만들어 지옥으로 떨어뜨린 것은 바로 아첨하는 습관 때문이었으며 내 혓바닥은 지칠 줄 몰랐다네."

베르길리우스가 단테에게 조용한 어조로 말했다.

"눈을 들어 좀 더 앞을 바라보게. 저기 머리카락을 헝클어뜨린 더러운 모양의 여인을 알아볼 수 있을 걸세. 똥 묻은 손톱으로 몸을 긁적거리다가 몸을 비틀어 갑자기 일어났다 앉았다 반복하는 저 계집이 바로 매춘부 타이데(로마의 희극작가 테렌티우스의 《화관》에 등장하는 인물이다. 타이데의 대답은 아첨하는 자들이 늘어놓는 과장된 표현의 전형으로 쓰인다.)이지.

매춘부 타이데의 망령_ 똥구덩이 지옥에 신음하는 매춘부 타이데의 망령을 바라보는 단테.

자, 이제 이곳의 구경은 이쯤에서 마치도록 하세."

단테를 채근하여 두 사람이 그곳을 빠져나온 시간은 성 토요일 아침 6시경이었다. 그들은 세 번째 구덩이에 도착하게 됐는데, 그곳은 성직이나 성물을 매매하거나 모독한 자들이 벌 받는 장소였다. 단테는 이곳에서 시 한 수를 노래했다.

오, 마술사 시몬이여,
오, 측은한 추종자들이여.
그대들은 선과 영합했어야 할진데
물욕으로 하느님의 거룩하신 성물을
금과 은으로 바꾸어 더럽히고 말았으니
이제 이곳 세 번째 구덩이에 빠져버린 너희를 향해
심판의 나팔소리가 울려 퍼질 것이로다.

그들은 벌써 구덩이 한복판 위에 솟아 있는 건너편 돌다리로 올라서 네 번째 구덩이에 도착했다. 단테는 다시 한번 시를 읊었다.

오, 높으신 지혜여,
하늘과 땅, 또 사악한 세상에
나타내시는 그 권능이야말로 얼마나 크옵시고
또한 당신의 능력을 얼마나 의롭게 드러내시는지!

단테는 그곳에서 가장자리와 바닥에 모두 똑같은 크기의 구멍이 뚫린 것을 보았다.

그 구멍 사이로 죄 지은 망령들의 발과 정강이, 때로는 넓적다리가 솟아나 있었고, 다른 부분은 그 안에 감춰져 있는 듯했다. 그들 모두의 발바닥에는 불이 붙어 있었기에 구멍 사이로 빠져나온 사지가 심하게 요동치고 있었다. 마치 기름 덩어리에 불이 붙으면 불길이 그 표면을 에워싸고 펄럭거리며 차오르듯 발뒤꿈치에서 정강이로 불길이 번지는 모습이 그러했다.

"스승이시여, 저들은 누구이기에 다른 영혼들보다 훨씬 더 큰 고통을 당하고 있으며, 시뻘건 불길이 발바닥을 잔인하게 핥아대고 있는 것입니까?"

"여기보다 좀 더 낮은 곳으로 내려가 보면 저자들의 입을 통해 그 죄상을 낱낱이 알게 될 것일세."

베르길리우스는 단테를 이끌어 네 번째 구덩이 언덕에 올라 왼쪽으로 꼬부라져 좁은 구멍이 수없이 뚫린 골짜기 아래로 내려갔다.

베르길리우스는 다리를 요동치며 울부짖는 한 영혼의 구멍 바로 곁으로 단테를 인도했다.

"오, 말뚝처럼 처박혀 곤두박질치고 있는 그대가 누구인지 슬픈 영혼이여, 말할 수 있으면 말해 보시오."

단테가 한 영혼에게 정중한 어조로 말을 건넸다.

그런 단테의 모습은 마치 사악한 살인자의 죽음을 조금이라도 늦추

불구덩이 모래밭에서 고통받는 망령들의 다리 _ 단테는 네 번째 구덩이에서 거꾸로 처박혀 다리만 내놓고 벌 받는 장면을 목격한다.

고자 참회하는 말을 들어주는 사제와도 같았다. 불쌍한 영혼은 두 발을 온통 비틀어대며 울음 섞인 목소리로 대답했다.

"그대가 원하는 것이 무엇인가? 내가 누구인지 알고 싶어서 이 언덕을 찾아왔다면 숨김없이 가르쳐 주리라. 나는 세상에 있을 때 커다란 망토(교황의 법의(法衣)를 일컫는다.)를 걸쳤던 사람이오. 사실, 난 니콜라우스 3세이자 오르시니(Orsini) 가문의 아들로서 자손들을 위해 재물을 좀 모았소. 그러다 보니 그 죄 탓에 여기에 이렇게 처박혀 고통의 나날을 보내게 된 것이오. 내 머릿밑에는 나보다 앞서서 성직을 모독한 교황들이 끌려와 처박혀 있지요. 나 역시 곧 저 아래로 떨어지게 될 것인즉, 내가 여기에 온 지도 꽤 오래되었기 때문이오."

단테는 어쩌면 어리석은 짓일지도 모를 이야기를 그에게 던졌다.

"자, 우리 주님께서 사도 베드로에게 천국의 열쇠를 맡기실 때 과연 그 대가로 보물을 요구하셨는가를 말해 보시오. 그분은 '나를 따르라' 하신 것 외에 요구하신 것이 없었음이 분명하지 않은가 말이오. 죗값을 치러야 할 가룟 유다가 사라진 그 자리에 마태가 뽑혔을 때도 베드로나 다른 제자들은 금이나 은을 요구하지 않았소. 그걸 생각하면 이런 벌을 받음이 마땅하오. 그리고 샤를에게 대항하여 부정하게 얻은 검은돈이나 잘 간직하시오. 행복했던 세상에서 당신이 갖고 있던 귀중한 열쇠에 대한 존경심이 내게 아직 남아 있소. 그것만 아니었다면 이보다 훨씬 더 심한 말을 했을 거요. 당신의 탐욕은 선인을 짓밟고 악인을 추켜세워 세상을 슬프게 만들었소. 당신은 하느님을 금과 은으로 섬겼으니 우상숭배자들과 다른 게 무엇이란 말이오!"

단테가 이처럼 저주스런 말을 퍼붓고 있는 동안, 그는 분노 때문인지 아니면 양심의 가책 때문인지 두 발을 몹시 떨고 있었다.

베르길리우스는 단테의 말에 귀를 기울이면서 만족스러운 미소를 지어 보였다. 그는 다시 단테를 꼭 껴안고 가슴 위로 힘껏 들어 올리더니 내려왔던 벼랑길을 되돌아가서 네 번째와 다섯 번째 구덩이의 언덕을 연결하는 아치형 다리의 꼭대기까지 올라갔다. 거기서 그는 산양들조차 지나기 어려워 보이는 비좁고 가파른 길을 지나 단테를 살며시 내려놓았다. 그곳에는 또 다른 구덩이가 입을 벌리고 있었다.

역청의 지옥에 던져진 망령들

지옥의 넷째 구덩이에서는 불손하게도 생전에 미래를 점쳐 왔던 점쟁이들이 몸통 위에 머리가 뒤로 돌려진 채 벌을 받고 있었으며, 다섯째 구덩이에서는 탐관오리의 무리가 부글부글 끓는 역청(瀝靑) 속에 잠겨 있다. 악마가 장로를 그 속에 집어 던지고 작살로 괴롭히며 조롱한다.

　단테는 이미 탄식의 눈물로 멱을 감고 있는 처절한 모습이 훤히 들여다보이는 곳에 와 있었다. 그는 이 둥근 골짜기를 묵묵히 눈물을 흘리며 지나가는 사람들을 발견했다. 그것은 이 세상에서 기도의 행렬이 지나가는 모습과 비슷하게 보였다. 단테가 좀 더 자세히 관찰하다가 그들의 기괴한 형상을 보고는 섬뜩하여 놀라지 않을 수 없었다.

　그들은 모두 턱에서 앞가슴까지 비틀어 꼬아놓은 형상으로 얼굴이 등 쪽에 달라붙어 앞을 바라볼 수 없었다. 중풍에 걸리거나 전신이 마비되면서 목이 뒤틀린 환자들이라면 모르겠지만, 이처럼 기괴하게 생긴 모습은 상상하기조차 어려운 모습이었다.

　단테는 그들이 쏟아낸 눈물이 앞으로 흘러내리는 것이 아니라 등줄기를 타고 엉덩이를 적시는 참상을 목격하면서 눈물을 참을 수가 없었다. 그가 딱딱한 바위 모서리에 기대어 흐느끼고 있을 때, 베르길리우스가 다가와 그를 책망하며 설명하기 시작했다.

"어찌하여 그대는 눈물을 흘리고 있는 것인가? 하느님의 엄정한 심판에 대해 그렇게 연민을 느끼는 것처럼 불경한 짓도 없다네. 이제 그만 머리를 들고 몸을 꼿꼿이 하여 앞에 있는 저 사내를 보시게. 그는 테베인 눈앞에서 대지가 입을 열어 삼켜버렸기에 갑자기 사라졌던 인물이라네. 테베인들은 그를 위해 '어디로 떨어지려는가, 암파라오스여! 진정 싸움터를 버릴 참인가?' 하고 외쳤지만, 그는 땅에서 떨어지는 모든 것을 깡그리 잡아들이는 미노스에게 가기까지 지옥의 골짜기를 벗어날 수 없었지. 그는 너무도 앞일을 내다보고 싶어 했기에 이제는 뒤를 쳐다보며 뒷걸음을 칠 수밖에 없는 신세가 되어버린 거라네."

베르길리우스는 계속해서 몇 명의 점쟁이들의 신원을 밝히면서 말을 이어 나갔다. 그 가운데는 교미 중인 두 마리의 뱀을 회초리로 후려친 대가로 여성으로 둔갑하였다가 7년 후에 남성으로 되돌아오기 위해 두 마리의 뱀을 또다시 지팡이로 후려쳐야 했던 테베의 점쟁이 테레지아, 그리고 루니지아나 산 위에 있는 동굴을 거처로 삼고 별들과 바다를 자유롭게 바라보면서 점성술에 막힐 것이 없었던 에트루리아의 점쟁이 아론타, 또한 흩어진 머리칼을 가슴까지 치렁치렁 늘어뜨린 채 테베에서 아버지인 테레지아가 죽었다는 소식을 듣고 오랫동안 세상을 떠돌다가 현재의 만토바가 자리 잡고 있는 곳에 와서 거처를 마련한 만토에 이르기까지 설명은 계속되었다.

베르길리우스의 설명 속에 등장하는 아름다운 곳 만토바는 바로 단

망령들 앞의 단테와 베르길리우스 _ 단테가 점쟁이 망령들을 만나는 장면이다.

테의 고향으로 알프스 아래 호숫가에 자리 잡은 이탈리아의 도시 이름이다.

베르길리우스는 그 밖에도 그리스의 점쟁이 칼카스, 스코틀랜드의 천문학자이며 마술사인 미켈레 스코트, 이탈리아 포를리에의 점성술사 구이도 보나티, 풀잎의 즙을 내어 제 아비를 젊게 하려 했던 마술사 메데이아 등을 열거하면서 걸음을 멈추지 않고 앞으로 나아갔다.

그 사이에 그들은 여덟 번째 지옥의 다섯째 구덩이에 이르는 다리 꼭대기에 다가가 그 굴을 쳐다보았다. '악의 주머니'처럼 생긴 말레볼제의 틈바구니에서 끊임없이 흘러나오는 신음을 듣고 멈추어 섰지만, 그곳은 거의 아무것도 보이지 않을 정도로 캄캄하고 기분 나쁜 어둠이 깔려 있었다.

그곳은 베네치아의 부둣가에서 배를 수선하고 칠을 하기 위하여 역청(탄소 화합물, 콜타르)을 끓여내는 것과 같은 모습이었다. 불길은 보이지 않았지만, 하느님의 힘으로 진한 역청이 그 깊은 바닥에서부터 부글부글 끓어올라 굴 양편의 둑을 새까맣게 칠해 놓고 있었다. 단테는 그 속에서 온통 부풀어오르다가 사그라지는 거품을 넋을 잃고 바라보고 있었다. 그러자 베르길리우스가 "위험하니 정신 차리게." 하면서 단테를 끌어당겼다.

그때 단테는 몸을 일으키면서 위를 올려다보았는데, 거기에 시커먼 마귀 한 놈이 돌다리 위를 달려오는 것이 보였다. 그놈의 얼굴이 어찌나 무섭고 사나웠던지 단테는 겁에 질려버리고 말았다. 그 고약

단테에게 덤벼드는 마귀들_ 마귀들이 살아 있는 단테를 보고 덤벼드는 장면이다.

한 마귀는 한 죄 많은 영혼을 부풀어오른 어깨통 위에 둘러메고 발목을 꽉 잡고는 어찌나 빠르게 움직이는지 가볍게 날 듯 나래를 펼치고 달려오는 그 몸집이 한층 가혹한 느낌을 더했다. 악마가 다리 위에서 소리쳤다.

"오, 말레브란케(Malebranche, 단테가 지어낸 말로, '사악한 앞발'이라는 뜻을 갖고 있으며, 다섯 번째 구덩이에 있는 마귀들을 가리킨다.)여! 보라, 이 자는 루카의 산 시타를 다스리던 장로 중 한 사람이로다. 이놈을 처박아 버리게나. 난 이런 놈을 가득 모아두고 있는 고을로 다시 돌아갈 것이네. 본투로(14세기 초 루카의 대표적인 탐관오리이다. 여기서는 역설적으로 표현했다.) 뿐만 아니라 거기에는 너나 할 것 없이 더러운 도둑놈들만 득실거린다네. 그놈들은 모두 돈만 주면 '네'를 '아니오'라고 내뱉는 고약한 놈들이지."

마귀는 말을 마치자마자 불쌍한 영혼을 앞으로 던져놓고는 돌아가 버렸다. 그 영혼이 물에 풍덩 하고 잠겼다가 다시 떠오르자 다리에 숨어 있던 다른 마귀들이 외쳐대기 시작했다.

"여기선 산토 불토('성스러운 얼굴'이라는 뜻이다. 검은 나무로 만들어진 예수 십자가상으로 루카 사람들이 숭상했다고 한다.)도 소용없고, 네가 있던 셀키오(루카 근처에 있는 작은 강)에서처럼 헤엄칠 수도 없다. 그러니 우리들의 쇠갈퀴를 원치 않거든 역정 속에서 춤이나 추거라."

놈들은 곧 백 개도 넘는 작살로 그를 찔러댔다. 그 광경은 마치 요리사가 고기를 요리하는 것과 같은 모습이었다.

베르길리우스는 단테에게 말했다.

"그대의 모습이 드러나지 않도록 바위를 방패 삼아 숨어 있도록 하게. 그리고 나에게 어떠한 공격이 가해져도 무서워하지 말 것이니, 나는 이전에도 그와 같은 일을 많이 겪어 잘 알고 있으니 안심하시게."

말을 그친 베르길리우스는 다리 저쪽을 향해 앞으로 나아갔다.

그가 여섯 번째 언덕에 이르자마자 악마 떼들은 다리 밑에서 뛰쳐나와 그를 향해 작살을 휘둘러대기 시작했다.

베르길리우스의 천둥 같은 일갈이 떨어졌다.

"너희 그 누구도 내게 행패를 부릴 생각일랑 하지 말아라. 네놈들이 나를 그 작살로 찌를 양이면 먼저 네놈 중 하나가 앞으로 나와 내 말을 듣고 난 후에 찌르든지 말든지 의논해서 처리하도록 하라."

마귀 떼 중 한 마리가 소리쳐 외쳤다.

"말라코다('사악한 꼬리'라는 뜻이다.)여, 네가 나가거라."

그 가운데 한 놈이 나와 베르길리우스에게 접근하기 시작했다. 베르길리우스가 놈이 다가오는 것을 바라보며 말했다.

"말라코다야, 이미 너희 모두가 우리가 가는 여정을 방해하는 것이 분명한데도 이곳을 통과하고자 함은 거룩하신 하느님의 뜻과 섭리의 힘이 없이 가능하다고 생각하는 게냐? 내가 저분에게 이 숲길을 인도해 안내하는 것은 바로 하늘이 바라는 것이니 우리가 가도록 내버려 두려무나."

그러자 말라코다의 면상에 만연했던 교만한 모습이 사라지면서 손

에 들고 있던 작살을 땅에 떨어뜨리고 그의 동료를 만류하기 시작
했다.

그제야 베르길리우스는 단테에게 "바위 밑에 숨어 있는 그대여! 이
제는 괜찮으니 마음 놓고 이쪽으로 오시게." 하고 말했다.

단테가 스승의 말을 듣고 재빨리 움직여 그에게로 다가가자 다른 마
귀들이 하나같이 앞으로 용수철처럼 튀어나왔다.

단테는 혹시라도 그들이 언약을 지키지 않으면 어쩌나 걱정되어 의
심스러운 눈길을 던졌다.

마귀들은 서로 작살을 거두면서 중얼거렸다.

"저놈의 궁둥이에 이걸 대보면 어떨까?"

"그래, 한 번 맛을 보여주자."

그러자 베르길리우스와 이야기했던 말라코다가 재빨리 몸을 돌려
그들을 만류했다.

"그만둬라, 스카르밀리오네!" 하고 소리치고는 베르길리우스와 단
테를 향해 말했다.

"여섯 번째 구덩이에 이르는 돌다리는 바닥이 붕괴하여 더는 지나
갈 수가 없소. 그래도 지나가기를 바란다면 이 바위 언덕을 따라가시
오. 가다 보면 돌다리가 있을 거요. 어제 이맘때보다 다섯 시간이 더
지났을 때가 바로 이 길이 무너진 지 일천이백하고도 육십육 년이 지
난 시간이었소. 나의 부하 가운데 몇 명을 그쪽으로 보내서 혹시라도
역청 위로 머리를 내밀고 있는 놈이 있는지 살펴보도록 할 것이니, 당

망령을 괴롭히는 마귀들_ 마귀들이 망령을 괴롭히는 장면으로 베르길리우스의 꾸짖음에 작살을 거둔다.

신들도 그들과 함께 가시오."

그리고는 계속해서 그의 동료에게 명령을 내렸다.

"알리키노와 칼카브리나, 앞으로 나오렴. 그리고 카냐초와 바르바리치아도 한 열 놈쯤 데리고 가거라. 너희가 앞으로 나가면서 끓어오르는 저 둘레를 잘 살펴보고, 이 굴을 가로지르도록 놓여 있는 돌다리까지 이분들을 무사히 모셔다 드리도록 하여라."

단테는 기분이 꺼림칙하여 베르길리우스에게 심각한 표정으로 말했다.

"저 앞에 보이는 것이 무엇인지, 그리고 길을 아신다면 안내자가 필요 없이 우리끼리 가면 안 될까요? 저는 아무것도 원하는 것이 없사온데, 저들이 부득부득 이를 갈면서 저희를 위협하는 것을 보지 못하십니까?"

그러자 베르길리우스는 단테에게 "걱정하지 말게. 저들이 이를 가는 이유는 역청에 잠겨 괴로워하는 영혼들 때문이니 신경 쓰지 말고 내버려두세." 하고 안심시켰다. 그리하여 단테는 그의 스승과 함께 열 마리의 악마들을 따라서 다섯 번째 굴을 지나가게 되었다.

그들은 역청의 늪 가장자리를 따라 걸어갔다. 단테는 열 마리의 마귀들과 동행 하는 것이 무서웠다. 하지만 그런 와중에도 그는 역청이 부글부글 끓어오르는 못 속에서 눈을 떼지 못했다. 단테는 구덩이의 모양뿐만 아니라 그 안에서 불에 타고 있는 무리의 모습을 보려고 안달했다.

그때 마침 돌고래들이 등을 물 위에 내밀어 뱃사공들에게 태풍이 불어올 것을 암시해 주는 것처럼 죄인들이 조금이라도 고통을 덜기 위하여 등을 내보이다가 이내 번갯불이 번쩍이는 것과 같이 순식간에 그 모습을 감추곤 했다.

또 한편에서는 웅덩이 물가의 개구리 떼들이 코끝만 바깥에 내놓고 발목과 몸뚱어리는 물속에 감추고 있는 것과 마찬가지로 죄인들이 사방에서 그와 같은 꼬락서니로 서 있었다. 그렇지만 그들은 악마 바르바리치아가 가까이 가기만 하면 부글부글 끓는 늪 속으로 숨기에 바쁜 모습이었다.

단테는 그 가운데에서도 혼자 우물쭈물하고 있는 한 사내를 발견했다. 그는 다른 개구리들이 모조리 물속에 뛰어들었는데도 혼자 남아 눈을 껌뻑거리는 개구리나 다름없었다.

그러자 단테 바로 앞에 걸어가던 마귀 그라피아카네가 역청에 쩔어 있는 그의 머리칼을 움켜쥐고 끌어냈으니, 그 모습은 마치 물개라도같이 끔찍하게 보였다. 그걸 보고 다른 마귀들이 신이 나서 합창하듯 외쳤다.

"오, 루이칸테, 그놈의 등줄기에 갈퀴를 꽂아 껍질을 벗겨 내렴."

단테는 소름 끼치는 그 광경을 보고 베르길리우스에게 그가 누구인지만이라도 알 수 있게 해달라고 간청했다.

베르길리우스가 사내에게 다가가 어느 나라 출신인가를 묻자 사내는 나바르 왕국에서 태어났다고 대답했다.

그는 자신의 모친이 그녀의 정부와 결혼한 후 재산을 흥청망청 탕진

망령 치암플로를 공격하는 마귀_ 마귀가 치암플로 망령을 역청 속으로 처박고는 등짝을 후려치는 장면이다.

하였기 때문에 사내를 어느 귀족의 하인으로 보냈는데, 그 후 테오발도(1253년부터 1270년까지 나바르를 통치했던 테오발도 2세) 왕의 재산 관리인까지 신분이 올랐지만, 그때 횡령을 일삼은 대가로 이토록 뜨거운 형벌을 당하고 있다는 것이었다. 사내의 이름은 치암플로라 했다. 베르길리우스가 다시 사내에게 물었다.

"저 역청으로 끓어오르는 못 속의 사람들 가운데 라틴 사람이 누가 있는지 혹시 알고 있다면 알려주거라."

치암플로가 서서 대답하려 하자 마귀 리비코코가 쇠갈퀴로 그의 팔을 찍어 살점을 떼어내고 다른 마귀도 그의 정강이를 힘껏 후려쳤다. 그들이 치암플로를 거꾸러뜨리려 이처럼 미친 듯 날뛰는 모습을 바르바리치아가 겨우 진정시키자 치암플로는 그제야 대답할 수 있었다. 라틴 사람으로서 역청 못 밑에 잠겨 있는 자는 대답할 수 있었다. 라틴 사람으로서 역청 못 밑에 잠겨 있는 자는 사르데냐의 수도사 고미타인데, 그는 갈루라의 영주 밑에서 서기 노릇을 하며 영주 미스콘티의 신임을 얻었으나 뇌물을 먹고 포로들을 놓아준 자였다. 치암플로는 계속해서 성급한 마귀들이 저를 공격하는 걸 보고 빠져나갈 수 있는 속임수를 생각해 냈다. 그는 만약 마귀들이 자기에게서 조금 떨어지면 휘파람을 불어 다른 죄 지은 영혼들이 역청 속에서 얼굴을 내밀고 나오게 할 수 있다고 믿었다. 그러자 마귀 카냐초가 입을 삐죽거리면서 치암플로가 역청 속으로 다시 도망치려 하는 것을 알아챘다. 하지만 그의 동료인 마귀 알리키노는 그가 역청으로 뛰어들기 전에 충분히 낚

아챌 수 있다고 카냐초에게 말하면서 조금 뒤로 물러서라고 말했다. 그것은 치암플로를 낚아채려는 사냥꾼의 장난같은 것이었다.

그와 같은 마귀들의 장난기를 비웃기라도 하듯이 치암플로가 순식간에 역청 속으로 뛰어들었다. 갑작스러운 치암플로의 탈출극에 당황한 마귀들은 분노를 머금고, 특히 뒤통수를 맞은 알리키노는 누구보다 더 분개하며 날개를 펴 치암플로의 뒤를 쫓았다.

그러나 치암플로는 마치 매가 그를 노리고 하강하는듯한 알리키노의 행동을 알아차리고 물오리의 몸짓처럼 역청 속으로 가볍게 숨어 사라져버렸다. 졸지에 바보 꼴이 된 칼카브리나가 불같이 화를 내며 알리키노에게 대드니 악마끼리 싸우는 꼴이 됐다.

단테와 베르길리우스는 역겨운 역청 냄새로 뒤범벅이 된 그들을 내버려 두고 서둘러 여섯째 구덩이에 이르게 되었다.

위선자의 갑옷

여덟 번째 지옥의 여섯째 구덩이에 위선자들의 무리가 가득한데, 그들은 모두 겉은 금빛 찬란하고 속은 무거운 납덩이로 된 옷을 입고 걸어 다니고 있었다. 그리고 일곱째 구덩이에서는 도둑들이 독사에 물려 고통을 당하고 있었다.

단테가 당도한 여섯째 구덩이는 위선자들의 영혼으로 가득 찬 곳이었다. 그들은 고통에 울부짖으며 느릿느릿 걷고 있었는데, 그것은 마치 한 여름의 긴긴 하루의 해를 힘겹게 넘기듯이 피로하고 지친 모습이었다.

이 위선자들의 영혼은 눈 위까지 가릴 수 있는 모자가 달린 외투를 걸치고 있었다. 그들의 외투는 콜로냐(프랑스 동부 부르고뉴 지방의 도시)의 수도승들이 입던 화려한 수도복과 같은 모양이었다. 하지만 그것의 겉은 금빛으로 찬란했으나 속은 납으로 되어 무겁기가 프리드리히 2세가 반역자들에게 입혔던 납으로 된 갑옷(시칠리아 국왕 프리드리히 2세는 죄인들을 벌거벗기고 두꺼운 납 옷을 입힌 뒤 끓는 물에 집어넣어 사형시켰다고 한다.)보다 훨씬 무거웠다.

위선자들의 영혼이 걸치고 있어야 하는 이 옷도 알고 보면 영원토록 이들을 고달프게 할 망토일 것이며, 위선자들이 다른 사람을 속이고

위선자들의 행렬_ 지옥의 좁은 길로 위선자들이 지나가는 장면이다.

자신을 지키기 위해 제 손으로 마련한 영원한 갑옷이었다.

단테와 그의 스승은 위선자들 곁에서 함께 걸었으나 그들이 보기엔 순식간에 스쳐지나가는 것처럼 보일 정도로 빠른 걸음이었다.

단테가 그들을 바라보며 스승에게 물었다.

"스승님, 이들 가운데 그 행실이나 이름으로 알만한 사람이 있는지 찾아주셨으면 합니다."

바로 그때 단테의 토스카나 특유의 억양을 알아듣고 등 뒤에서 외치는 자가 있었다.

"어둠에 싸인 이 지옥길을 그토록 빠른 걸음으로 지나가는 당신들은 대체 누구시오? 부탁하건대 발걸음을 좀 늦추시고 알고 싶은 게 있다면 한번 말씀해 보시오."

이 말을 듣고 베르길리우스가 단테에게 말했다.

"좀 기다려서 저자와 발맞추어 걷도록 하세."

베르길리우스가 걸음의 속도를 늦추자, 단테 역시 그 말을 듣고 우뚝 멈춰 서서 기다렸다. 뒤에서 쫓아오던 두 영혼이 단테에게 빨리 다가오기 위해서 서둘렀지만 무거운 갑옷과 좁은 길 때문에 여의치 않았다. 그들은 단테 곁에 겨우 다가온 후 한동안 말없이 쳐다보다가 서로 말을 주고받았다.

"저렇게 사지가 자유자재로 움직이는 걸 보니 이 사람은 분명히 살아 있는 자일세. 만일 죽은 영혼이라면 이곳에 머물면서 무슨 특권으로 저렇게 외투를 걸치지 않을 수 있겠는가?"

그리고는 한 망령이 단테를 향해 외쳤다.

"오, 토스카나의 친구여, 그대 비록 이 불쌍한 위선자들 사이에 서 있으나 우린 그대가 누구신지 알 수 없소. 바라건대, 그대가 누구신지 거리낌없이 말해 주시오."

"내가 태어나 자란 곳은 아름다운 아르노 강가의 커다란 도시 피렌체요. 나는 그때나 지금이나 조금도 변함없이 살아 있는 자라오. 그렇게 묻는 당신들은 누구신가? 내가 보니 그대들의 볼엔 괴로움이 눈물되어 흘러내리고 있구려. 그런데도 그대들의 겉모습이 금빛 옷으로 빛나고 있음은 어찌 된 영문이오?"

단테의 진지한 물음에 다른 한 영혼이 대답했다.

"이 황금빛 외투는 두꺼운 납으로 만들어져 저울에 달면 아마 무거워 저울이 납작해질 것이오. 우리는 볼로냐의 '향락 수도사'들이었소. 내 이름은 카탈라노(볼로냐 겔프당파의 말라볼티 가문으로 '영광의 동정녀 마리아 기사단'의 창립자 중 한 사람이었다.)이고, 이 사람 이름은 로데린고(볼로냐 기벨린당의 안달로 가문 사람으로 '영광의 동정녀 마리아 기사단'의 일원이었다.)라고 하지요. 우리 두 사람은 모두 당신이 태어나고 자란 피렌체의 평화를 수호하기 위해 부름 받았던 자들이오. 대체로 한 사람에게 주어지는 직무인데, 우리 두 사람이 뽑히게 되었지요. 그때 우리가 얼마나 열심히 일했는지는 지금도 가르딘고(피렌체 시뇨리아 광장 부근의 지역 이름이다.) 지역 사람들은 잘 기억하고 있을 것이오."

단테는 그의 말을 다 듣고 나서야 그들이 그 고약했던 수도사들이라는 사실을 알게 되었다. 그들은 집정관을 지내면서 교황의 사주를 받아 한 당(기벨린당. 신성로마제국 황제를 추종한 세력이다.)에만 유리하도록 일처리를 했고, 결국 가르딘고는 불만이 폭발한 민중의 손에 파괴되어 폐허로 변하게 되었다.

"그렇다면 당신들의 죄는……."

단테는 무슨 말인가를 꺼내려다가 입을 다물었다. 갑자기 그들 앞에서 말뚝에 묶여 못이 박힌 채 십자가 형벌을 받고 있는 영혼을 발견했다.

그가 단테를 보고 가벼운 탄식을 토해내며 몸을 비틀어대자 그것을 본 카탈라노가 단테에게 말했다.

"저자가 바로 바리새인들에게 온 민족이 멸망하는 것보다 한 사람이 백성을 대신해서 죽어야 한다고 강조했던 대사제 가야바이랍니다. 그는 저 모양으로 말뚝에 십자가형으로 묶인 채 땅바닥에 길게 누워 있으니, 그를 딛고 지나가는 영혼들이 얼마나 무겁고 힘이 드는지 알 것 아니겠소? 그런데도 저렇게 가장 힘든 표정을 짓는답니다. 아무튼, 그와 같은 모양으로 그의 장인 안나스(대제사장 출신으로 유대교계의 막후 실력자였다.)와 유대인들에게 죄악을 안겨준 공화당에 함께 있었던 모든 영혼이 이곳 구덩이에서 형벌을 받고 있다오."

이번에는 베르길리우스도 그 참혹한 모습에 많이 놀라고 있었다. 잠시 후 베르길리우스가 카탈라노에게 이곳을 빠져나가는 출구가 어디냐고 묻자 그가 대답했다.

구덩이의 십자가형을 받는 안나스_ 사람들을 구원의 위선적 구실로 덮어 처형한 예루살렘의 대제사장 안나스가 십자가형을 당하는 장면이다.

"가까운 곳에 돌다리가 하나 있소. 비록 다리가 허물어져서 제 역할은 못하지만 바위들로 둘러싸인 골짜기를 따라가면 위로 올라갈 수 있소."

베르길리우스는 단테를 데리고 돌다리가 허물어진 바위틈 사이로 언덕을 올라가 일곱 번째 구덩이에 도착했다. 천신만고 끝에 벼랑 꼭대기에 올라 활꼴 문 앞에 이르자 알아듣지 못할 소리가 들려왔다.

단테가 소리 나는 구덩이 속을 들여다보았으나 잘 보이지 않아 스승에게 부탁하여 여덟 번째 굴과 이어지는 다리 사이로 내려가 자세히 바라볼 수 있었다.

단테는 그 안에서 무시무시한 뱀의 무리를 보았다. 그 무서운 형상과 수없이 많고 기괴한 종류의 뱀들을 보면서 단테는 피가 얼어붙는 듯한 느낌을 받았다. 뱀들은 생김새도 야릇하고 지독한 악취를 내뿜기도 했는데, 리비아 사막이나 에티오피아 사막, 그리고 아라비아 사막에 이르기까지 어디에서도 그처럼 흉측한 뱀은 찾아볼 수 없을 정도였다.

그런데 그 뱀 구덩이 속을 벌거벗은 인간들이 두려움에 떨면서 몸 숨길 곳도 찾지 못한 채 이리저리 도망치고 있었다. 도망치는 영혼들의 불쌍한 양손을 뱀들이 등 뒤로 묶고 있었으며, 그 허리를 조이는 뱀의 꼬리와 대가리가 배꼽 앞에 엉켜 있었다.

그때 갑자기 그들 앞에 있던 한 사내에게 뱀들이 달려들어 목덜미를 물어뜯어 버렸는데, 그 순간 그는 온몸에 불이 붙어 순식간에 재가 되고 말았다. 그러나 한 줌의 재는 금세 제 모습을 되찾았다. 마치 불사조가 되살아나는 것 같은 광경이었다. 하지만 되살아난 영혼은 그가 바로 겪었던 고통과 또다시 겪게 될 고통을 생각하면서 탄식의 한숨을 몰아쉬고 있었다.

이처럼 끝없이 반복되는 형벌을 보고 단테는 신의 위엄과 그 권능이 얼마나 크고 지엄하신지를 새삼스럽게 깨달았다. 베르길리우스가 그 영혼에게 어디 출신의 누구냐고 묻자 그가 대답했다.

"나는 얼마 전에 토스카나에서 이 끔찍한 구덩이 속으로 떨어졌소. 나는 후레자식처럼 인간보다도 짐승의 삶을 더욱 사랑했으니 짐승 반니 푸치요. 그야말로 피스토이아(피렌체 근처의 도시로 당쟁이 끊이지 않았다.)는 내게 딱 어울리는 소굴이었소."

한 줌의 재였던 영혼이 슬픈 목소리로 대답했다. 그러자 단테는 그의 스승 베르길리우스에게 말했다.

"부탁드립니다. 그에게 도망치지 말라고 명하십시오. 내가 그를 본 기억이 있으니, 그가 어떤 죄로 이곳에 오게 된 것인지 물어보고 싶습니다."

죄 지은 영혼이 단테의 말을 알아듣고 단테를 눈여겨보다가 부끄러움으로 얼굴을 붉히면서 말했다.

"나는 당신이 저세상에서보다 이곳에서 비참한 모습으로 있는 나를 알아보는 것이 더욱 괴롭기 짝이 없소. 내가 이토록 지옥의 밑바닥에 떨어진 것은 성스러운 곳의 성물(聖物)을 훔치고 그 죄를 남에게 덮

뱀의 지옥 골짜기_ 도둑을 벌하는 뱀의 골짜기.

어찌웠기 때문이오. 당신이 이곳을 빠져나간다 해도 지금부터 말하는 내 예언을 마음에 새겨 두시오. 머잖아 피스토이아에서 흑당이 망하고 피렌체에서는 백성과 풍습이 바뀌게 될 것이오. 마르스(로마 신화에 나오는 전쟁의 신으로, 그리스 신화의 아레스와 동격이다.)가 검은 구름에 휩싸인 마그라 계곡에서 번개(마그라 강 계곡에 자리한 루이지아나 지방의 모로엘로 말라스피나 후작을 가리킨다. 그는 피렌체의 흑당과 결탁해 정쟁에 적극 가담하였다.)를 가져오면 피체노 벌판 위에서 거친 폭풍우와 함께 격렬한 전투가 벌어질 것이오. 그때 번개가 순식간에 구름을 걷어 버리면 모든 백당은 상처를 입고 도망가게 될 것이오. 바로 그때부터 당신의 고난과 유랑이 시작될 것이오.”

이야기를 끝내면서 성물 도둑놈 푸치는 손을 높이 들어 더러운 주먹질을 해 보이며 외쳤다.

“하느님아, 이거나 먹어라!”

그때부터 뱀들은 단테의 친구가 되어 주었다. 뱀 한 마리가 나타나더니 ‘이제 더는 네 말을 들어주지 않겠다는’ 듯이 그자의 목을 휘감았고, 뒤이어 또 한 마리가 달려들어 그의 두 팔을 동여매고 대가리와 꼬리로 앞에서 꽁꽁 묶어 그는 꼼짝할 수가 없었다.

단테는 그 광경을 보고 탄식했다.

“아, 피스토이아여! 어찌하여 당신은 재가 되어 사라지지 않고 이처럼 끔찍한 죄를 계속해서 저지르는고? 암흑에 싸인 지옥의 모든 고리를 보았지만, 당신처럼 그렇게 하느님께 오만불손한 영혼은 없었

성물 도둑을 벌하는 뱀_ 성물 도둑 푸치를 벌하는 장면이다.

도둑을 쫓는 켄타우로스_ 성물 도둑 푸치가 안하무인 해지자 그를 혼내기 위해 켄타우로스족이 등장하는 장면이다.

다. 테베의 성벽에서 떨어진 자(카파네우스를 가리킨다.)조차도 그렇지는 않았다."

단테가 피스토이아를 저주하는 사이 반니 푸치는 더는 말하지 못하고 도망치고 말았다.

그때 갑자기 반인반마의 켄타우로스가 다가와서는 "그토록 혀를 나불거리는 놈이 도대체 어디 있느냐?"고 외쳐대며 푸치를 쫓았다. 켄타우로스의 등판을 보니 마렘마(뱀이 많기로 유명한 토스카나 지방 해안의 습지이다.) 늪에 있는 물뱀 숫자보다도 많은 뱀이 뒤덮여 있었고, 양어깨와 뒷목덜미에는 날개를 펼친 용 한 마리가 타고 앉아 망령에게 닥치는 대로 불을 뿜어대고 있었다.

베르길리우스가 단테에게 말했다.

"저놈이 바로 악명 높은 도둑 카쿠스일세. 저놈이 헤라클레스의 가축들을 훔치는 부정한 행위를 저질러서 제 동료와 어울리지 못하고 결국 헤라클레스에게 몽둥이세례를 맞아 죽었다네."

단테는 그의 눈앞에서 갑작스레 벌어지는 처참한 광경에 놀라 베르길리우스의 말을 가로막고 그 앞을 가리켰다. 그가 손으로 가리킨 곳에는 발이 여섯 개인 뱀이 달려들어 세 영혼 중 한 명의 몸을 휘감고 있었다. 가운데 발로 한 망령의 배를 감고 앞발로 두 팔을 붙잡더니 양 볼을 마구 물어뜯었다. 그리고 뒷발은 허벅지를 누르고 꼬리는 사타구니 사이로 넣어 허리를 두른 다음에 자기 등 뒤로 뻗어 올렸다. 결국 그 불쌍한 영혼은 마치 촛농이 흘러내리듯 녹아 없어지면서 본래의 모습을 찾아볼 수 없게 됐다.

바로 그때 후추 알처럼 까맣고 창백한 새끼 뱀 한 마리가 눈을 이글거리며 한 망령에게 달려들어 배꼽을 물고 늘어졌다. 배가 뚫린 망령은 뱀을 바라보기만 할 뿐 아무런 말도 하지 못하고 선 채 잠에 취한 듯, 열병에 시달리는 듯 하품만 해댔다. 영혼과 뱀은 서로 바라보았다. 그러면서 영혼은 상처에서, 뱀은 아가리에서 연기를 강하게 내뿜었고, 그 연기가 서로 뒤섞였다.

바로 그 순간, 뱀과 사람이 서로의 본 모습이 바뀌는 무서운 변형의 탈바꿈 현상이 이루어졌다. 뱀은 두 갈래로 나누어지고 사람은 양 다리가 꼬아졌다. 뱀의 껍질은 오히려 사람처럼 반반해지고 앞발이 길어졌다. 이어서 연기가 새로운 빛깔로 서로 뒤덮자 뱀의 털이 자라 사람의 모양이 되고 사람은 뱀으로 변해 서로 쳐다보았다. 그러자 뱀은 사람처럼 두 발로 서고 사람은 뱀처럼 땅에 엎어져 드러누웠다. 사람이 된 뱀은 관자놀이와 콧부리에 귀와 코 그리고 입의 형태를 이루고, 뱀으로 변형된 사람은 코를 길게 뽑고 두 갈래로 나뉜 혀를 날름거렸다. 연기가 그쳤고, 짐승이 된 영혼은 씩씩거리며 계곡을 향해 도망쳤다.

이 광경을 바라본 단테는 이와 같은 변형이 결코 부러운 것이 아니며, 물질을 재빨리 뒤바꾸는 도둑질의 끔찍한 형벌로 인성과 뱀의 본성이 바뀌는 것임을 알아챘다. 이는 바로 도둑들이 남의 재산을 훔쳐 제 것으로 바꾸었으므로 죽어서도 그에 대한 보속으로 제 몸뚱이를

끔찍한 뱀에게 끊임없이 도둑맞는 형벌을 되풀이한다는 것을 비유한
것이었다.

기만과 모략의 불덩이

지옥의 구덩이 속에서 다섯 명의 고향 사람을 만난 단테는 슬픔에 휩싸인다. 여덟 번째 구덩이는 권모술수를, 그다음은 중상모략으로 분열을 일삼던 무리가 불길에 휩싸여 타고 있었다. 열 번째 구덩이는 사기꾼이 날뛰고 불륜을 저지른 자들이 온갖 질병으로 고통을 호소하고 서로가 저주하며 치고받고 싸우는 가운데 바벨탑을 연상케 하는 거인들과 마주친다.

단테는 자신의 몸도 제대로 놀리지 못하는 도둑들의 굴에서 피렌체 출신 사람이 다섯이나 있음을 보고 크게 실망하면서 조국을 걱정한 나머지 괴로움을 감추지 못하고 탄식을 토해 냈다.

그는 다시 베르길리우스를 따라 험난한 바위투성이의 길을 올라가 여덟 번째 굴의 가장자리에 도달했다. 여덟 번째 굴 속에는 사기와 모략을 일삼던 영웅들과 왕자들이 형벌을 받고 있었다. 단테가 굴의 밑바닥을 들여다보자 그곳에는 온통 불꽃이 활활 타오르며 번쩍거리는 불빛이 마치 반딧불이 수없이 날아다니고 있는 것처럼 보였다. 그 불꽃들은 제각기 그 안에 숨겨져 있는 죄인들을 가로막는 역할을 하고 있었는데, 단테는 그 모습을 보고 구약의 선지자 엘리야가 불 수레에 이끌려 승천하는 모습을 바라보는 엘리사의 처지를 떠올렸다.

그때 끝이 둘로 갈라진 불꽃이 단테에게로 다가섰다. 그들은 형제간에 전쟁을 일으켰던 테베의 왕 오이디푸스의 아들 에테오클레스와 그의 형제 폴리에이케스였다. 단테는 스승에게 도대체 저들이 무엇 때문에 이곳에 와서 저런 모습으로 있는지를 물었다.

"저 불길 속에 있는 자는 바로 트로이 전쟁의 영웅 오디세우스와 디오메데스라네, 그들은 트로이를 약탈한 목마의 계략에 대한 신의 노여움과 상인으로 가장하여 아킬레스에게서 여인 데이다메아를 가로채고 그를 트로이 전쟁에 출전시켰으며, 또한 트로이 사람들의 우상인 팔라디움을 훔쳐낸 벌을 받는 중일세."

단테는 오디세우스와 이야기하고 싶어 베르길리우스에게 그에게 직접 이야기를 들을 수 있게 해달라고 간청했다.

얼마 후 불꽃이 가까이 오자 베르길리우스는 단테의 청을 받아들여 불길을 향해 말했다.

"하나의 불꽃 속에 두 개의 불기둥이 되어 타고 있는 그대들이여, 내 살아생전에 그대들에게 도움이 됐을 고귀한 정신의 시를 썼다는 걸 알고 있다면 바로 멈춰 서서 그대들 중 누가 어디에서 헤매다 죽었는지 말해 주었으면 하네."

그러자 바람에 지친 그 불꽃이 중얼거리면서 펄럭거리기 시작했는데, 끄트머리를 이리저리 내저으며 마치 말하는 입 모양처럼 소리를 내며 말했다.

"아이네이아스가 가에타(이탈리아 남부의 항구도시. 아이네이아스가 유모 가에타를 이곳에 묻었기 때문에 그렇게 불렀다.)라고 부르기 전 태양신의 딸 키르케(태양신 헬리오스의 딸로, 오디세우스의 동료를 멧돼지로 만들었다.)는 나를

지옥의 하늘_ 단테는 여덟 번째 지옥의 골짜기에서 오디세우스 및 여러 영웅들의 빛을 만난다.

일 년 이상이나 붙잡아 두었지요. 그곳에 있으면서 부모와 처자에 대한 사랑이 그리워 여간 괴로운 게 아니었습니다. 그래서 나는 단 한 척의 배에 의지하여 언제나 나와 함께 하던 몇몇 동료와 지중해로 나섰던 것이오. 우리는 멀리 스페인과 모로코에 이르기까지 이편저편의 언덕이며 사르디니아의 섬, 그리고 광활한 바다가 씻겨 주는 크고 작은 섬들을 두루 돌아보았지요. 나와 나의 동료는 늙어 몸이 굼떴지만 우리는 아무도 넘어갈 수 없도록 헤라클레스가 표시해 둔 좁다란 어구(지중해에서 큰 바다로 나가는 유일한 통로인 지브롤터 해협을 가리킨다.)에 도달하게 되었소. 우리는 이미 오른쪽으로는 세비야(스페인 서남쪽에 위치한 도시)를, 왼쪽으로는 세우타(아프리카 북부의 해안도시)를 정복한 후였소. 그때 나는 동료에게 이렇게 외쳤지요. '형제들이여, 수많은 위험을 무릅쓰고 마침내 우리는 세상의 서녘 끝에 도착했다. 우리의 생은 이제 얼마 남지 않았다. 하지만 태양의 뒤를 쫓아 인적 없는 세계를 발견하려는 욕망을 가져 달라. 우리는 짐승처럼 살아가기 위해 태어난 것이 아니라 덕과 지혜를 따르기 위해 태어난 것이 아니겠는가?' 비록 짧은 연설이었지만 동료는 모험심이 불타올라 나중에는 그들의 욕망을 누그러뜨릴 수 없을 지경이 되었소이다. 우리는 뱃고물[船尾]을 동쪽으로 향하게 하고 계속해서 부지런히 노를 저으며 왼쪽으로 나아갔소. 밤이 되자 남쪽 하늘에서 별들이 반짝이고 북극성은 차츰 기울어져 얼마 지나지 않아 수평선 아래로 사라져 버렸지요. 우리가 대해로 나온 지 5개월이 경과했을 때 멀리서 거대한 산(연옥의 산을 의미한다.)이 하나 흐릿하게 나타났는데, 그 산이 어찌나 높았던지 일찍이 그런 산을 본 적이 없었소. 우리는 그 산을 보고 환호성을 올렸지만, 그것도 잠시뿐 그 환호성은 곧 탄식으로 변했지요. 그 낯선 곳에서 갑자기 광풍과 함께 거센 풍랑이 일면서 우리는 결국 하느님의 뜻대로 바닷속에 휩쓸리고 말았소."

그가 말을 마친 후 더는 할 말이 없었는지 불길은 곧장 치솟아 올랐다가 이내 잠잠해졌다.

단테가 그곳을 떠나 조금 앞으로 갔을 때, 이탈리아 동북부 로마냐 지방을 다스리던 기벨린 당파의 총수 구이도 문테펠트로의 불꽃을 만났다. 단테가 여러 가지를 질문하자 그가 대답했다.

"나는 살아 있을 때 우리 당의 상징인 사자를 닮기보다는 여우와도 같이 행동하였습니다. 나는 온갖 꾀와 술수를 모조리 구사할 수 있어서 그 소문이 땅끝까지 퍼져 나갔었지요. 마침내 내 수명이 다했을 때는 프란체스코 수도회의 수사가 되었는데, 나는 수도복을 입고 허리띠만 매면 속죄가 될 것으로 생각했답니다. 그래서 나는 금욕과 고행을 내팽개치고 허리띠마저 저버렸던 것입니다.

내가 죽자 프란체스코 성인께서 날 위해 오셨지만, 검은 악마가 내 인생을 고해바치며 용서할 수 없다고 버티었지요. 나는 왜 그리도 운이 없었을까요? 검은 악마는 결국 나를 미노스에게 끌고 갔고, 미노스는 나를 보더니 여덟 번이나 꼬리를 몸에 감아 자기의 꼬리를 물어뜯으며 내가 이 여덟 번째 구덩이에서 불을 뒤집어써야 할 도둑놈이라고 판결을 내렸습니다. 해서 이곳에 떨어진 팔자가 된 것이랍니다."

살았을 적 로마를 좌지우지하던 총수는 말을 마치자마자 괴로운 듯 탄식을 토해내다가 가느다란 불꽃을 돌리면서 사라졌다.

단테와 베르길리우스는 다시 돌다리 위를 지나 또 다른 활꼴 문 부근에 이르렀다. 그 돌다리는 아홉 번째 지옥의 구덩이를 덮고 있었고 그 속엔 이간질로 고통 받는 자들이 있었다. 이곳엔 생전에 사람들을 중상모략하거나 불화의 씨앗을 퍼뜨린 영혼들이 제각기 기묘한 형벌을 받고 있었는데, 이들이 피투성이가 되어 벌을 받는 무시무시한 광경을 보고 인간의 언어로 그토록 무서운 모습을 묘사하기란 너무 힘든 일이라고 단테는 생각했다.

단테는 로마인들의 산니티와 피에르의 싸움, 그리고 제2차 포에니 전쟁 등의 사건이 한꺼번에 이탈리아 남부지방에서 벌어진다 해도 저 아홉 번째 구덩이 속에서 벌어지는 광경보다는 덜 끔찍할 것이라며 탄식했다.

바로 그때, 영혼들 가운데 턱에서부터 방귀 뀌는 항문에 이르기까지 반으로 갈라진 사람 하나가 단테 앞에 나타났다. 두 다리 사이에는 창자가 늘어져 있었고 내장이 훤히 드러났으며 먹은 것을 똥으로 만드는 축 처진 주머니도 드러나 있었다. 단테가 깜짝 놀라며 그를 뚫어지도록 쳐다보자, 그는 두 손으로 가슴을 활짝 열어 보이며 말했다.

"나를 보라. 나 마호메트(이슬람교의 창시자로, 단테는 그를 그리스도교 내부에 분열을 조장한 죄인으로 여겨 지옥으로 떨어뜨렸다.)가 어떤 꼴로 찢겨 있는

지옥의 마호메트_ 단테는 여덟 번째 지옥에서 이슬람교를 창시한 마호메트를 만난다. 그는 가슴을 열어젖히고 가슴 속을 보여준다.

지를 말이오. 당신이 지금 바라보고 있는 이곳의 모든 영혼은 세상에 사는 동안 불화와 분열의 씨앗을 뿌린 자들이오. 그래서 이렇게 몸이 반으로 찢긴 것이오. 이 상처가 아물려고 하면 마귀가 다가와서 또다시 이렇게 잔인하게 몸을 반으로 갈라놓는다오. 그런데 돌다리 위에서 그렇게 우두커니 서서 우릴 바라보는 당신들은 누구요? 죄를 고백하고 심판을 받았으나 벌을 받으러 가기가 겁나는 거요?"

마호메트가 이렇게 묻고 사라지자 다른 한 사람이 다가왔다. 그자는 목에 구멍이 뚫려 있고 코는 입술에 이르도록 잘린데다가 귀는 단 한 개만 가진 망령이었다. 그 영혼은 피에르 메데치나로서 시저로 하여금 루비콘 강을 건너도록 충언했던 쿠리오의 턱을 받쳐 들고 떡 벌어진 입안을 통해 목덜미도 혀도 없는 끔찍한 모습을 하고 있었다. 이어서 또 다른 영혼이 모습을 드러냈는데, 그는 모스카(람베르토 가문의 모스카를 말한다. 단테는 그를 겔프당과 기벨린당 사이를 분열시켜 복수가 이어지도록 한 장본인으로 보았다.)로서 두 손이 모두 잘린 짧은 양팔을 어두운 허공에 쳐들고 뚝뚝 떨어지는 피로써 얼굴을 적시며 소리를 질러 대고 있었다.

그러나 이와 같은 살벌한 모습에도 침착함을 놓지 않던 단테에게 입이 다물어지지 않을 만큼 끔찍한 광경이 바로 눈앞에 벌어졌다. 목이 잘려나가 몸뚱이만 남아 있는 흉상 하나가 다른 무리에 섞여서 걸어가고 있었는데, 그 망령은 잘려나간 자신의 머리를 마치 등불처럼 왼쪽 손에 들고 있었다.

목이 잘린 망령_ 단테가 여덟 번째 지옥에서 망령들 중 목이 잘린 망령을 보고는 놀라고 있다.

그는 단테와 베르길리우스가 지나가자 신세 한탄을 쏟아냈다.

"숨을 쉬며 죽은 자들을 찾아다니는 자여, 내가 받는 이 끔찍한 형벌을 좀 보시오. 이보다 더 참혹한 모습을 본 적이 있소이까? 나는 젊은 헨리 왕에게 사악한 암시를 주어 제 아비를 모반하게 한 보른의 베르트랑이요. 압살롬과 다윗을 이간질한 아히도벨(원래는 다윗의 고문으로, 다윗의 아들 압살롬을 교사하여 아비와 싸우게 하려고 했으나 계획대로 이뤄지지 않자 스스로 목을 매어 자살했다.)의 교사(教唆)도 이보다 더하지는 않았을 것이오. 부자지간의 인연을 갈라놓은 죄로 내가 이렇게 머리를 몸뚱이에서 잘라내어 들고 다니게 된 것이라오. 아하, 비참하구나! 인과응보의 이치가 내겐 이렇게 나타났소."

이토록 수많은 망령과 그들의 끔찍한 형벌을 목격하자, 단테는 눈이 흐려지고 울음을 터뜨릴 지경이 되었다. 그러나 베르길리우스는 아직도 둘러보아야 할 것이 많고 시간은 촉박하다는 사실을 상기시키면서 단테에게 서두르도록 재촉했다.

그들은 이윽고 여덟 번째 지옥의 마지막 구덩이인 열 번째 굴에 이르는 다리 위에 도달했다.

단테는 거기서도 말할 수 없이 가혹한 고통의 비명을 들었는데 폐부를 찢는 비명이 너무도 괴로워 이를 듣지 않기 위해 두 손으로 귀를 가렸다. 이 열 번째 구덩이 속에서 겪는 고통은 마치 여름철에 발디카나, 마렘, 사르디니아 섬을 강타하는 온갖 질병을 모두 합쳐 이곳을 채운다면 거기서 비롯된 고통이 바로 여기 있는 것과 같을 것이었다.

이곳에서는 하느님의 정의가 세상의 위조범들을 벌주고 있었다. 단 테는 아이카나 섬에서 사람들이 모조리 돌림병으로 쓰러지고 하늘에 는 피고름 냄새와 독기로 가득 차 작은 벌레에 이르기까지 죽어 없어 지는 것보다 이 어두운 구덩이 속에서 온 무리가 떼 지어 고통을 겪고 있는 광경이 더 끔찍하다고 생각했다.

이 무리 가운데는 연금술사로 금돈을 위조했던 망령들이 페스트나 문둥병에 걸려 신음하고 있기도 했는데, 특히 돈을 위조했던 자들과 남을 속인 자들은 심한 열병을 함께 앓고 있었으며, 재판석에서 위증 했던 사람들은 격노한 채 울부짖으며 서로 물어뜯고 날뛰고 있었다.

단테가 베르길리우스를 따라 그곳을 빠져나와 이윽고 아홉 번째 지 옥에 이르는 길을 찾아 나섰을 때, 그들은 밤도 낮도 아닌 처참한 계 곡을 말없이 지나가게 되었다. 거의 앞을 내다볼 수 없는 어둠 속에서 단테는 뿔 나팔 소리를 들을 수 있었다. 그 나팔 소리가 론치소 발레의 접전 끝에 로를란도가 불어대던 나팔 소리인 것처럼 연상되어 그쪽으 로 눈길을 돌렸을 때, 여러 개의 탑이 둘려있는 땅이 보이는 듯하여, 단테는 베르길리우스에게 그곳이 어떤 곳이냐고 물었다.

베르길리우스는 그것이 사실은 탑이 아니라 거인들이며 그 거인들 은 모두가 배꼽 아랫부분이 언덕의 웅덩이 속에 있기에 그렇게 보이 는 것이라고 대답했다. 단테가 조금씩 거리를 좁혀 가자 그것이 탑이 아니라 거인들이라는 사실을 확실히 알아볼 수 있었다. 그러나 그 때 문에 단테의 두려움은 더욱 커질 수 밖에 없었다. 단테는 거인들 가운

지옥의 거인들_ 단테는 여덟 번째 지옥의 마지막 웅덩이에서 상상도 못할 거인들의 모습을 목격한다.

데에서 한 거인의 얼굴과 몸체를 식별해내었다.

거인은 로마의 성 베드로 대성전에 있는 청동으로 만들어진 솔방울과 같이 길고 통통한 얼굴을 하고 있었다. 그는 알아들을 수 없는 화난 목소리로 단테를 향해 외쳐대기 시작했다. 베르길리우스는 거인에게 화가 치밀어 오르거든 나팔이나 열심히 불어 가라앉히라고 말한 후에, 단테에게 저자가 곧 바벨탑을 상징하는 느므롯이라고 설명했다.

그들은 다시 왼쪽으로 더 나아가다가 좀 전의 거인보다 더 사납고 거대한 거인을 보았다. 거인의 팔과 상체는 다섯 번이나 쇠사슬에 휘감겨 묶여 있었다. 그는 제우스의 뜻을 거역하고 사다리를 놓아 하늘에 오르려 했던 안타이오스로 지금은 쇠사슬에 팔이 묶여 못쓰게 된 것이었다.

베르길리우스는 일찍이 사자 천 마리를 잡아먹었던 그에게 운명의 골짜기에서 더욱 무서운 코치토스의 연못으로 떨어지지 않으려면 자기들을 안전하게 데려 달라고 엄포를 놓으면서 한편으론 달랬다. 그러자 거인은 헤라클레스에게 잡혀서 땅에 떨어졌던 자기의 손을 내밀어 베르길리우스를 붙잡아 안았다.

베르길리우스가 곧 단테에게 "자, 어서 오시게. 그대는 내가 품에 안으면 될 것이니." 하고 손을 뻗었고 단테는 그의 품에 안겨 무사히 운반되었다.

거인 안타이오스는 그들을 악마들의 대왕 루시퍼와 유다를 함께 삼키는 곳, 그 밑바닥에 사뿐히 내려놓고는 구부렸던 몸을 펴고 다시금 자기가 있던 자리로 사라졌다. 단테가 보기에 그 모습은 마치 배의 돛대가 펼쳐지는 모습과도 같은 광경이었다.

루시퍼의 깊은 못

아홉 번째 지옥은 얼어붙은 빙하 지대로 네 종류로 나뉜다. 첫째는 부모 형제의 육친을 떠난 카인의 나라, 둘째는 서로 미워하며 물어뜯는 곳, 셋째는 눈물도 얼어붙은 채 고통 받는 곳, 넷째는 맨 밑바닥으로 은인을 배반한 자가 얼어붙어 있었다.

지옥의 가장 깊은 곳인 아홉 번째 지옥은 무엇보다 은인에 대해 배반 행위를 한 자들이 벌 받고 있는 곳이다. 거인들이 지키고 있는 이곳은 카인을 효시로 하여 친족을 배반했거나 신의와 조국을 배반한 영혼들이 두꺼운 연못 속에 갇혀서 벌을 받고 있었다. 코지토의 못 또는 루시퍼의 연못이라고 불리는 이곳은 네 개의 원으로 싸여 있었다.

단테가 거인 안타이오스의 도움을 받아 베르길리우스의 인도로 최후의 지옥 골짜기인 아홉 번째 지옥에 도착하자 자신도 모르게 저절로 뮤즈의 도움을 청하는 탄식의 한숨이 새어 나왔다.

"우주의 중심인 이 땅 밑바닥을 노래하는 것은 장난삼아 할 수 있는 일이 결코 아니며, 엄마 아빠를 부르듯 어리광으로 되는 흥얼거림이 아니지 않은가. 그러나 암피온을 도와 테베를 닫게 한 음악의 여신들이여! 내 말이 사실이라면 내게, 그리고 나의 노래에 힘을 주소서. 아, 극악한 운명으로 태어난 족속들이여, 그대들은 차라리 세상에 태어나지 않았거나 아니면 양이나 염소로 태어나는 것이 훨씬 나았을 것을!"

베르길리우스를 따라 두 번째 지옥인 안테노라(트로이 장군 안테노르의 이름에서 따옴.)를 향해 얼음호수를 미끄러져 내려갔다. 그때 갑자기 발 아래서 고함이 들려 왔다.

"정신 차려서 잘 좀 지나가지 못하겠느냐? 어찌하여 당신은 불쌍한 우리들의 머리를 밟고 지나가는 것이냐?"

단테가 놀라서 주위를 돌아본 후 자신이 서 있는 곳이 얼음장 위라는 사실을 깨닫게 되었는데, 그 얼음장은 겨울에 얼어붙는 다뉴브 강이나 돈 강의 그것보다도 두껍게 얼어붙어 있었다. 그들은 루시퍼의 연못 첫 번째 원에 해당하는 장소에 와 있었다.

이곳은 아벨을 죽인 카인의 이름을 따서 〈카이나〉라고 명명되어 있었으며 거기에 있는 망령들은 머리까지 얼음 속에 파묻고 얼굴을 밑으로 떨군 채 추위를 견디다 못해 이를 부득부득 갈고 있는 형상으로 마치 황새가 마지못해 입놀림을 하는 것과 같았다.

단테는 그가 밟고 서 있는 얼음장이 그 망령들의 머리를 짓누르는 것임을 깨달았지만, 그때는 이미 추위로 양쪽 귀를 모두 잃은 불쌍한 영혼 앞에 다가와 있었다. 그 영혼이 단테를 향해 말했다.

"당신은 어째서 그렇게 우리를 거울 보듯 빤히 바라보고 있는 게요? 이들 두 놈에 대해 알고 싶어서 그러는 것이오? 저자들은 알베르토의 아들인 알렉산더와 나폴레오네 형제인데 유산 상속을 놓고 서로 암투를 벌이다가 죽음을 맞이한 놈들이오. 저놈들이야말로 이 얼음 속에

아홉 번째 지옥의 첫 번째 원의 광경_ 얼음 지옥인 첫 번째 원의 광경으로 망령들의 머리가 얼음 위로 드러난 채 벌을 받고 있다.

처박혀 벌을 받아 마땅하지요."

그의 말을 들으면서 단테는 추위로 강아지처럼 이빨을 덜덜거리고 있는 수많은 얼굴을 보았다. 또한, 심장마저 얼어붙어 미동도 하지 못하는 그들을 보고서 단테는 자신이 영원한 어둠 속에서 벌벌 떨고 있음을 뼈저리게 느끼고 있었다.

간신히 정신을 부여잡고서 첫 번째 원을 빠져나와 두 번째 원으로 향하면서 조심스럽게 머리 사이를 빠져나가던 단테는 어쩐 일인지 그만 어느 놈의 대가리에 세차게 걸려 넘어졌다. 루시퍼의 연못 둘째 지역인 두 번째 원은 안테노라라고 불렸는데, 그 속에는 조국을 배반한 망령들이 머리까지 얼음 속에 파묻힌 채 평상시처럼 고개를 빳빳이 들고 있었다. 단테의 발끝에 차인 그놈이 고함을 질렀다.

"왜 날 차는 거요? 몬타페르티 복수를 하려는 거요? 그게 아니라면 왜 날 이렇게 괴롭히는 거요?"

단테는 그자가 바로 몬타페르티 전투에서 겔프당을 배반했던 보카 델레아바티인 것을 알아차렸다. 이처럼 그곳에는 조국을 배반한 이적 행위를 한 자들로 가득 차 있었다.

단테가 베르길리우스와 함께 그곳을 떠나 앞으로 좀 더 나아가자 한 구덩이에서 얼어붙어 있는 두 사람을 보게 되었다.

그들은 서로 엉겨 붙은 채 한 놈의 머리가 다른 놈의 머리 위에 포개져 마치 모자를 눌러 쓴 모양처럼 보였다. 위에 있는 놈이 아래에 있는 놈의 목덜미를 소리내며 물어뜯고 있는 것이 굶주린 자가 빵조각을 깨물어 뜯는 것 같았다. 그런데 그 모습이야말로 테베의 멜라니포스에게 치명상을 입었다가 다시 그를 죽여 복수했던 티데우스가 이미 죽은 그의 골통을 부수고 물어뜯었던 것이나 다름없는 모습이었다.

단테는 그 끔찍한 광경을 보고 말했다.

"이처럼 짐승같이 물어뜯고 있는 그대는 도대체 얼마나 원한이 맺혀서 그러고 있는 것인가? 그대가 그렇게 물어뜯으면서 울부짖고 있는 사연이 무엇인지, 그리고 그대는 누구이며, 물어뜯김을 당하는 자의 죄는 무엇인지를 말해 준다면 내가 살아 있는 한 저 윗세상에서 그대를 위해 갚아줄 것이 있을 것일세."

그는 자기가 물어뜯고 있던 자의 흐트러진 머리카락으로 자신의 입술을 쓱 한번 닦아내고는 말했다.

"내 사연을 말하자니 생각만으로도 가슴이 짓눌려 오는구려. 그런데 그 절망스러운 고통을 다시 한 번 더 되새기라는 거요?"

깊은 한숨을 몰아쉬고 난 그는 말을 이었다.

"하지만 나의 말이 씨가 되어 내가 물어뜯었던 이 반역자에게 치욕을 맛보게 할 수만 있다면 눈물을 흘리며 이야기해 드리리다. 나는 저 유명한 게라르네스카의 우골리노 백작이었소. 그리고 지금 나에게 이렇게 물어뜯기고 있는 자는 우발디니의 루지에르 대주교지요. 내가 왜 이놈에게 이런 짓을 하고 있는지 말하리다. 이놈의 사악한 술수에 넘어가 내가 권력투쟁에서 패하게 되자, 이놈은 나와 나의 아들들을 탑 속의 감옥에 가뒀지요. 내 죽음이 얼마나 끔찍했는지를 들어 보면

아홉 번째 지옥의 두 번째 원의 광경_ 단테는 얼음 바닥에서 머리를 뜯고 있는 망령을 목격하는 장면이다.

이놈이 내게 얼마나 가혹했는지를 알게 될 것이오."

그는 떨리는 목소리로 말을 이었다.

"죽음의 그림자는 식사시간에 맞춰 망치 소리와 함께 찾아왔지요. 식사 시간이 되자 음식을 주는 대신에 누군가가 감옥 문에 못질을 해 대기 시작했소. 나는 그때 아무 말도 못 하고 자식들의 얼굴만 바라보고 있었소. 그 끔찍한 감옥에도 희미한 빛이 새어 들어오더이다. 눈에 비친 자식들의 얼굴과 내 모습이 똑같을 것이라 생각하니 너무도 마음이 아파 나도 모르게 내 손을 깨물었지요. 그러자 자식들은 내가 배고파서 그러는 줄 알고, '아버지, 저희를 잡수시면 그만큼 저희의 고통도 줄어들 거예요. 아버지께서 저희에게 육신을 입혀 주셨으니 이제는 벗겨 주세요.'라고 말하더구려."

그는 눈물을 훔치고 나서 말을 계속 이었다.

"하지만 생각해 보시오. 세상의 어느 아비가 그런 부탁을 들어줄 수 있겠소? 나흘이 지나자 첫째아들이 죽고, 닷새, 엿새째에는 나머지 세 아들도 차례로 눈을 감았지요. 그리고 얼마 후엔 나 역시 오랫동안 먹지 못해 시각장애인이 되고 말았소. 아이들이 죽고 나서 이틀 동안 그들의 이름을 불러 대며 대성통곡을 하였는데, 슬픔보다도 허기가 더 견딜 수 없더이다."

그러고는 참았던 울음을 터뜨리며 말을 이었다.

"그러다가, 그러다가……, 나는 결국 굶주림에 못 이겨 자식들의 시신을 먹는 끔찍한 죄를 저지르고야 말았소. 아아, 고통에 지지 않던 나

탑 속의 우골리노_ 탑 속에 감금된 우골리노는 자기 자식들의 죽은 시신으로 허기를 채운다.

도 결국 배고픔에 굴복하고 말았던 거요.”

우골리노는 자신의 이야기를 마치자 또다시 루지에르의 머리통을 미친 듯이 물어뜯으며 큰 소리로 꺼이꺼이 울부짖었다.

이들의 모습을 뒤로 한 채 단테는 베르길리우스와 다시 걸음을 재촉해 톨로메아라고 부르는 세 번째 원에 도달하였다.

루시퍼 연못의 세 번째 지역인 이곳은 친구나 동료를 배반했던 자들이 엎드려 얼굴을 하늘로 향한 채 벌을 받고 있었다. 그들이 괴로움의 눈물을 흘리면 그것은 이내 얼음이 되어 함부로 울 수조차 없었다.

그때 영혼마저 얼어붙게 하는 차가운 얼음을 뒤집어쓴 비참한 자들 중 하나가 단테를 보고 소리쳤다.

“아, 그대들이여. 내 얼굴에서 이 두꺼운 너울을 거둬 주시구려. 가슴에 넘쳐흐르는 이 울분의 눈물이 얼기 전에 한 번쯤 밖으로 쏟아버리는 것이 소원이랍니다.”

단테가 그 비참한 모습의 영혼에게 대답했다.

“내 도움을 받기 원한다면 그대가 누구인지 내게 말해 주시오. 그대의 소원을 비록 들어주지는 못하더라도 내 이곳을 나가면 그대의 이야기를 세상에 전해 주리다.”

비참하고 가여운 영혼이 단테에게 도움을 구하는 듯한 어조로 말했다.

“나는 수도사인 알베리고라오. 내가 나의 형제인 만프레와 조카들을 죽일 때 과일을 이용했던 죄과로 여기서는 무화과 값 대신 대추 값을 내는 것과 마찬가지로 훨씬 더 가혹한 형벌을 받는 것이랍니다."

단테는 그 말을 듣고는 그의 얼굴을 덮고 있는 얼음을 걷어내어 눈을 보이게 해 주지 않았다. 그것은 그에게 무자비하게 대하는 것이 오히려 예의를 지키는 것이라고 생각했기 때문이었다. 단테는 오로지 그들의 참담한 모습을 바라보면서 탄식을 토해 낼 뿐이었다.

"아, 제노바의 사람들이여, 세상의 모든 미풍양속을 버리고 온갖 악덕만으로 가득한 자들이여! 어찌하여 그대들은 좀처럼 자취를 감추지 않는 것인가. 로마냐의 극악한 영혼들과 더불어 제노바의 브랑카 도리아도 여기 있으니 그들은 모두 얼음 연못에 떨어져 멱을 감고 있지 않은가!"

바로 그때 베르길리우스가 단테를 보고 말했다.

"지옥의 마왕, 루시퍼의 깃발이 나타났으니 앞을 주시하게. 이쪽으로 오고 있는 것이 보이는가?"

단테는 이미 지옥의 가장 깊은 곳, 루시퍼의 연못 중 맨 가운데인 네 번째 원에 와 있었다. 이곳은 일명 주데카라고 불렸는데, 그 이름은 유다에서 유래된 것이다.

단테가 그의 스승의 말을 듣고 앞을 주의 깊게 내다보았지만, 안개가 빽빽하게 끼고 어둠이 가라앉은 것처럼 희미하게 보일 뿐이었다. 다만, 멀리 어슴푸레하게 짚 덩어리 같은 것이 나타나 풍차를 돌리듯 세찬 바람을 일으켜서 이를 피하려고 얼른 베르길리우스의 몸 뒤로 숨어야 했다.

단테는 온갖 망령들이 볏단 모양으로 얼음에 온통 덮여 씌워진 채 유리 속에 갇혀 있는 광경을 보고는 무서워서 입을 다물지 못했다. 그 가운데 어떤 무리는 누워 있고 어떤 무리는 머리로 서 있거나 발톱으로 서 있었으며 또 다른 영혼들은 활처럼 구부린 채 있었다. 두 사람이 그들 사이를 헤치고 좀 더 앞으로 나아갔을 때, 베르길리우스는 단테의 걸음을 멈추게 한 다음 "여기는 디스, 즉 루시퍼가 기거하는 장소이니 정신 바짝 차리고 마음을 단단히 먹고 있으라."고 주의를 시켰다. 그렇지 않아도 단테는 녹초가 된 채 얼어붙은 상태라서 자신이 살아있는지 아니면 죽은 것인지 분간 못할 지경이 되었다. 단테가 우뚝 솟아 있는 악마의 대왕 루시퍼의 모습을 보니, 그는 제 몸의 상반신을 얼음 밖으로 내놓고 있었다. 그의 엄청난 모습을 보고 단테는 자신의 몸과 거인들의 몸을 비교하는 것이 거인들과 루시퍼의 몸을 비교하는 것과 거의 같은 의미일 것이라는 생각이 들었다. 그도 그럴 것이 거인의 우람한 몸은 루시퍼의 팔뚝에도 미치지 못했기 때문이었다.

마왕 루시퍼가 지금은 이처럼 추한 몰골이지만 하느님을 배반하여 지옥에 떨어지기 이전에는 가장 아름다운 모습이기도 하였다.

단테는 루시퍼의 얼굴이 세 개나 달린 것을 보고 깜짝 놀랐다. 정면을 향한 얼굴은 새빨갛고(증오를 상징한다.), 다른 두 개의 얼굴은 어깨 한가운데 위쪽에 맞붙어 있어서 마치 머리로 단을 쌓아올린 것과도 같았다. 두 얼굴 중의 오른쪽 어깨에 붙은 얼굴은 흰색과 노란색의 중간 색깔(무력을 상징한다.) 정도로 보였으나 왼쪽에 붙은 얼굴은 흑인의

지옥의 마왕 루시퍼_ 단테가 아홉 번째 지옥에서 루시퍼를 목격하는 장면이다.

얼굴과도 같이 까만색(무지를 상징한다.)을 띠고 있었다. 또한, 저마다의 얼굴 밑에는 커다란 날개가 두 개씩 튀어나와 있었는데, 그 날개 역시 엄청난 크기여서 바다를 누비는 그 어떤 배에서도 그만큼 큰 돛을 본 적이 없을 정도였다.

그 거대한 날개는 깃털이 없는 박쥐의 그것과 닮아 있었고, 그것이 한 번 퍼덕일라치면 그 때문에 세 가닥의 바람이 일었다. 이 바람이 코키토스, 즉 루시퍼의 연못을 온통 얼어붙게 하는 것이었다. 루시퍼의 얼굴에 있는 여섯 개의 눈에서 피눈물이 흐르고 이것이 세 개의 턱 위에 피고름 섞인 침과 눈물로 고드름을 만들어 내고 있었다. 단테는 루시퍼의 열린 아가리가 하나씩 모두 세 죄인을 이로 물어뜯고 있는 광경을 보았다. 그 광경은 마치 삼나무를 찢어 실을 뽑아내는 것처럼 물고 있는 인간을 가닥가닥 발겨내고 있는 듯했다.

루시퍼의 아가리에 물려 있는 세 영혼은 그 끔찍한 고통을 이기지 못해 요동을 치고 있었는데 그 등 껍데기마저 홀랑 벗겨져 있었다. 그 모습을 보고 베르길리우스가 단테에게 설명했다.

"저기 저 위에서 가장 큰 형벌을 받는 망령이 유다 이스카리옷이라네. 그의 머리는 안으로, 다리는 밖으로 빠져나와 있는 것이 보일 걸세. 또한, 머리통을 루시퍼의 아가리 속 아래로 처박고 있는 두 영혼 가운데 시커먼 얼굴을 한 자가 시저를 암살한 브루투스이고, 그 아래 몸체가 더 크게 보이는 것이 브루투스를 도왔던 카시우스일세. 자, 이제 떠날 시간이 다 되었네. 밤이 다시 접어들 시간이고, 또 우리도 볼

것은 다 보지 않았는가."

단테는 베르길리우스의 재촉에 정신을 가다듬었다. 그의 스승은 적당한 시간을 택하여 단테를 등에 업고서 루시퍼의 날개가 완전히 펼쳐졌을 때 그 털 많은 겨드랑이에 매달렸다. 그리고는 털에서 털을 따라 조심스럽게 밑으로 내려갔다.

베르길리우스는 그들이 루시퍼의 허리, 더 정확히 말하자면 엉덩이뼈 부근에 이르렀을 때 다시 몸을 회전시켜 다시 오르막을 오르려는 사람 마냥 털을 움켜쥐었는데, 단테는 그 광경을 보고 베르길리우스가 다시 지옥으로 되돌아가는 것이 아닌가 착각했다. 그러나 그의 스승은 숨을 헐떡거리면서 "나를 꽉 잡게! 이제 이 사닥다리를 통해서 지금까지 체험한 무시무시한 지옥을 벗어나야 할 테니 말일세." 하고 말하고는 바위틈 사이로 몸을 내밀어 그 가장자리에 단테를 내려놓고 자기 자신도 완전히 빠져나와 단테에게로 되돌아왔다.

그들은 이제 완전히 지옥에서 빠져나왔다.

단테가 눈을 크게 떠 위를 올려다보니 루시퍼의 다리가 치켜 올려진 채 곤두박질해 있었으므로 화들짝 놀랐다.

베르길리우스가 조용한 어조로 입을 열었다.

"우리의 갈 길은 아직 멀고도 험한데 벌써 해가 뜬 지 한 시간 반이나 흘렀구나."

단테가 어리둥절한 표정으로 주위를 살펴보니 바닥이 울퉁불퉁하고 희미한 빛이 새어 나오는 천연의 동굴에 자신이 서 있음을 발견했다.

단테는 곧바로 일어나 그의 스승 베르길리우스에게 물었다.

"나를 인도하시는 베르길리우스시여, 이 심연을 벗어나기 이전에 좀 더 소상히 말씀해 주실 수는 없는지요? 얼음의 연못은 대체 어디로 간 것이며, 저 마왕 루시퍼는 어찌하여 거꾸로 처박혀 있는 것이랍니까?"

그러자 베르길리우스는 단테의 궁금증을 해소시켜 주었다.

"아직도 그대는 우리가 저 두려운 루시퍼의 팔에 매달려 있다고 생각하는 모양인데, 그것은 우리가 지금 지구의 중심 안쪽에 있다고 착각하기 때문일세. 내가 거꾸로 몸을 회전시켰을 때 그대 역시 지구의 중심을 지나온 것일세. 지금 우리가 서 있는 곳은 주데카. 즉, 지옥의 가장 깊은 곳의 바로 뒷면에 위치해 있다네. 그리고 루시퍼의 겨드랑이털이 우리가 무사히 빠져나올 수 있도록 사다리 역할을 해주었고, 여전히 그곳에 박힌 채 전과 같은 자세를 취하고 있는 것이라네. 우리는 이곳까지 하늘에서 떨어져 온 것인데 본래 여기에 솟아 있던 땅은 그놈을 두려워하여 바닷속으로 파고들어 가서 북반구로 달아났기 때문에 아마 이쪽 남반구의 표면에 나타난 땅도 그놈을 피하여 이곳에다가 공간을 남겨 이처럼 비어있는 것이지."

그때, 단테는 바위를 타고 언덕을 뛰어넘는 듯한 개울물 소리를 듣고 베르길리우스와 함께 그 감추어진 길을 지나 밝은 세계로 되돌아가기 위해 힘껏 나아갔다. 잠시 후 둥근 구멍 사이로 하늘 위에 떠 있는 아름다운 별들이 가득히 보였다. 마침내 아름다운 별을 쳐다볼 수 있는 세계로 나오게 된 것이었다.

지옥을 벗어나는 단테와 베르길리우스_ 단테는 베르길리우스의 안내로 지옥 여행을 마치고 밖으로 나오는 장면이다.

La Divina Commedia

연옥

"사람이란 생각에 생각을 겹쳐놓다 보면
원래의 목표를 잃게 되게 마련이니,
힘이 서로를 약화시키기 때문이다."

−신곡의 연옥편

연옥의 문턱

지옥을 뒤로하고 연옥 문턱의 맑은 대지에 나온 단테는 환희에 찬 노래를 부른다. 연옥 산에 오르기 위해 겸양의 상징인 갈대 앞으로 허리를 동여매고 친구의 죽은 영혼과 함께 산비탈을 뛰어오른다.

숲 속을 방황하던 단테가 4월 8일 성 금요일에 베르길리우스를 만나 그의 인도를 받으며 지옥을 돌아본 후, 구사일생으로 간신히 이를 벗어나 정죄산이 보이는 연옥 문턱에 도착한 것은 부활절 바로 그날이었다. 죽은 지 사흘 만에 부활하신 예수처럼 사흘 동안 온갖 악마들에게 고초를 당하던 단테는 이제 무서운 암흑의 세계에서 나와 새로운 공기를 호흡할 수 있게 되었기에 좀 더 즐거운 여행을 하고 싶은 의욕을 갖게 되었다.

단테는 연옥이란 세계를 눈앞에 두고 다시 뮤즈들을 불렀다. 특히 서사시의 뮤즈인 칼리오페를 부르며 노래했다.

동방의 수정처럼 푸른 빛깔의
수평선 끝까지 맑게 퍼져
아직까지도 내 눈과 가슴을 울리는

어두운 곳에서 갓 나온 내 가슴을
기쁨으로 다시 충만케 하는도다.
사랑을 재촉하던 아름다운 금성은
쌍어궁의 별들을 감싸며
동방의 온 천지를 웃음 짓게 하였다.
오른편으로 돌이켜 남쪽을 바라보니
아담과 이브 이외에는 본 일도 없는
네 개의 별들이 보이는 도다.
하늘은 별들이 빛남을 기뻐하는 듯
아! 그 별들조차 보지 못한
그대 북녘땅은
홀어미가 된 황폐한 땅이로다.

단테가 노래하며 바라보던 별들에게서 눈을 떼자, 문득 가까이에 한 노인이 서 있는 것을 알아챘다. 그 노인은 반백에 하얀 수염을 가슴까지 드리우고 있었으며 얼굴엔 별들의 환한 빛을 가득 받고 있었으므로, 단테는 그가 마치 태양 빛을 담뿍 받고 있는 것처럼 느꼈다. 노인이 하얀 수염을 움직이며 두 사람에게 물었다.

"눈 먼 강을 거슬러서 영원한 감옥을 벗어난 그대들은 도대체 누구란 말인가? 그대들을 이끄는 힘은 누구이며 지옥의 깊은 골짜기에서 그대들을 끌어낸 등불은 무엇이었는가? 아니면 심연의 율법이 깨진

연옥에 들어선 단테와 베르길리우스_ 단테와 베르길리우스는 지옥을 벗어나 연옥에 이르게
된다.

카토를 만나는 단테_ 단테가 베르길리우스와 함께 연옥을 지키는 수호자 카토를 만나는 장면
이다.

것인가? 그것도 아니라면 지옥의 죄인들도 나의 바위산으로 올라설 수 있다는 새로운 하늘의 법칙이 생겼단 말인가?"

베르길리우스는 황급히 단테에게 눈짓하여 무릎을 꿇고 그에게 절하도록 한 다음 노인에게 대답했다.

"우리 자신의 힘으로 이곳에 온 것은 아닙니다. 하늘의 사랑하는 여인 베아트리체의 청으로 내가 이 사람을 인도하여 여기까지 오게 된 것이지요. 이 사람은 아직 죽지 않은 자이나, 이 사람을 인도하도록 보내졌기에 나도 다른 방도가 없었습니다."

베르길리우스는 한숨을 쉰 다음 계속해서 말을 이었다.

"단테를 반갑게 맞아주시길 간곡히 부탁드립니다. 단테는 자유를 찾아가는 중입니다. 자유야말로 고귀한 것입니다. 자유를 위해 목숨을 버린 당신도 잘 알고 계시겠지요. 단테는 살아있고 미노스도 꼬리로 우리를 묶어 놓지 못했듯이, 결코 우리 때문에 하늘의 영원한 법칙이 깨진 것이 아닙니다. 나는 당신의 순결한 아내 마르키아가 계시는 림보에서 왔기에 우리가 연옥의 일곱 장소를 돌아볼 수 있도록 너그럽게 받아주신다면, 다시 돌아가 그녀에게 당신의 자비로움을 전하겠습니다."

연옥의 어귀에서 문지기 노릇을 하고 있는 점잖은 노인 카토는 베르길리우스의 말을 듣고서 침울한 표정으로 말했다.

"살아생전에 부부의 연을 맺었던 마르키아에게 지금도 애정을 갖고 있는 건 사실이오. 하지만 그녀는 지금 아케론 강이 흐르는 림보에 살고 있으니 현실적으로 내가 그녀를 도울 방법이 없소. 한번 구원을 받은 영혼은 천국에 대한 사랑이 있을 뿐 사사로운 정에 이 끌려서는 안 되기 때문이오. 그러니 굳이 그렇게 내 아내의 이름을 입에 올리며 아첨할 필요는 없소이다. 다만 하늘의 고귀한 여인 베아트리체께서 그대들을 인도하고 다스리는 것이라면 그분의 이름을 들어서 내게 부탁하면 될 것이오."

그런 다음 그들에게 엄숙한 어조로 방법을 일러 주었다.

"그대들이여, 이제부터 정죄산에 올라가려면 겸손하게 참회의 산길을 가는 사람의 표시로 갈대 줄기를 허리에 띠처럼 둘러매고 가도록 하시라. 또한, 그 표시뿐만 아니라 얼굴부터 몸 전체를 여기서 더 정결하게 씻고 가야 하느니라. 그대들에게는 아직도 지옥의 악취가 배어 있으며 더구나 새까만 지옥의 때가 잔뜩 묻어 있으니 천사들 앞으로 나아가려면 그래서는 안될 것이로다. 저 앞의 바닷가에 가면 갈대밭이 있는데, 그곳에 간 다음에는 다시 이곳으로 돌아오지 않도록 조심하시오. 지금 마침 태양이 솟아오르고 있구려. 저 태양이 당신들에게 올라가기 쉬운 길을 보여 줄 것이오."

노인은 말을 마치자마자 연기처럼 사라져 버렸다. 단테는 그러한 모습을 멀거니 서서 멍한 눈으로 바라보다가 베르길리우스 쪽으로 시선을 돌렸다. 베르길리우스가 입을 열었다.

"그럼 이 벌판 밑으로 내려가 보도록 하세."

베르길리우스는 단테를 이끌고 허허로운 벌판을 건너 황량한 해안

카토(마르쿠스 포르키우스 카토)

마르쿠스 포르키우스 카토(Marcus Porcius Cato Uticensis. 기원전 95년~기원전 46년)는 소 카토라고 불리기도 하는데, 이는 같은 이름을 가진 대 카토의 증손자이기 때문이다. 로마 공화정 말기의 정치인으로 율리우스 카이사르와 대적하여 로마 공화정을 수호한 것으로 유명하고 스토아 학파의 철학자이기도 하였다. 그는 당시 부패가 만연한 로마의 정치 상황에서 완고하고 올곧은, 청렴결백함의 상징적 인물로 유명했다.

호민관이자 원로원인 카토는 카틸리나의 음모 때 집정관 키케로를 지지하여 카틸리나를 재판 없이 처형하는데 일조하였고, 그 와중에 카이사르가 그 음모에 연루되어 있음을 주장하기도 하였다.

그 이후 카이사르, 폼페이우스, 크라수스에 의한 삼두연합이 결성되고 카이사르가 집정관에 당선되는 일이 생긴다. 그 해에 법무관에 당선된 카토는 카이사르와 폼페이우스가 퇴역병들을 위한 농지법을 내놓자, 그걸 회의 때 장광설로 방해하는 등의 일을 벌였고, 훗날 폼페이우스가 원로원에 넘어온 이후 로마에 민중의 큰 지지를 받는 클로디우스가 정적에게 죽임을 당하는 큰 소동이 벌어져 폼페이우스를 독재관으로 선출해야 하는 상황이 되자 독재관을 주는 대신 단독 집정관을 주어야 한다고 주장하여 관철하는 등의 까

칠한 모습을 보였다.

스토아 철학을 신봉한 인물로 항상 검소하게 살았다. 제1차 삼두정치 당시 키케로와 함께 3두 정치가들에 대항한 가장 큰 거물이었고, 공화정을 옹호하며 카이사르와 싸우다 패하자 자살하였다. 플라톤의 대화편 파이돈을 읽으면서 배를 스스로 찔러 죽었다.

그의 자살이 워낙 유명하였기에 단테는 《신곡》에서 연옥의 섬을 지키는 수호자로 카토를 등장시킨다. 《신곡》에서는 자살자들이 모두 지옥에 떨어지지만 카토만큼은 예외로 연옥에 등장시킨다.

자살하는 카토_ 플라톤의 대화편 파이돈을 읽으며 자결하는 장면이다. 샤를 르 브링 작품.

에 도착했다. 그곳에서 갈대 줄기로 띠를 만들어 단테의 허리에 감아 주었는데, 신기하게도 베르길리우스가 갈대를 뽑아내자 뽑힌 자리에서 다시 갈대가 돋아나고 있었다.

두 사람이 바닷가에서 머뭇거리고 있을 때, 바다 저 멀리에서 한 줄기 빛이 미끄러지듯 눈 깜짝할 사이에 두 사람의 눈앞에 이르렀다. 단테가 스승에게 고개를 돌렸을 때 그 빛은 이미 눈이 부실 만큼 커져 있었다. 그리고 새하얀 빛이 양쪽에서 나타났다. 그것들이 날개로 드러나는 순간 베르길리우스가 소리쳤다.

"어서 무릎을 꿇게. 하느님의 천사시네. 그리고 두 손을 공손히 모으게나. 앞으로도 자네는 이런 분들을 계속 보게 될 것일세. 천사는 인간이 아니므로 돛대나 노가 필요 없고 날개를 높이 세우고 깃털로 바람을 일으킨다네."

단테는 경건한 자세로 무릎을 꿇고 두 손을 가슴에 모았다. 배는 생각했던 것보다 작고 허술해 보였는데 그곳에 수많은 영혼이 실려 있었다. 그 영혼들은 시편의 노래를 한목소리로 부르면서 천사와 함께 단테가 있는 쪽에 배를 댔다. 노래가 끝나자 천사는 성호를 그으며 그 영혼들을 축복했고 배 안의 영혼들이 모두 배에서 내리자 다른 천사와 함께 곧장 그곳을 떠났다.

그 영혼들 중의 하나가 자신들보다 먼저 도착해 있는 단테 일행을 보고는 말했다.

"그대들이 알고 계신다면 산으로 오르는 길을 가르쳐 주시지 않겠

연옥의 강을 건너는 단테와 베르길리우스_ 단테가 연옥의 강을 건너는 영혼들이 탄 배를 목격하는 장면이다.

습니까?"

베르길리우스가 그들에게 우리도 방금 도착했다며, 오르는 길은 거칠고도 험하다고 대답했다. 영혼들은 단테가 숨을 쉬고 있는 모습을 보고는 깜짝 놀라며 얼굴이 창백해졌다. 그들은 자신의 몸과 마음을 정화하러 가야 하는 것도 잊은 채 우두커니 서서 단테의 얼굴을 뚫어져라 쳐다보고 있었다.

바로 그때, 단테 일행을 둘러싸고 있던 무리 가운데서 한 영혼이 앞으로 나서며 소리쳤다.

"아니, 자네는 단테가 아닌가?"

그러면서 달려들어 단테를 껴안으려고 했다. 단테 역시 그를 알아보고 껴안으려고 했지만, 여러 번 허공을 더듬었을 뿐 상대방의 등 뒤로 돌린 손이 제 가슴으로 되돌아오고 말았다.

카셀라는 단테를 향해 깜짝 놀란 얼굴로 물었다.

"세상에서 그대를 좋아했던 것처럼 지금도 내 마음은 변함이 없다네. 난 이제 돌아가지 못하는 죽은 몸이지만, 자네는 어찌 된 일인가? 어떻게 살아 있는 몸으로 이곳까지 오게 되었는가?"

단테도 역시 함께 기뻐하면서 물었다.

"카셀라, 나도 언제일지 모르지만, 천국으로 향하는 영혼들 틈에 끼고 싶어서 이렇듯 긴 여행을 하고 있다네. 자네는 세상에서 선하게 살아서 죽은 후 즉시 이리로 올 줄 알았는데, 어찌하여 꽤 오랜 시간이 흐른 지금, 이토록 늦게 온 것인가?"

카셀라는 그가 대사면의 은총을 입어 천사의 배에 타고 있었는데, 연옥으로 보내시는 분이 좀처럼 출항을 허락하지 않았기 때문이라며, 그분의 생각은 항상 옳기 때문에 서운하지는 않았다고 대답했다. 그는 본래 피렌체의 유명한 음악가로서 단테의 시를 종종 작곡했던 인물이었다. 단테가 그에게 말했다.

"카셀라, 만약 괜찮다면 지쳐 있는 나를 위하여 세상에서 자네가 나를 위해 작곡했던 그 노래를 지금 한 곡이라도 불러주지 않으려는가? 그대의 감미로운 노래가 아직도 이 귓가에 울려퍼지고 있는 듯하네."

베르길리우스와 단테를 위시하여 거기에 있는 모든 영혼이 전부 귀를 기울이는 가운데 카셀라가 조용히 노래를 불렀다. 그때 갑자기 점잖은 노인 카토가 소리 높여 그들을 꾸짖기 시작했다.

"이 무슨 해괴한 일이냐. 게으른 영혼들아! 한시라도 빨리 산으로 올라가서 허물을 벗어버릴 생각은 않고 뭐하는 짓들이냐. 그렇게 해서 하느님을 뵐 수 있을 듯싶으냐?"

그러자 그들은 비둘기떼가 먹이를 찾아 모여들었다가 무서운 천적이 나타나자 먹이를 남겨 두고 황급히 도망치듯이 비탈길을 향해 달려 갔다. 그 바람에 단테는 카셀로와 작별인사도 못한 채 헤어져야만 했다. 주위를 살펴보던 베르길리우스는 나아갈 길을 정한 듯 앞장서서 단테를 인도하기 시작했다.

산 자의 그림자

단테는 자기 앞에만 그림자가 있는 것을 보고 잠시 당황하다가 죽은 자의 영혼은 그림자를 갖지 않는다는 사실을 새삼 느낀다. 연옥의 첫째 땅에선 파문당한 영혼들과 임종 무렵에 뉘우친 개으른 영혼들을 만나게 되는데, 그들은 한결같이 살아 있는 자들의 기도를 청한다.

단테는 카토의 준엄한 꾸중 소리를 듣고 참회하는 마음을 먹으면서 자신이 가고 있는 이 순례의 길을 다시금 마음속에 되새겼다.

그가 연옥의 산을 바라보며 비탈길을 오르기 시작했을 때 태양이 두 사람의 뒤에서 붉게 타올랐다. 바로 그때, 단테의 앞으로 그림자가 하나 나타났다. 단테는 자기 그림자만 있는 것을 보고는 혹시 혼자 남은 것이 아닌지 두려워 깜짝 놀라며 옆을 바라보았다. 그러자 베르길리우스는 미소를 지으면서 살아 있는 자에게만 그림자가 있을 수 있는 것이라고 설명해 주었다.

"왜 아직도 믿지 못하는가? 내가 자네와 함께 있으며 자네를 인도하고 있지 않는가? 나의 그림자를 드리우던 몸이 묻힌 그곳은 지금 벌써 저녁이 되어 가고 있네. 내 몸은 브린디시에서 나폴리로 옮겨져 묻혔네. 그러니 지금 내 앞에 그림자가 없다고 해서 놀랄 필요는 없네. 하늘을 생각해 보게나. 어떤 하늘도 다른 하늘의 빛을 가로채지 않네."

이런저런 얘기를 나누는 동안에 그들은 정죄산의 기슭에 다다랐다. 산이라기보다는 험준한 바위들이 하늘을 향해 깎아지른 듯이 솟아 있었는데, 과연 날개 없이 그곳을 오를 수 있을까 싶었다.

　경사가 좀 완만한 곳을 찾기 위해 이곳저곳을 살피고 있을 때, 그들의 왼편에서 한 무리의 영혼이 나타났다. 그들은 발걸음이 무척 느렸는데 마치 제자리걸음을 하고 있는 듯했다. 베르길리우스의 말에 의하면 그들은 교회에서 파문당한 자들이라고 했다. 다만, 죽기 전에 회개하여 이렇게 연옥으로 올 수 있었는데, 저렇게 걸음이 굼벵이처럼 느려 터진 것은 구원에 이르는 길이 그만큼 멀다는 뜻이라고 말해 주었다. 이들을 보자 베르길리우스가 입을 열었다.

　"오, 은혜롭게 생을 마친 선택된 영혼들이여! 그대들이 바라는 평화의 이름으로 묻노니 위로 올라가는 길이 어디 있는지 알고 계시면 좀 가르쳐 주십시오. 현자들은 시간의 소중함을 알기에 쓸데없이 시간을 낭비하는 것을 가장 경멸하는 법이라오."

　그 영혼의 무리는 양떼들이 맨 앞의 우두머리가 이끄는 대로 따르듯 그들 곁으로 다가오다가 맨 앞에 있던 자들이 단테의 그림자를 보고 깜짝 놀라 뒤로 주춤 물러서는 것이 보였다. 그러자 베르길리우스가 그들을 안심시키면서 말했다.

　"놀라지 마시오. 그대들이 보시다시피 저것은 육신을 지닌 살아 있는 사람의 그림자라오. 그러나 하늘의 도우심 없이 이곳을 지나려고 하는 것이 결코 아님을 믿어 주십시오."

연옥의 입구에서 영혼들을 만나는 단테_ 단테가 연옥의 산인 정죄산을 오르기 전에 그곳에 도착한 영혼들을 만나는 장면이다.

베르길리우스의 말을 듣고 그들은 손등으로 표시해 그들에게 갈 길을 알려 주었다. 그때 무리 가운데에서 한 영혼이 단테를 향하여 질문을 던졌다.

"당신은 도대체 누구신가요? 혹시라도 이전에 저를 본 적이 있습니까?"

그의 말에 단테가 자세히 보니 그는 금발머리를 한 훌륭한 모습의 영혼이었다. 단테는 아무리 생각해 봐도 기억이 나지 않았다. 그래서 본 기억이 없다고 대답하자, 그는 제 가슴 앞섶을 풀어헤쳐 상처를 보여주면서 입을 열었다.

"나는 황후 코스탄차의 손자 만프레디라오. 나는 교황에게서 파문을 받았지만 그래도 죽음을 맞이하는 순간에 회개함으로써 하느님께 용서를 받아 이처럼 연옥으로 향하는 무리 속에 끼게 된 것이지요. 그러나 한 번 파문을 받은 사람들은 비록 죽는 순간에 회개하여 용서를 받았다 하더라도 세상에서 살았던 햇수보다 서른 곱절이나 더 고행해야 합니다. 그러니 부탁하건대, 당신께서 세상으로 다시 돌아가시게 되거든 나의 착한 딸 콘스탄차(만프레디의 할머니와 같은 이름을 가진 만프레디의 딸은 아라곤의 왕 페드로 3세와 결혼했다.)에게 내 안부를 좀 전해 주시고 나를 위해 기도해 달라고 말씀해 주십시오. 그러면 나는 이 연옥의 비탈길에서 고행의 시간을 단축할 수 있습니다."

만프레디는 말을 마치며 주르륵 눈물을 흘렸다. 단테는 그 말을 듣고서 연옥의 괴로움을 이해할 수 있을 것 같았다. 그때 그들 무리가 소리 모아 외쳤다.

"당신들이 물었던 길이 바로 여깁니다."

길 입구에서 베르길리우스가 앞서고 단테는 그 뒤를 조용히 따랐다. 그 길은 좁다란 오솔길이었으며 가파르기 짝이 없었다. 단테는 간신히 기어가듯 험한 길을 따라가다 겨우 앞이 조금 트인 산마루에 이르게 되자 한숨을 돌리면서 베르길리우스에게 물었다.

"스승님, 이제 어디로 가야 하나요?"

"한 발도 뒤로 물러서지 말게나. 자, 어서 내 뒤를 따라서 계속 산을 오르게나."

베르길리우스는 엄하게 단테를 타이른 후 발걸음을 재촉하며 계속해서 위로 올라갔다. 산꼭대기는 보이지 않을 정도로 높았고 오르막길은 수직으로 무척 가팔랐다. 단테는 한숨을 몰아쉬며 도저히 더는 못 오르겠다며 버텼다. 그러자 베르길리우스는 단테를 격려하기 위하여 연옥에 대해 좀 더 자세히 설명해 주었다.

"이 정죄산은 아래에서 위로 올라가기 시작할 때는 더없이 위험하고 험한 길이지만 점점 올라갈수록 점점 편안해지는 곳이라네. 해서 위로 오르는 것이 배가 냇물을 따라 흘러내려 가는 것만큼이나 수월해지면 이 오솔길의 끝에 이르게 되어 거기서 그대의 고달픔은 달콤한 휴식으로 변하는 것이지. 그 외의 다른 말은 할 필요가 없네. 이것은 가식이 전혀 없는 진실이기 때문이니까."

단테는 베르길리우스의 말에 용기를 얻어 암벽 사이의 틈새를 필사

정죄산에 오르는 단테와 베르길리우스_ 베르길리우스가 단테 앞에서 먼저 산을 오르는 장면이다.

적으로 기어올라갔다. 마침내 그의 스승을 따라 연옥 입구의 첫 번째 벼랑 위에 올라선 단테는 긴장이 풀리면서 그 자리에 털썩 주저앉고 말았다. 지나온 동쪽 산기슭을 내려다보니 아스라이 보였다.

두 번째 산비탈을 올라가려고 위를 올려다보자, 그곳에 커다란 바위 하나가 툭 불거져 나와 있는 것이 보였다. 그 바위 뒤로는 그늘이 있었고 그곳에 단정치 못한 모습으로 몇 명의 영혼이 할 일 없이 앉아 있었다.

단테는 그 모습을 보자 스승에게 말했다.

"스승이시여, 저들을 좀 보시지요. 아무리 게으름뱅이라 하더라도 저래서야 어찌 올라갈 수 있겠습니까?

그러자 피곤한 듯 앉아서 무릎 사이에 얼굴을 파묻고 있던 자가 퉁명스럽게 말했다.

"그렇게 힘이 넘쳐나면 먼저 올라가면 될 일이 아니겠소?"

단테는 그가 바로 세상에서 사는 동안 그렇게도 게으름을 부렸던 악기 제작자 벨라쿠야(단테의 친한 친구이자 악기를 만드는 장인으로 피렌체에서 가장 게으른 자로 통했다.)임을 알아보고는 웃음을 감추지 못했다.

"벨라쿠야여, 과연 이런 곳에서조차 우물거리고 있나? 길잡이를 기다리고 있는 중인가, 아니면 게으른 그 옛 버릇 때문인가?"

그러자 한숨을 내쉬며 그가 대답했다.

"오, 형제여, 그곳에 올라간들 무슨 소용인가? 문 앞에 앉아 있는 하느님의 천사가 내가 들어가 참회하는 걸 막을 텐데. 내가 선한 숨쉬기

(회개를 뜻한다.)를 미뤘던 탓에 살았던 만큼 그 문밖에서 기다려야만 하네. 누군가가 세상에서 나를 위해 은총이 가득한 기도를 해준다면 그 시간을 단축할 수 있지만, 그 외에는 모두 아무런 쓸모가 없어. 그리고 그 기도가 하늘에 닿지 않는다면 나와 동행할 천사는 찾아오지 않을 걸세."

그때 그들 뒤에 있던 한 영혼이 단테의 육신에 그림자가 드리워진 것을 보고 놀라서 다른 자에게 소리쳤다.

"모두 저기를 보라. 저곳으로 올라가고 있는 사람의 뒤편에 그림자가 드리워져 있도다. 더구나 그의 발걸음은 마치 살아 있는 자와 같지 않은가?"

그 말을 들은 무리는 모두 놀라는 눈초리로 단테와 길게 늘어진 그림자를 쳐다보았다. 베르길리우스는 단테에게 그들이 무어라고 말을 하든 간에 한눈팔지 말라고 주의를 시켰다.

그 무렵, 멀리에서부터 참회의 시편 노래인 '미세레레(Miserere), 즉 주여 우리를 불쌍히 여기소서'를 부르는 성가 소리가 들려왔다. 멀리 산허리를 감돌아서 그들이 있는 곳까지 다가오고 있는 다른 영혼들이 기도하며 부르는 노랫소리였다.

그 영혼들 역시 단테를 바라보는 순간, 단테가 살아 있는 자임을 금방 알아보았다. 그들에게 단테의 그림자는 풀 수 없는 수수께끼와도 같았다. 무리 중에서 두 영혼이 놀란 표정을 지어 보이며 말했다.

"당신들은 대체 누구기에 이렇게 산 자의 몸으로 이곳까지 왔소?"

베르길리우스가 그들에게 말했다.

"당신들도 알다시피 이 사람은 당신들과는 달리 살아 있는 사람이오. 이 사람이 세상에 돌아가게 되면 당신들을 위해 기도하도록 당신들의 가족에게 전해 줄 수 있소."

이 가여운 영혼들은 단테에게 잠시 자기들을 위해 멈춰 서서 혹시라도 이 가운데 아는 자가 없는지, 있다면 그의 소식을 꼭 전해 달라고 애원했다.

"우리는 모두 전사하거나 제명에 죽지 못한 자들의 영혼이랍니다. 우리는 숨을 거둘 때까지 죄 많은 영혼들이었지만, 어느 순간 하느님의 빛이 우리의 눈을 뜨게 하여 참회를 용납하셨고 그 덕분에 그분과 화해할 수 있게 된 것이오."

단테는 그들 가운데서 알아볼 수 있는 사람은 없었지만, 베르길리우스에게 간청하여 영원한 평화의 이름으로 그들의 사정을 들어주었다. 그들 가운데서 몬테펠트로 출신인 부온콘테라는 영혼은 자신의 아내인 지오반나와 친지들이 자기를 위해 기도해 주지 않는다고 말하면서 소식을 전해 꼭 기도하게 해 달라고 단테에게 부탁했다.

단테는 그가 캄팔디노에서 전사했으면서도 시신이 그곳에 없는 이유를 묻자 그가 대답했다.

"내가 카센티노에서 목이 뚫린 채 피를 흘리면서 맨발로 도망치다가 죽게 되었는데, 그때 나는 성모 마리아의 이름을 부르며 숨을 거두게 되었지요. 이때 벌어진 사정을 살아 있는 제 친지들에게 똑바로 일러 주십시오. 나의 영혼을 하느님의 천사가 데려가려고 하자 지옥의 악마가 외쳐댔습니다. '아니, 하늘에서 온 자여, 왜 그를 훔쳐가려는가? 고작 한 방울의 눈물과 기도 때문에 그를 내게서 빼앗아 간단 말인가? 정 그렇다면 그가 지닌 영혼을 가져가라. 나는 그 다른 부분을 가져갈 것이다.' 라고 말한 후 날이 저물자마자 계곡을 구름으로 덮어 비가 내리게 한 다음 범람케 하여 내 시체를 아르노 강에 밀어 넣었답니다."

단테는 부온콘테의 말이 채 끝나기도 전에 말했다.

"시신이 강물에 휩쓸려 떠내려가서 물고기 밥이 된 거군요."

부온콘테는 고개를 가로저었다.

"그렇지 않소. 강물에 휩쓸려가던 시신은 아르노 강 기슭 모래에 뒤덮인 채 지금도 썩어가고 있다오."

단테는 현세로 돌아가면 기필코 부온콘테의 시신을 찾아내어 유골이나마 땅에 묻어 줘서 지친 그의 영혼을 달래 주리라 마음먹었다.

그때 또 다른 영혼이 끼어들었다. 그녀는 정숙한 여인 피아로, 남편이 살해한 영혼이었다. 그녀는 나에게 넬로의 전처인 자신의 처지를 헤아려 달라고 간청했다. 이 살인 사건은 아직도 그 전모가 세상에 밝혀지지 않고 있는데, 넬로가 이웃에 사는 백작의 미망인과 결혼하기 위해 하인을 시켜 자신을 성의 창문 밖으로 내던졌다고 했다.

단테는 피아의 말에 깊은 동정을 느꼈다. 피아는 철저한 고독 속에서 하느님의 사랑을 깨닫고 넬로의 모든 잘못을 용서했던 것이다.

피아가 말을 마치기도 전에 또 다른 영혼들이 제각기 자신들의 사연을 말하기 위해 목청을 높이며 집요하게 달라붙었다.

살아 있는 사람의 기도로써 죽은 자의 영혼이 괴로움을 덜게 된다는 사실에 적잖이 고무된 단테는 베르길리우스에게 물었다.

"스승님의 시《아이네이스》의 어딘가에서 '천국의 율법은 기도만으로 바뀔 수 없다'고 하신 것을 분명히 본 적이 있는데, 이 영혼들은 무슨 까닭인지 계속해서 이렇게 저에게 기도해 달라고 부탁합니다. 혹, 제가 스승님의 시를 잘못 이해하고 있는 건 아닌지요?"

베르길리우스가 대답했다.

"내가 노래한 것은 살아 있는 사람들이 제아무리 열심히 기도한다 하더라도 그것은 하느님의 섭리를 변경할 수 없는 일이며 오직 '죄의 용서를 빨리하여 주십시오.' 하고 기원하는 데에 관한 것일세. 하느님의 은혜를 받을 수 없는 지옥과 먼저 가서 은혜를 받게 되어 있는 연옥에는 적용되지 않는 구절일세. 하지만 이런 중요한 문제들은 모두 진리와 단순한 지성 사이의 그대 횃불이 될 분을 만날 때까지..."

베아트리체의 이름을 듣는 순간 단테는 가슴이 환해지면서 힘이 솟구쳤다. 그래서 산허리를 넘어가고 있는 해를 바라보며, 단테는 그녀를 만날 욕심에 스승에게 발걸음을 재촉했다. 단테의 마음을 알아챈 베르길리우스는 앞으로 연옥의 꼭대기에 오르기 전에 여러 차례 태양이 떠오르는 것을 보게 될 것이라고 말해 주었다.

망향의 계곡에서 기도하는 영혼들

비참하게 죽은 영혼들이 현세 사람들의 기도로 연옥 산에 빨리 올라갈 수 있다고 단테에게 전언을 부탁한다. 저녁기도를 바치는 가운데 아름다운 골짜기는 성모 마리아가 파견한 수호천사가 어두운 밤을 지켜준다.

스승과 제자가 발걸음을 재촉하여 다시 길을 떠나려 하고 있을 때, 그들 앞에 사자처럼 웅크리고 앉아 두 사람을 노려보고 있는 자가 있었다. 베르길리우스는 그자가 지름길을 가르쳐 줄 수 있을 것 같다고 말하면서 그에게 가까이 다가갔다. 그러자 그는 묻는 말에는 대답도 않고는 대뜸 '도대체 너희의 정체는 무엇이냐?' 하는 식으로 쳐다보지도 않은 채 제 생각에만 잠겨있었다.

베르길리우스는 좀 더 자세히 알아볼 셈으로 단테가 만토바 출신이라고 밝히자, 그가 갑자기 일어나면서 말했다.

"정말, 만토바 사람이란 말이오? 나는 그대와 같은 만토바 출신인 솔델로라고 하오."

오랜만에 만난 친구처럼 반갑게 맞이한 그가 다시 '당신들은 누구시냐.'고 묻자 베르길리우스가 대답했다.

"나는 예수께서 탄생하기 이전에 희랍에서 돌아와 나폴리의 황제

옥타비아누스가 장사지낸 베르길리우스라고 합니다. 나는 죄 지은 것은 없지만, 신앙이 없었던 탓으로 천국을 잃었던 존재랍니다."

그러자 솔델로는 믿을 수 없다는 표정을 짓더니 정중하게 그를 포옹하면서 인사를 올렸다.

"오, 만토바의 영원한 보람이여. 라틴의 영광이신 분, 선생님 덕분에 우리의 언어가 시로 승화할 수 있는 모든 것을 완벽하게 표현하게 되지 않았습니까? 선생님을 이런 곳에서 만나 뵐 수 있다니 정말 기쁘기 한이 없습니다. 그런데 선생님은 지금 지옥에서 오시는 길인지 여쭤봐도 괜찮겠습니까?"

"당신 말대로 우리는 지옥의 모든 골짜기를 돌아 이곳에 이르렀답니다. 이유야 어떻든 당신이 할 수 있으시다면 우리에게 연옥의 문이 어디 있는지 가르쳐 주시겠습니까? 우리는 한시라도 바삐 그곳으로 가야 할 처지랍니다.

"그러시다면 제가 동반하여 안내해 드리겠습니다. 하지만 보시는 것처럼 이미 해가 기울고 있으니 편안하게 하룻밤을 묵을 장소를 먼저 찾는 것이 좋을 듯합니다. 밤이 되면 아무도 정죄산을 오를 수 없기 때문입니다. 저기 보이는 오른편으로 영혼들의 무리가 있으니 괜찮으시다면 그곳으로 안내하겠습니다. 그들도 기뻐할 테니까요."

베르길리우스는 그 말을 믿고 우리를 편안히 쉴 수 있는 곳으로 인도해 달라고 말한 후 그를 따라나섰다.

솔델로와 베르길리우스, 그리고 단테까지 세 명의 시인은 산기슭을

군주의 골짜기를 지나는 영혼들_ 생전에 큰 업적을 쌓았던 군주 등의 영혼들이 지나는 장면을 지켜보는 단테와 베르길리우스.

향해서 가다가 꼬불꼬불하고 울퉁불퉁한 샛길을 따라 자그마한 계곡에 이르렀다. 그곳은 형형색색의 아름다운 꽃들이 저마다의 향기를 뽐내고 있었다. 그리고 그곳 푸른 숲 속에는 산기슭에선 잘 보이지 않던 영혼들이 '살베 레지나'라는 찬송 성가를 부르고 있었다.

솔델로는 단테에게 그들과 함께 섞여 있기보다는 노래 부르는 무리를 내려다볼 수 있는 곳으로 가자고 권유했다.

골짜기를 옮겨가자 그곳은 살아 있을 때의 지위에 따라 자리의 상하를 따져 앉아있는 곳이었다. 그런 이유로 이 골짜기를 '군주의 골짜기'라고 부르고 있었다. 솔델로가 입을 열었다.

"이 언덕에서 저들이 하는 것을 주시하는 일이 골짜기에서 저들을 따라가는 것보다 나을 것입니다. 가장 높은 자리에 앉아서 해야 할 일을 하지 않고 남들이 찬미하는 노래할 때 입 열기를 주저하는 영혼은 루돌프 황제입니다. 그는 일찍이 이탈리아의 치명상을 멈추게 할 수 있는 높은 자리에 있었습니다. 또한, 그를 안위하는 인물은 오토칼(폭군이었으나 참회한 군주)인데, 어려서부터 백성에게 존경받고 위엄을 보였던 사람입니다. 저기 필립 3세의 모습도 보이고 또 홀로 앉아있는 영국 왕 헨리와 윌리엄 후작도 보이는군요."

저녁 7시가 될 무렵, 영혼의 무리 중 하나가 다른 이들의 시선을 모은 채 두 손을 모아 동쪽을 향해 서서 만종 기도를 올렸다. 단테가 보기에 그 모습이 매우 아름답고 노래하는 목소리가 너무 맑고 깨끗하여 잠시 자신의 처지를 잊고 도취되고 말았다.

다른 영혼들도 시선을 하늘로 향한 채 경건한 마음으로 선행자의 기도와 노래를 따라 부르고 있었는데, 갑자기 칼끝이 둘로 갈라진 불칼을 지닌 두 천사가 하늘에서 내려오는 모습이 보였다.

천사들 가운데 하나는 단테가 있는 곳에 내려앉고, 다른 천사는 계곡의 건너편 숲 속에 날개를 접고 내려앉았다. 단테는 천사의 옷과 금빛머리를 볼 수 있었지만, 그 얼굴은 눈부셔서 도저히 쳐다볼 수가 없었다.

솔델로는 곧 어두워지면 뱀들이 나타날 것이므로 뱀에게서 계곡과 영혼들을 보호하기 위해 성모 마리아께서 파견한 천사들이라고 설명했다. 단테는 깜짝 놀라 베르길리우스의 옆으로 바짝 다가서며 입을 열었다.

"자, 이제 저 위대한 망령들이 있는 곳으로 내려갑시다. 그들도 당신을 만나면 기뻐할 것입니다."

솔델로는 두 사람을 계곡 밑 영혼들이 쉬고 있는 곳으로 데리고 들어갔다. 단테가 몇 걸음 따라 내려갔을 때, 벌써 그를 알아보는 영혼을 발견했다. 그는 다름 아닌 단테가 존경하던 법관 니노였다.

니노가 단테에게 물었다.

"연옥의 망령들이 건너와야 했던 멀고 먼 길을 건너오신지 얼마나 되셨습니까?"

단테가 자신은 지옥을 통과하여 이곳에 이르렀다고 대답하자, 솔델로와 니노는 놀란 얼굴로 그들을 잠시 쳐다보다가 불현듯 외쳤다.

"자, 쿨라도여. 일어나 여기 하느님의 은총으로 여행하고 계시는 분

단테가 있는 계곡으로 내려오는 천사_ 뱀에게서 영혼을 보호하기 위해 천사가 내려오는 장면
이다.

을 보라!"

그리고는 자신의 딸이 그들을 위하여 기도하게 해 달라고 간청하기 시작했다.

"심오한 도리로 모든 근본을 감추신 신의 이름으로 청하노니, 그대가 다시 세상에 나가시거든 내 사랑하는 딸 조반나에게 일러 주십시오. 죄 없는 자가 보상받을 곳에서 구원을 받도록 내 이름을 외쳐 기도해 달라고 전해 주십시오. 그녀의 어머니인 내 아내는 나를 사랑한다고 전해 주십시오. 그녀는 어머니인 내 아내가 나를 사랑한다고 생각지 않습니다. 눈과 입이 언제나 불타지 않는 한, 한 여인의 가슴 속에서 사랑의 불길이 얼마 동안 갈 수 있는지 그녀가 만인에게 보여 주었습니다."

그때 솔델로가 풀과 꽃 사이를 스쳐지나 계곡을 향해 다가오는 뱀을 발견하고 소리쳤다.

"보세요, 저기 우리의 원수인 뱀이 나타났습니다."

그가 말을 채 끝내기도 전에 독수리가 순식간에 움직이듯 천사의 녹색 날개가 펄럭거리자 뱀은 도망쳐 버렸고 어느새 천사도 다시 제 자리로 돌아가 버렸다. 그런 소동이 있는 동안, 해는 아주 서산에 저버려서 단테는 하루 동안의 피로를 풀 겸 팔을 배고 잔디 위에서 잠을 청하기 시작했다.

연옥의 문

잠이 든 단테를 루치아 성녀가 연옥의 문 앞까지 날라다 준다. 그곳에서 단테는 무릎을 꿇고 공손히 문을 열어달라고 청한다. 천사는 칼끝으로 일곱 가지 큰 죄를 뜻하는 일곱 개의 P자를 단테의 이마에 새기고, 금과 은으로 된 두 개의 열쇠를 돌리자 드디어 문이 열렸다.

지상의 이탈리아에서는 동편에 여명이 밝아오는 새벽녘이라 할 무렵, 단테는 꿈속에서 금빛 깃털을 단 독수리가 땅 위로 내려앉는 것을 보았다. 그 큰 독수리는 하늘을 한 바퀴 선회하다가 별안간 하강하여 트로이의 왕 트로스의 아들인 아름다운 청년 가니메데스 왕자를 채가지고 천국으로 날아가는 신비스러운 꿈이었다.

그런데 금빛 독수리가 또다시 나타나 하늘을 빙빙 돌더니 갑자기 번개처럼 단테 앞으로 내려와 그를 번쩍 안고선 위로 날아올라 마침내는 영원히 불타고 있는 세계로 데려가는 것이 아닌가. 그런 후 자신이 독수리와 함께 불길에 가까워질수록 몸이 뜨거워 견딜 수 없는 지경이 되었고, 그 순간 단테는 꿈에서 깨어났다.

자리에서 일어난 단테는 한 번도 본 적 없는 산에 와 있었으므로 깜짝 놀라서 눈을 휘둘러 주위를 살펴보았다. 오직 그의 곁에 베르길리우스만 남아있는 것을 보고 의아하게 생각했다.

"분명 나는 계곡의 잔디밭에서 팔을 베개 삼아 잠들었는데, 어째서 이런 산마루에 누워 있게 된 것일까?"

또한, 그가 잠들어 있는 동안에 태양은 벌써 꽤 높이 떠올라 아침 여덟시가 지난 시각을 가리키고 있는 듯했다. 베르길리우스는 잠에서 깨어난 단테가 눈을 멀뚱멀뚱 뜨고서 주위를 살피는 모습을 보고 그를 안심시키며 말해 주었다.

"놀라지 마시게. 조금도 두려워할 필요가 없을 것일세. 이미 우리는 정죄산 중턱에 와 있는 셈이라네. 이제 곧 연옥 문에 당도할 것이네. 저쪽 밖의 밑을 보면 거기에 바위가 갈라진 틈이 보이지 않는가. 저곳이 바로 정죄산의 입구라네."

단테가 아직도 놀랍고도 의혹이 가득한 낯빛을 하고 있자, 베르길리우스가 말을 계속 이었다.

"그렇게도 그대가 기이하게 여기고 있으니 상세히 얘기하겠네. 사실은 동틀 무렵, 여명의 시간이 밝아오고 그대가 아직 깊은 잠에서 깨어나지 않았을 때 성녀 루치아께서 내려오셨다네. 그분께서 말씀하시기를 '나는 루치아입니다. 내가 이분이 갈 여정이 수월하도록 도와드릴 것이니 잠들어 있는 그대로 데리고 가게 해주세요.' 하고는 솔델로를 비롯한 다른 영혼들과 작별을 고하고서 태양이 떠오르는 것과 함께 점점 위로 그대를 감싸 안고 올라오신 것일세."

스승의 말을 듣자, 단테는 자신이 꾼 신비스런 꿈의 내용과 베르길리우스의 설명이 일치하는 것을 깨닫고는 더없이 기쁜 마음이 되어 마

연옥의 계단을 오르는 단테_ 성녀 루치아의 도움으로 천사들의 보호를 받으며 연옥의 계단을
오르는 단테와 베르길리우스.

음속에 두려움과 의혹의 빛이 사라지는 것을 느꼈다.

베르길리우스는 다시금 기운을 차린 단테를 보고 안심한 듯 그를 이끌고 비교적 수월한 산길 입구를 향해 올라가기 시작했다.

바로 그곳에 연옥 문이 있었다. 연옥 문에는 세 개의 계단이 있었으며 그곳을 고해소의 사제와 같은 문지기가 지키고 있었다.

문지기는 번쩍거리는 칼을 손에 들고 두 사람을 쳐다보았다. 단테는 두려운 마음이 들어서 감히 그의 얼굴조차 쳐다볼 수가 없었다. 돌계단에 서 있던 문지기가 그런 단테를 향해 말을 건넸다.

"당신들이 원하는 게 무엇인지 그 자리에서 말해 보시오. 안내자는 도대체 어디에 있는지 호위도 없이 위로 오르기만 하면 되는 줄 아시는가? 당신들에게 어떤 해로움이 닥칠지 모르니 조심해야 할 것이오."

그러자 베르길리우스가 침착한 어조로 대답했다.

"우리는 이 일을 잘 알고 계신 성녀 루치아께서 조금 전에 이쪽으로 가면 문이 있을 것이라고 일러 주셔서 온 것입니다."

베르길리우스가 말을 마치자 문지기는 정중하게 말했다.

"그분께서 당신들을 인도하시기 위해 지름길을 열어 준 것이라면 어서 속히 이 계단을 오르도록 하십시오."

말을 마친 문지기는 두 사람을 안내했다.

그리하여 두 사람은 안심하고 첫 번째 계단을 오를 수 있었다. 계단은 밝게 빛나는 거울처럼 흰 대리석으로 되어 자신의 모습이 그대로 투영되고 있었다. 첫 번째 계단은 양심에 비추어 겸손하게 자신을 성

연옥의 문을 지키는 천사_ 단테가 연옥의 문 입구에서 천사를 만나는 장면이다.

찰하며 회개하는 곳이었다.

첫 번째 계단을 지나 두 번째 계단을 올라가니 그곳은 짙은 자색을 띤 울퉁불퉁한 돌로 이루어져 있으면서 가로 세로로 갈라진 틈새가 보였다. 그곳은 자신의 영혼이 그처럼 아픈 죄로 깨어져 금이 가 있음을 고백하는 곳이었다.

또한 세 번째 계단은 마치 핏줄에서 용솟음치는 피가 이글거리는 듯한 붉은색의 바위로 구성되어 있었는데, 이것은 하느님의 사랑으로 흘리신 보혈의 보상을 뜻하는 것이었다.

그 위에 하느님이 보내신 천사가 있었다. 하느님의 천사는 금강석으로 만들어진 문지방 위에 앉아 있었다.

베르길리우스가 단테와 함께 그곳에 이르자, 눈짓을 보내어 천사에게 직접 연옥 문을 열어주도록 요청하라고 가르쳐 주었다.

교만한 자들의 짐

교만의 죄를 씻으면서 첫째 두렁길을 걸어가는 자들이 주기도문을 외우고 있었다. 그 아래에는 교만을 벌주는 열세 가지의 예가 생생하게도 그림으로 그려져 있었다. 천사가 나타나 단테의 이마에 새겨진 교만의 글자를 지우니 무거운 짐의 한 꺼풀이 벗겨진 것이다.

단테는 무엇인가 꿈틀대며 자신에게 다가오고 있는 것을 보고 스승에게 말했다.

"제 눈에 확실하게 보이지는 않습니다만, 우리를 향해 다가오고 있는 것이 사람인지 아닌지 모르겠군요?"

단테의 말에 베르길리우스가 대답하였다.

"나도 처음엔 도대체 무엇인가 의심하였는데, 알고 보니 고통에 짓눌려 땅을 향해 몸을 구부리고 있는 자들이더군. 자세히 살펴보고 바위 밑에 있는 자들을 눈여겨보라. 바위를 등에 지고 '내 탓이오' 하면서 가슴을 치고 있는 모습이 보일 걸세."

베르길리우스의 말대로 과연 그 모습은 천장이나 지붕을 받치기 위하여 무릎을 가슴에 대고 구부린 등에는 짐이 있었는데, 그 짐의 크고 작음에 따라 무릎의 굽힘이 많거나 적거나 하는 것 같았다.

단테가 베르길리우스에게 물었다.

"저들은 무슨 죄를 지었기에 저렇게 비참한 모습으로 벌을 받고 있는 것입니까?"

"저들은 살아 있을 때 주일마다 교회에 나가며 스스로 그리스도인임을 자처한 자들이라네. 그러나 자신의 힘만 믿고 날뛰던 교만했던 자들과 자신의 재능이나 권력을 무기로 다른 사람들을 무시했던 자들이지. 심판 날을 향해 한 걸음씩 나아가는 것이 바로 인생이라는 사실을 저들은 모르고 있었던 거야."

그 고통이 얼마나 힘겨운지 인내심이 남다를 것 같이 보이는 영혼조차도 "더는 견딜 수 없도다!" 하고 울부짖고 있었다.

속죄의 영혼들은 무거운 짐을 짊어지고 느릿느릿 걸으면서 구절구절 주기도문을 읊조렸다.

"하늘에 계신 우리 아버지여, 아버지의 이름을 거룩하게 하시며, 아버지의 나라가 오게 하시며, 아버지의 뜻이 하늘에서와같이 땅에서도 이루어지게 하소서. 오늘 우리에게 일용할 양식을 주시고, 우리가 우리에게 잘못한 사람을 용서하여 준 것같이 우리 죄를 용서하여 주시고 우리를 시험에 빠지지 않게 하시고 악에서 구하소서. 나라와 권능과 영광이 영원히 아버지의 것입니다. 아멘."

그러고 나서 주기도문 후반에는 자신들뿐 아니라 다른 이들을 위해 기도하였는데, 그것은 연옥의 영혼들이 다른 사람들을 위해서는 기도하지 못한다는 단테의 지식과는 어긋난 것이었다. 단테는 그 영혼들의 끝 기도 부분에 특히 감명을 받았다.

무거운 짐을 지고 올라가는 영혼들_ 무거운 고행의 짐을 어깨에 둘러메고 올라가는 영혼들과 단테.

"사랑하는 하느님, 우리가 드리는 이 기도는 기도의 보람조차 없어진 우리 자신들을 위함이 아니라 오직 우리 뒤에 남아 있는 자들을 위함이옵나이다."

세상에 사는 동안 자신이 지은 죄의 경중에 따라 그 무게가 각기 다른 짐을 짊어지고 고통에 못 이겨 숨을 헐떡이고 있는 영혼들을 지켜보면서 단테는 상념에 빠졌다.

'세상에서 지은 죄를 씻으면서 걸어가고 있는 연옥의 영혼들이 우리 세상 사람들을 위해 기도해 주고 있다니! 세상에서 하느님의 은총을 받으며 선하게 살아가고 있는 사람들은 이곳 연옥에 있는 영혼들을 위해 과연 무슨 기도를 어떻게 해야 할 것인가?'

이처럼 하느님께 기도를 드리며 속죄하는 영혼들은 저마다 짊어진 짐과 괴로움의 크기는 달랐지만, 연옥의 첫 번째 언덕을 올라가면서 속세에서 지었던 죄악들을 말끔히 씻어내고 있었다.

베르길리우스는 그 영혼들을 바라보면서 그들이 하루속히 천국에 오르게 되기를 기원하고 나서 두 번째 언덕으로 올라가는 길이 어느쪽에 있는가를 묻자 영혼들 중의 하나가 나서며 대답했다.

"오른쪽 언덕으로 우리를 따라오십시오. 그러면 살아 있는 자도 오를 수 있는 길을 찾을 수 있을 것입니다. 나는 나의 교만을 다스리는 이 바위 때문에 얼굴을 쳐들 수가 없으니 아직 살아 있으면서 나의 이 고통스러운 짐을 동정하는 당신이 누구신지 바라볼 수가 없구려."

그는 깊은 한숨을 토해 내고 나서 자신의 신원을 밝혔다.

"나는 이탈리아 사람이며 위대한 토스카나의 아들 옴베르트라고 합니다. 구일리엘모(구일리엘모 백작은 토스카나의 광대한 영지를 다스렸고, 그 세력이 대단히 강력했다.) 알도드란데스코가 내 선친이신데, 혹시 그 이름을 들어본 적이 있는지 모르겠구려. 유서 깊은 혈통과 훌륭한 업적을 쌓은 가문에서 태어난 나는 너무도 거만하게 굴었기에 나의 집안 모두를 재앙에 빠뜨리고 말았소. 그래서 하느님께서 만족하실 때까지 이렇게 죽어서 대가를 치르고 있습니다. 살아 있을 때 하지 못했던 의무를 죽은 다음에야 이행하고 있는 셈이지요."

옴베르트의 말을 들은 단테는 자신을 반성했다. 그때 한 사내가 무거운 짐 밑에서 몸을 비틀어 단테를 향해 힘겹게 눈길을 주며 물었다.

"그대는 혹시 단테가 아니오?"

단테는 깜짝 놀랐다. 이곳에서 자신을 알아보는 자가 있다니! 단테는 그의 얼굴을 보기 위해 허리를 굽혔다. 그 영혼의 얼굴을 바라본 단테는 반가움과 함께 안타까운 마음을 금할 수가 없었다.

"아니, 오데리시! 아곱비오의 자랑이며 최고의 세밀화가로 손꼽히던 당신이 이곳에 있다니……."

단테가 자신을 알아보며 이렇게 칭찬하자, 그가 조용히 대답했다.

"훌륭한 예술가라니요, 당치도 않은 말씀입니다. 오히려 나의 제자이며 후배인 볼로냐 사람 프랑코(14세기 초에 활동했던 세밀화가)가 훨씬 더 위대한 화가였고, 내 작품은 그의 작품 세계의 일부에 불과할 따름이지요."

오데리시는 목이 메어서인지, 아니면 눈을 뜨고 있기가 힘들어서인지 잠시 멈추었다가 말을 이었다.

"불행하게도 나는 생전에 오로지 남을 앞지르려는 욕망에만 눈이 먼 나머지 그걸 깨닫지 못했어요. 겸손한 말이라곤 한 번도 해본 적이 없지요. 그걸 지금 이곳에 와서 갚고 있지만, 그나마 생전에 하느님을 믿었으니 이곳에라도 오게 된 것이지, 그렇지 않았다면 지옥행을 면치 못했을 것이오. 오, 인간 능력의 헛된 영광이여! 그 꼭대기에 다다른들 그 영광의 순간이 얼마나 짧던가! 화가로서 한 획을 그었던 치마부에(르네상스 예술의 선구자로 피렌체 출신의 화가)도 제자 조토(르네상스 예술의 꽃을 피운 화가)에게 그 명성을 넘겨주었지요. 또한, 구이도(구이도 카발칸티)가 다른 구이도(구이도 구이니첼리)한테 명성을 넘겨주었듯이, 이 두 사람을 쫓아낼 자가 이미 세상에 태어났을 거요. 세상의 명성이란 게 한낱 한 줄기 바람에 지나지 않으니 바람의 방향이 바뀌면 금세 이름도 바뀌게 되지요. 당신이 아무리 세상에서 명성을 얻는다 해도 그것이 천 년을 갈까요, 아니면 만 년을 갈까요? 천 년도 하늘에서는 눈 깜짝할 시간에 불과하오. 저기 내 앞에서 바삐 걸어가는 자는 한때 토스카나를 떠들썩하게 한 사람이지만, 지금에 와서는 누구도 그에 대해 말하고 있지 않소."

단테는 오데리시에게 물었다.

"당신의 진실한 말을 듣고 보니 교만한 마음이 사라지고 겸손한 마음이 생깁니다그려. 그런데 조금 전에 말씀하신, 당신 앞에 바삐 걸어

조토 디 본도네

조토 디 본도네의 초상

조토 디 본도네(Giotto di Bondone, 1266?~1337)는 피렌체 출신 화가이며 건축가다. 15세기 초에 활동했는데, 그의 활약은 미술이 르네상스 시기로 넘어갈 수 있는 디딤돌이 된다.

주제나 도상에서 중세 기독교 예술과 비잔틴 예술을 답습하였지만, 투사법과 단축법을 통한 공간감의 표현 그리고 사실적인 표정 묘사와 더불어 기존의 도상에 대한 과감한 변화와 같이 훗날 16세기 이탈리아의 르네상스 예술의 특징으로 향해가는 선구자적인 모습을 보인다. 또한, 건축가로서는 피렌체의 산타 마리아 델 피오레 대성당의 종탑을 설계하였다.

그의 명성은 동시대의 시인 단테의 《신곡》〈연옥편 제11가〉에서 치마부에와 대비, 찬양되고, 페트라르카나 보카치오 등의 저작에도 나온다.

가는 사람은 누구입니까?"

"오만하게도 시에나를 지배하려 했던 프로벤차노 살바니(시에나의 귀족으로 토스카나 기벨린당의 당수였던 그는 몬타페르티 전투에서 공을 세우고 피렌체를 파멸시키자고 주장하다가 반대 당원에게 살해당했다.)입니다. 살아생전에 지나치게 교만했던 탓에, 죽은 다음에는 저렇게 쉴 새 없이 참회를 해야 하지요."

단테는 그의 말을 들으면서 가슴이 뭉클했다. 평소에 사람들에게 겸손하게 대한다는 것이 얼마나 소중한 일인가를 깨달았을 뿐 아니라, 그 사실을 깨닫고 속죄하는 그들의 마음이 얼마나 뼈에 사무치고 있는지도 확실히 느낄 수 있었다.

생전에 교만했던 자신들을 뉘우치는 그들을 따라가는 단테의 모습은 마치 멍에를 지고 걸어가는 황소와도 같았다. 그때 베르길리우스가 오데리시와 단테를 향해 소리쳤다.

"자, 이제 작별인사를 나누게나. 여기서부터는 각자 힘을 다해 자신의 길을 걸어가야만 하네."

오데리시와 작별인사를 나눈 뒤 베르길리우스를 뒤따르는 단테의 발걸음은 한결 가벼워져 있었다.

한동안 말없이 걷던 베르길리우스가 입을 열었다.

"여기가 연옥의 첫 번째 옥이네. 고개를 숙여 지금 자네가 걷고 있는 발밑을 보게나. 그러면 발을 떼기가 한결 수월할 걸세."

사람이 죽으면 그의 행적을 무덤 뚜껑 위에 새겨 오래도록 후손들에게 전해지도록 한다. 그래서 그 글귀를 읽을 때마다 후손들은 때로는 눈물을, 때로는 덧없는 세월을 읽기도 한다. 절묘한 솜씨로 조각된 그 그림들은 하느님 앞에서 교만했기 때문에 번개같이 하늘에서 내쳐져 지옥으로 떨어지는 마왕 루시퍼의 모습을 비롯하여 숱한 그림들로 채워져 있었다.

두 번째 그림은 제우스의 벼락을 맞고 땅바닥에 내쳐진 브리아레오스, 세 번째는 태양신 아폴로와 아테나의 별명이라 일컫는 미네르바, 그리고 마르스가 지켜보고 있는 가운데 죽임을 당하는 거인들의 광경, 네 번째는 바벨탑 아래에서 언어를 잃고 혼란에 빠져 있는 자들을 어리둥절한 모습으로 바라보고 있는 니므롯, 다섯 번째는 열네 명이나 되는 자식들이 죽어 나자빠진 것을 바라보며 고통스러워하는 니오베, 여섯 번째는 길보아 산에서 크게 패하여 세 아들을 잃고 자살한 사울 왕, 일곱 번째는 자신의 솜씨만 믿고 미네르바와 베 짜는 기술을 겨루던 중 비단 위에 신들을 모욕하는 수를 놓았다가 신들의 노여움을 사서 흉측한 거미가 된 아라크네, 여덟 번째는 겁에 질려 수레를 타고 도망치는 르호보암(지혜의 왕 솔로몬의 아들), 아홉 번째는 보석에 눈이 어두운 나머지 남편 암피아라오스를 배신하고 죽음에 이르게 했다가 자기 자식에게 살해된 에리필레, 열 번째는 하느님을 모독하고 유다와 예루살렘을 위협하다가 자식들에게 죽임을 당한 아시리아의 왕 산헤립, 열한 번째는 토미리스 왕비에게 살해당한 페르시아의 키로스, 열두 번째는 유다의 고을에 침입했다가 살해당한 홀로페로스네, 그리고 마지막으로 보이는 그림은 폐허가 되어 잿더미만 남은 트로이의 모습이었는데, 길 위에 조각된 이 모든 그림이 너무나도 적나라하게 묘사되어 죽은 사람은 정말로 죽은 것 같았고, 산 사람은 정말 살아 있는 것 같은 모습이었다.

단테가 정신없이 조각에 열중해 있는 동안 그의 그림자는 생각했던 것보다 훨씬 짧아져 있었다. 그리고 두 사람은 벌써 산 중턱을 꽤 많이 돌아온 상태였다. 그때 계속해서 앞을 살피며 걷고 있던 베르길리우스가 입을 열었다.

"고개를 들게나. 지금은 그렇게 깊은 생각에 잠겨 있을 때가 아닐세. 벌써 정오가 다 되었어. 우리를 맞으러 내려오는 저 천사를 좀 보게나. 저 천사가 우리를 위로 데려다 줄 걸세. 그러니 표정이나 태도에 깍듯이 예의를 갖추도록 하게나."

단테가 눈을 들어보니 과연 눈보다 더 흰 옷을 입고 샛별처럼 반짝거리는 얼굴을 한 천사가 두 사람 앞으로 다가오고 있었다. 두 사람 앞으로 다가온 천사가 두 팔을 벌리더니 이어 날개를 활짝 펴면서 말했다.

"자, 나를 따라오너라. 위로 오르는 계단이 있는 곳까지 너희를 안내하겠다. 이제 교만의 죄를 씻게 될 터인즉, 몸이 훨씬 가벼워져서 계단 오르기가 수월할 것이다."

천사는 두 사람을 계단이 있는 바위 틈새로 인도한 다음, 제할일을 마치고 돌아가기 전에 자신의 날개로 단테의 이마를 쓸어내어 한 개의 상처를 없애 주었다. 몸이 훨씬 가벼워지고 힘들지 않게 느껴진 단테가 스승에게 물었다.

"스승님, 참으로 이상합니다. 계단을 오르는데도 전혀 피로하지 않고 오히려 몸이 더욱 가벼워지니 이게 어찌 된 일인지요?"

베르길리우스가 미소를 지으며 대답했다.

"천사가 되돌아가면서 자신의 날개를 들어 자네의 이마를 가볍게 쓸어 준 것을 기억하는가?"

단테는 말없이 고개를 끄덕였다.

"처음 우리가 연옥에 들어오기 바로 전에 문지기 천사가 자네의 이마에 일곱 개의 P자를 써 주었지? 천사가 날개를 들어 그중의 한 개를 지워 준 것이라네. 다시 말해, 교만 하나가 지워진 것이지. 하지만 자네의 이마에는 아직도 여섯 개의 P자가 남아 있네. 그 나머지가 모두 지워질 때 비로소 몸에 날개를 단 듯이 가벼워질 걸세."

단테가 고개를 갸우뚱하며 스승에게 물었다.

"저는 육체를 가진 인간인데, 어찌 가벼워질 수 있겠습니까?"

"그것은 선한 마음이 자네의 발밑을 받쳐 주기 때문이지. 그래서 전혀 피로도 느껴지지 않고 모든 것이 즐겁고 행복하기만 한 것이지."

단테는 양손을 들어 자신의 이마를 더듬어 보았다. 여섯 개의 P자가 손에 잡혔다. 단테는 여태껏 자신의 이마 위에 글자가 새겨져 있다는 사실조차 까맣게 잊고 있었던 것이다. 이마를 만지는 단테의 모습을 지켜보던 베르길리우스가 미소를 지었다.

질투에 눈먼 영혼들

둘째 두렁길에 오르자, 영혼들의 눈꺼풀이 철사로 꿰매어져 그 사이로 눈물을 흘리며 질투의 죄를 씻고 있었다. 단테가 질투와 사랑의 의문이 풀리자 빛나는 천사가 P자를 또 하나 지워 주고 세 번째 언덕을 오른다.

정오가 지날 무렵 단테와 베르길리우스는 천사의 가르침에 따라 두 번째 언덕을 이루는 입구 층계에 이르렀다. 두 사람은 그 계단 위로 올라갔다. 그곳에서 바라보니 첫 번째 언덕과 마찬가지로 구불구불한 한 줄기의 길이 나 있었는데, 그것은 앞서 보았던 길들보다 경사가 더 가파른 곡선을 그리고 있었다. 그 모습은 마치 둘러 있는 자연경치의 아름다움을 시기하며 원망하고 있는 모습처럼 보였다.

베르길리우스와 단테가 한 마장은 넉넉히 될 만한 거리를 걸어갔을 때 보이지 않는 곳에서 여러 영혼이 입을 모아 말하는 소리가 들려 왔다.

"귀하신 이들이여, 사랑의 식탁 앞으로 어서 오소서."

그러더니 한 영혼이 또 큰 소리로 말했다.

"저들에게 포도주가 없다."

이처럼 가나의 혼인 잔치에서 성모 마리아가 말씀하신 것처럼 외치자 여럿이 입을 모아 그 말을 따라 했다.

"저들에게 포도주가 없다."

그 소리가 채 사라지기도 전에 또 다른 목소리가 들려왔다.

"나는 오레스테스요."

그 소리도 두 사람의 머리 위를 날아 여운을 남기며 사라져 갔다.

"나는 오레스테스요."

영혼들이 또다시 그 말을 따라 했다.

단테는 영문을 몰라 어리둥절한 표정으로 베르길리우스의 얼굴을 바라보며 물었다.

"스승님, 저들이 지금 무슨 말을 하는 것입니까? 포도주란 무엇을 뜻하며, 또 오레스테스는 누구를 말하는 건지요?"

그러자 베르길리우스가 차근차근 설명해 주었다.

"갈릴리 마을 가나의 혼인 잔치에서 포도주가 다 떨어지자 마리아 님이 아들 예수님께 '저들에게 포도주가 없다.' 하고 전했다네. 이 말씀을 들은 예수님께서는 물이 포도주가 되게 하셨는데, 이것이 예수님께서 베푸신 첫 번째 기적이라네."

단테는 성경의 요한복음 2장에 나오는 말씀을 기억해 내고는 고개를 끄덕였다.

베르길리우스는 이야기를 계속했다.

"오레스테스는 트로이 전쟁 때 그리스 명장 아가멤논의 아들로서 스토로피오 왕의 아들 필라테스와 절친한 사이였지. 간부(姦夫) 아이기스

토스가 아가멤논을 살해하고서 오레스테스마저 죽이려고 하자, 필라 테스가 '내가 오레스테스다'라며 나서서 대신 죽으려고 했다네. 그러 나 오레스테스는 그것을 허용하지 않고 친구를 물리친 뒤, 자신이 죽 음을 당했지. 이곳에 있는 영혼들은 필라테스의 우정을 사랑의 본보 기로 삼고 있는 모양일세."

단테는 비로소 영혼들이 자기에게 하고자 했던 말뜻을 이해할 수 있었다.

이어서 또 다른 영혼이 예수가 제자들에게 말씀하시듯이 소리쳤다.

"너희의 원수를 사랑하라."

베르길리우스는 단테에게 이들이 내뱉는 말들이 무슨 뜻인지를 설 명해 주면서 이곳 두 번째 언덕에서는 시기와 질투로 빚어진 죄악을 씻어야 한다고 알려주었다.

단테가 스승의 말을 들으며 앞을 바라보니 바위 색의 망토를 걸친 영혼들의 모습이 보였다. 두 순례자가 그들 곁으로 몇 걸음 걸어갔을 때 외침이 들렸다.

"성모 마리아여, 저희를 위하여 자비를 베푸소서!"

"성 미카엘이여, 우리를 위하여 자비를 베푸소서!"

"성 베드로여, 우리를 위하여 자비를 베푸소서!"

"모든 성인이여, 우리를 위하여 자비를 베푸소서!"

"……"

하면서 도움을 청하는 기도를 하고 있었다.

단테는 그들 가까이 다가가서 그 모습을 보곤 더할 수 없이 무거운 고통을 느꼈다. 그들은 초라하기 그지없는 외투를 걸친 채 서로의 어깨로 몸을 받친 채 언덕에 기대어 서 있었다. 그 모습은 마치 끼니가 떨어진 시각장애인들이 대축제 때 구걸하기 위해 성당에 모여든 듯한 광경과도 흡사했다. 또한, 시각장애인에게 햇빛이 아무 소용없는 것처럼 햇빛은 더는 이 영혼들의 앞을 밝혀주지 않았다. 이곳에 있는 영혼들의 눈꺼풀은 철사로 꿰매어져 있었다.

단테는 그들에게 가까이 다가가야 할지 어떨지 망설였다. 앞 못 보는 사람을 자세히 살펴보기 위해 다가간다는 것이 그들을 모욕하는 것처럼 느껴졌기 때문이다.

단테가 머뭇거리자 베르길리우스가 그의 마음을 알아차리고 말했다.

"어서 저들에게 다가가서 물어보게나. 그러나 요령 있게 간단히 묻는 게 좋을 걸세."

그들에게 가까이 다가가보니 눈꺼풀의 꿰맨 자국을 통해 쏟아져 나오는 눈물이 영혼들의 두 볼을 적시고 있었다. 단테가 그들 가운데 라틴 사람이 있는지를 묻자 그들은 서로 수군거렸다.

"아니, 죽은 자도 아니면서 우리가 머무는 산을 이곳저곳 돌아다니고 제 마음대로 눈을 떴다가 감았다 하는 저자는 대체 누굴까?"

앞으로 나아가는 가장자리에는 난간이 없어서 가파른 벼랑 아래로 떨어질 위험이 있었다. 베르길리우스는 단테의 바깥쪽에 서서 걸으며 난간이 되어 주었다.

두 번째 두렁길의 단테_ 단테가 연옥의 두 번째 두렁길에서 눈꺼풀을 꿰맨 시이나 출신의 여인 사피아를 만나는 장면이다.

단테는 그들을 연민 어린 표정으로 바라보며 말을 걸었다.

"당신들은 반드시 하느님의 빛을 다시 볼 수 있게 될 것입니다. 부디 하느님의 은총으로 양심의 더러움을 빨리 씻어내고 이성이 맑고 깨끗해지기를 바랍니다."

단테의 말에 위안을 얻은 영혼들은 뺨 위로 흐르는 눈물을 닦아냈다. 단테는 연민으로 걷잡을 수 없는 마음을 진정시키며 말을 이었다.

"당신들 중에 혹시 이탈리아 사람이 있습니까? 만일 있다면 제가 도움을 줄 수 있을 것 같아 드리는 말씀입니다."

그때 단테의 앞쪽에서 한 여인의 목소리가 들려왔다.

"오, 형제여! 우리는 모두 거룩한 천국의 백성입니다. 당신의 말씀은 현세의 나그네 시절, 이탈리아를 조국으로 삼았었느냐는 것에 불과하죠."

단테는 주위를 두리번거리며 앞으로 걸어가다가 무척이나 자신을 기다리고 있는 듯이 보이는 한 영혼과 마주쳤다. 그 여인은 시각장애인들이 흔히 그러하듯 머리를 위로 쳐들고 있었다.

단테는 그 영혼을 향해 말했다.

"천국에 오르기 위해 죗값을 달게 받고 있는 자여, 지금 대답해 주신 이가 당신입니까? 만약 그렇다면 당신의 이름과 고향을 말씀해 주실 수 있을까요?"

그 여인은 단테 쪽으로 고개를 돌리더니 입을 열었다.

"저는 시에나 출신의 사피아라고 합니다. 보시다시피 다른 영혼들과 함께 우리를 구원해 주실 하느님께 눈물로 기도하며 현세의 죄를 씻고 있습니다."

단테가 물었다.

"그런데 어떻게 해서 이곳에 오시게 된 겁니까?"

예순 살은 되어 보이는 나이였지만, 그녀에게는 중년의 아름다움이 배어 있었다.

사피아는 단테의 물음에 성의껏 대답해 주었다.

"저는 어리석고 질투심 강한 여인이라서 세상에 사는 동안 옳고 그름을 분별치 못하고 살았습니다. 남이 잘못되면 마치 내게 좋은 일이 생긴 것처럼 기뻐했지요."

단테는 이 여인의 말을 듣고, 설마 이토록 지체 높고 기품 있어 보이는 여인이 그런 생각을 품고 살아왔으리라고는 도무지 믿기지 않았다. 단테는 미심쩍은 표정으로 말했다.

"당신의 말이 믿기지 않는군요. 당신처럼 그렇게 인격이 높아 보이는 분이 어떻게 남의 불행을 보고 기뻐할 수 있단 말입니까? 그것은 지나친 자학인 듯싶군요."

"그렇지 않습니다. 제가 얼마나 질투심이 많은 여자였느냐면, 한번은 이런 적이 있습니다. 제 나이 서른다섯 살 때 시에나 군(軍)과 피렌체 군이 토스카나의 콜레 마을에서 전쟁을 일으켰는데, 저는 그때 하느님 앞에 나아가 제발 우리 편이 지게 해달라고 기도까지 했었죠. 결국, 그 싸움에서 조카가 죽었고, 시에나 군은 패하여 비참한 꼴로 추격을 당하게 되었습니다. 그 모습을 보고 저는 너무 기쁜 나머지 어쩔 줄 몰라 하며 하느님께 외쳤습니다. '하느님, 나는 이제 당신이 전혀 두렵지 않소이다. 지금껏 내가 바라고 원했던 일은 모두 이루어졌으니까 말이오.'라고 말입니다."

단테는 갑작스럽게 그녀가 두렵게 느껴져 한 걸음 뒤로 물러서며 물었다.

"그렇게 하느님을 모욕하고서도 어떻게 지옥에 떨어지지 않고 이곳 연옥으로 올 수 있었습니까?"

"저는 다행히도 죽음이 임박했을 때, 저의 지난 잘못을 회개하고 하느님께 용서를 구했답니다. 하지만 저의 죄가 너무도 무거운 나머지 그 정도의 뉘우침만으로는 쉽게 소멸하지 않았는데, 그때 고맙게도 빗장수 피에르가 한결같은 자비로 제 이름을 자신의 기도 속에 끼워주었지요. 그렇지 않았더라면, 저는 지금쯤 지옥에 떨어져 영원한 고통을 받고 있을 겁니다."

빗장수 피에르는 성품이 고결하고 정직하여 많은 선행을 베풀었기에 시에나의 모든 사람에게 성자로 추앙받는 인물이었다. 사피아는 피에르의 도움에 대해 말하고 나서 단테에게 질문을 던졌다.

"저희와는 달리 두 눈을 뜨고 숨까지 쉬며 우리를 지켜보고 있는 것 같은데, 댁은 누구신지요?"

단테는 그들이 불쾌해할까 염려하면서 조심스럽게 대답했다.

"당신의 말대로 저는 앞을 볼 수가 있습니다. 그러나 제 눈도 당신들처럼 언젠가는 이곳에서 꿰매지게 되겠지요. 제가 당신처럼 그렇게 시기나 질투의 눈으로 다른 사람을 대한 적이 별로 없으니 아마도 형벌 기간은 당신들보다 짧을 것입니다. 그러나 제가 두려워하는 건 저 아래 지옥에서 가해지는 교만에 대한 형벌이죠. 그 일만 생각하면 벌써 두려움으로 가슴이 옥죄여 옵니다."

그러자 사피아가 물었다.

"왜 다시 저 아래 지옥으로 돌아가서 벌을 받게 될 거라고 생각하시죠? 그렇다면 어떻게 여기까지 올라올 수 있었나요?"

단테는 힐끗 베르길리우스를 바라보며 말했다.

"옆에 계신 저의 위대한 스승님의 안내로 여기까지 올 수 있었습니다."

스승은 아무 말 없이 그저 그가 말하는 것만 지켜볼 뿐이었다.

단테는 계속해서 말을 이었다.

"저는 영혼과 육체가 결합된 아직 살아 있는 사람입니다. 당신은 하느님의 품 안에서 죽었으므로 이미 선택받은 영혼이니, 제가 다시 현세로 돌아가면 당신을 아는 사람들에게 당신을 위해 기도해 주도록 부탁하겠습니다."

사피아는 깜짝 놀라며 단테의 모습을 확인하려는 듯 두 손을 앞으로 뻗어 더듬거렸다.

"오, 살아 있는 자가 영혼들의 세계를 이처럼 활보하고 있다니! 하느님께서 내리신 특별한 은총이 아니라면 결코 있을 수 없는 일입니다. 부디 저를 잊지 말고 조금씩이라도 기도해 주세요. 그리고 만약 토스

단테의 그림자를 발견한 영혼들_ 연옥의 질투로 교만한 영혼들이 단테의 그림자를 발견하고는 기도를 부탁하는 장면이다.

카나에 갈 일이 있다면 제 가족들을 만나 제가 연옥에 있더라고 전해 주세요. 제 가족들은 지금 쓸모없는 항구 탈라모네에 헛된 희망을 걸고 있는 자들의 틈바구니에 끼어 있습니다."

"탈라모네라면 토스카나 해안에 있는 조그만 항구도시가 아니오?"

"그렇습니다. 지금 시에나 사람들은 해군의 영광을 갈망한 나머지 막대한 돈을 투자하여 탈라모네 항구를 사들였습니다. 그러나 전혀 승산이 없습니다. 앞으로 더 많은 돈이 그 사업에 투자될 것이고, 결국은 디아나 지하수 개발에 실패했을 때보다 더 큰 낭패를 당하게 될 것입니다. 더욱 안타까운 일은 그 항구에서 수많은 제독이 말라리아로 목숨을 잃게 될 거라는 사실이지요."

그녀의 말을 듣는 순간, 단테는 온몸에 소름이 돋으면서 자신도 모르게 비틀거리며 뒷걸음질을 쳤다.

단테가 그들 곁을 떠나 베르길리우스와 함께 다시 걸음을 옮겨 좀 더 앞으로 나아갔을 때 맞은편에서 하늘을 찢을 듯이 벽력같은 소리가 들려왔다.

"무릇 나와 마주치는 사람마다 나를 죽이려고 할 것이다."

그리고 나서 소리가 흩어져 갈라진 구름 속으로 삼켜졌다.

귀청이 찢어질 듯한 소리가 가라앉자 또다시 계속해서 폭음과 함께 외치는 소리가 들려왔다.

"나는 돌로 변한 아글라우로스다."

단테는 깜짝 놀라 베르길리우스의 오른팔에 매달려 사방을 둘러보

앉다.

얼마 후 주위가 다시 잠잠해지자 베르길리우스는 단테에게 그것이 뜻하는 바를 설명했다.

"첫 번째 들린 소리는 질투 때문에 동생을 죽인 인류 최초의 살인자 카인의 말이고, 두 번째 들린 소리는 아테네 왕 케크롭스의 딸로서 헤르메스 신에게 사랑받던 언니 헤르세를 질투하다가 신의 벌을 받아 돌로 변해 버린 아글라우로스의 말이네."

그러자 단테가 다시 물었다.

"그러니까 지금 들려온 이 말들은 죄에 대한 형벌을 예시함으로써 인간들로 하여금 더는 죄를 짓지 않도록 하려는 하느님의 배려인 셈인가요?"

"그렇지. 이는 인간들에게 그 신분을 깨닫게 하는 준엄한 재갈이며, 인간이 제 분수에서 벗어나지 않도록 가두어 놓은 울타리라네. 하느님이 아무리 인간들에게 그 영원한 세계인 천국 이야기를 들려주시며 올바른 길로 부르셔도 마귀가 보여 주는 달콤한 이기심만을 탐낼 뿐 하늘의 재갈을 두려워하지 않으니 만물을 다스리시는 하느님의 책벌을 면할 길이 없는 것이라네."

단테는 스승의 말을 들으며 인간들의 어리석음에 대한 안타까움을 감출 수가 없었다. 그리고 마음 한편으로는 현세에 돌아간 후 자신이 이루어야 할 사명이 더욱 무겁게 다가옴을 느꼈다. 어느덧 해가 서산에 완전히 지기까지 서너 시간밖에 남지 않은 시각이었다. 하루 종일

연옥의 골짜기에 나타난 아글라우로스의 망령_ 그리스 신화의 아글라우로스는 질투 때문에 전령의 신 헤르메스가 돌로 변하게 한 망령이다.

눈부신 태양 빛을 받아 머리가 무겁고 먹먹해지는 것을 느낄 무렵, 갑자기 두 사람의 눈 앞에 강렬한 빛이 비쳐 왔다.

단테는 당황하여 어쩔 줄 몰라 하며 한 손을 들어 빛을 가렸다. 그러고는 비틀거리며 간신히 스승을 붙잡으며 말했다.

"스승님, 이 강렬한 빛은 대체 무엇입니까? 아무리 피하려 해도 좀처럼 피할 수가 없습니다."

당황하는 단테에게 베르길리우스는 침착한 어조로 대답했다.

"두려워하지 말게. 하늘의 천사들이 지금 우리를 향해 다가오고 있는 것이라네. 그러니 이상하게 생각할 것 없네. 오히려 기뻐할 일이지. 이 강렬한 빛이 죄인들의 죄를 씻어 주는 은총의 빛이란 말일세."

"무슨 일로 천사들이 우리에게로 오는 걸까요?"

"우리를 데리고 위로 올라가기 위해서겠지. 그러니 얼마나 기쁜 일인가!"

잠시 후 천사들이 스승과 제자 앞에 모습을 드러냈고, 그중 한 천사가 환희에 찬 목소리로 말했다.

"이곳으로 들어오라. 이곳은 너희가 지금까지 걸어온 돌계단처럼 그렇게 가파르지 않을 것이다."

단테와 베르길리우스가 천사가 일러준 계단으로 들어섰을 때, 그들의 등 뒤에서 영혼들의 아름다운 노랫소리가 들려왔다.

"자비를 베푸는 자는 복되도다."

"기뻐하라, 질투와 시기를 느낀 자여!"

단테가 노래를 부르는 영혼들을 보면서 애틋한 표정을 짓자, 베르길리우스가 말했다.

"천사들의 저 합창 소리가 무엇을 의미하는지 알겠는가?"

"질투와 시기 탓에 벌을 받고 있는 자들을 보고 나서, 제가 비로소 사비로움을 깨닫게 되었다는 뜻이 아니겠는지요?"

베르길리우스는 미소를 지으며 고개를 끄덕였다.

"자, 이제 자네의 이마에 새겨졌던 일곱 개의 P자 중 두 개의 상처가 지워졌네. 하지만 아직도 다섯 개나 남아 있다는 걸 잊어서는 안 되네. 그리고 그 상처는 고통을 겪지 않고서는 결코 지워지지 않는다는 사실을 명심해야 하네. 그 다섯 개의 상처가 모두 낫게 되면, 그때 베아트리체님을 뵐 수 있을 걸세."

분노의 파멸

괴롭고 탁한 공기 속을 이끌려 가던 단테는 환상 속에서 화해와 용서, 그에 상대되는 분노의 예를 보게 된다. 그리고 연옥의 셋째 언덕에서는 평화의 기도를 드리며 분노의 죄를 씻고 있었다.

단테가 연옥의 둘째 언덕을 넘어 셋째 언덕에 도착하였을 때, 그는 갑자기 황홀한 환상에 사로잡힌 듯싶었다. 눈앞의 아름다운 성전에는 수많은 선생이 둘러앉아 있었고, 그들 가운데 나이 어린 한 소년이 앉아 묻기도 하고 듣기도 하며 그들과 이야기를 나누고 있었다. 그때 그 소년의 어머니로 보이는 한 여인이 성당 안으로 들어서며 인자한 목소리로 말했다.

"내 아들아, 어찌하여 우리에게 이같이 하였니? 네 아버지와 내가 이처럼 안타깝게 너를 찾았는데."

여인은 말을 마치고 나서 연기처럼 홀연히 사라졌다.

단테가 꿈인 듯싶어 눈을 크게 뜨고 그 여인을 찾아봤지만, 그 어디에도 보이지 않았다.

이 환상은 예수님이 열두 살 때 부모와 함께 예루살렘에 가서 절기를 지내고 집으로 돌아오는 길에 아들 예수의 모습이 보이지 않자, 요셉과 마리아가 사흘 동안 찾아 헤매다가 겨우 만난 아들 예수에게 말을 건네는 장면을 보여 준 것이었다.

'아, 참으로 이상도 하다. 왜 성모 마리아님께서 내 앞에 나타나셔서 염려의 말씀만 남기고 사라지신 것일까?'

난테가 이런 생각을 하고 있을 때, 또 다른 여인이 나타났다. 페이시스트라토스의 아내였다. 그녀는 눈물을 흘리며 몹시 화난 목소리로 남편을 향해 소리쳤다.

"그 이름으로 신들이 그토록 싸웠고, 또 그 때문에 모든 학문이 찬란히 빛났던 아테네의 군주이신 페이시스트라토스여! 우리의 딸을 껴안았던 저 무엄한 자의 팔을 잘라 복수해 주세요, 제발!"

그러자 그녀의 옆에 있던 너그럽고 인자한 모습의 페이시스트라토스 왕이 침착한 목소리로 대답했다.

"우리를 사랑하는 자를 벌한다면 우리를 증오하는 자는 어떻게 처단해야 한단 말이오?"

단테가 세 번째로 본 환상은 군중이 한 젊은이를 둘러싸고 돌로 쳐 죽이는 광경이었다.

그 젊은이는 그리스도교의 첫 번째 순교자인 스테파노였다. 그는 군중이 던진 돌에 맞아 죽어가면서도 무릎을 꿇고 저들의 죄를 용서해 달라고 하느님께 기도하고 있었다. 그는 비록 짓누르는 죽음의 무게를 견디지 못하고 땅바닥에 머리를 숙이고 있었지만, 눈만큼은 하늘을 향하고 있었다.

눈앞에 있는 젊은이가 안쓰러워서 구해 주고 싶었지만, 단테의 몸은 마치 거미줄에 걸린 것처럼 움직일 수가 없었다. 안절부절못하는 단테의 모습을 지켜본 베르길리우스가 조용히 말했다.

"지금 자네가 본 것은 실제가 아니라 환상일세."

단테가 고개를 갸웃거리며 베르길리우스에게 물었다.

"그런데 스승님, 왜 저에게 그런 환상을 보여 주는 것일까요?"

"자네가 본 환영은 영원한 샘이신 하느님으로부터 흘러나와 자네 영혼의 갈증을 없애 주는 평화의 물에 대한 훈계라네. 그 평화의 물은 관용의 덕을 이르는 것으로서 관용의 덕 앞에서는 마음을 활짝 열어야만 하지."

"그렇군요."

두 사람은 저물어 가는 석양빛을 바라보며 앞으로 계속 나아갔다. 주위가 점점 어두워지기 시작하면서 간신히 언덕길이 보일 정도가 되었을 때였다. 그들이 피할 겨를도 없이 어두운 연기가 밤처럼 덮쳐 왔다. 연기는 순식간에 두 사람을 휘감아 그들의 시야와 맑은 공기를 빼앗아 갔다.

주위를 분간할 수 없게 된 단테는 마치 시각장애인처럼 베르길리우스에게 의탁하며 걸어갔다.

그때 어디선가 웅성거리는 소리가 들려 왔다. 예수 그리스도에게 평안과 자비를 구하는 기도 소리였다.

"하느님의 어린 양, 세상 죄를 사해 주시는 주님, 우리를 불쌍히 여기소서."

기도 소리는 완전히 화음을 이루면서 평화로운 음률을 만들어내고 있었다.

단테가 베르길리우스에게 물었다.

"이 소리는 영혼들의 기도 소리가 맞는지요?"

"그렇다네. 지금 영혼들이 분노의 죄를 씻으려고 기도하고 있는 중이지."

그때 누군가의 목소리가 들려왔다.

"아니, 당신들은 누군데 마치 살아 있는 사람처럼 그렇게 몸으로 연기를 헤치고 지나가며 우리의 이야기를 하는 것이오?"

베르길리우스가 단테에게 낮은 목소리로 말했다.

"한 영혼이 우리에게 말하고 있구나. 여기서 저 위로 오를 수 있는지 물어보게나."

단테가 영혼에게 물었다.

"천국에 오르고자 열심히 죄를 씻고 있는 영혼이여! 우리를 따라오시면 당신께서 궁금해하는 이야기를 들려드릴 것이니 따라오시겠습니까?"

그러자 그는 그러겠노라고 흔쾌히 대답하며 단테와 함께 이야기를 나누기 시작했다.

"저는 당신이 느낀 것처럼 죽으면 흙이 될 육체를 지닌 채 이곳을 지나가고 있습니다. 우리는 이미 지옥을 거쳐 이곳까지 이르렀는데, 당신은 누구이며 우리가 지금 어느 쪽으로 가고 있는 것인지 숨김없이 말씀해 주시면 고맙겠습니다."

"저는 롬바르디아 가문의 마르코라고 하오. 저는 지상에서 사는 동안 요즘 사람들이 별로 탐탁지 않게 여기는 덕을 사랑했었지요. 그건 그렇고, 위로 올라가시려면 이대로 곧바로 가십시오. 부탁드리건대, 하느님의 궁전에 오르시면 부디 저를 위해 기도해 주십시오."

단테는 틀림없이 그러겠노라고 대답하며 다시 물었다.

"알겠습니다. 틀림없이 그러하겠습니다. 그런데 한 가지 의문이 있소. 당신의 말씀처럼 덕은 세상에서 완전히 그 자취를 감추었고 대신 그 자리에 악이 뿌리를 내린 채 기승을 부리고 있소. 부탁이니 그 이유가 뭔지 가르쳐 주시오. 하늘의 탓인지, 아니면 인간이 자유의지를 남용한 탓인지 궁금합니다. 그 원인을 확실히 알려주시면 제가 세상에 내려가면 사람들에게 알려 그것을 고치도록 할 생각이오."

마르코는 한참을 생각하고 나서 말문을 열었다.

"당신이 살고 있는 지상은 진실을 보지 못하는 시각장애인들의 집단이라 해도 과언이 아니오. 세상 사람들은 좋은 일이나 나쁜 일이나 모두 하늘의 탓으로만 돌리고 있지만, 만약 그렇다면 인간에게는 자유로운 판단력이 전혀 없다는 말이 되겠지요. 그러다 보면 선을 사랑하고 악을 미워하는 정의도 사라질 테고, 그렇다면 선과 악을 구별하는 자유의지가 인간에게 주어졌다고 해도 무슨 소용이 있겠소? 따라서 세상이 잘못되어 가는 탓은 오로지 인간 자신에게 있는 것이지 않겠소?"

단테는 고개를 끄덕이며 혼잣말처럼 중얼거렸다.

"현재의 세상이 옳은 길에서 벗어나 있다면, 그 원인은 인간들의 마음속에서 찾아야겠군요. 아, 악의 수렁으로 점점 빠져들고 있는 세상을 위해 나의 이 미약한 힘으로 무엇을 할 수 있단 말인가!"

단테가 한참 괴로움에 빠져 있을 때, 마르코가 입을 열었다.

"이젠 헤어져야겠소. 저쪽을 좀 보시오. 빛살이 연기를 뚫고 하얗게 스며들고 있소. 아마도 천사가 오고 있는 것 같소. 나는 아직 지은 죄를 모두 다 씻어내지 못하여 천사 앞에 나설 수가 없소. 그럼 하느님의 영광이 당신과 함께하길 기도하겠소."

마르코는 인사를 마치더니 서둘러서 그의 곁을 떠나갔다.

짙은 연기가 서서히 사라지면서 밝은 세상으로 나온 단테는 깊게 숨을 들이마시며 심호흡을 했다. 그리고 서서히 눈을 뜨자 비로소 머릿속까지 한결 맑아졌다. 단테는 하늘에서 창조된 빛과 그 빛을 보내신 하느님의 은총이 가득한 연옥의 산기슭을 바라보면서 깊은 환상에 빠져들었다.

단테의 환상 속에서는 아내의 동생을 욕보이고 그것이 소문날까 두려운 나머지 그녀의 혀를 뽑아 버렸던 잔악하기 이를 데 없는 트라키아 왕의 모습, 그 사실을 알게 된 아내 프로크네가 남편에게 복수하려고 자신과 트라키아 사이에서 태어난 아들을 죽이는 모습, 그리고 죽은 아들의 육신으로 만든 요리를 맛있게 먹어대는 트라키아 왕의 모

단테와 베르길리우스에게 다가서는 마르코 영혼_ 단테가 롬바르디아 가문의 마르코 영혼과 만나 세상의 덕에 관한 이야기를 나눈다.

습까지 차례로 스쳐 갔다. 순간, 단테는 입안에 치밀어 올라오는 구역질을 꿀꺽 삼켰다. 그 독살스러운 프로크네는 죄의 대가로 종달새가 되어 있었다.

그다음에는 페르시아의 하만이 떠올랐다. 그는 페르시아의 왕 아하수에로부터 총애를 받는 신하로 모든 이가 자기를 우러러보는데, 유독 이스라엘 사람 모르드개만이 모른 척하자 그를 십자가에 못 박아 죽이려 하였다. 그러나 왕비 에스더가 이러한 사실을 왕에게 고함으로써 모르드개를 죽이려 하던 그 십자가에 자신이 못 박혀 죽어가고 있었다.

마지막으로 떠오른 세 번째 환상은 아마타의 모습이었다. 아이네이스가 라티움을 침공했을 때, 라티누스의 왕녀 아마타는 그의 딸 라비니아가 정복자의 아내가 될 것을 예견하고 분노를 이기지 못해 자살하였던 것이다.

단테가 환상을 통해 본 분노의 세 가지 유형은 세 번째 언덕에서 보았던 온화를 상징하던 환상들과 좋은 대조를 이루었다.

안개가 걷히고 한 줄기 강렬한 빛이 단테의 얼굴을 비추자, 그는 깜짝 놀라며 잠에서 막 깨어나는 사람처럼 환상의 세계에서 벗어났다. 단테는 주위를 돌아보며 자신의 위치를 확인하였다.

바로 그때, 어디에선가 은은한 목소리가 들려 왔다.

"단테여, 이쪽으로 올라오너라."

단테가 소리 나는 쪽을 향해 얼굴을 돌렸으나, 마치 태양을 바라보는 것처럼 눈이 부셔서 도저히 마주 볼 수가 없었다.

"지금 눈앞에 보이는 빛과 귀에 들리는 소리는 하늘의 영(靈)에 의한 것이네. 그 영은 우리가 청하지 않아도 이처럼 빛 속에 숨어서 우리의 길을 인도하시지. 자, 날이 어두워지기 전에 서둘러서 올라가세."

베르길리우스가 재촉하며 말했다.

그들은 서둘러 돌계단 쪽으로 향했다. 단테가 계단에 첫발을 내디뎠을 때 천사의 날개가 단테의 얼굴에 바람을 일으키며 이마를 스쳐 지나갔다.

단테는 재빨리 베르길리우스를 돌아보며 물었다.

"스승님, 혹시 제 이마에 새겨진 글자가 또 하나 지워진 건가요?"

베르길리우스는 고개를 끄덕였다.

"그렇다네. 그동안 자네의 환상 속에 나타났던 프로크네와 하만, 라비니아의 어머니 등은 모두 세상에 사는 동안 분노의 죄를 지은 사람들일세. 자네가 분노의 죄를 이겨냈기에 천사께서 이렇게 그 죄의 상처를 지워 주신 것이야."

그 순간 하늘에서 천사의 목소리가 들려왔다.

"사악한 분노가 없는 자, 화평한 자는 복되도다!"

단테는 하늘에 울려 퍼지는 소리를 들으며 감사의 기도를 올렸다.

사랑에 게으른 자들

넷째 언덕에서 씻어지는 죄는 게으름이다. 그것은 사랑의 임무를 게을리하여 생긴다. 베르길리우스는 잘못을 저지르는 일이 없는 자연적인 사랑과 잘못을 저지를 가능성이 있는 의식적인 사랑에 대해서 설명한다.

단테가 네 번째 언덕 둘레를 안간힘을 다하여 계단 맨 위층까지 올라갔다. 벌써 밤이 가까이 다가온 시각이 되었다. 마지막 햇빛이 산꼭대기를 비추는 동안 사방에서 별들이 나타났다. 단테와 베르길리우스는 나루터에 이른 배처럼 한숨 돌리며 우두커니 서 있었다. 단테는 주변에서 무슨 소리가 들려올까 하는 기대감으로 가만히 귀를 기울였다. 그러나 아무 소리도 들리지 않았다. 단테는 갑자기 다리에 힘이 쭉 빠져 자리에 주저앉으며 스승에게 물었다.

"스승님, 이곳에서는 어떤 영혼들이 속죄하고 있습니까?"

베르길리우스는 잠시 말을 멈추었다가 고개를 들어 사방을 둘러보더니 말하였다.

"여기에는 생전에 올바른 일인 줄 잘 알면서도 행동으로 옮기지 않았던 게으른 자들이 와 있다네. 사실, 사람의 마음이란 자신의 욕구나 자유의사에 따라 움직여지는 것이 아니겠는가? 그런데 문제는 자유의사에 따라 선택하는 후자의 경우일세. 그 경우에는 선택 방법에 따라서 잘못된 길에 들어서게 될 수도 있지. 이 같은 욕구가 악으로 기울거나 혹은 너무 지나치게 선을 고집한다든지, 또 아니면 너무 등한시 한다든지, 이 모든 경우에 피조물이 창조주를 거스르게 되면 미움으로 변할 수 있다는 점이네. 여기에 세 가지 경우가 있을 수 있지."

단테는 궁금하여 대답을 촉구하였다.

"그 세 가지가 뭔지 자세히 말씀해 주시지요."

"우리는 이미 그 세 가지가 뭔지 알고 있네. 지금까지 거쳐 온 세 연옥에서 똑똑히 보았으니 말일세. 첫째가 교만한 자로서 남보다 훌륭해지고 싶다는 욕구를 다스리지 못한 것이고, 둘째가 질투로 시기심이 강한 자가 남이 잘되는 것을 싫어하여 자신을 망친 것이며, 셋째가 걸핏하면 분노를 일으키는 자들로, 이런 자들은 남에게 해를 입었다고 생각하면 금세 복수하려고 날뛰지."

"결국, 그들은 지상에서 지은 그 죄를 씻어내려고 죽은 후 연옥의 밑바닥에서 이렇게 고통을 당하고 있는 것이군요."

"그렇지. 이 곳 네 번째 언덕은 남에게 사랑을 베풀기 게을리했던 자들에게 진정한 사랑의 욕구를 지니도록 격려하는 곳일세. 그런데 한 가지 명심해야 할 것은, 지상에서는 행복으로 생각했던 것이 이곳에서는 결코 진정한 행복이 아니라는 사실일세. 다시 말하면, 지나친 욕구와 이(利)의 충족은 모두 다 탐욕, 낭비, 음란함 등으로 구분되어 정죄되어야만 하는 것이라는 말일세. 그 외에도 궁금한 것이 있으면 한

번 말해 보게나."

그러자 단테는 기다렸다는 듯이 질문을 던졌다.

"모든 선한 행동이나 악한 행동도 근본을 따지고 보면 사랑으로 귀결되는 것 같습니다. 그렇다면 사랑이란 대체 무엇인지 무지한 저에게 깨우침을 주십시오."

베르길리우스는 근엄한 목소리로 말했다.

"좋지. 먼저 사랑이란 언제나 선(善)의 원인이 된다고 생각하면 과오를 범할 수도 있음을 기억하게. 사랑이야말로 사람과 사람 사이의 즐거움에 의해 새롭게 맺어진 자연스러운 하나의 탄생이라고 볼 수 있지. 활활 타오르는 불꽃이 끊임없이 위를 향해 오르려 하듯이 사랑에 사로잡힌 영혼은 그 대상에게서 완벽한 기쁨을 얻을 수 있을 때까지 그렇게 쉼 없이 타오르게 되어 있지만, 반대로 그 기쁨에 도달하지 못한 영혼은 언제까지나 사랑의 대상을 향한 갈증에 목말라해야 할 수밖에 없지. 그렇다면, 사랑이란 그 자체가 모두 다 좋은 것이라고 주장하는 쾌락주의자들의 말은 잘못된 것이라는 걸 알 수 있을 걸세. 그들은 아마도 진리의 실체가 무엇인지 영원토록 발견하지 못할 걸세. 세상 사람들의 눈으로는 사랑이 그저 좋아 보이기만 하겠지만, 사랑이 아무리 좋은 것이라 하더라도 사실 무엇을 향하고 있느냐에 따라 그 가치가 달라지게 마련이지."

단테는 스승의 설명을 들으며 차츰 머리가 맑아지면서 진리의 빛으로 자신의 무지함이 서서히 녹아드는 것 같았다.

사랑에 게으른 영혼들을 만나는 단테 _ 단테가 넷째 언덕에서 사랑의 임무를 게을리했던 영혼들을 만나는 장면이다.

두 사람이 시간 가는 줄 모르고 대화를 이어가다 보니 어느덧 자정이 되었다. 불에 달군 화로같이 붉은 달이 높이 떠오르자, 별들은 그 빛을 희미하게 잃어가고 있었다. 단테는 스승의 말씀에 너무 몰입한 나머지 몹시 피곤하고 정신이 몽롱하여 몸을 가누기조차 어려웠다. 그때 뒤쪽에서 거대한 영혼의 무리가 왁자지껄하며 달려왔다. 단테는 그 바람에 화들짝 놀라며 정신이 들었다. 그들 가운데 두 영혼이 단테 앞으로 와서 울음 섞인 음성으로 외쳤다.

"며칠 뒤 마리아께서는 길을 떠나 걸음을 서둘러 유다 산골에 있는 한 동네를 찾아가시니……."

그러자 뒤따라온 무리가 합창하듯 외쳤다.

"자, 빨리빨리 서두르자. 시간이 사랑이니 조금도 허비할 수 없다. 선을 행하려는 노력에 하느님의 은총이 새롭게 피어날지어다."

베르길리우스가 그들에게 말을 건넸다.

"아! 선을 행함에 게을렀던 탓으로 보속하고 있는 영혼들이여! 나와 함께 여기 있는 이 사람은 하느님의 은총을 입어 현세의 육체를 이끌고 이곳을 지나가는 사람으로, 해가 뜨면 다섯 번째 언덕으로 올라가야 할 몸이오. 그러니 그곳으로 가는 입구를 가르쳐 주지 않겠소." 그러자 듣고 있던 한 영혼이 대답했다.

"그렇다면 우리 뒤를 따라오십시오. 당신들이 올라가려는 입구를 발견하게 될 것이오. 우리는 조금도 멈출 수가 없소. 달리고 싶은 욕망이 우리를 이렇게 계속 달리게 한다오. 그러니 우리 행동이 좀 무례하게 보이더라도 이해하시오. 나는 밀라노가 바르바로사 황제에게 철저하게 파괴당하기 전, 베로나에 있는 산 제노의 수도원장으로 있던 게라르도 2세요. 그런데 베로나의 군주였던 알베르토 델라 스칼라가 나를 몰아내고 자신의 서자였던 절름발이 주세페를 수도원장으로 앉혔지요. 모세의 율법에 따르면, 장애인은 결코 사제가 될 수 없음에도 말이오. 게다가 마음씨 고약하고 머리까지 나쁜 불륜으로 낳은 서자를 말이오. 그런 짓을 했으니 스칼라 영주는 머잖아 육신을 벗게 될 텐데, 그 때문에 그는 깊은 후회와 통곡을 하게 될 것이오.”

이야기를 나누느라 앞선 무리와 사이가 많이 벌어진 그 영혼은 뭐라고 중얼거리면서 재빨리 뒤쫓아갔다.

단테는 베르길리우스가 또 다른 영혼을 보라고 하였으나, 그들이 빠른 걸음으로 멀어졌을 뿐만 아니라, 피곤함 속에 여러 가지 다른 상념들이 떠올라 뒤엉켰기에 갈피를 잡지 못하고 눈을 감고 말았다.

그러자 단테의 생각은 어느덧 꿈으로 변하였다.

탐욕을 정화하는 천둥소리

단테의 꿈속에 세이렌이 나타난다. 그녀는 탐욕·탐식·호색이라는 감각적 쾌락의 화신이다. 꿈속에 베르길리우스가 그 마녀의 옷을 찢자 고약한 냄새가 나 그 때문에 단테는 눈을 뜬다. 다섯째 언덕은 탐욕의 죄를 씻으려고 영혼들이 땅에 엎드려 있다. 눈물을 흘리며 죄를 뉘우치고 있다. 연옥에서는 자기 영혼의 정화를 자각할 때 지진과 천둥소리가 울린다.

밤이 깊어지고 새벽녘이 가까워지자, 양의 열기는 식고 냉기가 감돌기 시작했다.

이 무렵 꿈속에 있던 단테는 한 소녀의 모습을 꿈결에 보게 되었다. 그녀(세이렌)는 심한 말더듬이인 데다 눈은 사팔뜨기이고 다리는 굽은 채 뒤틀려 있었으며 두 팔이 잘리고 파리한 얼굴빛을 하고 있었다.

그런데 신기하게도 단테가 그녀를 바라보자 금방 그녀는 혀가 풀리고 다리가 고르게 되었으며 얼굴에 화색이 돌았다. 그녀는 자신을 아름다운 인어(人魚)라고 자랑하면서 멋지게 노래를 부르기 시작했다.

"나는 어여쁜 세이렌이라네.
내 달콤한 노래는 즐거움으로 넘치니
한 바다에서 뱃사람들을 홀리노라.
내 노래는 오디세우스를

표랑(漂浪)의 길에서 벗어나게 했네.
나에게 걸리면 흠뻑 취해 떠날 수가 없어요."

그녀는 오디세우스를 꾀어냈다는 것이다. 그러나 그녀가 입을 채 다 물기도 전에 거룩하고 서두르는 듯 보이는 여인(성녀 루치아)께서 나타나 날카로운 음성으로 꾸짖었다.

"이 요망한 것, 어서 사라지지 못할까!"

그러자 베르길리우스는 세이렌이 있는 쪽으로 다가가서 그녀의 앞자락을 움켜잡고 찢어 펼쳤다. 순간, 허옇게 드러난 배에서 심한 악취가 풍겼다.

그 악취에 단테는 정신이 번쩍 들며 꿈에서 깨어났다.

단테가 꿈에서 깨어나자 베르길리우스는 빨리 서두르자며 발걸음을 재촉했다. 벌써 해가 높이 떠올라 연옥의 산을 훤히 비춰 주고 있었다. 단테가 깊은 생각에 잠겨 머리를 숙인 채 베르길리우스를 따라 발걸음을 옮기려는데, 천사의 따뜻한 음성이 들려왔다.

"여기에 길이 있으니 오라."

천사는 백조의 깃과도 같은 새하얀 날개를 펴고는 높게 치솟은 단단한 바위의 두 벽 사이로 그들을 인도하였다. 그러고는 눈부시게 빛나는 날개를 움직여 두 사람에게 부드러운 바람을 보내며 말했다.

"슬퍼하는 자는 복이 있나니, 그들은 위로를 받을 것이다."

그때 베르길리우스가 단테의 이마를 매만지며 말했다.

뱃사람을 유혹하는 세이렌_ 세이렌은 그리스 신화에 나오는 괴물로 뱃사람을 노래로 유혹하여 죽음에 이르게 한다.

"자네의 이마에서 또 하나의 P자가 지워졌네. 그것은 태만의 표식이었네."

단테는 너무도 기뻐하며 천사에게 감사 인사를 전하려 했으나, 천사는 이미 어디론가 사라지고 없었다.

천사와 헤어져 언덕 위로 올라가며 베르길리우스가 단테를 향해 걱정어린 음성으로 말했다.

"어째서 자네는 그렇게 계속해서 땅만 바라보며 걸어가는가? 혹시 무슨 고민이라도 있는가?"

"예, 스승님. 너무도 꿈이 이상해서 떨쳐버릴 수가 없습니다."

그러자 베르길리우스는 단테를 안심시키며 격려해 주었다.

"자네가 꿈속에서 보았던 요부(妖婦)는 탐욕과 탐식, 그리고 음욕을 상징하네. 이제 우리는 그러한 죄를 짓고 비탄에 빠진 영혼들이 어떻게 죄악에서 벗어나게 되는지를 두 눈으로 똑똑히 보게 될 걸세. 자, 이제 허리를 곧추세우고 발꿈치로 땅을 박차며 힘차게 걸어보세. 우리의 영원한 왕이신 하느님께서 이 거대한 우주를 보살피고 운영해 주심에 항상 감사하고 또 거기에만 눈을 돌리도록 하게."

그제야 단테는 베르길리우스의 말에 악몽에서 헤어났다.

다섯 번째 언덕을 올라가니 거기 있는 영혼들이 땅에 머리를 조아리며 울고 있었다.

"아, 내 영혼은 티끌 속에 처박혔도다!"

그들은 한숨을 쉬고 있었으나, 그 소리는 가까스로 들릴락 말락 하였다. 베르길리우스가 그들에게 길을 묻자, 그들은 오른쪽으로 돌아가라고 대답했다.

단테가 애처로워하며 그들에게 물었다.

"어찌하여 당신들은 땅바닥에 엎드려 울고 계신가요? 나는 아직 살아 있는 몸입니다만, 내가 지상에 돌아가면 당신들은 내가 무엇을 해주기 바라는 것이 없으신가요?"

그러자 한 영혼이 나서며 재빨리 말했다.

"나는 성 베드로의 후계자인 교황 아드리아노 5세오. 살아 있을 때 나는 지나칠 정도로 탐욕스러웠지요. 그래서 결국 하느님을 떠나고 말았는데, 그 탓에 그 죄를 용서받을 때까지 이처럼 보속하고 있는 것이오. 탐욕의 죄는 이곳에서 가장 엄중한 죄에 속한다오."

단테는 그가 교황이었다는 말에 황급히 무릎을 꿇으려 하였다. 그러나 그는 고개를 절레절레 흔들면서 말했다.

"그러지 마시오. 나도 그대와 마찬가지로 하느님의 종인 한 사람이오. 여기서는 세상과 달리 차별이 없으니 자신의 길을 가도록 하시오."

그러고는 마태복음 22장 29절에서 30절까지의 말씀을 들려주었다.

단테와 베르길리우스가 교황을 지나쳐 다시 앞으로 나아가자, 돌연히 부르짖는 소리가 들렸다. 첫 번째 소리는,

"당신의 거룩하신 아기를 눕힌 마구간을 통해 당신이 참으로 가난한 삶을 사셨음을 알 수 있나이다."

하는 성모 마리아를 향한 찬미의 소리였고, 두 번째 소리는,

예수와 사두개인들
사이의 대화

"부활이 없다 하는 사두개인들이 그날에 예수께 와서 물어 가로되, 선생이여 모세가 일렀으되, 사람이 만일 자식 없이 죽으면 그 동생이 그 아내에게 장가들어 형을 위하여 후사를 세울지니라 하였나이다. 우리 중에 칠 형제가 있었는데, 맏이가 장가들었다가 죽어 후사가 없으므로 그의 아내를 그 동생에게 맡겨두고, 그 둘째로 일곱째까지 그렇게 하다가 최후에 그 여자도 죽었나이다. 그런즉, 저희가 다 그를 취하였으니 부활 때에 일곱 중에 뉘 아내가 되리까. 예수께서 대답하여 가라사대, 너희가 성경도 하느님의 능력도 알지 못하는고로 오해하였도다. 부활 때에는 장가도 아니 가고 시집도 아니 가고 하늘에 있는 천사들과 같으니라(마태복음)."

"오, 어진 파브리키우스여! 그대는 악덕으로 사치스럽게 살기보다는 차라리 가난 속에서 덕으로 살기를 원하였나이다."

하는 로마의 정치가에 대한 찬양의 소리였다.

그리고 마지막으로 세 번째 소리는,

"니콜라우스 주교님은 가난해서 시집조차 보내지 못하는 세 딸이 있는 집에 남몰래 창문으로 돈을 넣어 주셨나이다."

하는 내용이었다.

단테는 이처럼 귀감 내용의 기도를 계속 읊으면서 보속하고 있는 영혼들을 보고 감탄해 마지않았다.

"당신들은 대체 지상에서 무얼 하던 분들이십니까? 제가 다시 세상으로 돌아가게 되면 반드시 보상해 드리도록 하겠습니다."

하고 말하자, 그중의 한 영혼이 자기 사연을 이야기하기 시작했다.

"나는 루이 5세의 뒤를 이어 프랑스의 왕이 되었던 위그 카페라오. 사실 나는 파리에서 백정의 아들로 태어난 천민 출신이었소."

"아니, 천민 출신으로 어떻게 왕이 될 수 있었습니까?"

그가 천민 출신으로 왕좌를 가로채기 위해 얼마나 많은 사람을 헤치고 중상모략을 일삼았겠는가! 위그 카페는 긴 한숨을 내쉬더니 자신의 가문에 대해 말했다.

"우리 왕가는 백합꽃이 그려진 깃발을 앞세우고 교황 보니파티우스 8세의 고향 알라냐에 진입했다오. 그곳에서 예수님의 대리자인 교황을 난폭하게 대하고, 결국 그를 유폐시키는 죄악을 저질렀지요. 그 일은 과거와 미래의 그 어떤 죄악보다도 더 크고 무거울 거요."

"그렇지요. 예수님께서도 조롱과 멸시를 받고 쓸개즙까지 맛보시며 결국 강도들 사이에서 죽임을 당하지 않으셨습니까?"

위그 카페는 고개를 끄덕이며 말을 이었다.

"예수님을 대사제와 율법 학자 그리고 이스라엘 백성에게 넘겨준 빌라도와 같은 인물이 있어서 나를 더욱 슬프게 하고 있소."

"그게 누구지요?"

"그는 바로 템플라이 수도원을 파괴하고 그 재산을 몽땅 삼켜버린 필립 4세지요. 그는 그렇게 큰 죄를 저지른 후에도 흡족함을 모른 채, 탐욕의 돛을 올리고 기세등등하게 항해하고 있다오. 오, 하느님, 나의 주인이시여! 하느님의 정의와 형벌로서 저들을 심판하시는 것을 언제쯤이나 이 눈으로 볼 수 있겠나이까?"

위그 카페는 감정에 복받쳐 큰 소리로 울음을 터트렸다.

단테는 그가 맨 처음 성모 마리아님을 간절히 외쳐 부르던 것을 생각해 내고 물었다.

"영혼이시여, 성모 마리아님을 그토록 간절히 외쳐 부르신 이유가 무엇입니까?"

"그것은 우리가 항상 암송하는 기도로서 죄를 씻기 위한 수행 과정 중의 하나요. 낮에는 빈곤과 인색함에 관한 구절을 암송하지만, 밤이 되면 탐욕에 대한 구절을 암송하면서 속죄의 기도를 올리고 있소이다. 어떤 자는 큰 목소리로, 또 어떤 자는 작은 목소리로 암송하는데,

그것은 우리 각자의 의욕이 모두 다르기 때문이오. 다른 모든 영혼도 함께 암송하지만, 그 중 유독 내가 목청을 높인 탓에 내 목소리만 들을 수 있었던 거요."

이야기를 나누느라 많은 시간을 보낸 두 사람은 그 영혼과 작별 인사를 나누고 서둘러서 발걸음을 옮겼다. 그때 갑자기 온 산이 무너질 듯이 진동하기 시작했다. 단테는 죽음의 나락으로 떨어지는 것만 같아 그 자리에 얼어붙은 듯 멈춰섰다. 계속해서 사방에서는 천지를 진동하는 듯한 요란한 외침이 들려오고 있었다.

두려움에 떨고 있는 단테를 보고 베르길리우스가 말을 건네며 안심시켰다.

"두려워 말게나. 내가 자네 곁에서 지켜주고 있지 않은가."

스승의 말씀에 마음을 안정시키며 가만히 귀를 기울이고 들어보니 천지를 진동하는 소리는 '영광송'의 노랫소리였다.

"하늘 높은 곳에서는 하느님께 영광……."

그것은 마치 예수님의 탄생 때 천사들이 입을 모아 부르던 노랫소리와도 같았다.

베르길리우스와 단테는 지진이 멎고 노랫소리가 끝나기를 기다렸다가, 그것이 무엇을 뜻하는 것인지 마음에 의혹을 품은 채 말없이 조심스럽게 길을 걸었다. 그때, 마치 부활하신 예수님께서 엠마오로 향하는 두 제자 앞에 나타나셨듯이 한 영혼이 홀연히 두 사람의 뒤쪽에 나타나 말을 건넸다.

"나의 형제들이여, 하느님의 평화가 형제들에게 넘치기를 기도합니다."

두 사람은 동시에 깜짝 놀라며 뒤를 돌아다보았다.

베르길리우스가 자신은 림보에 있는 영혼이므로, 하느님의 은총을 받을 수 없어 축복의 인사를 받을 수 없노라고 정중히 말하자, 그는 이를 이상히 생각하며 왜 연옥에 오게 된 것인지를 물었다.

"천국에 오르지 못할 영혼들이라면, 누가 감히 그대들을 천국의 통로인 이곳 연옥에까지 인도했단 말이오?"

베르길리우스는 손가락으로 단테를 가리키며 대답했다.

"이 사람은 아직 영혼과 육체가 분리되지 않은 살아 있는 자로, 우리 영혼들처럼 이성의 눈으로 밝게 보지 못할 뿐만 아니라 혼자의 힘으로는 연옥의 산을 오를 수 없습니다. 그래서 내가 이 사람의 안내자가 되어 지옥의 넓은 문 림보에서 이곳까지 인도하게 된 것이지요. 이 사람의 이마에 새겨진 세 개의 P자는 연옥의 문지기가 새겨준 것입니다. 이 사람은 천국에 있는 복된 영혼들과 마찬가지로 구원받게 될 몸입니다."

그 영혼은 베르길리우스의 말을 듣고 무척 놀라는 눈치였다. 베르길리우스는 계속해서 말을 이었다.

"그런데 한 가지 질문이 있습니다. 조금 전에 이곳 연옥의 산에 울려 퍼진 영혼들의 천둥 같은 노랫소리는 무엇이며, 또 이곳 연옥의 산을 진동시켰던 지진은 대체 무엇입니까?"

단테는 자신이 가졌던 의문을 대신 말해 준 스승에게 마음속으로 감사를 드렸다.

그 영혼은 기다렸다는 듯이 자상하게 대답해 주었다.

"그 천둥 같은 노랫소리의 정체는 이 정죄산에서 열심히 회개하여 깨끗해진 영혼들이 천국으로 올라가게 될 때 감격하여 부르짖는 환호성이오. 그리고 지진처럼 느껴진 진동은 그들의 영혼이 깨끗해져 의지가 자유로워졌음을 말해 주는 것입니다. 그 외에 자연적으로 생기는 지진 따위는 이곳에서 절대 불가능하지요."

베르길리우스가 물었다.

"그럼, 조금 전에 한 영혼이 죄를 모두 다 씻었단 말인가요?"

"그렇습니다. 죄가 깨끗이 씻기면 몸을 일으켜 하늘을 향해 움직이기 시작하지요. 그리하여 연옥의 영혼들 곁을 떠나 영원한 행복을 누릴 천국으로 가게 되는 것입니다."

곁에서 이야기를 듣고 있던 단테가 호기심어린 표정으로 끼어들며 물었다.

"그렇다면 당신은 언제쯤이나 죄 사함을 받고 천국에 오를 수 있게 되는 겁니까?"

"나는 이곳에서 500년 이상을 고통스럽게 누워 있었소. 그리고 오늘에서야 비로소 하느님의 은혜로 몸을 일으켜 천국으로 올라갈 수 있게 된 거라오."

단테가 눈을 동그랗게 뜨며 물었다.

"아니 그럼, 조금 전의 일은 당신 때문에 일어났단 말인가요?"

영혼은 스스로 대견스러운 듯 흐뭇한 미소를 지어 보였다.

그의 말을 듣고 난 단테의 마음속에는 목마름이 완전히 가시고 평화가 찾아들었다.

베르길리우스가 그 영혼에게 물었다.

"당신의 말을 듣고 있자니 참으로 기쁘기 그지없습니다. 그런데 궁금한 것이 있습니다. 그런 당신의 이름은 무엇이며, 어떤 연유로 이곳에 그토록 오랫동안 머물게 되었는지 말씀해 주실 수 있는지요?"

영혼이 대답했다.

"나는 스타티우스(Statius, 기원전 70년 무렵에 명성을 떨친 시인)요. 유다의 배신으로 예수님께서 십자가에 못 박혀 피 흘리며 돌아가셨던 그 예루살렘을 하느님의 뜻에 따라 로마 황제 베스피아누스의 아들 티투스가 파괴했을 무렵 제법 명성을 떨친 시인이었소. 그때까지만 해도 나는 신앙이 불완전했기에 이곳에 와 있는 것이지요. 나의 시는 너무나 훌륭한 영감을 지녔기에 비록 툴루즈 사람이었지만, 로마는 내 머리에 월계관을 씌워 주었지요. 내 열정의 씨앗이 되고 내 마음을 뜨겁게 타오르게 한 것은 수많은 시인의 빛이 되었던 저 거룩한 불꽃, 즉《아이네이스(Aeneis, 베르길리우스의 서사시)》였습니다. 그것이야말로 나의 어머니였고 내 문학의 유모였습니다. 만약 그 시가 없었더라면, 나의 시는 한 푼의 값어치도 없었을 것입니다. 아, 내가 그분과 같은 시기에 태어나 만날 수만 있었다면 이곳 연옥에서 한 일 년쯤 머무르며 귀양

스타티우스를 만나는 단테_ 단테는 연옥의 죄업을 마치고 천국으로 향하는 스타티우스를 만나 동행하게 된다.

살이를 할지라도 기꺼이 받아들였을 것입니다."

단테는 반가운 마음에 입을 다물지 못하고 되물었다.

"당신이 정말로 그 유명한 시인 스타티우스란 말씀인가요?"

영혼은 엷은 미소를 지으며 고개를 끄덕였다. 단테는 베르길리우스를 올려다보았다. 베르길리우스는 한 손가락을 들어 자신의 입을 막으며 단테에게 한눈을 찡긋했다. 자신의 신분을 노출하지 말라는 무언의 신호였다. 하지만 단테는 웃음을 참으려고 노력했지만, 자신도 모르게 미소를 짓고 말았다.

스타티우스가 이상한 낌새를 눈치채고 단테에게 물었다.

"당신에게 하느님의 은총이 가득하기를 바라겠소. 그런데 조금 전 그 미소가 어떤 의미였는지 궁금합니다."

단테는 난감했다. 스승께선 자신의 신분에 대해 말하지 말라 하시고, 영혼은 이처럼 꼬치꼬치 캐물으니 난감하지 않을 수 없었다. 단테가 난감한 표정을 지어 보이자 베르길리우스가 미소 지으며 말했다.

"저렇듯 궁금해하니 대답해 주게나."

그러자 단테는 마치 어린아이처럼 신바람이 나서 스타티우스에게 말했다.

"죄 사함을 받고 곧 천국으로 올라갈 복된 영혼이여, 당신은 저의 미소에 대해 궁금해하시는데, 이제부터 제가 하는 말을 들으시면 아마 더욱 놀라게 되실 것입니다. 제 옆에 계신 이분이 바로 당신에게 영웅을 노래하고 하느님을 찬양할 수 있도록 영향을 주신 시성(詩聖) 베르길리우스님이십니다. 제가 미소를 지었던 것은 다른 이유에서가 아니라 이분에 대한 당신의 말씀 때문에 그런 것이니 오해 없으시기 바랍니다."

단테의 설명을 듣고 난 영혼은 감격한 나머지 무릎을 꿇고 두 손으로 베르길리우스를 포옹하였다.

그러나 그들은 모두 그림자 없는 영혼들이었기에 포옹할 수 없었다. 베르길리우스가 그를 만류하며 말했다.

"형제여, 어서 그만 일어나시오. 당신이나 나나 모두 다 똑같은 영혼이니 그러지 마시오."

그러자 스타티우스는 천천히 일어서며 말했다.

"저의 어버이와도 같은 존경하는 스승님이시여! 당신께 대한 저의 깊은 존경과 사랑을 받아 주십시오. 얼마나 반갑고 기뻤으면 우리가 형체 없는 영혼이라는 사실을 잊고 껴안을 수 있는 육체로 생각하며 행동했습니다."

어느덧 천사는 그들 뒤로 날아와 날개로 바람을 일으켜 단테 이마의 상처를 또 하나 지워 주었다.

그때 그들 뒤에서는,

"정의(正義)를 목말라 하는 자는 행복하도다!"

하는 축복의 노랫소리가 들려왔다.

탐식한 자와 절제의 향기

여섯째 언덕길에서는 향내가 나는 맛있는 과일이 주렁주렁 달린 나무 밑에서 절제를 훈계한다. 말라비틀어지고 눈이 움푹하며 피골이 상접한 영혼들은 저마다 세상에서 분수 넘치게 탐식하고 미식(美食)을 추구했기에 이처럼 굶주리며 울부짖고 있는 것이었다.

베르길리우스와 스타티우스는 오랜 친구를 만난 듯이 시를 짓는 지성의 샘에 대해 이야기 나누면서 걸어갔다. 단테 또한 육신의 몸이면서도 날렵하게 올라가는 베르길리우스와 스타티우스의 뒤를 별다른 어려움 없이 뒤따라갈 수 있었다. 그러다가 문득 지성의 대화가 끊겼는데, 그 이유는 베르길리우스와 스타티우스가 향하는 길 한가운데 향기롭고 보기 좋은 열매가 풍성히 달린 나무 한 그루를 발견했기 때문이다. 그 나무는 위로 오를수록 가늘어지는 것이 아니라 밑으로 내려올수록 가늘어진 모습을 하고 있었다. 아무래도 아무나 올라갈 수 없도록 하기 위한 하느님의 섭리인 듯싶었다.

단테는 두려운 눈으로 베르길리우스를 바라보며 물었다.

"스승님, 생김새가 기괴한 저 나무는 무엇인가요?"

"이 나무는 생명나무의 분신이라네."

산허리의 높은 바위에서 끊임없이 떨어지는 물방울이 나무의 잎사

귀를 적셔 주고 있었다. 일행이 나무 가까이 다가가자 무성한 잎사귀 속에서 소리가 들려 왔다.

"너희가 이 나무의 열매를 따 먹으면 정녕 죽으리라."

이어서 또 다른 소리가 들려 왔다.

"가나의 혼인 잔치에 가셨을 때, 마리아께서는 맛있는 음식보다는 잔치에 없어서는 안 될 포도주 걱정을 하셨도다. 옛날 로마의 귀부인들은 술을 마시지 않고 물만 마셨음을 기억하라. 예언자 다니엘은 바벨론 왕이 주는 술과 음식을 거부하고 식물의 즙만 취했으며, 옛 성현들은 상수리나무 열매와 실개천의 물을 술 대신 마셨도다. 세례자 요한은 광야에서 석청과 메뚜기만 먹으며 생활하지 않았던가."

단테가 목소리의 주인공들을 찾아내기 위해 나무 잎사귀 속을 유심히 들여다보자, 시간을 보다 유용하게 쓰는 것이 좋겠다며 베르길리우스가 걸음을 재촉하는 듯 말했다.

"어서 따라오게나. 우리에게 주어진 시간이 얼마 남지 않았으니 시간을 아껴 써야만 하네."

화들짝 놀란 단테가 고개를 들어 보니 두 지성은 벌써 저만치 앞에서 빠른 걸음으로 걸어가고 있었다. 단테는 얼른 두 지성의 뒤를 따라가며 다시 그들의 토론에 귀를 기울였다. 길은 험했지만 그들의 이야기를 듣는 즐거움에 힘든 줄 몰랐다.

바로 그때, 어디선가 울음 섞인 음성으로 '시편'을 노래하는 소리가 들려왔다.

"라비아 메아, 도미네(주님, 저의 입술을 열어 주소서)."

그 소리는 마치 해산하는 자의 고통과 기쁨을 함께 담은 소리와도 같았다.

단테가 물었다.

"스승님, 저 노래는 무슨 뜻인가요?"

그러자 베르길리우스가 대답해 주었다.

"아마 탐식으로 죄 지은 영혼들이 자신들의 죄를 씻기 위한 보속의 기도라네."

그들의 곁을 지나고 있는 수많은 영혼은 마치 깊은 사색에 빠져 있는 순례자들처럼 말없이 발걸음을 재촉하고 있었다. 그런데 그들의 모습은 하나같이 모두 창백한 얼굴에다 눈자위가 푹 꺼져 있었고, 마치 굶주림에 시달린 사람처럼 뼈다귀에 앙상한 가죽만 남은 것 같은 모습이었다.

그것은 테살리아 왕 트리오파스의 아들 에리식튼이 케케레스 산의 숲에서 묵은 떡갈나무를 찍어내고, 그 벌로 굶주림의 고통을 받다가 허기를 이기지 못해 끝내 제 팔다리를 떼어먹을 때의 모습이나 다를 바 없었다.

단테와 두 지성은 나무 주위에 앉아서 잠시 휴식을 취했다. 단테는 굶주림에 지친 그들을 바라보며 어찌 그렇게 먹고 싶은 욕구를 참아 내며 기다림을 계속할 수 있는지 참으로 신기하게만 느껴졌다. 바로 그때, 그들 곁을 지나가던 한 영혼이 푹 꺼진 눈으로 단테를 뚫어져라 바라보더니 큰 소리로 외쳤다.

"아, 내가 당신을 만나다니, 이 무슨 은혜인가!"

단테는 목소리만 듣고는 그가 누군지 전혀 알 수 없었다. 그래서 발길을 멈추고 자세히 살펴보고는 깜짝 놀랐다. 그는 바로 자신과 절친하게 지냈던 포레세 도나티였다.

포레세 도나티는 단테에게, 함께 있는 사람들은 누구이며 이곳에는 어떻게 오게 되었는지를 물었다.

그러나 단테는 대답 대신 너무도 몰라보게 변한 그의 모습에 가슴이 아픈 나머지, 우선 그가 어떤 처지에 놓여 있는지부터 말해 달라고 했다. 그러자 포레세 도나티가 말했다.

"우리는 세상에 살 때, 모두 분수 넘치게 탐식하고 미식을 추구했기에 이토록 굶주리며 울부짖고 있는 것이라네. 굶주림과 목마름으로 몸을 본래대로 되돌리기 위함이지. 그러나 아직도 그 죄를 다 씻지 못하여 생명나무의 푸른 잎 위로 떨어지는 맑은 물과 열매에서 풍기는 향기로움에 이끌린 나머지 이 생명나무 아래를 지날 때마다 먹고 마시고 싶은 불타는 욕구에 사로잡히게 되지. 하지만 우리는 그런 욕구를 참고 견뎌내야만 한다네. 마치 그리스도께서 십자가 위에서 하느님을 향해 '엘리 엘리 라마 사박다니' 하고 부르짖으셨듯 우리도 나무 밑에서 이렇게 보속하는 것이라네."

그 말을 듣고 단테가 물었다.

"포레세, 나의 친구여. 그대가 더 나은 삶을 살기 위해 길을 떠난 지

이제 겨우 5년 아닌가? 그런데 자네는 어떻게 벌써 이곳 연옥에 들어올 수 있었는지 궁금하네."

그러자 그가 대답했다.

"당연한 질문일세. 보통 나 같은 경우에는 적어도 지상에서 살았던 햇수만큼 연옥문 밖에서 고행하며 죄를 씻어야 하는데, 나를 위한 아내의 간절한 기도 덕분에 이처럼 빨리 이곳에 오게 되었다네."

그의 말을 듣고서 단테는 연옥에 있는 사람들을 위해 기도하는 일이 얼마나 소중하고 숭고한 것인지 확실히 깨닫게 되었다.

"나는 보다시피 살아 있는 몸으로 지옥을 지나 여기까지 왔다네. 내 옆에 계신 이분은 베아트리체가 있는 천국에 이르기 직전까지 나의 안내자가 되실 걸세. 존함은 베르길리우스님이시네. 지상에 사시는 동안 시의 아버지라 불리던 고명하신 분이지. 그리고 그 옆에 계신 분은 이제 막 죄를 깨끗이 보속하고 하늘에 오르게 될 스타티우스님이시네."

단테와 포레세가 정답게 이야기하면서 빠른 걸음으로 나아가는 동안, 다른 영혼들은 단테가 살아 있는 자임을 알아보고 놀라움을 금치 못했다.

단테가 포레세에게 그의 누이동생인 피카르다가 어디에 있는지를 묻자, 그 아름답고 마음씨 고운 그의 누이동생은 벌써 천국에 가 있다고 말했다.

포레세는 속죄의 기도를 올리며 빠르게 지나쳐가는 그의 동료를 내

버려둔 채 단테와 대화를 계속했다.

한동안 이야기를 주고받던 포레세가 아쉬운 듯 단테에게 말했다.

"이제 헤어지면 언제 또 만날 수 있을까?"

단테 역시 아쉬움이 가득 담긴 음성으로 말했다.

"글쎄, 피렌체의 불행을 더는 보지 않기 위해서라도 하루빨리 지상의 삶을 마감하고 이곳으로 오고 싶지만, 나의 바람대로 그렇게 빨리 현세를 떠나올 수는 없을 것 같네. 내가 태어나서 자라고 또 앞으로도 계속해서 살아야 할 피렌체는 날이 갈수록 점차 선과 덕이 사라져 가고 있네. 앞으로 피렌체는 더욱 상황이 악화되어 불꽃 튀는 당쟁 속에서 비참한 최후를 맞게 될 것 같네. 희망의 소식이 들려오기를 고대하지만, 결국 불행을 보게 될 것 같은 생각에 눈물이 나오려고 하네."

단테의 말을 듣고 난 포레세는 위로의 말을 던졌다.

"너무 염려하지 말게나. 흑당의 수령으로 피렌체의 불행을 빚어낸 나의 형 코로소 도나티는 결국 반역죄에 몰려 말을 타고 도망치다가 그 말에서 떨어지는 바람에 창에 찔려 지옥으로 가게 될 운명... 더는 말하려니 가슴이 찢어지니, 이쯤에서 멈추겠네."

잠시 허공을 올려다보고 나서 포레세가 서둘러 말했다.

"자, 이제 이쯤에서 가 보겠네. 함께 이야기를 나누며 걷다 보니 꽤 많은 시간을 허비해 버렸어. 하루속히 죄를 씻어야 하는데 말일세."

말을 마친 그는 가볍게 작별을 고하고 나서 마치 쏜살같이 동료를 향해 달려갔다. 단테는 아득히 멀어져 가는 친구의 뒷모습을 바라보며 그가 했던 말들을 되새겨 보았다.

영혼들이 시야에서 완전히 사라질 무렵, 길모퉁이에 접어든 단테 일행 앞에 싱싱한 열매들이 주렁주렁 매달린 과일나무 한 그루가 또 나타났다. 그 나무 밑에는 많은 영혼이 모여 있었는데, 그들은 손을 높이 들고 나무를 올려다보며 무슨 소리인지 왁자지껄 외쳐대고 있었다. 하지만 그 모습은 마치 과일나무 밑에서 어린아이가 과일을 따기 위해 몸부림을 치는 것과도 같았다. 그러나 그것은 소용없는 일이었다. 나무 열매가 손에 잡힐 듯 말 듯하다가 결국에 가서는 잡히지 않아 오히려 영혼들을 애타게 할 뿐이었다.

이윽고 영혼들은 자신들의 노력이 헛되다는 사실을 깨닫고 모두 우르르 떠나 버렸다.

단테와 베르길리우스가 많은 영혼의 기도와 눈물을 매정하게 물리친 나무 가까이 다가가자 그 나무 잎사귀들 사이에서 말소리가 들려왔다.

"이곳으로 가까이 오지 말고 그냥 지나쳐 가십시오. 이브가 먹었던 선악과나무는 아직 지상낙원에 있지만, 이 나무 역시 그 지혜의 나무에서 갈라져 나온 뿌리니까요."

이 소리를 듣고 단테 일행이 그 나무에서 비켜나 벼랑 쪽으로 걸어가고 있을 때 좀 전의 목소리가 또다시 들려왔다.

"구름 속에서 태어난 그 사악한 자들을 기억하라. 저주받은 반인반마(半人半馬) 켄타우로스들, 그들은 포식하고 술에 취해 테세우스와 싸

생명 나무 아래 모여 있는 영혼들을 바라보는 단테_ 에덴동산의 생명 나무 분신인 커다란 나무 아래 모여 기도하는 영혼들.

운 끝에 많은 수가 목숨을 잃었다. 또한, 승리의 영광을 함께 누리지 못한 이스라엘 병사들을 기억하라. 하느님의 명령에 따라 기드온이 이스라엘 병사들 가운데서 미디안을 칠 병사들을 뽑을 때, 자신의 욕구를 억제하지 못하고 무릎을 꿇어 많은 물을 마신 병사로 하여금 하느님의 영광을 누리지 못하도록 하지 않았는가?"

단테 일행은 이 소리를 듣고 음식을 과도하게 탐하거나 미식에 집착하는 것이 얼마나 큰 형벌을 받는 행위인가를 상기하면서 묵묵히 갈 길을 재촉했다.

"너희 셋은 무엇을 그렇게 골똘히 생각하며 걷고 있느냐?"

단테가 갓 태어난 어린 짐승처럼 깜짝 놀라며 고개를 들어보니, 아뿔싸! 용광로 안에 녹아 있는 금속이나 유리도 그렇게 붉게 타오르지는 않으리라. 그는 계속해서 말했다.

"저 위로 올라가려면 여기서 돌아가라. 그러면 평화를 찾으러 가는 자들을 위한 길이 나올 것이다."

단테는 그 빛이 너무도 강렬하여 그를 똑바로 바라볼 수 없었다.

단테는 땅바닥에 시선을 두고 발로 땅을 더듬으며 베르길리우스의 뒤를 바짝 따라갔다.

단테가 작은 목소리로 베르길리우스에게 물었다.

"스승님, 우리에게 길을 알려준 저분은 누구신가요?"

베르길리우스가 대답했다.

"일곱 번째 연옥의 문을 지키는 천사일세."

단테 일행은 5월의 상쾌한 아침바람을 타고 신의 음식에서 나는 향기를 맡을 수 있었다. 천사가 바람을 일으키고 나서 말했다.

"식탐하지 않고 언제나 의로운 일에 주려 있는 사람은 행복하다. 그들은 하느님에게서 은총의 빛을 받을 것이니라."

베르길리우스가 미소를 띠고 단테를 바라보며 말했다.

"그러고 보니 자네의 이마에서 또 하나의 P자가 지워졌네. 이제 몸과 마음이 한층 더 가볍고 기쁨으로 가득 차게 될 걸세."

단테가 한 손을 들어 이마를 더듬어 보니 정말로 P자 하나가 이마에서 사라지고 없었다.

호색한들의 망령, 정화의 불길

일곱째 언덕길은 호색(好色)의 죄를 범한 영혼들이 맹렬한 불 속에서 죄를 씻고 있었다. 정조를 지킨 이들의 이름을 부르며 자기들의 남색과 여색의 죄를 자책하고 있었다.

이제 단테와 두 지성은 마지막 일곱 번째 언덕으로 오르는 계단을 향해서 걸음을 재촉했다. 길은 한 사람씩 옆으로 줄지어 가야 할 만큼 협소했기에 베르길리우스, 스타티우스, 마지막으로 단테가 지나갔다. 어린 새가 날고 싶어서 날개를 파닥대다가 둥지를 떠나지 못하고 날갯짓을 접는 것처럼, 몇 번이나 묻고 싶은 생각을 말하려다가 그만두던 단테가 베르길리우스에게 의문을 제기했다.

"스승이시여, 영혼이란 육신과 달리 음식이 필요 없는 처지일 텐데, 어째서 저토록 야윌 수가 있는 걸까요?"

베르길리우스는 사람의 생명을 좌우하는 것은 영양분 말고도 다른 것이 또 있다고 말하면서, 자세히 설명하기 위해 멜레아그로스의 예를 들었다.

칼리톤의 왕자인 멜레아그로스는 그가 태어났을 때 운명의 세 여신에게 예언을 받았다. 운명의 여신 중 하나인 클로드는 멜레아그로스가 용감할 것이라고 예언했고, 다른 여신인 라케스는 강건한 체질을 가질 것이라고 예언한 것과는 달리, 마지막 여신인 아트로프스는 나무토막을 던져주면서 그 나무와 멜레아그로스의 수명이 같을 것이라고 예언했다. 불길한 예언을 듣자, 왕자의 어머니는 나무토막을 아무도 모르는 곳에 은밀히 숨겼다. 그러나 장성한 멜레아그로스가 제 숙부를 둘이나 죽이는 일이 발생하자, 어머니는 엉겁결에 숨겨두었던 나무토막을 불에 태워버렸고, 그러자마자 멜레아그로스가 숨을 거두었다는 내용이었다. 그러면서 베르길리우스가 스타티우스에게 좀 더 자세하게 단테에게 말해 달라고 부탁했기에 단테는 스타티우스의 설명을 들으면서 지루하지 않게 일곱 번째 언덕에 다다를 수 있었다.

어느덧 해질 무렵이 되었을 때, 비탈진 언덕은 불꽃에 휩싸여 있었다. 불꽃은 길 밖으로까지 뿜어져 나온 형상이었으며 불어오는 바람 탓에 불길이 길을 완전히 덮을 때도 있었다. 단테 일행은 왼쪽으로는 불길의 위험에, 오른쪽으로는 벼랑에 떨어질 위험에 조심해야 했다. 궁여지책으로 그들은 불길에 휩싸인 좁다란 길목을 한 사람씩 조심스레 지나가기로 했다. 하지만 단테는 두 지성과 달리 혼자서 그곳을 지날 수 있는지 심히 두려워졌다. 베르길리우스가 그런 단테의 마음을 읽고는 경고했다.

"조금도 두렵다고 생각하지 말고 한눈팔지 말게. 발을 잘못 디뎌 떨어지면 큰일 나니까."

그때 불꽃 속에서 기도하는 노랫소리가 들려왔다.

멜레아그로스

아이톨리아의 칼리돈 왕 오이네우스와 그의 아내 알타이아의 아들이다. 그가 태어난 후, 운명의 여신이 예언하기를, 난로 안에서 타고 있는 저 장작불이 다 타버리면 그의 목숨도 다한다고 하였다. 알타이아는 곧 타다 남은 장작을 주워 불을 끈 다음 상자 안에 간직하였다. 그가 자란 후, 오이네우스가 들판을 주관하는 여신 아르테미스에게만은 제물을 바치지 않아서 노한 여신이 커다란 멧돼지를 들에 풀어놓아 해를 입혔다.

멧돼지는 멜레아그로스의 손에 죽었는데, 사냥에 함께 참가했던 스코이네우스의 딸 아탈란테를 사랑한 멜레아그로스는 멧돼지 가죽을 그녀에게 주었다. 이를 못마땅하게 여긴 알타이아의 형제들이 아탈란테에게서 가죽을 빼앗으려고 하자 성난 멜레아그로스는 그들을 죽여 버렸다. 동기들을 잃은 알타이아는 화가 나서 상자 속에 간직했던, 타다 남은 장작을 꺼내어 불 속에 던졌고, 멜레아그로스의 목숨은 그 자리에서 다하고 말았다. 나중에야 이를 후회한 어머니는 자살하고 그의 자매들도 비통한 나머지 죽고 말았는데, 이를 가엾게 여긴 여신 아르테미스가 그녀들을 색시닭(멜레아그로스)으로 태어나게 하였다는 이야기도 있다.

"지극히 자비로운 주님이시여."

단테가 그쪽을 바라보자, 그 엄청난 불꽃 속에서 기도하면서 불길을 헤치고 가는 영혼들의 모습이 보였다. 그 영혼들은 노래를 마치자 소리높여 외쳤다.

"나는 아직 사내를 모르노라."

그리고는 다시 부드러운 목소리로 성가를 부르기 시작했다. 그리고 또다시 큰 소리로 외쳤다.

"수렵의 여신 다이애나가 비너스의 독을 맛보아 몸을 망친 님프 엘리제를 숲에서 쫓아냈도다."

이토록 그들은 성가를 부른 다음에는 곧이어 정절의 덕과 혼인성사가 명한대로 정결을 지킨 자들을 칭송하였는데, 아마도 그 불꽃 속에서 불타고 있는 동안, 이 속죄의 예식은 끝없이 되풀이되고 있는 듯하였다.

그 무렵 태양은 점점 석양으로 기울어, 단테의 오른쪽을 비추어서 불길 위에 그림자를 드리우게 했다.

단테의 그림자가 비친 불꽃은 더욱 붉어지기 시작하였다. 그 모습을 바라본 영혼들은 단테가 살아 있는 자인 것을 알아보고 그에게 가까이 다가가려 했지만, 결코 불길 밖으로 나오려고 하지는 않았다. 불길 속 한 영혼이 단테에게 말했다.

"오, 남들보다 느려서가 아니고 그들을 존경하기에 뒤따라가는 자여, 갈증과 불길 속에 타고 있는 내게 대답해 주시오. 나 혼자뿐 아니라 여기 있는 모두가 냉수에 갈망하기보다 대답을 기다리고 있다오. 그대는 아직도 죽지 않은 것 같은데, 대체 어찌 된 일인가요?"

그러나 그때, 새로 나타난 무리가 있어 단테의 정신은 그쪽으로 쏠려 대꾸하지 못하였다.

그 무리는 앞의 무리와 마주 보고 나아가면서 마주치는데, 서로 만났을 때 멈추지는 않으면서 다정하게 입 맞추고 지나간다. 그것은 마치 불개미떼가 서로 만나면 얼굴을 맞대고 길을 물으며 먹이가 있는 곳을 서로 확인하는 모습과도 같았다.

이들은 나중에 합류한 영혼들에게 외쳤다.

"소돔과 고모라여!"

그러자 다른 무리가 응답했다.

"파시파에가 음욕을 채우기 위해 황소를 꾄 다음, 자기의 정욕을 채우는도다."

그리고 한 무리는 리페산으로, 다른 무리는 사막을 향해 가듯이 이 무리는 오고 저 무리는 가면서 눈물을 흘리며 이를 계속 되풀이하였다.

다시 단테에게 대답을 듣고 싶어 하는 무리가 다가오자, 단테는 그들에게 말하였다.

"오, 언젠가는 반드시 평화를 누리게 될 영혼들이여, 나는 당신들이 느끼는 것처럼 아직 살아 있는 몸이오. 하늘에 있는 분의 은총으로 산 채로 그대들 세계에 들어왔도다. 그대들은 누구이며 그대들과 반대 방향으로 가버린 자들은 누구인가?"

연옥의 불길 속에 있는 영혼들_ 단테와 베르길리우스, 그리고 스타티우스는 연옥의 불길 속에서 시인 구아니첼리를 만난다.

앞서 단테에게 질문을 던졌던 자가 입을 열어 대답하였다.

"더욱 훌륭한 죽음을 맞이하기 위하여 우리가 있는 이 세계의 체험을 쌓고 있는 그대는 참말로 복된 자가 아닐 수 없소. 우리와 함께 오지 않고 가버린 자들은 동성애의 죄를 범한 자들이어서, 그들은 자신을 뉘우치며 소돔이라고 부르짖고 있는 것이지요. 그리고 우리들의 죄는 자연을 거슬러 사음(邪淫)을 범하면서 짐승처럼 욕정만 쫓아다니며 사람의 법도를 지키지 않은 자들이랍니다. 그래서 우리는 음란한 죄를 범하여 암소가 된 이름을 치욕 속에서 읽고 있는 것이라오. 그대여, 이제 우리의 행실과 죄스러움을 알았으니 내가 끝끝내 이름을 밝히지 못하는 이유를 아시겠지요? 그나마 죽기에 앞서 뉘우쳤기에 다행스럽게도 속죄할 기회를 잡을 수 있었답니다."

이름을 밝히기를 꺼린 불길 속의 영혼은 시인 구아니첼리였다. 단테는 자신보다 먼저 태어나 이탈리아 시인들의 아버지로 불렸던 그의 정체를 베르길리우스에게 듣고는 반가운 마음에 달려가고 싶었지만, 그가 있는 곳이 불길 속이었기에 더는 접근할 수 없었다. 구이니첼리는 단테가 그토록 반가운 기색을 보이자 그 이유를 물었다. 단테는 망설임 없이 당신의 아름다운 시 때문이라고 대답했다. 구이니첼리는 도리어 제 옆의 다른 영혼을 가리켰다. 구이니첼리가 추천한 영혼은 트루바두르였다. 사랑의 시나 산문에서 가장 뛰어난 작가였던 트루바두르는 겸손하게도 자기는 짧은 명성을 가진 것에 불과하다고 말했다.

잠시 후, 구이니첼리는 단테에게 자신을 위한 기도를 부탁하고는 불길 속으로 사라졌다.

베르길리우스와의 작별

천사가 나타나 불길 속을 지나가라 명한다. 단테가 주저하자 베르길리우스는 이 불길만 통과하면 베아트리체를 만날 수 있다고 격려한다. 그 불 속은 뜨거움이 헤아릴 수 없을 정도여서 단테는 아예 끓는 유황 가마가 있다면 그곳으로 피하고 싶은 심정이었다.

어느덧 해질 무렵이 되었다. 그때 하느님의 천사가 나타나서 청아한 목소리로 외쳤다.

"마음이 청결한 자는 행복하도다."

단테 일행이 목소리가 들리는 쪽으로 다가가자 천사가 말했다.

"오, 거룩한 영혼들이여, 불에 타지 않으면 앞으로 나아갈 수 없으니 이 불길을 뚫고 저쪽의 노랫소리를 들을 수 있도록 하십시오."

단테는 그 말을 듣고 겁에 질렸다.

'아니, 불길 속으로 들어가서 불을 겪으라니!'

단테는 두 손을 모은 채 뜨거운 불꽃을 피하고자 몸을 뒤로 젖히고 활활 타오르는 불꽃을 겁에 질린 표정으로 바라보았다. 전에 본 적 있는 인간의 육신이 타서 죽는 모습이 떠올랐다.

단테의 겁먹은 표정을 본 베르길리우스가 말했다.

"연옥의 불은 괴로움의 원인은 될지언정 죽음의 원인이 되는 것은 아닐세. 지난 일을 생각해 보게나. 내가 자네를 게리온 등에 태워서 안전하게 인도했거늘, 하느님께 가까이 왔는데 그보다 더하겠는가? 자네가 이 불꽃 한가운데에서 천 년을 보낸다 해도 털끝 하나도 불에 타지 않을 걸세. 내가 자네를 속인다고 생각한다면 불에 다가서서 직접 자네 옷을 대어 시험해 보도록 하게나. 자, 이제 모든 두려움을 버리고 이리 와서 안심하고 들어가 보게."

그래도 단테가 괴로운 표정을 지으며 꼼짝 않고 두려움에 몸을 부들부들 떨고 있자, 베르길리우스는 다소 화가 난 듯 말했다.

"자, 보게나. 자네와 베아트리체 사이를 가로막고 있는 유일한 장벽이 이 불꽃이란 말일세."

베아트리체의 이름을 듣는 순간, 단테는 자신도 모르게 정신이 번쩍들며 힘과 용기가 솟구쳤다.

베르길리우스는 미소를 지으면서 마치 사과 하나로 어린아이를 달래듯이 말했다.

"그래도 계속 이곳에 남아 있고 싶은가?"

단테가 외쳤다.

"아닙니다, 스승님! 스승님의 말씀대로 따르겠습니다."

베르길리우스는 스타티우스에게 단테의 뒤를 따르도록 부탁하고 자신이 먼저 앞장서서 불꽃이 이글거리는 곳으로 뛰어들었다. 단테도 스승의 뒤를 따라 두 눈을 질끈 감고 불 속으로 뛰어들었다. 스타티우스도 불 속으로 뛰어들어 단테의 뒤를 따랐다. 그 불꽃이 어찌나

연옥의 불길 앞에 나타난 천사_ 단테는 불길의 장벽 너머에 있는 베아트리체를 만나기 위해 용기를 내어 뛰어든다.

뜨겁던지 차라리 끓는 유황 가마에 들어가서 몸을 식히고 싶을 정도였다.

베르길리우스는 단테에게 용기를 심어주기 위해 계속해서 베아트리체와의 일을 상기시키면서 격려를 멈추지 않았다. 그러자 불길 바깥쪽에서 그들을 인도하려는 듯 노랫소리가 들려왔다. 세 사람은 노랫소리가 들려 오는 방향으로만 정신을 집중하며 걷고 또 걸어서 마침내 오르막길이 시작되는 곳에 이르렀다.

그때 눈앞의 밝은 빛 속에서 목소리가 들려 왔다.

"하느님의 축복을 받은 자들이여, 어서 오너라!"

그 빛이 너무도 강렬하여 세 사람은 모두 그 빛을 바라보지 못하고 시선을 다른 방향으로 돌렸다. 그 목소리는 계속해서 들려왔다.

"이제 태양이 지고 밤이 가까워졌다. 그러니 시간을 허비하지 말고 더 어두워지기 전에 어서 서둘러라!"

단테 일행은 천사의 인도에 따라 서둘러 바위 사이로 난 길을 따라 계속해서 올라갔다. 그리고 마지막 계단에 올라서자 마치 그들이 그곳에 도착하기를 기다리기라도 했다는 듯이 해가 그들의 등 뒤로 지고 있었다.

단테 일행은 밤이 되면 여정을 멈춘다는 원칙대로 그곳에서 일단 휴식을 취하기로 했는데, 지칠 대로 지친 그들은 모두 곤한 잠에 빠져들었다. 사방에는 높다란 바위들이 병풍처럼 둘러쳐 있어서 추위에서 그들을 보호해 주었다.

바위틈에서 바라본 하늘에는 지상 세계에서 본 별들보다 훨씬 더 큰 별들이 밝게 빛났다. 단테는 별들을 바라보면서 지금까지 일어났던 일들을 되새겨보다가 스르르 잠에 빠졌다. 그리고 언제나 사랑의 불꽃으로 타는 듯 보이는 금성의 밝은 빛이 처음으로 동쪽 하늘에서 이들이 머물고 있는 산에 비추기 시작했을 무렵, 단테는 꿈속에서 젊고 사랑스러운 여인이 들판에서 꽃을 따고 있는 광경을 보았다. 그 여인은 노래를 부르고 있었다.

"내 이름을 알고자 하는 자들에게는 누구든 알려드리지요. 내 이름은 레아. 나의 예쁜 손으로 꽃목걸이를 엮으며 하루를 보낸다오. 그렇게 만든 꽃목걸이를 걸고 거울 앞에 서면 난 마음이 기뻐요. 내 동생 라헬은 자신의 아름다운 눈에 반해 온종일 거울 앞에서 떠나려 하지 않지요. 동생은 하느님을 볼 수 있는 자신의 사랑스러운 눈을 좋아하고 나는 덕의 꽃으로 내 몸 단장하기를 좋아한다오."

여기서 레아와 라헬은 라반의 딸로서 둘 다 야곱의 아내가 되었던 여인들이다.

여명의 빛 앞에서 어둠이 사라지고 그와 함께 잠도 사라져 단테는 몸을 일으켰다. 두 지성은 벌써 자리에서 일어나 앉아 있었다.

"세상 사람들이 그토록 찾아 헤매던 달콤한 나무 열매가 자네의 허기진 영혼에 평화를 가져다줄 것일세."

베르길리우스의 이 한 마디는 단테의 불안하던 마음에 힘과 용기를 불어넣어 주었다. 그 덕분에 단테의 몸과 마음은 자신감이 솟구쳐 날아갈 것만 같았다. 단테가 디딘 계단들은 가볍게 뒤로 물러났고 일행은 어느새 가장 높은 계단에 서 있었다. 그때 베르길리우스가 단테의 눈을 보며 말했다.

"단테, 자네는 그동안 영원히 사라지지 않는 지옥의 불도 보았고, 속죄를 씻어내기 위한 연옥의 일시적인 불도 보았네. 이제 자네는 내가 더는 알지 못하는 세계에 온 것일세. 나의 지성과 기술로 자네를 여기까지 데려왔으니 이제는 자네의 기쁨이 자네의 길잡이가 될 것이네. 자네의 이마를 비추는 저 태양을 보게나. 이곳 땅에서 씨앗도 없이 혼자서 솟아나는 풀잎과 꽃, 나무들을 보게나. 날 자네에게 가도록 눈물로 호소하던 저 아름다운 눈을 가진 여인이 기쁨에 찬 얼굴로 자네를 맞으러 올 때까지, 자넨 여기 앉아 있거나 여기저기 마음대로 거닐어도 좋네. 이젠 내 말이나 눈짓을 기다리지 말게나. 자네의 의지는 곧고 바르며 자유로우니 그 뜻대로 해야 할 것이네."

베르길리우스는 단테의 머리에 한 손을 얹더니 말하였다.

"이제 자네의 머리에 왕관과 면류관을 씌워 주겠네."

단테는 드디어 지상 세계의 모든 속박에서 벗어나 자유의 경지에 이르게 되는 한편, 영혼 세계의 최고 지위에 오르게 되었다.

이브의 동산

단테가 마침내 지상낙원의 숲을 거닐게 된다. 한 여인에게서 지상낙원에 불어오는 산들바람과 거기를 흐르는 악을 잊게 하는 레테의 강이며 선을 상기시키는 에우노에 강에 대한 설명을 듣는다. 또한, 일곱 개의 황금 촛대, 스물네 명의 장로, 네 마리의 짐승과 개선 마차를 보게 된다.

　베르길리우스가 말한 대로 단테는 베아트리체가 자신을 맞으러 올 때를 기다리며 초록으로 우거진 아름답고도 거룩한 숲인 이브의 동산을 거닐었다. 꽃향기가 물씬 풍기고 흙이 향내를 내며 사방에 피워 오르고 감미로운 바람이 이마를 스쳤다. 바람에 흔들리는 나뭇가지들 사이로 작은 새들이 날아다니며 재롱을 떨고 있었다.

　단테가 천천히 숲 속으로 들어가자, 그 오른편에는 낙원을 가로지르는 레테의 강이 흐르고 있었다. 청명한 그 강물이 흐르는 모습을 보면서 건너편의 나무들을 살피고 있던 단테는, 한 젊은 여인이 만발한 꽃을 따면서 노래 부르고 있는 모습을 발견하였다. 단테는 그 아름다운 모습과 노래 가사에 이끌려 그에게 가까이 다가와 주기를 청하였다.

　"오, 마음을 비추는 아름다운 얼굴만큼이나 사랑의 빛으로 따스한 여인이여! 조금만 더 이쪽으로 몸을 돌려 이 강물로 다가오셔서 당신의 노랫소리를 들을 수 있게 해 주시오."

그녀는 붉고 노란 꽃들 사이를 사뿐사뿐 단테 쪽으로 춤추듯이 다가왔다. 그녀는 마틸다, 즉 단테가 꿈에서 보았던 레아라는 여인과 꼭 같은 모습을 하고 있었다. 이윽고 강둑에 다다른 그녀가 눈을 들어 단테를 바라보더니 수줍은 듯 다시 얌전하게 눈을 내리뜬 채 아름다운 목소리로 노래를 불러 주었다. 그녀의 얼굴에 가득 찬 미소와 사랑스러운 눈길을 바라보는 순간 단테의 온갖 상념이 일시에 흩어져 버렸다.

사랑의 여신인 비너스가 아들 큐피드가 잘못 쏜 화살에 맞아 아도니스와 사랑에 빠지게 되었을 때, 그녀의 눈망울도 저 여인의 눈동자처럼 맑고 영롱하게 빛나지는 못했으리라.

그녀는 계속해서 씨 없이 자라난 색색의 꽃들을 꺾어 손에 들고 맞은 편에서 미소를 지으며 서 있었다. 강폭은 3피트(약 1m)에 불과했지만, 그 강물을 건널 수 없음에 단테는 탄식했다. 단테가 강을 건너지 못해 안타까움에 빠져 있을 때, 마틸다가 입을 열었다.

"당신은 그 옛날 하느님께서 인간의 보금자리(에덴동산)로 선택하셨던 곳에 방금 도착했습니다. 그러니 서두르실 필요가 없어요. 내가 왜 이곳에서 항상 미소를 지으며 평화로이 노래를 부르고 있는지, 그리고 그 밖에도 알고 싶은 것이 있으면 대답해 드릴게요."

단테는 마틸다의 말에 고마움을 느끼며 어째서 이곳은 자연현상과 모순되는 온갖 변화가 생기는지 모르겠다고 솔직하게 털어놓았다.

"이처럼 물이 흐르고 숲이 속삭이는 등의 자연현상은 내가 이곳 연옥의 산에 대해 들었던 사실과 전혀 다른데, 어찌해서 이곳에서 이 같

에덴동산의 마틸다를 만나는 단테_ 단테가 꿈에서 보았던 레아와 똑같은 여인 마틸다를 만나는 장면이다.

은 일이 일어날 수 있는지 궁금합니다.”

단테는 이미 스타티우스가 쓴 ‘연옥의 책’을 통해 연옥에는 자연적인 현상이 변화가 없다는 것을 알고 있었다. 그렇기에 이곳에서 흐르고 있는 물과 바람, 숲의 움직임을 이해하기 힘들었다.

그녀는 먼저 이곳에서만 느낄 수 있는 바람의 근원에 대해 설명하였다.

“그럼 먼저, 숲의 속삭임에 대해 말씀드리지요. 하느님께서는 흙을 빚어 아담을 만드실 때 그에게 선한 마음을 불어넣어 주시고, 그가 평화를 누릴 수 있도록 지상낙원을 선물로 주셨습니다. 그러나 아담과 이브는 하느님께서 주신 자유의지를 잘못 사용함으로써 이곳에서 오래 살지 못하고 그 죗값으로 즐거움이 슬픔과 탄식으로 뒤바뀌고 말았어요.”

“그렇다면 이곳이 바로 창세기에 나오는 그 에덴동산이요?”

여인은 고개를 끄덕이고 계속해서 말을 이었다.

“연옥의 산이 이토록 높은 것은 저 아래 세상의 자연현상에서 영혼들을 지켜주기 위함입니다. 그러므로 이 연옥의 산에서는 지상에서와 같이 비, 바람, 서리, 눈 등의 자연변화가 미칠 수 없게 되는 것이죠. 그러나 이곳의 공기는 최초의 운동(우주의 모든 운동을 일으키는 원동천의 회전을 말한다. 《신곡》에서 원동천은 천국의 맨 위에 있어 하느님의 의지에 따라 우주의 운동을 관장한다.)에 따라 순환을 시작한 이래 어떤 방해를 받지 않는 한 계속해서 움직이기 때문에 바람을 일으켜 숲의 잎사귀들을 소리 나게 하는 것입니다. 이렇게 해서 일단 흔들린 초목들은 자신의 흔들리는 힘으로 또다시 바람을 일으키고, 그 바람을 빙글빙글 회전시켜 사방으로 흩어버리지요.”

단테는 고개를 끄덕이며 또 하나의 궁금증에 대해 물었다.

“그런데 저 풀과 나무들은 누가 가꾸는 겁니까?”

“지상의 세계에서는 기후와 토양에 알맞은 온갖 식물들이 잉태됩니다. 하지만 이곳에서는 지상에서처럼 씨를 뿌리지 않아도 저절로 땅에서 식물의 싹이 돋아나서 자라지요. 땅이 온갖 씨앗을 가득 품고 있다가 필요할 때마다 자신이 알아서 싹을 틔워 내보내는 것이지요. 당신이 지금 서 있는 성스러운 이곳에는 세상에서 인간이 거둘 수 없는 온갖 종류의 식물들이 열매를 맺고 있습니다.”

단테는 그 외에도 이곳 연옥에 대한 궁금증을 물었고, 그때마다 그녀는 친절하고도 알아듣기 쉽게 설명해 주었다.

사랑에 취한 여인이 사랑을 고백하는 것처럼 그녀가 말을 마치자, 단테는 베르길리우스와 스타티우스를 돌아보았다. 두 지성은 마틸다의 말이 만족스럽다는 듯이 만면에 미소를 가득 담고 있었다. 마틸다는 곧 강변을 끼고 상류로 걷기 시작했다. 단테는 그녀의 종종걸음에 보조를 맞추며 그 뒤를 쫓았다.

“나의 형제여, 저 앞을 보세요. 그리고 귀를 기울이세요.”

마틸다가 멈춰 서며 단테에게 말했다. 그와 동시에 번개와도 같은 섬광이 비추면서 하늘을 빛나게 했고 한가락 감미로운 곡조가 흘러나

왔다. 단테가 빛과 곡조 사이를 따라 몇 걸음 옮기자 빛은 더욱 밝게, 곡조는 더욱 분명하게 들려오기 시작했다. 이때, 빛이 찬란하게 비추는 저 뒤편으로 일곱 그루의 금빛 나무가 보였다. 아니, 그것은 나무가 아니라 황금으로 만든 일곱 개의 촛대였다. 노랫소리는 바로 그곳에서 흘러나오고 있었다.

"거룩, 거룩, 거룩! 하늘과 땅에 가득한 그 영광, 저 높은 곳에 호산나!"

단테가 감동에 찬 얼굴로 마틸다를 바라보자 그녀는 부드럽게 미소 지으며 그 황금촛대에 대해 설명해 주었다.

"저것은 일곱 교회를 상징하는 것으로서 각각 슬기, 통달, 의견, 지식, 영기, 효경, 경외심을 나타내고 있지요."

황금 촛대의 행렬은 그들 쪽으로 가까이 다가오고 있었고, 그 행렬 뒤에는 새의 깃털보다도, 그리고 흰 눈보다도 더 새하얀 옷을 입은 많은 사람이 따르고 있었다. 맑고 투명한 강물은 단테의 왼편에서 여전히 밤하늘의 별처럼 반짝였다.

단테는 행렬이 가까워져 오자 그들의 촛대가 혜성처럼 긴 빛줄기를 남기고 있는 것을 보았다. 무지개빛깔의 긴 빛의 꼬리는 끝이 보이지 않을 정도로 장관을 연출하고 있었다. 그 빛줄기 아래에 스물네 명의 장로가 순수한 신앙과 교의를 상징하는 백합꽃을 머리에 두르고 두 명씩 짝을 지어 성모 마리아를 찬송하며 따라왔다. 여기서 '스물네 명의 장로'는 구약성서 24권을 뜻한다.

"은총을 가득히 받은 자여! 기뻐하라. 모든 여인 가운데 가장 복되시도다."

이는 대천사 가브리엘과 사촌 언니이자 세례자 요한의 어머니였던 엘리사벳이 성모 마리아에게 드린 인사말이었다.

장로들은 모두 노래를 계속했다.

"아담의 모든 딸 중에서 당신은 가장 복되도다. 당신의 아름다움은 영원토록 축복받으리다."

성모 마리아를 찬양하며 장로들이 강 건너편 기슭의 꽃들과 푸른 풀을 밟으며 사라지자, 이번에는 푸른 잎으로 만든 관을 머리에 쓴 네 마리의 짐승이 잇달아 모습을 드러냈다. 네 마리의 짐승은 각각 등 쪽에 여섯 개의 날개를 달고 있었는데, 그 날개마다 눈들이 가득 박혀 있었다. 단테는 그것을 보면서 백 개의 눈을 가졌다는 괴물 아르고스를 연상했다.

그것을 보며 소스라치게 놀라는 단테를 바라보며 베르길리우스가 말했다.

"저 짐승은 성경의 에스겔 1장 4절 이하에 나타나 있듯이 사자, 황소, 사람, 독수리를 말하며, 또 한편으로는 사대 복음, 즉 마태복음, 마가복음, 누가복음, 요한복음을 상징하기도 한다네. 그리고 머리에 쓴 푸른 잎으로 만든 관은 예수 그리스도에 대한 희망을 나타내고, 또 날개 아래로 보이는 사람의 손은 빠르게 전파되는 복음을 뜻하는 것이고, 날개에 달린 수많은 눈은 복음의 진리가 모든 사물에 적용된다는

그리핀의 행렬_ 스물네 명의 장로와 그리핀이 이끄는 황금촛대의 행렬이 등장하는 장면이다.

의미를 나타낸 것일세."

　네 마리의 짐승들로 둘러싸인 한가운데에 커다란 바퀴가 두 개 달린 수레가 보였다. 그 수레는 상체가 독수리이며 하체는 사자의 형상을 한 그리핀이 끌고가고 있었다. 그리핀의 몸에도 역시 세 쌍의 날개가 달려 있었는데, 날개가 부딪치지 않도록 모든 날개가 하늘을 향해 뻗어 있었다. 이 날개들은 매우 길었고 머리와 함께 금으로 치장되어 있었다. 마차는 스키피오나 아우구스투스 황제의 승리를 기념하던 로마의 개선 마차보다도 훨씬 멋졌고 태양의 수레라도 그에 미치지는 못할 듯싶었다.

　베르길리우스는 단테에게 수레에 대해서 설명해 주었다.

　"수레는 교회를 상징하고 있고 두 개의 수레바퀴는 구약과 신약 또는 성 도미니쿠스와 성 프란치스코를 상징하기도 한다네. 그리고 또 수레를 끌고 있는 저 그리핀은 신성과 인성을 함께 지니고 계신 예수님을 상징하고, 독수리 형상의 상반신은 황금빛으로 찬란히 빛나는 신성을 나타내며, 사자 형상의 하반신은 인성을 나타낸다네."

　또한, 마차의 오른편에는 각각 흰색, 초록색, 빨간색 옷을 입은 세 여인이 노래하고 춤을 추며 따라오고 있었다. 그중에서 흰색 옷을 입은 여인은 방금 내린 눈보다도 더 새하얗게 보였고, 붉은 색상의 옷을 입은 여인은 어찌나 빨갛던지 불에 들어가 있어도 거의 알아볼 수 없을 정도였으며, 또 다른 한 여인은 살과 뼈가 마치 초록빛 에메랄드로 만들어진 듯 보였다.

마차의 왼편에는 네 명의 여인이 자주색 옷을 입고서 경쾌하게 춤을 추었다. 그들 가운데서 머리에 세 개의 눈을 가진 여인이 세 명의 여인을 이끌고 있었다.

수레 양쪽에 나뉘어 서 있던 일곱 여인의 뒤로는 두 명의 노인이 따르고 있었다. 한 노인은 히포크라테스처럼 의사의 복장이었고, 다른 한 노인은 손에 예리한 칼을 든 전사의 복장을 하고 있었는데, 두 사람 모두에게서 엄숙하고 점잖은 분위기가 풍겼다. 그리고 또 그들 뒤로는 검소한 차림을 한 네 노인이 따라오고 있었고, 그 뒤로 날카로운 인상의 노인 하나가 꾸벅꾸벅 졸면서 걸어오고 있었는데, 그들 일곱 노인 모두는 앞서 지나갔던 스물네 명의 장로들처럼 흰옷을 입고 있었지만, 머리에는 새하얀 백합 화관 대신 붉은 장미 화관을 쓰고 있었다. 단테가 베르길리우스를 바라보며 물었다.

"스승님, 저 여인들과 노인들의 모습에도 그 어떤 특별한 의미가 담겨 있습니까?"

"그렇다네. 저 세 여인 중에서 흰색은 믿음을, 초록색은 소망을, 그리고 빨간색은 사랑을 나타내며, 자주색 옷을 입은 왼편의 네 여인은 각기 지혜, 정의, 절제, 용기를 나타내고 있다네. 이들 가운데 세 개의 눈을 가진 여인은 지혜의 여신으로서 과거, 현재, 미래를 꿰뚫어 볼 수 있는 혜안을 갖고 있다네. 그래서 이 지혜의 여신이 나머지 정의, 절제, 용기의 세 덕을 이끄는 것일세. 그리고 그녀들의 뒤를 따르는 다섯 명의 노인은 무엇을 나타낼까?"

단테가 뒷머리를 긁적이며 입을 열었다.

"글쎄요. 스승님께서 말씀해 주시지요."

"의사 복장의 저 노인은 의사이자 사도행전을 썼던 성 누가이고, 다른 한 분은 로마서를 쓴 성 바울이라네. 그리고 그 뒤를 따르는 검소한 차림의 네 명의 노인은 신약성서의 서간문, 즉 야고보서, 베드로서, 요한1 · 2서, 유다서를 집필한 네 명의 사도를 나타낸다네. 그리고 맨 마지막에 꾸벅꾸벅 졸면서 따라오는 노인은 요한계시록을 쓰신 분이지. 그는 명상에 잠겨 있기에 겉으로는 저렇게 졸고 있는 것처럼 보여도 사실은 그렇지 않네. 내면에는 항상 예리한 통찰력으로 밝게 빛나고 있지."

"그렇군요. 그럼 저분들이 쓰고 있는 갖가지 화관은 어떤 의미를 내포하고 있는지요?"

"먼저 백합의 흰색은 예수님께서 오실 것에 대한 믿음, 즉 신앙심을 나타낸 것이고, 잎사귀의 푸른색은 복음서의 정신으로 희망이 채워졌음을 뜻하며, 장미의 붉은색은 사랑을 나타낸 것이라네."

궁금증이 모두 풀린 단테의 얼굴은 기쁨으로 가득 차 올랐다.

바로 그때, 천둥소리와도 같은 굉음과 함께 그 화려하고 장엄한 행렬이 일시에 멈춰섰다.

베아트리체의 영접

일제히 천사들이 노래하고 꽃이 구름처럼 주위 가득히 뿌려졌을 때, 수레 위에서 기품 있는 베아트리체가 모습을 드러낸다. 단테는 실로 10년 만에 베아트리체의 웃는 얼굴을 본다. 하지만 단테는 지옥에서부터 자신을 안내한 베르길리우스가 자신의 곁을 떠나가는 걸 보고 슬퍼한다.

일곱 개의 황금촛대가 멈추자 장로들이 일제히 수레를 향했다.

한 장로가 큰소리로 외쳤다.

"오, 나의 신부여, 레바논에서 나오라."

그가 큰 소리로 세 차례 반복하여 외치자, 나머지 장로들이 일제히 응답하듯 따라 외쳤다.

"오, 나의 신부여! 어서 레바논에서 나오라."

마지막 심판 날에 축복받은 자들이 할렐루야를 외치며 무덤을 박차고 나오듯, 천사의 무리가 장로들이 지녔던 촛대를 건네받으며 응답했다.

하루를 시작하는 동편 하늘이 온통 장밋빛으로 물들고 태양의 표면은 만개로 덮여 빛이 줄어들던 그때, 천사들이 뿌려대는 꽃들 사이로 한 여인이 아름다운 자태를 드러내며 수레에서 내렸다.

여인은 하얀 베일을 두르고 올리브 잎으로 만든 화관을 쓴 채, 푸른 망토를 불꽃처럼 빨간 옷 위에 받쳐 입고 있었다. 단테는 신비감에 압도되어 한눈에 그녀의 정체를 눈치채지는 못했지만, 그녀에게서 풍겨 나오는 연모의 불꽃에서 옛날과 변함없는 사랑의 힘을 느꼈다. 하지만 단테는 그 느낌의 정체가 정확히 무엇인지 알 수 없어서 가르침을 요청하기 위해 베르길리우스에게로 고개를 돌렸다. 그러나 베르길리우스는 그의 곁에서 서서히 사라져가고 있었다. 단테는 그 광경이 너무 가슴 아파서 북받치는 슬픔을 억누르지 못하며 하염없이 눈물을 흘렸다.

단테는 자신을 인도하던 스승과 영원한 작별을 한 것이었다.

바로 그때, 여인의 목소리가 들려왔다.

"그대여, 울면 안 됩니다. 베르길리우스가 떠나갔다고 울고 계시면 안 됩니다. 저를 보세요. 저는 그대를 기다리고 있었습니다. 그대는 이곳에 오신 이유를 잊으셨습니까? 여긴 축복받은 자들만이 들어오는 곳이라는 걸 모르고 계셨나요?"

단테는 그녀가 누구인지 직감적으로 첫눈에 알아보았다.

흰색의 믿음, 초록색의 소망, 붉은색의 사랑, 이 세 가지 덕목을 갖춘 옷을 입고 지혜와 평화의 올리브 잎 왕관을 쓰고 나타난 그 여인은 바로 꿈에도 잊지 못할 여인, 바로 베아트리체였다! 하지만 아직 죄를 다 씻어내지 못한 자신의 모습이 그녀의 신비와 권능에 압도되어 너무도 초라하게 느껴졌다.

'오, 나의 영원한 신부, 베아트리체여!'

하지만 그 말은 가슴과 입안에서만 맴돌 뿐 입 밖으로 말이 되어 나오질 못했다. 단테는 무섭거나 위로가 필요해서 어머니에게 꾸중듣는 어린아이처럼 발밑을 쳐다보고 있을 수밖에 없었다. 그러자 베아트리체가 수레의 가장자리에 서서 천사들을 돌아보며 말했다.

"당신들은 빛 속에 계시므로 모든 것을 바로 알 수 있으시지요? 저기서 울고 있는 분이 슬픔에서 깨어나 죄와 괴로움의 무게가 같아진다는 사실을 깨닫게 도와주세요. 저는 길동무를 보내 지옥에서 이곳에 이르기까지 온갖 모습을 보여주는 것 말고는 저분을 구할 다른 방법이 없습니다. 이제, 눈물을 동반한 뉘우침 없이 레테의 강을 건너고 그 물을 맛보는 사람이 있다 하더라도 지고하신 하느님의 율법이 깨어지는 것은 아닐는지요."

천사들에게 말을 마친 베아트리체는 이번엔 단테에게 다정한 목소리로 말했다.

"오, 강 건너편에 계신 단테여! 말해 보세요. 내 말이 맞나요? 어서 말해 보세요. 그렇다면 이제 당신은 고백과 참회로써 죄를 씻어내야만 합니다."

그러나 단테는 아직도 슬픔에서 벗어나지 못하고 무엇인가 대답하려 했으나 입술을 조금도 움직일 수 없었다.

"뭘 그렇게 골똘히 생각하고 계시나요? 당신 안에서 숨 쉬고 있는 슬프고 죄스러운 추억들이 아직도 지워지지 않았나요?"

베아트리체가 채근하였지만, 단테는 겨우 짧게 대답하였다.

베아트리체를 만나는 단테_ 단테가 꿈에 그리던 여인 베아트리체를 만나는 장면이다.

"그렇소."

말을 마친 단테는 눈물과 한숨을 쏟아 놓았다.

"당신이 고백해야 할 죄를 부정하거나 입을 다물어 버린다 해도 당신의 죄가 지워지는 것은 아닙니다. 심판관이신 하느님께서 모두 다 알고 계시니까요. 죄인 스스로 자신의 죄를 깨닫고 뉘우칠 때는 심판이 엄하지 않습니다. 마치 숫돌의 바퀴가 칼날을 거슬러 반대로 돌아가면 그 날이 무뎌지는 것처럼 말입니다. 그러니 어서 눈물을 거두고 제 말을 잘 들으세요. 제가 죽고 나서 당신의 그 욕망을 부채질한 것이 무엇이죠? 세상의 쾌락과 죄악이 얼마나 달콤했기에 하느님의 사랑과 제 기도마저 외면한 채 그것들에 빠지셨나요?"

그녀의 계속되는 질문에 대해 마치 잘못을 저지른 어린아이가 시선을 땅으로 내리깔고 묵묵히 서서 듣기만 하며 제 잘못을 인정하고 뉘우치듯 단테 역시 그렇게 서 있을 뿐, 달리 그 어떤 대답을 할 수가 없었다.

"제 말을 듣기만 해도 괴로우신 모양인데, 지금이라도 늦지 않았으니 지난날 당신이 저지른 그 수치스러운 죄들을 가슴 깊이 느끼고 회개하세요. 설사 요녀 세이렌에게 그 어떤 쾌락의 유혹을 받게 되더라도 절대 흔들리지 말고 마음을 더욱 굳게 가지도록 노력하세요."

베아트리체의 말속에는 단테에 대한 간절한 소망이 담겨 있었다. 그녀는 단테에게 부드럽고도 인자한 목소리로 말했다.

"이제 그만 눈물을 거두고 제 말을 들어보세요. 당신은 제가 죽어 땅

속에 묻힌 이후 그런 타락의 늪에 빠져든 거예요. 저의 아름다웠던 육체만큼 당신의 눈을 기쁘게 해 줄 그 무엇이 세상엔 없었던 거죠. 그런데 왜 저의 죽음으로 깨달은 세상의 덧없음과 상처받았던 그 마음을 또다시 그 헛되고 헛된 현실의 것들로 채우려고 하셨나요? 당신은 세상의 모든 유혹에서 벗어나 영원한 생명을 누리는 천국을 사모해야만 했습니다."

단테는 그녀의 말을 들으면서 천국과 지옥의 선택은 결국 자신의 의지에서 비롯됨을 다시 한 번 명확히 깨달을 수 있었다. 단테가 마치 부모에게 꾸지람을 듣는 어린아이처럼 고개를 푹 숙인 채 말없이 땅바닥만 내려다보고 있자 베아트리체가 말했다.

"스스로 부끄러움을 느꼈다면 그렇게 땅바닥만 내려다보지 마시고 수염을 치켜들고 이쪽을 똑똑히 바라보세요. 당신은 천국의 아름다움을 보면서 지금껏 현세의 쾌락과 행복만 좇은 사실에 대해 부끄러움을 느끼고 회개해야만 합니다."

그런 말을 듣고 고개를 치켜든다는 것은 참으로 고통스럽고 힘든 일이었다. 더욱이 '얼굴'이라고 하지 않고 '수염'이라고 한 그녀의 말에는 '어린아이처럼 굴지 말고 수염이 난 어른답게 행동하라'는 핀잔이 담겨 있었다.

단테가 어렵사리 고개를 들어 베아트리체를 바라보았을 때, 그녀에게 꽃잎을 뿌리던 천사들은 어느새 움직임을 멈추고 서 있었다. 아직도 눈물로 시야가 흐려져 있는 그의 눈동자에 아름답고 자애로운 베아트리체의 모습이 들어왔다. 그녀는 신성과 인성을 동시에 갖춘 그 리핀과 마주 바라보고 서 있었다. 현세에 사는 동안 그 누구보다도 아름다웠던 베아트리체는 이곳에서의 모습이 살아 있을 때의 모습보다 훨씬 더 아름다웠다.

한동안 그녀의 모습을 물끄러미 바라보고 있자니 그녀와의 사랑을 깨뜨리게 하였던 세상에서의 허무한 쾌락이 원망스럽기만 했다. 또한, 한 여인의 사랑으로부터 외면당하게 한 그 모든 죄악 역시 증오스러웠다.

후회와 한탄으로 괴로워하며 몸부림치는 동안 죄책감이 혈관 속, 뼛속으로 파고들어 날카로운 비수처럼 그의 심장에 꽂혔다. 순간, 그는 정신이 아찔해지면서 그 자리에 털썩 쓰러지고 말았다. 그러고 나서 얼마쯤이나 흘렀을까? 그가 정신을 차리고 눈을 떠 보니 어찌 된 영문인지 자신이 강물에 잠겨 목만 내민 채 숨을 헐떡이고 있었다. 그리고 한 여인이 물 위에서 자신을 내려다보고 있었다.

"아, 당신은 들에서 꽃을 꺾고 있던 마틸다가 아닌가요?"

마틸다는 단테가 정신을 차린 것을 보고 기뻐하며 말했다.

"팔을 뻗어 나를 단단히 붙드세요."

단테가 그녀의 말대로 팔을 뻗어 그녀의 손을 붙들자, 신기하게도 그의 몸이 나뭇잎처럼 가벼워지면서 물 위를 사뿐사뿐 걸어나갈 수 있었다. 그가 레테 강을 건너 강기슭에 도착했을 때, 베아트리체의 아름다운 천상의 기도 소리가 들려왔다.

레테의 강물을 마시는 단테_ 단테가 기억을 잊게 하는 레테의 강물을 마시는 장면이다.

"우슬초로 나를 정결하게 하소서. 내가 정하리다. 나의 죄를 씻어주소서. 내가 눈보다 희리다."(시편 51편 7절) 그녀의 목소리는 뭐라 형용할 수 없을 정도로 고결하고 아름다웠다.

마틸다는 두 팔을 벌려 단테의 머리를 껴안고 레테 강물이 입술에 닿을 만큼 깊숙이 밀어 넣었다. 그래서 그는 자연스럽게 물을 마실 수밖에 없었다.

잠시 후 마틸다는 강물 속에서 그를 건져내어 흠뻑 젖은 채로 네 명의 천사가 춤추는 곳으로 데려갔다. 그러자 그 천사들은 단테의 손을 잡아끌며 환영해 주었다.

그들 가운데 한 천사가 단테에게 말했다.

"지금은 우리가 이렇게 요정의 모습을 하고 있지만, 하늘에서는 별이지요. 베아트리체님이 세상에 내려가시기 전부터 저희는 그분의 시녀였습니다."

그러자 또 다른 천사가 그녀의 말을 받았다.

"저쪽의 세 여인이 당신을 하느님께로 인도해 주실 거예요. 그리고 저기 좀 보세요, 기쁨이 가득한 눈빛으로 당신을 바라보고 계시는 베아트리체님의 모습을!"

네 명의 천사는 단테를 베아트리체 앞으로 데리고 가서 말했다.

"당신이 그토록 간절히 만나기를 소망하셨던 베아트리체님이십니다. 자, 이제 마음껏 바라보세요."

단테가 불길보다도 더 뜨거운 열정에 휩싸인 채 베아트리체를 뚫어져라 바라보았지만, 그녀는 눈 한 번 깜박이지 않고 그리핀에게만 시선을 집중하고 있었다.

단테가 베아트리체의 눈동자를 응시하고 있는 동안, 또 다른 세 명의 여인이 나타나더니 자신들의 노랫소리에 맞춰 우아하게 춤을 추며 말했다.

"오, 베아트리체님이시여! 그 거룩한 눈을 그대에게 충실한 단테님에게로 돌리세요. 당신을 만나기 위해 머나먼 곳에서 오셨잖아요. 그로 하여금 당신의 숨겨진 두 번째 아름다움까지도 보게 해 주세요."

여기서 '두 번째 아름다움'이란 베아트리체의 미소로 나타나는 구원을 일컫는다. 첫 번째 아름다움은 에메랄드 빛 눈의 아름다움으로서 지혜와 진실을 나타낸다면, 미소는 그 지혜가 펼쳐지는 빛을 상징한다. 그것은 온 인류의 구원이다.

단테는 마음속으로 외쳤다.

'오, 영원히 살아 있는 빛의 광채여! 파르나소스의 샘물을 마음껏 마시고 그 산의 그늘 밑에서 쉬고 있는 시인이라 해도 이처럼 거룩하고 신비롭게 빛나는 베아트리체의 아름다운 모습을 그대로 그려내지는 못하리라!'

단테는 십여 년 동안의 갈증(단테는 베아트리체가 죽은 지 10년 만에 만났다.)을 풀고 싶은 마음에 그녀를 하염없이 바라보았다. 그는 그녀의 거룩한 미소에 이끌려 옛날 자신을 사로잡던 그 친근한 매력에 도취되어 버렸다. 그의 눈에 들어오는 것은 오로지 그녀의 모습뿐이었고, 다

세 여인의 춤 _ 베아트리체와 함께 나타난 세 여인의 형상은 그리스 신화의 삼미신을 의미한다.

른 신체 감각들은 모두 마비된 것 같았다.

"베아트리체님의 아름다운 모습에 아주 푹 빠져드셨군요."

단테는 웃음 섞인 그 목소리를 듣고 나서야 세 여인 쪽으로 시선을 돌렸지만, 태양을 정면으로 오랫동안 응시하다가 눈길을 돌린 것처럼 잠시 동안 아무것도 볼 수 없었다.

잠시 후 단테의 시력이 다시 회복되었을 때, 그의 눈에 수레 행렬이 보였다. 베아트리체의 몸에서 발산되는 거룩한 빛이 그 위를 비추고 있었다. 일곱 개의 황금촛대의 뒤를 따르는 스물네 명 장로의 행렬은 레테 강물을 따라 서쪽으로 움직이다가 지금 막 솟아오른 태양을 마주 보고 동쪽으로 방향을 틀고 있었다. 그 모습은 마치 전장(戰場)에서 적의 공격을 피해 방패와 깃발 뒤에 장수를 숨기는 모습과도 같았다.

그 행렬은 우리를 지나쳐 앞서 나갔다. 어느새 일곱 여인은 수레 바퀴 옆으로 가서 마차를 따라갔고, 단테와 스타티우스는 마틸다와 함께 그녀들의 뒤를 따라갔다. 뱀의 유혹에 넘어갔던 여인(이브)의 죄로 말미암아 황폐해진 숲을 가로지르며 나아가는 동안, 그들의 발길은 하늘에서 들려오는 노랫소리에 맞추고 있었다. 시위를 떠난 화살이 미치는 거리보다 세 배는 될 만큼 걸어갔을 때, 베아트리체가 수레에서 내렸다. 그러자 주위에 있던 일곱 여인이 일제히 '아담!' 하고 외쳤다. 그것은 이브의 꼬임에 넘어가 선악과를 따먹은 아담의 죄를 책망하는 듯한 외침이었다.

잠시 후, 그들은 꽃도 잎도 다 떨어져서 볼품없이 앙상하지만 커다란 나무 주위를 에워쌌다. 나무가 얼마나 높던지 화살을 쏘아도 그 끝에 미치지 못할 정도였는데, 위로 올라갈수록 가지가 더욱 넓게 퍼져 있었다. 그때 장로 중의 한 사람이 말했다.

"이 맛있는 나무를 부리로 쪼지 아니한 그리핀이여, 그대는 축복을 받으셨나이다."

이 말은 아담처럼 선악과를 따먹지 않고 하느님의 명령에 순종했던 예수 그리스도를 칭송하는 것이었다. 그러자 또 다른 장로가 화답했다.

"모든 정의의 씨는 이렇게 보존되느니라."

하늘에서는 태양이 강렬한 빛을 뿜어내고 있었다. 온갖 초목들이 무성하게 자라나는 계절이었지만, 앙상한 그 나뭇가지들에서는 장미꽃보다는 못하고 오랑캐꽃보다는 진한 꽃이 피어나고 있었다. 단테는 그 꽃들을 바라보면서 천사들이 부르는 감미로운 찬미소리에 귀를 기울였다. 지금까지 한 번도 들어보지 못한 노랫소리였다. 단테는 그 노랫소리에 빠져들어 스르르 잠이 들었다.

한참 꿈속에서 헤매던 단테를 마틸다가 흔들어 깨웠다.

"어서 일어나세요. 지금 무얼 하고 계시는 거예요?"

단테는 주변을 잠결에 두리번거리면서 베아트리체의 행방을 물었다. 마틸다가 손가락으로 가리키는 곳을 바라보니 커다란 나무 밑에 베아트리체가 수레 옆에서 황금촛대를 들고 있는 일곱 여인에게 둘러싸여 앉아 있었다.

베아트리체와 눈이 마주치자, 그녀가 단테에게 말했다.

"잘 보세요, 저 수레가 어떻게 변하는가를. 그리고 지상으로 돌아가시거든 여기서 본 것을 세상 사람들에게 그대로 전해서 죄악에서 구원받을 수 있게 하세요."

그때 '독수리(로마제국)' 한 마리가 번개처럼 재빠른 속도로 '나무(하느님의 정의)'에 돌진하여 새로 돋아난 잎사귀며 꽃, 껍질까지 쪼아 모조리 망가뜨려 버렸다. 그러고는 온 힘을 다해 수레를 들이받았다. 이 때문에 '수레(교회)'는 마치 폭풍우에 휘말린 '배(교회)'가 중심을 잃고 양쪽으로 마구 흔들리듯 기우뚱거렸다. 그다음엔 먹이라고는 평생 입에도 대보지 못한 듯 보이는 '뼈와 가죽만 남은 여우(진실한 교리의 양식을 먹지 못했음을 의미한다.)' 한 마리가 달려들었으나, 베아트리체가 세차게 내쫓았다('베아트리체가 여우를 쫓아냈다'는 말은 그리스도가 이단에게서 교회를 지키도록 남긴 지혜를 가리킨다). 이어서 독수리가 수레의 궤 안으로 날아가 앉더니 부리로 '황금 깃털'(로마의 콘스탄티누스 황제가 교회에 엄청난 양의 재물을 헌납하여 교회가 세속적인 부와 권력을 쌓아 올리는 계기가 된 것을 뜻한다.) 몇 개를 뽑아놓고 날아가 버렸다. 그러자 하늘에서 애끓는 목소리가 들려 왔다.

"나의 작은 배여, '불행한 짐(교회에 헌납된 그 재물을 가리킨다.)'을 실었구나."

그다음에는 바퀴와 바퀴 사이로 땅이 열리더니 '용(마귀)' 한 마리가 올라오더니 자신의 꼬리를 수레에 찔러 넣는 것이었다. 마치 말벌이

궁둥이를 움츠려 말아 넣어 침을 꽂고 독을 주입하듯 용은 독이 스민 꼬리를 말아 들여 수레의 한 부분을 떼어 내더니 흡족한 듯 바라보다가 사라져 버렸다(마귀가 나타나 교회의 근본을 뒤흔드는 것을 비유한 말이다. 역사적으로 7세기에 교회를 위협한 무함마드를 가리킨다). 그러자 수레의 이쪽 바퀴와 저쪽 바퀴, 그리고 끌채까지 순식간에 그 깃털로 수북하게 덮여 동산을 이루었다.

그런데 어느 한순간 깃털로 덮인 거룩한 수레의 여기저기서 짐승의 머리 모양을 한 것들이 나타났는데, 굴대에서 셋, 그리고 네 모서리마다 하나씩 나타났다. 세 머리에는 황소처럼 뿔이 났지만 네 머리에는 뿔이 하나만 있었는데, 이런 괴물은 그 누구도 본 적이 없었으리라. 베아트리체의 말에 따르면, 일곱 개의 머리는 베아트리체를 지키는 일곱 여인에 상응하는 일곱 개의 대죄를 가리키며, 세 머리에 난 뿔들은 각기 교만, 질투, 분노와 같은 하느님을 모독하는 정신적인 죄를, 네 머리에 난 뿔들은 탐욕, 나태, 탐식, 색욕 같은 육체적인 죄를 가리킨다고 했다.

마지막으로 '흉포한 창녀(타락한 교회를 장악하고 있는 교황 보나파시오 8세)'가 수레 위 뿔난 일곱 짐승의 꼭대기에 거만하게 앉아 끊임없이 추파를 던지고 있었다. 그 옆에는 '거인(프랑스 국왕 필리프 4세)'이 수차례 입을 맞추고 있었다. 그들은 미친 듯이 날뛰며 수레를 나뭇가지에서 풀어 숲 속으로 끌고 들어갔다.

에우노에 강물을 마시다

단테는 악을 망각하는 레테의 강물을 마셔 기억이 흐려졌다. 베아트리체는 마틸다에게 부탁하여 단테를 선을 상기시키는 에우노에 강물을 마시게 하여, 봄에 푸른 잎으로 새 옷을 갈아입은 나무처럼 활력을 얻어 천국에 오를 준비를 마친다.

"주여, 이방인들이 왔습니다."

세 여인과 네 여인은 서로 번갈아가며 입을 맞추어 감미로운 성시를 노래했다.

베아트리체는 마치 성모 마리아가 십자가 아래서 쏟아낸 비탄에 못지않은 큰 한숨을 내쉬며 근심 어린 표정으로 그들의 노래를 들었다. 일곱 여인이 노래를 마치자, 베아트리체가 벌떡 일어서서 상기된 얼굴로 여인들에게 말했다.

"사랑하는 자매들이여, 잠시 후에 그대들은 나를 보지 못할 것이나 머지않아 곧 다시 보게 될 것입니다."

그녀의 말은 예수 그리스도가 세상을 떠나기 전에 제자들에게 작별을 고하는 말과도 같았다. 베아트리체의 이 말 속에는 일곱 여인의 노래에 대한 화답인 동시에 교회의 부패와 타락으로 현재는 구원을 받지 못하고 있지만, 하느님께서 다시 반듯하게 교회를 세워 그 영광을 드러내게 될 것이라는 확신을 담고 있었다.

그녀는 일곱 여인을 앞세우고 단테와 마틸다 그리고 스타티우스에게 눈짓을 하며 자신의 뒤를 따르도록 했다. 그리고 불과 열 걸음쯤 걸어갔을 때, 베아트리체가 뒤돌아보며 평온한 표정으로 말했다.

"좀 더 빨리 오세요. 당신과 얘기하고 싶으니 내 말이 들릴 만큼 가까이 오세요."

단테가 가까이 다가서자, 그녀가 인자한 목소리로 말했다.

"당신은 어찌 나와 함께 걸어가면서도 아무것도 묻지 않지요? 궁금한 것이 있으면 주저하지 말고 물어보세요."

그러나 단테는 어른 앞에 선 어린애처럼 온몸이 떨리고 혀가 굳어져 말이 나오지 않았다. 단테는 간신히 정신을 수습하고 나서 한 마디 우물거리며 내뱉었다.

"그대여, 당신은 이미 내가 무엇을 원하는지 다 알고 계시지 않소?"

단테의 말을 들은 베아트리체가 말했다.

"이제부터 두려워하거나 부끄러움에서 완전히 벗어나야 해요. 그래야만 꿈꾸는 사람처럼 우물우물하며 말하지 않을 테니까요."

단테는 그 말에 용기를 얻어 궁금했던 것에 대해 질문했다.

"거룩한 여인이여! 앞서 수레를 끌고 숲 속으로 들어간 보나파시오와 필리프는 어떻게 되는 것입니까?"

베아트리체는 한번 뱀이 깨뜨린 그릇(교황청의 아비뇽 이전을 가리킨다.)에 대하여 없었던 일로 되돌릴 수는 없으며, 반드시 하느님의 복수가 따르게 될 것임을 예고했다. 이어서 수레에다 자신의 깃털을 뽑아 놓고 간 독수리가 괴물로 변했다가 나중에 미끼가 되었지만, 그 후예가 반드시 나타나게 될 것이라고 일러주었다. 그리고 때가 되면 하느님이 보내신 사자가 징벌을 내리게 될 것이라고 말했다.

"어쩌면 지금 내 말이 스핑크스의 수수께끼처럼 모호하게 들려서 당신을 혼란스럽게 할지 모르겠지만, 곧 풀리게 될 테니 너무 걱정하지 마세요."

그리고 지상으로 돌아가거든 이곳에서 두 번이나 수난(아담으로 말미암은 수난과 독수리로 상징되는 로마제국에 의한 수난)을 받은 나무가 있었다는 사실을 정확하게 전달하여 세상 사람들로 하여금 구원의 길로 들어설 수 있도록 하라고 신신당부했다.

이는 하느님의 정의를 상징하는 선악과에 대한 교훈이었다. 아담은 하느님의 계명을 어기고 이브의 꼬임에 넘어가 금단의 열매인 선악과를 따먹고 말았다. 그 죄로 아담은 에덴동산에서 추방된 이후 5천 년 이상이나 벌을 받은 끝에 구원 받을 수 있었다.

단테가 그녀에게 재차 물었다.

"선악과나무는 왜 그렇게 높고 위로 올라갈수록 꼭대기가 구부러져 있는지요?"

그러자 베아트리체가 말했다.

"그 이유를 모르겠다면 그건 당신의 정신이 잠들어 있기 때문입니다. 당신이 죄에 물들어 있지 않다면 곳곳에 하느님의 정의가 숨 쉬고 있음을 깨달았을 겁니다. 당신은 지금 정신이 흐려지고 지성이 위축되어 있습니다. 그래서 이곳의 일들을 머릿속에 기억했다가 나중에 지상 세계로 가서 기록하기 쉽지 않을 거예요. 그러므로 순례자들이 기념으로 지팡이에 종려나무가지를 감고 돌아가듯이 순례의 여정을 몸에 체득해 가세요. 하늘나라의 일은 지상의 일과 달리 그 이치가 매우 깊고 넓고 기묘해서 머리만으로 기억한다는 것은 거의 불가능합니다."

"당신의 그 말을 깊이 새겨두겠소. 그런데 당신의 말이 종종 내 이해의 한계를 넘어서고 있으니, 이 무슨 까닭이란 말이오?"

"세상의 학문만으로는 천국의 교리를 이해할 수 없기 때문입니다. 이는 하늘이 땅보다 높은 것과 같고, 내가 가리키는 길이 당신의 길보다 높으며, 내 생각이 당신의 생각보다 높기 때문입니다."

그러면서 베아트리체는 단테가 레테의 강물을 마셨던 사실을 상기시키며, 망각이야말로 단테가 죄를 지었음을 역설적으로 증명하는 것이라고 질책했고, 아직도 마음속에서 교만을 버리지 못하고 세상의 욕망에 집착하고 있다며 꾸짖었다.

단테는 뭐라고 변명할 말을 찾지 못하고 부모에게 꾸지람을 받는 어린아이처럼 머리를 숙이고 땅바닥만 바라보았다.

정오 무렵, 태양이 그들의 머리 위에서 느리게 운행하고 있었다. 단테는 커다란 샘을 발견하고 발걸음을 멈추었다. 샘에서 솟아난 물이 두 갈래로 나뉘어 흘러가고 있었다. 그 모습을 보고는 단테가 베아트

에우노에 강물에 잠긴 단테_ 단테가 레테의 강물을 마셔 망각 상태가 되자, 마틸다에 의해 선을
상징하는 에우노에 강물에 몸을 씻고는 천국에 오를 준비를 한다.

리체에게 물었다.

"오, 빛이여! 오, 인류의 영광이여! 여기 하나의 샘에서 넘쳐흘러 서로 갈라져 흐르는 이 강물은 무엇입니까?"

단테가 궁금한 표정을 지으며 묻자 베아트리체가 말했다.

"마틸다에게 물어보세요."

그러자 마틸다는 해명하듯이 단테를 바라보며 말했다.

"제가 맨 처음 당신을 만났을 때 모두 다 말해 드렸잖아요. 설마 레테 강물이 그 기억까지 모두 다 잊게 한 건 아니겠죠?"

그 말을 들은 베아트리체가 마틸다를 바라보며 말했다.

"마틸다, 지금까지 일어난 수많은 일로 이분의 기억력이 흐려진 모양입니다. 하지만 걱정하지 마세요. 이미 깨끗해진 영혼들에게 선행의 기억을 되살려주는 저 에우노에 강물이 흐르고 있으니, 이분을 그곳으로 모시고 가서 선행의 기억들을 회복시켜 주세요."

단테는 마틸다의 손에 이끌려 스타티우스와 함께 에우노에 강으로 가서 강물을 마셨다. 마셔도 마셔도 더 마시고 싶은 그 거룩한 에우노에 강물을 마시고 돌아온 단테는 봄에 푸른 잎으로 새 옷을 갈아입은 나무처럼 활력을 얻어 천국으로 오를 준비를 마쳤다. 수많은 아름다운 별이 반짝이는 천국에 오를 생각을 하니 벌써 단테의 심장이 뛰기 시작했다.

La Divina Commedia

천국

"이 세상에서 우연하게 일어나는 일들도
사실은 하느님의 섭리 안에서 일어나는 것이지.
하느님은 영원의 눈으로
인간들이 우연이라고 하는 일을
바라보고 계시지."

–신곡의 천국편

하느님의 영광, 천체의 질서

천국을 노래하기에 앞서 단테는 아폴로에게 도움을 청한다. 그리고 지구를 싸고도는 큰 둘레를 천국이라 생각하였다. 거기에는 아홉 개의 하늘이 겹겹으로 싸여 있으며, 마지막은 하느님의 빛이 넘치는 곳, 정화천으로 묘사하였다.

하늘 높이 솟아오른 태양은 백양궁에 머물러 오늘이 바로 춘분임을 말해 주고 있었다.

백양궁은 상서로운 별자리다. 천지창조의 날과 성령으로 예수님을 잉태한 소식이 마리아에게 알려진 날도 바로 백양궁에 태양이 머물러 있던 춘분 때였다. 이 춘분은 만물이 생동하는 시기로 빛과 공기가 부드러워지고 꽃들도 앞다투어 피어난다.

베아트리체의 인도로 천국에 오른 단테는 천체의 신비와 질서를 노래하고, 창조의 오묘함과 위대한 빛의 실체를 좀 더 확실히 느꼈다.

또한, 하느님의 영광이 온 우주를 남김없이 비추고 있지만 장소에 따라 빛이 더하기도 덜 할 수도 있음을 고백하면서, 소망이 뒤따르면 하늘의 신비를 깨달을 수 있다고 실토했다.

단테는 지옥과 연옥을 순례하며 시의 여신인 뮤즈의 도움으로 영감을 받았듯이 천국의 이 신비로운 모습을 노래할 수 있도록 뮤즈와 아

천국편
363

폴론(그때의 풍습에 따라 무엇을 갈망하여 부르는 대상으로서의 신으로, 진정한 뜻은 그리스도를 뜻함)에게 도움을 요청했다.

"아, 훌륭하신 아폴로여, 나의 이 마지막 여정을 도우사 월계관을 쓰게 하여 그대 마음에 들게 하소서."

단테는 계속해서 아폴론을 찬양했다.

"가슴속에 들어와 반인반양(半人半羊)의 마리시아스가 교만하여 당신을 공격했을 때, 당신은 분노하여 그를 산 채로 가죽까지 벗겨 버렸습니다. 그러한 뜨거운 정열을 저의 시적 감각에 불어넣어 주소서. 당신의 신묘한 힘으로 제 가슴속에 담고 있는 천국의 모습을 훌륭하게 그려낼 수 있다면 그것은 당신의 영광이요, 또한 저의 영광이 될 것입니다."

단테는 천국을 지구를 싸고도는 큰 둘레로 생각하고 있었다. 지구를 겹겹이 싸고 있는 하늘을 아홉 개로 구분했으며, 그 바깥은 하느님이 계시는 정화천(淨化天)으로 묘사하였다.

첫째 하늘은 월광천(月光天)이라 부른다. 이곳에는 '안젤리'라는 천사들이 있으며, 하느님께 행한 서원을 이루지 못한 영혼들이 반사된 영상처럼 나타나 있다. 그들은 불완전성을 가진 영혼들로서 하나의 하늘에서만 존재한다. 이 세계를 파악하는 학문의 특징을 문학(文學)으로 표현하고 있음은 가장 기본적인 학문의 원리를 강조하는 것이기도 하다.

둘째 하늘은 수성을 상징하는 수성천(水星天)이라고 부른다. 이곳에는 '아르칸젤리'라 부르는 대천사들이 있으며, 활동적인 영혼들의 모습이 두드러지게 표현된다. 논리학(湮理學)의 세계를 여기에 대비시킨 단테는 그리스도의 죽음과 인류의 구원, 그리고 육신의 부활을 규명하는 신학적 문제를 제기한다.

셋째 하늘은 금성천(金星天)으로, '프린치파티'라고 불리는 권품천사(權品天使)들이 이곳에 자리 잡고 있다. 이곳에 있는 영혼들의 특징은 사랑의 축복으로 묘사되며 수사학(修辭學)이 이를 아름답게 묘사해 준다.

넷째 하늘은 태양천(太陽天)으로, 이곳에는 지혜로운 영혼들과 능품천사(能品天使)들이 자리 잡고 있다. 인간의 판단이 가져오는 오류를 저울질하는 산술학(算術學)이 의미 있게 제시되며 솔로몬의 지혜가 칭송된다.

다섯째 하늘은 화성천(火星天)으로, 이곳에서는 신앙을 위해 싸웠던 용감한 영혼들이 칭송을 받는다. '비르투디'라 불리는 힘[力]의 천사에 둘러싸여 있으며, 이웃에 대한 사랑의 덕이 묘사된다. 음악이 학문적 관련성을 대변한다.

여섯째 하늘은 목성천(木星天)으로, 의로운 영혼들의 안식처로 묘사

천상에 오르는 단테_ 단테가 베아트리체의 안내로 연옥에서 몸을 솟구쳐 천상의 구름 위를 오른다.

된 이 목성천에는 주품천사(主品天使)들이 있으며 하느님의 정의를 사랑하는 덕이 묘사된다. 기하학(幾何學)이 학문적 관련성으로 등장하여 하느님 정의의 불가해성(不可解性)을 기하학으로도 풀 수 없음이 강조된다.

일곱째 하늘은 토성천(土星天)으로, 관조하는 영혼들의 모습이 묘사된다. 좌품천사(座品天使)들이 자리하고 있는데, 운명의 신비를 관조하는 천문학(天文學)이 등장한다.

여덟째 하늘은 항성천(恒星天)으로, 게루빔 천사들이 승리의 덕을 칭송하는데 형이상학(形而上學)이 언급된다.

아홉째 하늘은 원동천(原動天)이라 불리며, 천사들의 합창이 메아리치는 곳으로, 세라핌 천사들이 하느님의 위대하심을 노래한다. 학문적 관련성으로는 윤리학(倫理學)이 언급된다.

그리고 마지막 열째 하늘은 엠피레오라고 불리는 정화천(淨化天)이다. 천제를 움직이시는 하느님의 빛이 넘치는 곳으로, 이를 아는 것은 오로지 신학(神學)을 통해서만 이루어질 수 있다고 한다.

천국의 첫째 하늘, 월광천

베아트리체와 단테는 첫째 하늘인 월광천에 도달한다. 달의 반점을 놓고 두 사람 사이에 질의 응답이 교환된다. 베아트리체는 신학적 또는 물리학적으로 세밀하게 설명하고 아울러 각 천구의 특성에 대해서도 언급한다.

드디어 단테가 하느님의 은총으로 하늘에 올라 그 넓은 세계를 향해 천국의 순례를 시작하려 할 때, 별안간 몸이 가벼워졌다. 마치 자신의 영혼이 몸에서 빠져나온 듯한 그런 기분이었다.

단테가 고개를 들어 하늘의 움직임을 바라보았을 때, 그것은 처음에는 태양의 물로 태워지는 광활한 하늘이었다. 단테는 하늘과 그 세계가 내포하는 오묘한 조화의 이치를 알고 싶어 애타는 심정이었는데, 그의 마음을 꿰뚫어 본 베아트리체는 부드러운 미소를 머금으며 단테를 바라보았다. 그녀는 단테의 마음을 진정시키기 위해서 그가 질문하기도 전에 먼저 입을 열었다.

"당신은 지금 당신의 잘못된 상상력으로 자기 자신을 가두려 하고 있어요. 스스로 자신의 눈을 가리고 있는 꼴이에요. 지금 이곳은 지상의 피렌체가 아니라 당신의 원래 고향이었던 천국이에요. 그리고 지금 들려오는 저 소리와 강렬한 빛은 당신의 본향으로의 귀향을 반기는 하늘의 은총입니다."

단테가 그녀에게 물었다.

"베아트리체, 조금 전에 지녔던 의혹은 풀렸으나 또 한 가지 의문이 생겼소. 이제 천국을 순례하려면 천상으로 올라가야만 하는데, 저 가벼운 공기와 불꽃 위를 과연 내가 올라갈 수 있겠소?"

베아트리체는 단테의 질문을 듣고 나서 측은한 표정으로 한숨지었다. 그리고 마치 자식을 굽어보는 어머니의 인자한 눈빛으로 단테를 바라보며 말했다.

"이곳에서 모든 것은 분리되어 있으면서도 하나의 질서를 따르니, 이는 하느님을 닮은 우주의 형상이지요. 거기서 하느님의 피조물들은 전지전능하신 하느님의 자취를 봅니다. 그것이 바로 우주가 지향하는 목표랍니다. 창조된 모든 것은 이런 질서 속에서 저들의 원천에서 적절한 거리를 두고 저들의 위치를 유지합니다. 이렇게 피조물들은 존재의 광활한 바다를 가로질러 다양한 항구로 퍼져 가고, 그러면서도 제각기 자기 본능을 지키고 있어요. 이 본능은 달을 향해 불을 가져가고, 피조물의 심장을 움직이는 힘이 되며, 세상을 묶어 하나로 만드는 본능을 말합니다. 그리고 이성을 지니지 않는 피조물이 아니라 지성과 사랑을 지닌 피조물들도 그 본능의 활의 당겨진 힘을 체험하지요. 언제나 행복의 과녁에 똑바로 화살을 당기는 활의 힘에 실려 우리는 미리 운명지어진 곳으로 날아오릅니다. 그러니 그대가 불길처럼 솟아오르는 것도 이상히 여기지 마시오. 그것이 하느님의 섭리에 따른 것일 때는 물이 높은 데서 낮은 곳으로 흐르는 것만큼이나 자연스러운 일이기 때문입니다."

베아트리체는 얼굴을 들어 위로 향하고, 단테는 그런 베아트리체를 바라보고 있었다. 그리고 어느 한순간, 빛의 속도로 달을 향해 비상하기 시작했다.

첫째 하늘인 월광천에 이르는 순간, 태양이 햇살을 비춰 주는 금강석처럼 눈부시고 단단한 구름이 두 사람을 감싸 안았다. 영원한 진주인 달이 두 사람을 받아들이는 모양은 마치 빛이 물에 스며들듯 하느님과 영육이 하나 되는 신비, 그 자체였다. 논리적으로 설명할 수는 없었지만, 이는 그들의 마음속에 인성과 신성이 합일된 하느님을 보고 싶어 하는 욕망이 불타는 것과 마찬가지 현상처럼 보였다.

단테가 달의 실체를 마주하고 경이로움에 빠져 있을 때, 베아트리체가 말했다.

"하느님께 감사드리세요. 우린 하느님의 인도로 첫 번째 하늘인 월광천에 무사히 도착했어요."

단테는 그제야 정신을 차리고 하느님에게 감사 기도를 올렸다.

"하느님, 감사합니다. 미천한 이 몸을 이처럼 지상에서 천국으로 이끄신 하느님의 은총에 감사드립니다."

단테가 월광천에 올라와서 본 것들은 어느 것 하나 신비롭지 않은 것이 없었다. 그 가운데서 달의 검은 반점에 대한 궁금증은 지울 수가 없었다. 그래서 세상 사람들이 흔히 '가인의 나뭇가지'라고 말하는 달

월광천에 오르는 단테_ 단테가 베아트리체의 안내로 월광천에 올라 천사들의 영접을 받는 장면이다.

의 검은 반점에 대해 물었다.

"세상에서 보이는 달의 표면에 난 검은 자국들은 무엇인가요?"

베아트리체는 빙긋이 웃으며 말했다.

"모든 인식의 출발은 감각에 있는데, 천국은 감각의 열쇠가 채워지지 않은 영역이므로 지상의 감각과 이성으로는 천국을 이해할 수 없습니다."

그러고 나서 그녀는 덧붙여 말했다.

"여덟째 하늘인 항성천의 별들은 빛의 질과 양이 서로 다르며, 각각의 별들은 서로 다른 힘의 작용을 부여받고 있기에, 질료의 원리로 검은 반점을 설명하는 것은 잘못이에요."

그녀는 모든 물체에서 질료와 형상을 구분했다. 질료는 동일해도 형상은 다양하게 나타난다는 것이었다. 그러므로 만물을 질료의 단일 원리로 수렴하는 것은 오류가 될 수밖에 없다고 했다.

단테는 그녀의 말을 좀처럼 이해하기 힘들었다. 단테가 의아한 표정을 짓자, 그녀는 설명을 이어 나갔다.

"달의 표면에 흑점이 존재하는 것은 달빛의 강약이나 밀도 때문이 아니며 하느님의 본성에서 나오는 것입니다. 이것이 이른바 형상 원리에 의한 진리의 모습입니다. 그것은 물질을 만드는 질료의 원리가 아니라 물질의 특성을 만드는 원리이기도 한 것이지요."

그러면서 그녀는 '달 표면의 밀도 차이로 흑점이 생긴 것이 아니라 하느님의 신성에 따른 것'이라고 명쾌하게 결론내렸다.

변치 않은 하느님과의 서약

월광천에서 단테는 피카르다를 만나 그녀의 신상 이야기를 듣는다. 서원을 했지만 부득이 그것을 어긴 사람들의 영혼이 이 가장 낮은 천제에 할당되었다고 한다. 피카르다는 자신과 마찬가지로 서원했던 여러 성인의 예를 든다.

단테는 그의 젊은 시절, 사랑의 불꽃으로 단테를 사로잡았던 베아트리체가 천국의 아름다운 여인이 되어 진리를 설파하자, 그간 자신의 잘못을 고백하고 싶은 마음이 간절해졌다. 그래서 몸을 일으켜 고개를 들고 그녀를 보려고 하는데, 그때 갑자기 하나의 환영이 나타나 단테를 끌어당겼다. 그러나 그것이 실체인지 허상인지 분간하지 못할 만큼 정신이 없었을 뿐 아니라, 실제로 어떠한 형상도 보이지 않자, 단테는 의아한 표정을 지으며 자신의 상냥한 길잡이인 베아트리체를 쳐다보았다. 그녀는 거룩한 눈에 미소를 지으며 말했다.

"당신의 어린아이 같은 순진한 반응에 대해 내가 웃는다고 해서 이상하게 생각지 마세요. 당신이 천국에 있으면서 아직 발은 지상에 머물러 있는 것처럼 진리를 대하는 것을 보니 저절로 웃음이 나오는군요. 헛된 망상을 지닐 때 그러하듯 당신은 지금 반대로 가고 있어요. 당신이 지금 보고 있는 것은 허상이 아니라 실체입니다. 서원을 어겨서 이렇게 하늘 중에서도 가장 낮은 월광천에 있는 것입니다. 자, 그들과 한번 이야기를 나눠 보시지요.”

단테는 베아트리체의 말을 듣고 나서야 비로소 아까 얘기하고 싶어 하던 영혼의 실체를 확인할 수 있었다. 단테가 그 영혼에게 물었다. “오, 축복받은 영혼이여! 영원한 삶의 빛 속에서 맛보지 않고는 느낄 수 없는 달콤함을 즐기시는군요. 당신이 누구시며 당신의 운명이 무엇인지 말씀해 주신다면 참으로 고맙겠습니다.”

그러자 그 영혼은 따스한 미소를 지으며 대답하였다.

“모든 이가 당신을 닮게 되기를 바라는 신의 자비로움 못지않게 우리의 사랑도 올바른 소망 앞에 항상 열려 있답니다. 저는 생전에 동정(童貞)을 서약한 수녀였습니다. 당신의 기억을 잘 더듬어 보신다면 내 아름다웠던 모습을 기억하실 수 있을 겁니다. 맞아요, 내 이름은 피카르다 도나티(단테의 아내의 친척이며, 단테의 친구 포레세의 동생이다.)입니다. 내가 축복받은 자들과 함께 있으나 이렇게 낮은 하늘에 있는 것은 우리가 스스로 맺은 서원을 완전히 이행하지 못했기 때문입니다.”

단테가 말했다.

“비록 창백하고 흐릿하게 보이지만, 당신의 얼굴이 거룩하게 변화했기에 선뜻 누구인지 알아볼 수 없었습니다. 하지만 이야기를 듣자마자 바로 당신의 얼굴을 떠올렸습니다. 당신의 모습은 옛 모습과 너무도 많이 변했어요. 내가 다시 머리에 떠오르는 생각을 물어보아도 좋을지 모르겠군요. 당신들은 여기서 참으로 행복해 보이는데, 그래도 하느님을 더 많이 보고 그분의 사랑을 더 많이 받고자 더 높은 곳으로 오르고 싶지는 않은가요?"

단테가 묻자 그 영혼은 옆에 있던 다른 영혼들과 더불어 빙긋이 웃으며 대답하였다.

"오, 하느님이 사랑하시는 형제여, 사랑의 힘이 우리의 의지를 고요히 가라앉고 오로지 우리가 가진 것만을 향유할 뿐, 다른 것을 더 탐하지는 않습니다. 우리가 만일 더 높은 것을 탐한다면, 우리를 이곳에 배치해 두신 하느님의 뜻을 반하는 것이 되기 때문입니다. 사랑이 무엇인지 잘 생각해 보세요. 그러면 그러한 부조화는 이 천국의 하늘에서는 있을 수 없다는 것을 알게 될 거예요. 이곳에 있다는 것은 사랑 안에 있는 것이니까요. 이런 축복받은 상태의 본질은 하느님의 의지 안에 거한다는 것이지요. 그래서 하느님과 함께하는 의지 외에는 어떤 의지도 없습니다. 이렇게 우리가 이곳의 전역에 걸쳐 층층이 존재하는 것은 그분의 의지를 따른 것입니다. 우리의 평화는 그분의 의지 안에 있어요. 그분이 창조하시고 자연이 만드는 그 모두가 모여드는 바다와도 같습니다."

단테는 비로소 하느님의 은총이 모두 같은 모양으로 채워지는 것은 아니지만, 하늘나라에서는 어느 곳이든 천국을 이루고 있음을 분명히 깨닫게 되었다.

피카르다는 최초로 여자수도원을 세웠던 성녀 클라라의 모범을 따르기 위해 속세를 떠나 수녀원에 들어갔던 인물이다. 그녀는 순결서

원(순결한 생활을 하느님에게 다짐하는 일)을 했지만, 선보다는 악을 행하는 자들이 수녀원에서 납치하였고, 폭력으로 수도원을 떠나게 되었으며, 정략결혼을 당하는 바람에 더는 서원을 이행할 수 없는 몸이 되었다. 그녀는 자신에 대해 이야기한 다음, 자기와 처지가 비슷했던 코스탄차의 사연을 들려주었다(황녀 코스탄차. 그녀 역시 수녀원 생활을 동경해 그리스도께 서원을 약속했던 인물이다. 하지만 그녀는 하인리히 6세의 부인이 되어 프레더릭 2세를 낳았다.).

자신에 대한 이야기를 마친 피카르다와 코스탄차는 〈아베마리아〉를 노래하기 시작하더니 마치 무거운 물체가 깊은 물 속으로 가라앉듯이 단테의 시야에서 삽시간에 사라져 버렸다.

단테는 그녀의 이야기를 듣고 두 가지 의문이 생겼다. 하나는 '선을 향한 자신의 의지가 변함이 없다면 어떻게 다른 자의 폭력이 나의 정당한 공적의 가치를 깎아내릴 수 있으며, 또 하나는 축복받은 영혼들이 이곳 천국에서 차지하는 위상에 관한 것이었다.

베아트리체는 단테의 마음속에 일고 있는 의문을 헤아리고 그에 대해 답변을 해 주었다.

"먼저 두 번째의 의문점에 대한 것부터 설명해 드리지요. '별에서 나온 모든 영혼은 죽음 이후에 제각기 자기 별로 되돌아간다.'는 플라톤의 학설이 당신의 의식 속에 자리 잡고 있다는 것이 문제입니다."

그러면서 베아트리체는 플라톤의 학설을 반박하기 시작했다.

"하느님께서는 인간의 육체를 흙으로 빚으실 때 영혼까지도 함께

피카르다를 만나는 단테_ 단테는 월광천에서 피카르다와 코스탄차를 만나 그녀의 신상 이야기를 듣는다.

불어넣어 주셨습니다. 그러므로 플라톤의 영혼선재설(靈魂先在設)은 가당치도 않은 학설입니다. 9등급의 천사 중에서 하느님과 가장 가까운 곳에 있고 또한 하느님의 영광에도 참여하는 치품천사 세라핌이나 홍해를 갈라 이스라엘 백성을 이집트에서 탈출시키고 하느님의 십계명을 받았던 모세, 이스라엘의 위대한 영도자 사무엘, 그리고 세례자 요한과 사도 요한, 그리고 예수님의 모친이신 성모 마리아일지라도 좀 전의 그 영혼들과 다른 세계에 있는 것은 결코 아닙니다. 그리고 하느님께서 내리시는 축복과 은총의 양이 하늘에 따라 다르지 않아요. 천국에서 받는 각자의 축복도 똑같이 영원하지요. 하지만 그들은 하나 같이 최고의 하늘을 아름답게 하며 영원한 하느님의 숨결을 느끼는 정도에 따라 그들의 행복한 삶도 각기 다릅니다. 좀 전에 그 영혼들이 여기에 나타났던 것은 이 월광천이 그들에게 할당되어서가 아니라 그들의 축복됨의 정도가 낮음을 보이기 위함이지요."

베아트리체는 단테에게 그윽한 미소를 보내며 말을 이었다.

"이렇게 말해야 모든 것을 감각적으로만 이해할 수 있는 당신과 같은 사람들의 눈높이에 맞을 것입니다. 그래서 성경도 당신들의 지력에 맞추어 손과 발을 지닌 하느님으로 묘사했고 성스러운 교회도 인간의 모습을 지니지 않을 수 없었던 것이지요. 예를 들면, 성 가브리엘 대천사, 성 미카엘 대천사, 성 라파엘 대천사가 나타나 하느님의 뜻을 전한 것도 모두 그 때문이지요."

베아트리체는 이어서 남은 의문까지 마저 설명하였다.

"하늘의 정의가 사람들의 눈에 불의로 보이는 것은 신앙의 증거이지 이단적인 죄악의 증거는 아닙니다. 그러나 이 진실은 당신들 자신의 힘으로도 이해할 수 있을 것이니 충분히 설명해 드리겠습니다. 즉, 폭력으로 어쩔 수 없이 받아들여야 했다 하더라도 이 영혼들은 비난에서 벗어날 수 없습니다. 마치 바람이 불어도 불은 타오르는 것이 자연스럽듯이, 의지라는 것은 원하기만 하면 굴복하지 않을 수 있으니까요. 오히려 폭력이 그를 수천 번 뒤흔들어 놓는다 하더라도 본성이 불 속에서 꺼지지 않듯 해야 할 것입니다. 그럼에도 이들(피카르다 수녀와 클라라 수녀)은 수녀원으로 피신할 수 있었으면서도 폭력 앞에 굴복했던 것입니다. 성 라우렌티우스는 박해를 받을 때 철판 위에서 담금질을 당했어도 그 영혼은 하느님의 뜻에서 떠나지 않았고, 무키우스 역시 로마를 포위망에서 구원하려다 실패하자 그 책임을 느껴 자기의 손을 불 속에다 넣고 태워 버렸습니다. 그러기에 저들도 자신들의 의지를 지키기 위해 끝까지 노력했어야 옳았습니다. 그들이 의지를 온전히 유지했더라면 그들이 풀려나자마자 다시 끌려 들어간 그 길을 다시 물리쳤을 거예요."

"잘 알았습니다. 당신의 말씀을 듣고 보니 마음이 평온해집니다. 그러나 한 가지 더 묻고 싶은 것이 있습니다. 만약에 그 서약 자체가 합당치 못한 것이었다면 어떻게 해야 그 무거운 죄를 보속할 수 있을까요?"

"하느님께 서약하는 것은 자유이지만, 결코 경솔하게 해서는 안 됩니다. 어떠한 경우라도 서원을 어기는 것은 어리석은 짓입니다. 그러므로 아무리 많은 선행을 쌓는다 하더라도 그것은 보상받을 수 없는 것이지요. 그러므로 처음부터 서원에 대해서는 신중할 필요가 있습니다. 결코, 가볍게 여겨서는 안 되며 어디까지나 성실해야 합니다. 성경에 나오는 '입다'의 경우를 한번 생각해 보세요. 입다는 전쟁에 나가기 전에 하느님께 암몬 군을 무찌를 수 있도록 허락해 달라고 기도했습니다. 그리고 그는 만약 전쟁에 승리하여 고국으로 돌아갈 수만 있다면 자신을 제일 먼저 맞으러 나오는 사람을 하느님께 번제물로 바치겠노라고 서원했지요. 그래서 어떻게 되었습니까? 이윽고 전쟁에 승리하여 고국으로 돌아오게 되었을 때, 뜻밖에도 사랑스러운 외동딸이 춤을 추며 자신을 맨 처음으로 맞이하자 당황하였지만, 어쩔 수 없이 무남독녀 외동딸을 불 속에 집어 던져 번제물로 바치지 않았던가요? 결국 입다는 경솔하게 서원하는 바람에 그만 눈에 넣어도 아프지 않을 세상에 하나밖에 없는 사랑스러운 딸을 번제물로 바치며 통곡할 수밖에 없었던 것입니다. 그러므로 서원은 충분히 생각해 보고 결정할 일이지 결코 가볍게 생각하고 해서는 안 됩니다. 입다가 아무리 잘못했다고 용서를 빌어도 그것은 소용없는 일이었죠. 회한의 눈물을 흘릴 때는 이미 늦은 것입니다."

단테는 고개를 크게 끄덕이며 말했다.

"고맙소, 당신의 말을 가슴 깊이 새기겠소.

어미의 품을 떠나 제멋대로 뛰놀다가 저희끼리 싸우고 상처 입는 새끼 양처럼 교회의 권위와 성서를 저버리는 사람은 생명을 가진 것 중에서 가장 불행한 사람이라고 생각되는구려."

단테는 좀 더 알고자 하는 욕망에 또 다른 의문점들이 머릿속에 하나씩 떠올랐지만, 이쯤에서 질문을 마치기로 했다.

영예의 광채, 하느님의 정의와 사랑

수성천에서는 천이 넘는 빛이 그들의 주위에 기뻐하며 모여든다. 영혼들은 자진해서 단테의 물음에 답하려 하는데, 사람에게 도움되는 일을 하면 빛이 더해지기 때문이다. 수성천에 있는 영혼들은 현세에서 명예를 높이려고 선행을 베푼 자들인데, 그들이 사라지고 난 뒤 단테는 인간의 속죄에 대해 의문에 사로잡힌다. 그가 그 말을 채 하기도 전에 베아트리체는 단테의 심중을 알아차리고 '왜 정의의 복수가 또 정의에 의해 보복을 받았는가'에 대한 단테의 의문점을 설명해 준다.

베아트리체는 단테에게 차근차근 이야기하고는 다시 하늘을 향해 솟구쳐 올랐다. 그들은 마치 활시위가 채 당겨지기도 전에 과녁에 꽂히는 화살처럼 벌써 둘째 하늘인 수성천을 향해 올라가고 있었다.

베아트리체의 모습은 높이 올라가면서 더욱 아름답고 거룩하게 빛났다. 그녀를 바라보는 단테의 마음도 무척이나 밝게 변했다.

그때, 잔잔하고 맑은 연못에 먹이가 던져지면 물고기들이 몰려드는 것처럼 수많은 별이 그들을 향해 다가오고 있었다.

"보라, 우리의 사랑을 키워 줄 분이로다!"

눈부신 광채를 내뿜으며 다가오는 별들의 정체는 눈부시게 빛나는 영혼들이었다. 영혼들 저마다의 얼굴은 모두 다 하나같이 환희에 찬 모습들이었다. 그들 가운데서 한 영혼이 입을 열었다.

"아, 죽음을 알기 전에 영원한 승리의 옥좌로 오르신 축복받은 영혼이여! 우리는 하늘 가득 퍼져 있는 하느님의 빛에 둘러싸여 있습니다. 그대 또한 영광의 빛으로 빛나고 싶거든 원하는 바대로 하시지요."

그러자 베아트리체가 단테에게 말했다.

"저들을 믿고 마음 놓고 말씀하세요."

단테는 몸과 마음을 가다듬고 그 영혼에게 물었다.

"광채 속에 찬연히 빛나고 계신 고귀한 분이시여! 당신은 어떤 분이시며 어떻게 이곳 수성천에 오시게 되었는지 궁금합니다."

"나는 로마의 황제 콘스탄티누스보다 이백 년쯤 뒤에 황제가 된 유스티니아누스입니다. 나는 새로운 법전을 만들기 전, 그리스도 안에는 신성(神性)만을 가지고 있으며 인성(人性)은 가지고 있지 않다고 생각했습니다. 나는 내 믿음에 줄곧 만족했지요. 그런데 교황 아가페투스 1세께서 나를 올바른 신앙으로 이끌어 주셨습니다. 아가페투스는 내게 평생 진실한 신앙을 가르쳐 주셨습니다. 그래서 교회와 보조를 맞춰가면서 하느님이 내게 부여하신 일에 온몸을 바칠 수 있었습니다. 이 고귀한 직무를 위해 전쟁을 포함해서 국정의 모든 일은 벨리사리우스에게 맡겼습니다. 그리고 계속해서 하느님의 뜻에 합당한《로마법대전》을 제정하는 고귀한 일에 온몸을 바쳤습니다. 그런데 지금은 로마가 황제파인 기벨린당과 교회파인 겔프당으로 분열되어 싸우고 있으니 참으로 딱한 일이 아닐 수 없습니다."

유스티니아누스라면 라비니아에서 태어난 로마 황제가 아니던가. 그는 로마인들의 온갖 분쟁에 대해서도 상세히 설명했다. 그런 다음, 길고 긴 자신의 이야기를 마치고는 신의 찬가를 부르며 다른 영혼들과 함께 멀어져 갔다.

"호산나! 만군의 왕 거룩한 주님이시여! 높은 곳에서 천국의 복된 빛을 발하시는 주님! 당신께서는 천사들과 성인들에게 거룩한 빛을 밝혀 주시나이다."

단테에게 또 하나의 의문이 일어났지만, 차마 입을 떼지 못했다. 그러자 베아트리체는 그의 속마음을 알아차리고 미소를 지으며 말했다.

"단테, 당신은 지금 머리가 복잡하고 모든 것이 의문투성이일 거예요. 당신은 유스티니아누스의 말을 듣고, '정의로운 복수가 왜 벌로써 대가를 치러야 하는가?'에 대한 의문을 품고 있어요. 즉, 그리스도의 죽음이 아담의 죄에 대한 마땅한 대가였다면 어째서 예루살렘의 멸망으로 또다시 대가를 치러야 했는가 하는 것일 것이오. 이제부터 당신의 궁금증을 풀어드릴 테니 제 말을 잘 들으세요."

베아트리체는 신학적 설명으로 구원의 신비에 대해 자세히 설명했다.

"아담은 하느님이 직접 창조하였지만, 자신의 자유의지에 스스로 재갈을 물리지 않고 범죄를 저질렀기에 그 자신은 물론 인류 전체에까지 해를 끼쳤습니다. 그리하여 사람들은 오랫동안 이 원죄 상태로 지낼 수밖에 없었지요. 그러나 존귀하신 그리스도의 죽음으로 그 굴레를 벗어나게 된 것이지요. 그러므로 그리스도의 죽음은 원죄에 대한 의로운 갚음이었으나, 그 한 가지 일에서 여러 가지 의미가 파생되었음을 잊어서는 안 됩니다. 즉, 그리스도의 죽음은 인성의 측면에서 볼 때 매우 의로운 일이었지만, 인간들이 신성에 함부로 덤벼들었다는 점에

수성천의 단테와 베아트리체_ 단테가 현세에서 명예를 드높인 영혼들이 머무는 수성천에 오른다.

서 볼 때는 그보다 더 불경스러운 일은 없는 것입니다. 그러나 예수님께서 돌아가심으로 하느님의 의도를 채워드렸고, 유대인들은 자신들의 원한이 풀렸다고 기뻐했습니다. 그 때문에 땅이 진동하고 하늘이 열려 예루살렘의 멸망을 지켜보게 된 것이랍니다."

단테는 또 하나의 의문에 사로잡혔다. 즉, 하느님께서는 어째서 하나밖에 없는 당신의 아들에게 그렇듯 비참한 최후를 맞게 하셔야만 했는지, 우리 인간들을 구원하기 위해 꼭 십자가에서 돌아가셔야만 했는지, 다른 방법은 없었는지 알고 싶었다.

이에 대해 단테가 묻자, 베아트리체가 설명했다.

"죄의 길에서 하느님의 은혜로운 길로 다시 회복하기 위해서는 두 가지 중 어느 하나를 선택하지 않으면 안 됩니다. 즉, 하느님의 사랑으로 용서를 받거나 인간 스스로 자신들의 어리석음에 대해 속죄로써 갚는 길뿐이죠. 하느님의 은총을 회복하기 위한 길은 겸손밖에 없습니다. 그러나 우리 인간은 유한하고 불완전하기에 겸손이나 순종만으로는 부족하지요. 인간 스스로는 결코 죄를 씻어낼 수 없는 까닭입니다. 그래서 하느님께서는 오직 한 가지 대속(代贖)의 길을 통해 인간의 삶을 회복시켜 주시려고 했던 것입니다. 예수께서는 우리 인간들의 삶을 완전히 회복시켜 주기 위해 자신의 모든 것을 다 내놓으셨습니다. 그분은 우리 인간들과 똑같은 모습으로 나타나 당신 자신을 낮추고 돌아가실 때까지도 험한 십자가에 달려서 순종하셨습니다. 그분께서 이렇게 인간의 육신을 입고 당신 자신을 겸손히 낮추시지 않으셨다면 우리가 사는 인간 세상에 그 어떤 방법으로 하느님의 완전한 정의를 채워놓을 수 있었겠습니까? 하느님의 아들이 사람의 몸을 입고 오심으로 사람이 비로소 하느님의 신성에 참여할 수 있게 된 것입니다. 그러므로 예수 그리스도를 사랑하는 것은 곧 성부(聖父)이신 하느님을 사랑하는 것이 되지요."

단테는 머리를 크게 두세 번 끄덕이고 나서 물었다.

"잘 알겠소. 그런데 이곳 천국은 영원히 존재할 수 있는지 궁금하오. 이곳 또한 인간들이 사는 세상과 마찬가지로 하느님께서 지으신 피조물일진대, 물과 불과 공기와 땅이 혼합된 물질이라면 모두 오래가지 못하고 부패하는 게 당연하지 않을까 싶소."

베아트리체는 이에 대해서도 명료하게 답변했다.

"단테여, 천사들이 있고 당신이 지금 서 있는 이곳 천국은 지금 모습 그대로 완전하게 창조되었습니다. 따라서 영원불멸하지요."

"그렇다면 인간은 어떻습니까?"

"온갖 짐승들과 식물들의 영혼은 별들의 빛과 그 거룩한 운동이 권능을 지닌 본질에서부터 이끌어 낸 것이지만, 인간의 생명은 지고하신 하느님의 자비로운 숨결로 직접 불어 넣은 것으로, 그 결과 당신들의 내면에는 자신이 의식하지 못할 때도 항상 하느님을 그리워하는 본능이 존재하지요. 태초에 아담과 하와가 어떻게 창조되었는지를 살펴본다면, 당신은 인간의 육신도 멸함 없이 부활할 것이란 사실도 아마 미루어 헤아릴 수 있을 것입니다."

사랑의 섭리

단테는 베아트리체와 더불어 셋째 하늘인 금성천으로 오른다. 이 하늘에는 사랑에 사로잡힌 자들의 영혼이 있다. 여기에서 헝가리 왕으로 아우에게 죽임을 당한 마르텔로를 만나 하느님의 섭리를 논하고 여호수아를 도운 매춘부 라합과도 만난다.

초저녁에 떠서 새벽녘까지 아름다운 빛을 뿜어내는 별, 금성.

이교도들이 비너스가 사랑의 빛을 발하면서 선회하는 곳이라고 칭송했던 금성천에 도착해 있음을 단테는 미처 깨닫지 못하고 있었다. 그러다가 문득 베아트리체를 감싸고 있는 빛이 더욱 강렬해진 것을 보고 나서야 비로소 자신이 지금 금성천에 와 있다는 사실을 깨달았다.

타오르는 불꽃 속에서도 섬광이 보이고 한목소리에서 서로 다른 소리가 번갈아 들려도 본래의 목소리를 구분할 수 있는 것처럼, 찬연히 빛나는 금성의 광채 속에서 다른 빛들이 빙글빙글 돌고 있는 것을 단테는 보았다. 그 움직임은 마치 영원한 직관을 쫓는 움직임처럼 보였다.

이들은 세상에 있을 때 강렬한 사랑에 빠졌던 지복(至福)자들의 영혼이었다. 그 영혼의 빛들이 바람처럼 빠른 속도로 다가와 단테와 베아트리체를 맞아주었다. 영혼의 무리 속에서 '호산나'를 부르는 찬미가 울려 퍼졌다.

그 영혼들 가운데 하나가 가까이 다가오며 말을 꺼냈다.

"우리는 사랑의 기쁨으로 충만한 영혼들이랍니다. 이곳 금성천에서 천사들과 함께 하느님을 뵙길 바라며 춤을 추며 돌고 있지요. 당신께 서도 우리의 기쁨을 함께 누리게 하고 싶군요. 당신은 세상에서 우리 를 보고 '셋째 하늘을 슬기롭게 움직이시는 분들'이라고 칭한바 있으 니, 당신을 위해 잠시 머무는 것도 큰 즐거움이 아닐 수 없겠습니다."

단테는 베아트리체의 얼굴을 쳐다보고 나서 그 빛의 영혼에게 온갖 정성과 사랑을 담아 물었다.

"은총을 받아 거룩한 빛을 내는 이여, 그대들에 대해 이야기해 주 실 수 있는지요."

그 영혼은 더욱 환한 빛을 뿜어내며 말했다.

"내 생애는 여간 짧은 것이 아니었습니다. 스물다섯 살의 나이로 세 상을 하직했으니까요. 그러나 그 짧은 생이 오히려 내게 많은 재앙을 면할 수 있게 해주었어요. 만약, 조금만 더 현세에 머물러 나폴리 왕국 을 다스렸다면 내 아우 로베르토가 겪었던 불행을 내가 당했을 거요. 이 모든 것은 하늘의 은총이고, 또 그 은총의 기쁨이 마치 고치에 싸인 누에처럼 나를 감쌌던 것이지요."

그 영혼의 말을 듣고 난 단테는 그가 곧 카를로 2세의 아들 카를 로 마르텔로라는 사실을 알았다. 그는 나폴리 왕국의 왕이었던 시절, 동생인 로베르토에게 왕의 지위를 빼앗긴 인물이었다. 한때, 헝가리의 왕으로 피렌체에 온 일도 있어서 단테와는 안면이 있는 사이였다.

"당신께 한 가지 여쭙고 싶은 게 있습니다. 어째서 당신처럼 그렇게 훌륭하신 분에게 그처럼 포악한 아우가 있을 수 있는 것인지요?"

"그것은 이 세상을 창조하신 하느님만이 아시는 일입니다. 인간은 누구나 각각 하느님이 창조하셨을 때 타고난 성질이 있어서 형제간이라 할지라도 다를 수밖에 없습니다. 그러므로 서로 다른 직분을 맡아 돕지 않으면 안 되는 것이지요. 솔론은 법률가의 성질을, 크세르크세스는 군인의 적성을, 멜기세덱은 사제가 될 훌륭한 덕을 가지고 태어났으며, 그것은 모두 하느님의 섭리에 따른 것입니다. 이삭의 아들이었던 야곱과 에서를 보십시오. 쌍둥이 형제였던 이들의 성질이 전혀 다르지 않습니까? 이같이 모두 성질이 다르기에 누구나 자기에게 맞는 일을 해야 하지요. 그러므로 군인이 되기에 적당한 성질을 가진 사람이 사제가 되고자 한다거나, 설교할 사람이 왕이 되려 한다면 하느님의 섭리를 거스르는 것이 되어 큰 불행을 자초하게 되는 것이랍니다."

카를로 마르텔로는 이야기를 마치고 자신의 자식들이 얼마나 사악한 죄악을 저질렀으며 그에 대한 벌을 어떻게 받을지 예언하고는 그들 앞에서 사라져 갔다.

그의 말을 듣고 보니 참으로 옳은 말이었다. 만일 이러한 하느님의 섭리가 없었다면, 자식은 아버지를 닮아 태어날 것이니 아버지와 아들이 항상 똑같은 길을 걸어야만 했을 것이 분명하다. 만약 그렇다면

금성천의 성인을 만나는 단테_ 단테가 금성천에서 헝가리의 왕이었던 마르텔로를 만나는 장
면이다.

인간 각자에게 주어진 자유의지는 지금 어떻게 되었을까?

단테가 잠시 생각에 젖어 있을 때, 찬란한 빛줄기 하나가 무리에서 빠져나와 단테를 향해 다가오면서 밝게 비추었다. 단테는 그 빛이 자신을 향해 기쁨의 의지를 나타내는 것이라고 생각하며 정중한 어조로 질문을 던졌다.

"축복받은 영혼이여! 내 소망을 아시고 계실 테니 당신 안에 이를 투영시켜 채워 주시기를 바랍니다."

그러자 그 영혼은 하느님의 은총을 받은 영혼답게 기쁨이 넘치는 소리로 말했다.

"저는 베네치아와 북부 이탈리아를 흐르는 브렌타와 피아베 강 사이의 늪지대 트레비소를 끼고 있는 로마노 언덕에 살고 있었답니다. 이 언덕에 에첼리노의 성이 우뚝 솟아 있었는데, 이곳은 일찍이 로마노의 폭군인 에첼리노 3세가 내려와서 짓밟아 큰 피해를 준 곳입니다. 에첼리노와 나는 남매지간이었는데 모두 나를 쿠니차라고 불렀지요."

그녀는 젊었을 때 노래와 사치와 놀이에 흠뻑 빠진 여인이었다. 그리고 세 명의 남편으로도 부족하여 수많은 정부(情夫)를 두었을 만큼 음탕한 여인이었다.

"저는 제 오빠와 별 다를 게 없는 사치를 즐기던 여인이었지만, 곧 참회의 기도를 드리고 하느님을 정성껏 섬겼습니다. 저는 주님을 알고 난 다음부터 운명의 실마리를 알고 스스로 자복하고 모든 것을 귀찮아하지 않았으나, 속된 자들에게는 이것이 힘겨워 보였을 겁니다.

제 곁에 가까이 계신 마르실리아의 폴코 수도원장님의 명성이 아직 남아 있는 것처럼, 영원한 명예를 위해 사람들이 부단한 노력을 얼마나 하는지도 잘 알고 있습니다. 하지만 지금의 세상 사람들은 이를 소홀히 생각하니 서글프기 짝이 없습니다. 숱한 재앙 속에서도 뉘우칠 줄 모르는 것을 보면 쉽게 알 수 있지요. 모든 것은 시작과 끝이 있습니다. 이제 만토바인들은 황제에 대항해 비첸차 부근에 있는 늪의 물을 피로 물들일 것이며, 트레비소의 영주 카미노는 피살될 것이고, 펠트레는 겔프당에 충성을 보이기 위해 페라라의 대주교에게 피신해 온 페라라인들을 건네주어 피를 흘리게 할 것입니다."

여기서 그녀는 입을 다물었다. 이윽고 그녀의 이야기 속에 나왔던 마르실리아의 폴코 수도원장의 영혼이 보이자, 단테는 더욱 기뻐하며 그에게 다시 물었다.

"오, 행복하신 분이여, 모든 것을 보고 아시는 주님의 왕국에 계시니 또한 모르는 것이 없으시겠지요. 그러므로 여섯 개의 날개로 하느님을 기쁘게 하시는 세라핌 천사들의 노래와 같은 당신의 목소리로 나의 소원을 풀어 주소서."

마스실리아의 폴코는 원래 시인이었으나 개심하여 수도원에 들어간 사람이었다. 수도자가 된 그는 그 수도원에서 원장까지 오르게 되었고 훗날 마르세유 주교로 선출되기도 했다. 이처럼 그는 세상에서 사는 동안 훌륭한 명성을 남겼고, 그 명성은 5백여 년이 넘는 오랜 세월 동안 지속되었다. 그런 그가 이 천국에서 빛나는 보석으로 박혀 있는 것은 당연한 일이었다.

온화한 미소를 지으며 폴코 수도원장의 영혼이 단테에게 대답하기 시작했다.

"나는 에브라와 마크라 사이에 있는 항구에서 태어났습니다. 그리고 줄곧 마르세유의 해안에서 살았습니다. 그 고장 사람들은 나를 폴코라고 불렀지요. 나는 한때 벨로스의 딸 디도나 트라키아의 공주 필리스처럼 애욕에 불탔고, 테살리아의 왕이었던 에우르토스의 딸 이올레를 납치해 강제로 결혼했던 헤라클레스 못지않았습니다. 그러나 나는 이 행동을 즐거워하기보다는 뉘우치려고 노력했지요. 하느님의 힘과 섭리를 알고 세상을 움직이는 선을 분별할 수 있었기 때문입니다. 여기서 우리는 예술을 봅니다. 예술은 위대한 창조물들을 더욱더 아름답게 만들고 하늘 아래 세상으로 돌아가는 선을 분별합니다. 그대의 소원을 위해 한 말씀 더 드리자면, 태양이 순수한 물처럼 빛나는 이 빛 속에 누가 있는지 자세히 바라보시기를 바랍니다. 자, 여호수아의 사자들을 숨겨준 라합의 모습이 보이시나요? 비록 그녀의 신분이 매춘부라 할지라도 주님께 가장 높은 계급을 책봉 받았습니다. 그녀는 교황조차도 생각지 못한 선한 의지로 하느님의 영광을 도왔던 사람이기 때문입니다."

최고의 지성, 토마스 아퀴나스와의 만남

단테와 베아트리체는 넷째 하늘인 태양천에 오른다. 주옥같은 빛이 관처럼 펼쳐져, 그것이 합창에 맞추어 춤추면서 빙글빙글 돈다. 그중 토마스 아퀴나스가 스승 알베르투스를 비롯하여 원을 짓고 있는 열두 영혼을 차례차례 소개한다.

단테는 하느님께로 솟아오르는 신비로움과 기쁨을 만끽하면서 창조의 신비와 창조주 하느님의 위대하심을 찬양하는 시를 읊었다.

"눈을 들어 저 드높은 하늘을 바라보라. 그리고 모래알처럼 작게 빛나는 수많은 별의 운행을 지켜보라. 한 분뿐이신 성부 하느님과 성자 예수님께서 영원한 사랑으로 물질적인 세계와 정신적인 세계를 지극하신 안배로 창조하셨나니……."

단테는 밝아오는 태양 속에서 자신이 어찌하여 그곳까지 와 있는지조차 모르고 있었다.

고개를 들어 드높은 하늘을 바라보니 별이 흐르고 서로 합쳐지더니 서서히 빛을 잃고 희미해졌다. 멀리서부터 해가 밝아오고 있었다. 단테는 현기증이 났다. 마치 온몸이 나선의 궤도를 따라 끌려가는 느낌이었다. 단테는 넷째 하늘인 태양천에 올라와 있었지만, 그 사실을 깨닫지 못하고 있었다.

"그대여, 천사들의 신이신 해님께 감사드리도록 하세요. 사람의 마음은 절대로 해님처럼 헌신적인 태도를 보이지 않는답니다. 그리고 빛나고 눈부신 은총으로 이곳까지 오르게 허락해 주신 삼위일체 하느님께도 감사의 기도를 드리도록 하세요."

베아트리체의 말을 듣고서야 네 번째 하늘인 태양천에 도착했음을 깨달은 단테는 그녀가 곁에 있는 것도 잊을 정도로 열정적으로 감사의 기도를 드렸다.

그때, 말로 표현할 수 없을 만큼 찬란하게 빛나는 수많은 학자의 영혼이 노래 부르고 춤을 추면서 내려와 단테와 베아트리체 주위에 달무리와도 같은 모양의 꽃 면류관을 그렸다. 이 지혜로운 자들의 영혼은 두 순례자의 주위를 고정된 기둥 근처의 별처럼 세 차례 빙빙 돌다가 멈춰 서곤 했는데, 그것은 흡사 뭇 여인들이 한 곡의 노래가 끝나면 춤추는 행위를 멈춰 섰다가 다음에 이어질 노래를 기다리는 것과 같은 모습이었다. 이 가운데 영혼 중의 하나가 눈부시게 빛을 발하며 말을 시작했다.

"오, 아름다운 분의 인도하심을 따라 도착하신 그대여, 기쁜 마음으로 두 분을 향해 환희의 표정을 짓고 있는 우리의 정체가 궁금하신가요? 나는 성 도미니코 수도회의 수도자이자 학자였던 토마스 아퀴나스입니다. 그리고 내 오른편에서 가장 가깝게 계신 분이 나의 스승이셨던 대학자 알베르토십니다. 이 밖에도 다른 분들이 알고 싶다면 축복 받은 영혼들의 빛 주위를 돌면서 시선을 옮겨 가십시오. 자, 다음에 보이는 깨끗한 빛의 꽃이 성 베네딕토회의 유명한 그라시노의 영혼입니다. 그는 '그라시안 교회법'이라고 부르는 교회에 중요한 법전을 만들어 교회에 기여한 분이지요. 또한, 바로 옆에 계신 빛은 '가난한 과부와 더불어 하느님의 애긍함에 하찮은 것을 넣듯이 하노라'고 서문을 썼던 교회법집의 저자 피에트로이시며, 그다음에 계신 빛이 다윗 왕의 아들 솔로몬 왕이십니다. 이분은 세상에서도 무척 닮고자 하는 탁월한 예지력을 담은 현자셨지요. 또, 그 옆의 분은 사도 성 바오로에 의해 개종한 뒤 아테네에 주교로 계셨다가 순교하신 성 디오니시오시고, 그 옆에 계신 자그마한 체구의 빛이 스페인의 바울이라고 불리셨으며 오로교도의 주장을 당당히 물리치는 저술을 남긴 파울루스 오로시우스이십니다. 그리고 그 옆의 거룩한 영혼이 '철학의 위안'을 쓴 성 보아테우스이시지요. 이 밖에도 신학자이며 파리 성 빅토르 수도원장이셨던 리카르도, 파리 소르본 대학교수이며 철학자인 시지에리 등의 빛나는 영혼들이 계십니다. 이분들의 빛은 지상의 불과는 달리 영원히 비추는 빛으로써 언제까지나 사라지지 않을 것입니다."

영롱한 구슬을 엮어 내려가듯 이야기하는 성 토마스 아퀴나스의 말을 들으면서, 단테는 그 영원한 불빛과 노랫소리에 싸여 있는 자신의 모습에 형언할 수 없는 기쁨을 느꼈다.

'오 인간이 만들어낸 논리라는 것이 얼마나 허점투성이인가! 법률을 뒤따르는 자, 격언을 좇는 자, 하느님의 종이 되고자 사제의 길을 걷고자 하는 자, 폭력이나 궤변으로 백성을 농락하며 나라를 다스리는

태양천의 광경_ 천사들의 광채로 휘황찬란한 태양천의 황홀경이 펼쳐지는 장면으로 천사들 속에 성인 토마스 아퀴나스가 두 팔을 들고 있다.

자, 도둑질하는 무리……. 그리고 온갖 세상일이나 육체적 쾌락 속에 휩쓸렸던 자들이 피로에 지치고 또 안일에 몰두하고 있는 이때, 그러한 모든 것에서 풀려나 이토록 분에 넘치는 영접을 받으며 사랑하는 베아트리체와 함께 하늘 위에 있다니, 이 무슨 특별 은총이란 말인가!'

단테의 기쁨은 지상의 인간에 대한 연민의 정으로 바뀌어 찬미와 탄식의 노래로 흘러나왔다.

영혼의 무리는 제각기 춤을 추며 한 바퀴 돌아 원래 있던 곳으로 되돌아갔다. 단테에게 친절히 말을 건넸던 토마스 아퀴나스가 그 빛의 무리 가운데서 한층 더 밝은 빛을 내며 말했다.

"하느님께서는 두 일꾼을 도구로 택하셔서 교회가 언제까지나 견고하여 천국에 가는 사람들을 위한 길잡이가 되도록 하셨네. 성 프란체스코와 성 도미니코가 바로 그분들이네. 우선 이탈리아 아시시의 성 프란체스코라는 분은 세라핌을 연상케 할 만큼 깊은 진리를 깨달은 분으로서 사랑의 빛과 열정을 대표한 분이셨지. 그리고 성 도미니코는 지혜로움을 드러내는 학문의 길잡이가 되도록 선택되신 분이지. 두 분 모두 훌륭한 분들이지만, 그중에서 성 프란체스코에 관하여 이야기해 보겠네."

토마스 아퀴나스는 잠시 생각에 잠기고 나서 말을 이었다.

"이탈리아에서 부잣집의 아들로 태어난 그분은 군인으로서 전투에 참여한 적도 있었다네. 하지만 1204년, 전쟁에 참여하기 위해 가던 길에 환시를 체험하고 아시시로 돌아간 그분은 세속적인 생활에 대해 즐거움을 느끼지 못하게 되었지. 환시 중에 예수님에게 '내 교회를 고치라'는 말씀을 들은 이후로 그분은 거리의 극빈한 수도생활을 계속하며 살았다네. 그러다가 1219년, 십자가 전쟁을 평화롭게 해결하고자 이집트의 술탄을 찾아가 포교를 하고 돌아오는 길에 그리스도의 오상(五傷)을 받았던 걸세. 그래서 지금도 이분은 교회에서 제2의 그리스도로까지 불리지 않은가."

이야기를 듣고 있던 단테가 말했다.

"눈부신 빛이신 토마스 아퀴나스님! 그분에 대한 일화가 있으면 말씀해 주시지요."

"1207년 봄, 성 프란체스코는 다 쓰러져 가는 성 다미안 성당을 수리하려고 아버지의 말과 옷감을 내다 팔았다네. 이에 격분한 아버지는 당장 그를 끌고 아시시의 주교 구이도를 찾아가서 항의했지. 그때 프란체스코는 주교와 여러 사람이 있는 앞에서 자신이 입고 있던 옷을 훌훌 벗어 아버지에게 돌려주며 이렇게 말했다네. '지금까진 제가 육신의 아버지를 아버지라고 불렀지만, 이제부터는 하늘에 계신 아버지를 아버지라고 마음 놓고 부를 수 있게 되었습니다.'라고. 그때부터 프란체스코는 기꺼이 청빈과 결혼한 것이지."

성 토마스 아퀴나스의 이야기가 끝나자, 열두 명의 축복받은 영혼들은 그들이 이루고 있는 면류관 모양을 유지하며 돌기 시작했다. 그리고 채 한 바퀴도 돌기 전에 벌써 또 한 겹의 면류관 모양이 그 위를 에워싸고 있었다. 그들은 다 함께 손과 발을 맞추고 입을 모아 아름다운 율동으로 감미로운 노래를 불렀다. 마치 사람의 두 눈이 그의 의지에 따라 떴다가 감았다 하는 것처럼 노래와 춤이 한순간에 한마음이 되어 끝났을 때, 두 번째 면류관을 이루고 있는 영혼들 가운데서 한 영혼이 나서며 근엄한 목소리로 말했다.

"성 토마스 아퀴나스께서 우리의 스승이신 성 프란체스코를 그토록 찬양해 주셨으니 나 또한 성 토마스 아퀴나스의 스승이신 성 도미니코에 대해 한 말씀 드리겠네."

그는 프란체스코 수도회의 회원이었던 성 보나벤투라였다.

"그분은 1170년에 스페인의 경치 좋은 도시 칼레루에가에서 태어났지. 그분의 마음은 태어나는 순간부터 그리스도교 신앙으로 철철 넘쳐흘렀네. 전하는 바에 의하면, 그분이 영세받아 신앙과 융합되던 날 그의 모친께서 꿈을 꾸었다고 하네. 희고 검은빛이 섞인 털을 가진 개가 불덩어리를 입에 물고 세상을 불태워 버린다며 돌아다니는 무서운 꿈이었지. 그 꿈은 도미니코가 장성하여 주님의 용사가 될 것임을 나타낸 것이었고, 이는 정확히 맞아떨어졌네. 굳은 신앙으로 교회를 위해 한평생 몸바칠 것을 서약한 도미니코는 훗날 그의 빛나는 학문으로 온 세계 이교도들의 학설들을 마치 불꽃처럼 태워 격파시켰으니까 말일세. 그와 함께 지상의 교회는 성 도미니코와 성 프란체스코가 이루어 놓은 수도회의 두 수레바퀴에 의지하면서 세계 각 나라로 복음을 전할 수 있게 되었던 게지. 그럼에도 이 두 분이 남긴 수레바퀴의 흔적을 아는 이들이 너무 적다고 생각하지 않는가?"

보나벤투라는 주위를 둘러싸고 있는 바깥쪽의 원을 하나하나 가리키면서 말했다.

"내 오른쪽에 있는 분이 성 프란체스코님의 제자인 일루미나토님과 아우구스티누스님이라네. 이분들은 허리에 새끼줄을 동여매고 주님의 벗이 된 초기의 가난한 맨발의 동료이지. 그리고 철학, 신학, 신비신학에 관한 저서를 남긴 비레토의 수도원장 우고와 《스콜라 학사》를 남긴 프랑스의 신학자 피에트로 망지아도레, 열두 권의 책을 남겨 이름을 빛낸 스페인의 신학자 피에트로 이스파노, 헤브라이의 선지자 나단, 아르카디오 황제의 궁에 창궐하던 부패를 신랄히 공박한 그리스의 대주교 크리소스토모, 캔터베리 대주교였던 안셀무스, 로마의 위대한 문법학자 도나투스 등이 시계 반대 방향으로 늘어서 있네. 그리고 그 옆으로 마인츠의 주교이며 신학자였던 라바누스, 또 내 왼쪽으로는 칼리브리아의 수도원장 지오바키아일세. 이 지오바키아는 《묵시록》에 주석을 달고 《10현의 시편》 등의 저서를 남겼는데, 그가 남긴 많은 글은 프란체스코 수도회의 강경파들이 탐독하였지만, 그것들은 교회에서 이단으로 취급받게 되었고, 결국 그도 역시 이단으로 몰려 교회에서 처벌당한 뒤에 크게 뉘우쳤다네."

보나벤투라가 이야기를 마치자 두 번째 둘레를 이루고 있던 빛의 영혼들은 춤을 추며 찬미의 노래를 불렀다.

단테는 두 사람의 주위를 환하게 밝히고 있는 열두 개의 불꽃을 둘러보며 공손히 예를 표했다. 그때 그 빛의 영혼들 가운데서 다시 토마스 아퀴나스가 나서며 말문을 열었다.

"한 다발의 볏단을 타작하여 알곡을 거둬들이고 나면 다시 한 다발의 보리를 타작해야 하듯이, 내 마음이 또다시 사랑으로 동요하는구나. 자네의 소망이 무엇인지 한번 말해 보게나. 내 기꺼이 그 의문을 풀어 주겠네."

단테는 반가워하며 아직도 풀리지 않는 솔로몬에 대한 의문을 끄집어냈다.

"당신이 말씀하신 것 가운데서 한 가지의 의문은 풀렸으나 다른 한 가지의 의문은 그대로 남았습니다. 솔로몬 왕에 대해 말씀하시면서 '진리가 영원히 진리로 남는다면 아마도 이분을 따를 만한 현자는 앞으로 두 번 다시 세상에 태어날 수 없을 것이다.'라고 하셨는데, 그 뜻이 무엇입니까?"

토마스 아퀴나스는 목소리를 가다듬고 더욱 분명한 어조로 이야기를 시작했다.

"자네는 다윗의 아들 솔로몬이 꿈속에서 하느님을 뵙고 무슨 소원을 청했는지 알고 있겠지?"

"네, 물론 알고 있습니다. 솔로몬이 어느 날 밤 꿈속에서 하느님을 뵈었는데, 하느님께서 무슨 소원이든지 들어주시겠다고 말씀하시면서 '내가 너에게 무엇을 주었으면 좋겠느냐?'고 물으셨을 때 솔로몬은 '어린아이 같은 저에게 지혜를 주시어 당신의 백성을 잘 다스릴 수 있도록 옳고 그름을 분별할 수 있게 해주십시오.'라고 청했지요."

토마스 아퀴나스는 고개를 끄덕이며 말했다.

"그래, 바로 그것이지. 솔로몬은 왕으로서 자신에게 합당한 소원을 하느님께 청한 것일세. 솔로몬은 '천상에 하늘을 움직이는 천사가 몇 명이나 되는지, 필연이란 필연과 우연의 전제에서 유래하는지, 원인 없는 운동이 가능한 것인지, 혹은 반원에서 직각을 가지지 못한 삼각형을 만들 수 있는지'와 같은 것들을 문제 삼지 않았네. 솔로몬의 말 중에서 '백성을 잘 다스릴 수 있도록'이란 말에 주목한다면 그의 말은 오로지 국왕과 관련된 것이라는 사실을 알 수 있을 것일세. 세상에 국왕의 수는 많지만 좋은 왕은 참으로 드물지. 그러니 솔로몬 왕이 지혜로웠다는 것은 왕에 한정된 것이지, 인간 전체에 관한 것은 아닐세."

그러면서 토마스 아퀴나스는 단테에게 성급한 판단보다 지혜롭게 판단할 수 있기를 깨우쳐 주었다. '네'와 '아니요' 중에서 어느 하나를 선택해야 할 때 성급한 판단은 자주 오류에 빠질 수 있으므로 심사숙고해야 하며, 진리를 구하면서도 그것을 소유할 능력을 갖추지 못한 자는 계속되는 혼미 속에서 오류를 진리로 그릇되게 생각할 수도 있음을 설명했다.

그는 그에 대한 예를 열거하며, 태양의 그 뜨겁고 차가움에서 만물이 생성되고 인간 또한 태양에서 발생했다고 믿었던 파르메니데스와 그의 제자 멜리소스, 원을 사각형으로 봤던 브리슨 등을 그 대표적인 인물로 꼽았다. 그리고 또 삼위일체를 부인하고 성부와 성자와 성령은 유일신의 각기 다른 이름에 불과하다고 주장했던 사벨리우스, 영

토마스 아퀴나스

이탈리아 로마와 나폴리 중간에 있는 로카세카 출생. 성주(城主)의 아들로 처음에 나폴리대학에 입학했으나 설교 및 학문연구를 사명으로 하는 도미니코회에 들어가 파리와 쾰른에서 알베르투스 마그누스에게 사사하였으며, 그동안에 사제(司祭)가 되었다. 1252년 파리대학 신학부의 조수로 연구를 심화하는 한편, 성서 및 《명제집(命題集)》의 주해에 종사하였고, 1257년 신학 교수가 되었다. 1259년 이후 약 10년간 이탈리아 각지에서 교수와 저작에 종사, 1268~1272년 재차 파리대학에서 교편을 잡은 후 나폴리로 옮겼다. 1274년 리옹 공의회(公議會)에 가던 도중 포사노바의 시토회 수도원에서 병사하였다.

그는 방대한 저작을 남겼는데, 그 종류는 그가 대학교수와 수도회원으로서 행한 각종 활동을 반영하는 것이다. 그의 철학은 아리스토텔레스 철학을 떠나서는 논할 수 없다. 그는 생애를 통하여 아리스토텔레스 연구에 몰두하였다. 그러나 그의 철학은 아리스토텔레스 철학의 반복도, 그리스도교화도 아니며, 오히려 아우구스티누스와 안셀무스를 거쳐서 형성된 그리스도교 철학을 독창적으로 발전시켰다.

원성과 성부와의 동일 실체성을 부정했던 아리우스 등에 관한 예도 증거로 제시하면서, 그들은 모두 울퉁불퉁한 칼날 위에 뒤틀리게 비치는 영상을 그대로 믿고 성서를 그릇되게 해석했다고 비판했다.

추운 겨울에는 억세고 가시투성이로만 보였던 나무가 따스한 봄이 되자 가지 끝에서 아름다운 장미꽃을 피운 것을 본 일이 있고, 기나긴 항해를 마치고 항구를 향해 달려온 배가 항구에 들어서면서 어이없이 침몰해 버리는 것을 본 적이 있는 단테는 부끄러움에 얼굴을 들 수 없었다.

그때 토마스 아퀴나스가 단테에게 한 마디 던졌다.

"누구는 지옥에 떨어지고 누구는 구원을 받을지 미리 단정 짓지 말게나. 그것이 어떻게 뒤바뀔지는 아무도 모르는 일이니까."

하느님의 전사, 십자군의 기사들

화성천 안에는 일찍이 용맹을 떨치던 하느님의 전사와 십자군 용사들의 수많은 영혼이 빛나고 있다. 유성처럼 하나의 영혼이 십자가의 오른쪽 끝에서 아래로 달려 내려온다. 그는 단테의 고조부인 카치아 구이다이다. 그에게서 예언을 듣고 있던 단테는 자신의 앞날에 직면하게 될 운명에 대해 질문한다. 그러자 선조의 영혼은 단테에게 그가 머지않아 맛보게 될 유랑 생활의 고뇌에 대해 상세하게 들려준다.

단테는 태양천의 빛들과 이야기하고 나서 잠시 동안 아름다운 하늘을 우러러보았다. 그러자 태양천의 빛들 위로 하나의 밝은 빛이 갑자기 나타났다. 그것은 마치 숯불 속의 불꽃처럼 하얗게 타오르며 다가오고 있었다.

"오, 성령의 불꽃이여!"

단테는 하늘에서 십자가 모양으로 찬란하게 빛나고 있는 불꽃들을 보면서 압도당한 듯 외쳤다. 그러다가 베아트리체의 미소에 힘을 얻어 다시 우러러보았을 때, 그제서야 베아트레체와 함께 태양천보다 높은 하늘인 화성천에 옮겨와 있음을 깨달았다.

단테는 정성을 모아 드린 번제(燔祭)를 하느님께서 받아들인 듯한 억제할 수 없는 환희를 느꼈다.

그러는 동안, 화성천의 빛들은 점점 한군데로 모여 하늘 위로 커다란 십자가 모양을 이루기 시작했다. 빛들은 서로 위에서 아래로, 혹은 아래에서 위로, 아니면 오른쪽에서 왼쪽으로, 왼쪽에서 오른쪽으로 움직이고 있었고, 중심에서부터 빛의 알갱이들이 부딪힐 때마다 번쩍번쩍 빛을 발산해 내고 있었다. 이윽고 빛들이 한마음으로 하느님을 찬미하는 노래를 불렀는데, 단테는 감미로운 가락에 그만 마음을 빼앗겨 버렸다. 오래가지 않아 감미로운 노래와 거룩한 현의 울림은 곧 멈추었다. 그 무렵, 고요한 밤하늘에 떨어지는 별똥별처럼 한 영혼이 십자가 형태의 발치에서 내려왔다.

단테에게 다가온 그 빛의 영혼은 두 손으로 하늘을 떠받들 듯 들어 올리며 근엄한 목소리로 말했다.

"오, 나의 잎이여! 그 잎이 돋아나기를 기다리는 것만으로도 내게는 즐거운 일이노라."

"그게 무슨 말씀이신지요?"

단테가 말뜻을 이해하지 못하자 빛의 영혼이 다시 설명했다.

"내가 너의 뿌리이기 때문에 너를 잎이라고 칭한 것이니라. 그건 그렇고, 네 증조부인 알리기에리가 교만의 죄를 짓고 벌써 백 년 이상이나 저 아래의 정죄산 첫째 벼랑을 돌고 있으니 참으로 걱정이구나."

단테가 당황하며 눈을 동그랗게 뜨고 물었다.

"아니, 제 증조부님을 어떻게 아십니까?"

그러자 그 영혼은 환하게 미소 지으며 말했다.

"그는 네 증조부인 동시에 내 아들이니라. 그러니까 나는 너의 고조부가 된다. 내 이름은 카치아 구이다니라. 너는 깊은 신앙심으로 열심히 기도를 올려서 지금도 저 아래에서 무거운 돌을 들어 옮기는 네 증조부의 노고를 덜어 주어야만 한다."

단테는 바닥에 넙죽 엎드리며 머리를 조아렸다.

"오, 고조부님! 저의 뿌리를 몰라뵙고 인사드리지 못함을 용서하옵소서!"

영혼은 껄껄 웃으며 말했다.

"자, 그만 일어나거라. 원래 잎사귀는 땅속에 있는 뿌리를 알 수 없느니라. 이렇게 만났으니 이 고조부에게 묻고 싶은 게 있으면 물어보도록 해라."

단테는 자리에서 조용히 일어나 고조부에게 물었다.

"고조부님, 고조부님께서 사시던 당대의 상황, 즉 평화와 절도가 넘치던 당대 피렌체에 대한 이야기를 듣고 싶습니다."

영혼은 잠시 눈을 감고 생각에 잠기다가 이야기를 시작했다.

"내가 태어나서 살던 피렌체는 옛 성벽에 둘러싸인 조용하고 평화로운 곳이었단다. 팔찌와 머리장식이 유행하기 전이었으니까 가죽구두 같은 것도 물론 없었고 의상을 아름답게 꾸미는 그런 띠를 허리에 매는 여인들도 없었단다. 그 당시 그곳 사람들은 모두 근면 검소하고 열심히 일하며 살았지. 명문가의 귀부인들까지도 부지런히 실을 뽑고 손수 짠 천으로 옷을 해 입고 외출하는 정도였으니까 그들의 생활상이 어떠했는지 짐작이 갈 것이다. 그런 가운데서도 그곳 사람들은 이웃 간에 서로 사이좋게 지냈단다. 지금처럼 결혼 지참금의 액수가 정도를 넘는 일이 없었고 한 가족이 살기에 지나치게 큰 집도 없었지. 이 고조부는 그런 시절에 태어나서 예수를 믿고 그리스도인이 되었단다."

"고조부님의 말씀을 듣고 보니 그 당시의 여인들이 얼마나 근면 검소한 삶을 살았을지 충분히 짐작이 갑니다. 이제 지상 세계에서 고조부님께서 이루어 놓으신 업적에 대한 이야기도 듣고 싶습니다."

그러자 영혼은 의기양양한 모습으로 입을 열었다.

"십자군 전쟁이 발발했을 때, 나는 쿠르라도 3세 황제에게 기사 칭호를 받았단다. 전장에 나갈 때마다 승리를 거듭한 나는 황제에게 총애를 받았지. 그리고 마지막으로, 우리 땅을 부당하게 점령하고 있던 저 사악한 마호메트 교도들을 상대로 칼라브리아 전투에서 용감하게 싸웠지만, 나는 그만 비열한 백성의 손에 잡혀 지상에서의 생을 끝마쳐야만 했단다. 그리하여 나는 순교자로서 하느님의 은총을 받아 이 평화롭고 아름다운 곳에 이르게 되었지."

단테는 의아한 표정으로 베아트리체를 바라보며 물었다.

"연옥에서 죄의 씻음도 받지 않고 이처럼 영혼이 단번에 천국에 오를 수도 있는 것입니까?"

베아트리체는 그가 모르는 부분에 대해 자세히 설명해 주었다.

"하느님을 증거하고 신앙을 지키기 위해 목숨을 바친 순교자들에게는 하느님의 특별 은총이 내려져 연옥을 안 거치고 곧바로 하늘나라에 오르게 됩니다. 그런 까닭에 순교자를 위해 그가 천국에 오르기를

화성천의 광경_ 단테는 태양천을 올라 화성천에 오른다. 천사들의 찬양 소리가 울려 퍼지는 가운데 단테는 자신의 고조부를 만난다.

기도하는 것은 오히려 순교자를 욕되게 하는 것이지요."

단테는 고조부의 말을 듣고 자신의 가문이 그토록 고귀한 혈통을 지니고 있었음에 새삼 놀라고 감탄하였다. 지상의 인간들은 진정한 선이 무엇인지 몰라 신앙의 발자취와 그 혈통이 얼마나 고귀한지 알 수 없지만, 참사랑이 존재하는 이곳 천상에서 영원히 기릴 만한 혈통을 만나게 되었음은 진정 아름다운 일이 아닐 수 없었다.

"고조부님께서는 저에게 말할 수 있는 용기를 주시고 제 이름을 드높게 해주셨습니다. 그럼 우리의 옛 조상님들과 고조부님께서 생활하신 추억에 대해 말씀해 주시고, 그 당시 우리의 고향 피렌체는 얼마나 컸으며, 또 유명한 가문에는 어떤 가문이 있었는지 듣고 싶습니다."

그러자 카치아 구이다의 영혼은 더욱더 빛을 발하며 은은하고 부드러운 목소리로 말했다.

"나는 1091년에 피렌체에 있는 성 피에로의 제6구 어귀에서 태어났단다. 해마다 세례자 요한의 축일인 6월 24일에 축제를 벌일 때면 우리 마을 앞으로 그날 경주의 마지막 구획이 정해지곤 했었지."

이렇게 이야기한 카치아 구이다는 다시 말을 이었다.

"이 정도면 우리 조상에 대해서는 충분히 얘기한 것 같다. 그분들의 이름은 무엇이고 어디서 오셨는지에 대해서까지 네가 알 필요는 없을 것 같구나."

그래서 단테는 자신의 조상은 누구이고 어디에서 피렌체로 이주해 왔으며 어떻게 생활했는지에 대해서 재차 물었지만, 고조부가 대답을 꺼려하자 더는 묻지 않기로 했다. 그래서 다시 화제를 바꾸었다.

"고조부님, 그렇다면 고조부님께서 사시던 때의 인구는 얼마나 되었으며, 권력을 쥐고 있던 자들은 어떤 사람들이었는지요?"

"그 당시의 피렌체 주민은 지금의 다섯 배나 적은 숫자였으나 모두 순박한 사람들이었다. 그런데 점점 다른 지역에서 이주해 오는 사람이 많아지면서 피렌체는 분열되기 시작했지. 주민의 구성이 혼잡해지면서 하나둘씩 불행의 씨앗이 생기기 시작했고, 날이 갈수록 이방인들의 세력이 강대해지기 시작했단다. 사람들이 뒤섞이면 언제나 도시가 타락하는 법, 음식을 이것저것 들이부으면 배탈이 나는 것과 비슷한 이치이다. 훌륭한 가문이란 참으로 그 운명이 기구하더구나. 인간의 일이란 언제나 종말이 있는 법이어서 가문의 혈통이 끊어진다 해도 그다지 놀랄 만한 일은 아니야. 인간의 종말은 인생행로 어디엔가 도사리고 있는데, 사람들이 그것을 인식하고 있지 못할 뿐이지."

그리고 그는 달과 하늘의 운행이 끊임없이 해안에 조수를 일으키듯이 피렌체의 운명도 참으로 기구하다고 전제하면서, 지금 피렌체에는 한때 찬란한 명문이었지만 대가 끊겨 멸망한 가문이 많다며, 그들이 멸망한 이유 중 가장 큰 원인은 이방인들과 섞여 살았기 때문이라고 말했다.

그 대표적인 예로 부온텔몬티 가문의 사건을 상세하게 설명해 주면서, 피렌체가 분열의 구렁텅이에 빠져 들어간 과정, 즉 부온텔몬티가 딸을 정략결혼시킨 대가로 아베데이에 의해 살해된 이후 복수주의의 악순환이 그치지 않게 되어 피렌체의 평화는 종말을 고하게 되었다고 했다. 그 이후에 기벨린당이 추방되고 겔프당이 들어서면서 피렌체는 유사 이래 처음으로 적에게 패하고 분열의 소용돌이에 휘말리는 비참한 지경에 이르게 되었다는 것이다.

고조부와 손자의 정겹고도 진지한 대화를 듣고 있던 베아트리체가 단테에게 말했다.

"머릿속에 생각나는 것이 있으면 무엇이든지 물어보세요. 그것이 결국은 당신 자신을 위한 것일 테니까요."

이에 힘을 얻은 단테가 말했다.

"오, 나의 귀한 뿌리시여! 저는 베르길리우스 스승님에게 인도되어 지옥과 연옥을 순례하는 동안 제게 슬픈 미래가 펼쳐지리라는 예언을 들었습니다. 하지만 제 운명이 아무리 험난하다 하더라도 저는 흔들리지 않을 마음의 결심이 서 있습니다. 그래서 앞으로 어떤 운명이 다가올 것인가를 알 수 있는 것만으로도 제 의지는 만족할 것입니다." 그러자 단테의 고조부는 사랑을 담은 부드럽고도 분명한 어조로 입을 열었다.

"오르간에서 아름다운 음악 소리가 흘러나와 귀를 감미롭게 두드리듯이 너를 위해 마련된 미래가 하느님을 통하여 내 시야에 들어오는구나."

허공에 시선을 모으고 무언가를 바라보고 있는 고조부의 영혼을 지켜보며 단테는 숨소리를 죽이고 마른침을 꿀꺽 삼켰다. 고조부는 부드럽고 나지막한 목소리로 이야기를 계속했다.

"피렌체를 떠날 수밖에 없는 운명을 타고났구나! 너는 교황 보니파시오 8세를 감싸고 있는 부패한 성직자들이 피렌체에서 추방할 것이다. 세상일이 항상 그렇듯이 패배한 당파가 세상 사람들에게 극심한 비난을 받게 될 것이다. 너는 네가 사랑하던 교황과 가족, 친지 등을 모두 잃을 것인즉, 그것이 추방의 활을 쏘는 첫 화살이니라. 그러나 하느님의 공의로우신 심판으로 그 진실이 드러날 것이다."

단테는 마치 그 자리에서 화살을 맞은 것처럼 가슴이 뜨끔했다. 그러나 고조부의 영혼은 침착하고 조용한 음성으로 말을 이어 나갔다.

"방황하는 동안에 너는 슬픔과 고통의 삶을 살게 되겠구나. 그때, 베로나의 영주 스칼라가 너를 맞아들일 것인즉, 그곳에서 너는 화성의 정기를 타고난 칸그란테 델라 스칼라를 만나게 될 것이다. 아직은 아홉 살밖에 안 된 어린아이라서 세상 사람들이 그를 알아보지 못하지만, 성장하면서 점차로 그의 덕성이 빛을 발하여 세인들의 입에 자자하게 될 것인즉, 그와 그의 선정(善政)에 주목하여라. 그 때문에 많은 사람의 운명이 역전되어 가난한 자가 부자가 되고 부유한 자가 거지가 될 것이니라. 그를 머릿속에 꼭 기억하되 그의 이름을 절대로 입 밖에 내서는 안 된다."

단테는 그의 예언에 깊은 동감을 하면서 자신에게 새로운 충고가 필요한 것임을 느껴 다시 물었다.

"영광을 가득 받으신 조상님이시여! 준비하지 못한 자에게 가장 혹

고조부를 만나는 단테_ 단테가 화성천에서 자신의 고조부인 카치아 구이다를 만나는 장면이다.

독한 시련이 떨어지듯이 그런 타격을 주기 위해 저를 향해 시간이 질주하며 공격하는 것을 봅니다. 그러니 선견지명으로 저에게 힘을 실어 주세요. 그리고 제가 소중한 고향을 잃을지언정, 제 시(詩)만큼은 다른 모든 것에서 지켰으면 좋겠습니다. 제가 이처럼 지옥의 골짜기를 지나고 연옥의 보속하는 고행을 보면서, 그리고 또 이처럼 천국의 빛 속을 순례하면서 많은 것을 듣고 보고 배웠는데, 그것들을 그대로 말한다면 많은 사람이 가슴 아파할지도 모릅니다. 그러나 진리를 앞에 두고 제가 소심해진다면 제 이름이 이 시대를 옛날로 돌아볼 사람들과 함께 살아 있지 못할까 두렵습니다."

그러자 고조부의 영혼이 햇살을 받은 거울처럼 찬란한 섬광을 발하면서 대답하였다.

"물론 양심에 거리낌이 있는 자들은 네 시(詩)를 노골적으로 싫어하며 학대할 것이다. 그러나 한 점 거짓 없이 네가 이곳에서 보고 들은 그대로를 노래하여야 한다. 그렇게 함으로써 무거운 죄가 있는 자들에게는 괴로움을 느끼도록 해라. 처음에는 네 시가 읽기 싫을지 모르나 언젠가 마음속에 새겨 깨닫게 되면 생명의 양식을 몸 안에 지니게 될 것이기 때문이다."

그러면서 고조부의 영혼은 단테를 격려하며 자신감을 심어 주었다.

"자신의 시(詩)에 대해 확고한 신념을 갖고 있어야 한다. 이곳 천국과 연옥의 산에서, 그리고 지옥의 골짜기에서 네가 만났던 사람들은 모두 지상에 살면서 이름을 날렸던 영혼들이었다. 그것만으로도 네가 지상으로 돌아가서 이야기할 때 근거가 불투명한 꾸며낸 이야기로 취급당하진 않을 것이다."

　단테는 조상의 말에 달콤함과 착잡한 심경을 동시에 느끼면서 곁을 지키고 있는 베아트리체를 물끄러미 쳐다보았다.

하느님의 정의를 사랑하는 영혼들

독수리의 늠름한 형상은 수많은 영혼으로 이루어져 있는데, 그것은 마치 한마음처럼 하나의 목소리로 말하였다. 단테는 오래전부터, 그리스도교를 믿지 않은 사람들의 구원 가능성에 대해 의혹을 품어 왔는데, 그 점을 독수리에게 물어본 결과 하느님의 정의는 인간의 지혜로 헤아릴 수는 없다는 대답을 듣는다.

사람들이 덕을 쌓고 선을 행하면서 더 큰 보람을 느끼듯이, 단테 역시 하늘의 신비로움이 더해 갈수록 새로운 기쁨을 만끽했다.

단테는 이제 자신이 해야 할 일이 무엇인지 알아보고자 베아트리체를 향해 몸을 돌렸다. 그러다가 놀라울 정도로 찬란한 빛이 그녀를 둘러싼 광경을 보고 그만 압도당하고 말았다.

그러면서 부끄러움으로 빨갛게 물들었던 여인의 얼굴이 차츰 본래의 얼굴로 돌아가는 것처럼, 하늘의 빛남이 예전과 달라진 것을 눈치챘는데, 그것은 단테가 이미 화성천에서 여섯 번째 하늘인 목성천으로 들어와 있기 때문이었다.

그곳에서 새롭게 빛을 발하는 별들을 자세히 쳐다본 단테는 별들이 모두 흰빛을 발하면서 알파벳 글자 모양을 표시하고 있다는 사실을 깨달았다. 마치 기러기들이 고리를 만들거나 일직선으로 날아가듯, 빛의 무리도 노래와 함께 날면서 라틴어의 머리글자들을 만들어

내고 있었다.

'정의를 사랑하라(DILIGITE IUSTITIAM)'는 글자가 하늘에 수놓아지자 잠시 후 그 끝맺음은, '땅을 심판하시는 자들이여(QUI IUDICATIS TER-RAM)'라는 글자가 선명하게 나타났다. 그러고 나서 그들은 마지막 글자 끝의 M자 모양을 유지하며 그대로 머물렀다. 그 때문에 목성은 그 부분만이 황금 글씨가 새겨진 은처럼 반짝였다.

M자 꼭대기에 또 다른 빛의 영혼들이 내려앉아 하느님을 찬양하고 있었다. 하느님께로 인도해 주시는 그 은총에 대한 찬미와 영광과 감사를 드리는 것이었다.

시뻘겋게 불타는 장작을 두드리면 무수한 불꽃이 사방으로 튀어오르듯이 수많은 빛이 일어나서 하느님께서 정해주신 대로 혹은 높게 혹은 낮게 날아다니고 있었다.

빛의 영혼들이 저마다 자기 자리를 정하고 잠잠해지자 그 빛으로 독수리의 머리와 목의 형상이 선명하게 나타났다. 그러더니 이번에는 독수리 모양을 갖춘 M자 위에 또 다른 빛의 영혼들이 날아와 백합 모양을 만들고 나서 흡족한 빛을 보이더니 다시 빛나는 독수리의 전체 모양을 완성했다.

단테는 M의 형상이 상징하는 것을 보면서 화성이 지상에 전투적인 정신을 불어넣어 주듯이 목성은 지상에 정의의 정신을 불어넣어 준다는 사실을 확신하였다.

'오, 아름다운 목성이여! 지상의 정의는 그대에게서 흘러나온다는

독수리 모습으로 변하는 천사들의 형체_ 단테가 목성천에 이르자 천사들의 빛이 여러 형태의
모습으로 장관을 보여주고 있다.

것을 저 무수한 영혼이 저렇게 그림을 통해 보여주고 있구려. 그대의 움직임과 그 거룩한 뜻에 부탁하는바, 부디 그대의 빛이 원래대로 회복되어 그대가 발산하는 정의의 빛을 가로막는 연기가 지상의 어느 곳에서 피어오르는지 눈여겨 보아주기를 바라고, 능력의 하느님께서 부릅뜬 눈으로 저 추악한 교황청을 살피시사 기적과 순교로 쌓아올린 성전 안에서 팔고 사는 저들에게 하느님의 분노가 임하시기를 간청하나이다.'

바로 그때, 많은 숯덩이가 한꺼번에 타올라 뜨거운 열기를 토해내듯 독수리의 형상을 이루고 있는 수많은 영혼이 하나된 사랑으로 찬란한 불빛을 발산하며 하느님의 은총을 사랑의 찬미가로 엮어 노래를 불렀다. 그들은 찬미가가 끝나자 노래 부르던 그 아름다운 목소리로 다시 이야기했다.

"우리는 하느님의 정의를 사랑하고 이를 굳건히 지킴으로써 이 영광의 자리에 오르게 되었나니, 더는 바랄 게 없는 최고의 영광을 누리는 축복받은 자가 되었다. 하느님의 능력은 무한하지만, 그분께서 지으신 피조물들은 그렇지 못하다. 그들은 언제나 불완전한 존재였기에 하느님의 권능을 전부 받아들일 수 없었고, 그분의 예지 또한 아로새길 수 없었다."

단테는 그 이야기에 수긍하며 고개를 숙인 채 그 영혼의 말에 계속 귀를 기울였다.

"루시퍼는 피조물 가운데 가장 먼저 창조되었고 가장 높은 지위에 있었다. 그러나 하느님의 생각을 완전히 알 수 있는 특별한 표지를 가지고 있지 못해 하느님의 은총을 기다리지 못하고 조급하게 오만한 마음에 젖어 들어 하늘에서 추방되었다. 그러니 그보다 훨씬 못한 인간의 지성이 시작도 끝도 없이 무한한 하느님의 사랑을 투시할 수 없음은 당연하다. 이는 곧 인간의 눈이 바다의 심연을 투시할 수 없는 것과 마찬가지다. 왜냐하면, 깊은 심연 자체가 시야를 가로막기 때문이다. 세상을 비추는 빛은 하느님에게서 나오지 않았다면 존재하지 않았다는 사실을 깨달아야 한다. 그러므로 하느님이 아닌 다른 곳에서 빛을 찾으려고 한다면, 그곳에서는 빛이 아닌 어둠만을 보게 될 것이다. 즉, 하느님이 아니고서는 그 어디에서도 선을 찾을 수 없다는 것이다."

단테는 하느님의 정의로 빛나는 영혼들의 고백을 듣고 마음속으로 감동했다. 그가 하느님의 정의를 확실히 알 수 없었던 이유를 깨닫게 된 것이다. 그러나 아직도 한 가지 의문이 남아 있었다. 하느님의 정의가 그처럼 빈틈없으신 것이라면 어째서 신앙을 모른 채 선행을 했던 사람들의 영혼이 벌을 받아야 하는가 하는 점이었다. 단테가 그 점을 지적하며 묻자, 정의의 독수리는 또다시 입을 열어 하느님의 섭리를 설명해 주었다.

"그리스도를 믿지 않는 자가 이 천국에 오른 일은 예수님이 십자가에 못 박히시기 전에도 후에도 없었다. 심판의 날이 오면 예수님을 몰랐던 자보다 '주여, 주여!' 하고 외치던 자들이 하느님의 곁에서 훨씬 더 멀리 떨어져 있는 것을 보게 될 것이다."

그리스도를 아예 몰랐던 자들보다 입으로만 '주여, 주여!' 하고 진실한 믿음이 없던 자들은 훗날 천국에 들어갈 수 없다는 말이었다. 그들은 또 단테에게 하느님이 발하시는 빛을 모르는 듯이 어둠 속에서 지루한 생활을 하는 자들이 많음을 낱낱이 예를 들어 설명해 주면서 인간을 신의 섭리를 반사시키는 거울에 비유했다.

"만약 그것이 훌륭한 거울이라면 완전히 하느님의 정의를 그대로 반사시킬 수 있으나 허울 좋은 거울에 불과하다면 본래의 모양마저 왜곡시켜 버리지 않겠는가. 그러므로 참된 신앙에 의해서만 완전한 거울이 될 수 있다는 사실을 명심해야 한다."

독수리가 말을 마치자 축복받은 영혼들은 더더욱 밝은 빛을 발하면서 성령의 뜻이 담긴 노래를 부르는데, 단테로서는 기억조차 하기 힘든 노래 가사였다. 단테가 넋을 잃고 그 노랫소리를 듣고 있으려니까 또다시 독수리가 입부리를 움직이며 말했다.

"우리가 이루고 있는 독수리 형상을 세밀하게 살펴보라. 독수리 형상을 갖춘 이 수많은 영혼의 빛 가운데서도 눈이 되어 유난히 밝게 빛나고 있는 영혼이 가장 고귀한 분으로, 하느님의 '언약의 궤'를 수레에 실어 운반하였던 이스라엘의 왕 다윗이다. 그리고 입부리 부분에 가장 가까이 있는 빛은 자식을 잃은 과부를 위로해 주었던 트라야누스 황제, 죽음을 눈앞에 두었을 때 하느님 앞에 자기의 신실한 회개와 헌신을 기억해 달라고 기도하여 15년이나 더 살았던 히스기야 왕, 로마를 교황에게 양보하기 위해 수도를 비잔틴으로 옮겼던 콘스탄티누스 황제, 평화를 사랑하고 정의를 존중했던 시칠리아의 굴리엘모 왕, 그리고 정의를 앞세우며 나라를 지킨 트로이 전쟁의 영웅 리페우스 등이 독수리의 형상을 이루고 있다."

단테가 고개를 갸우뚱하며 물었다.

"이분들은 어떻게 천국에 오실 수 있었는지요?"

그러자 그 영혼들은 다시 기쁜 듯이 빛을 반짝이며 말하였다.

"자네는 지금 그리스도 탄생 이전에 태어난 트라야누스 황제와 리페우스의 영혼이 어떻게 이곳 천국에 오게 되었는지 놀라고 있는데, 사실 그것은 그리 놀랄 만한 일이 아니다."

아니, 지금까지 알고 있던 것과 어긋나는 일에 대해 어찌 놀라지 않을 수 있단 말인가. 단테가 무슨 말인가를 하려고 입을 열려는 순간, 독수리가 말문을 막았다.

"사실 그 두 영혼은 그대가 생각하고 있는 것과는 달리 훌륭한 그리스도인이다. 비록 트라야누스 황제가 덕행을 많이 쌓았다고는 하지만, 그는 분명 이교도였고, 또 리페우스는 예수님께서 세상에 태어나시기 훨씬 이전에 죽지 않았느냐고 반박할 수도 있을 것이다. 하지만 리페우스는 장차 세상에 오셔서 수난당하실 예수 그리스도를 믿었고, 트라야누스 황제는 이미 수난당하신 예수 그리스도를 믿음으로써 구원을 받은 것이다."

단테가 고개를 갸우뚱하자, 독수리는 차근차근 설명을 덧붙였다.

"좀 더 자세히 말하자면, 트라야누스는 그의 선한 의지로 지옥에서

목성천의 단테_ 단테 앞에 마치 연극을 보여주는 듯 천사들이 십자기의 형상을 만들어 보여주고 있다.

들림 받아 영혼과 육체가 다시 결합되었는데, 이는 살아 있는 그레고리우스의 간절한 기도 때문이었다. 즉, 그의 기도가 하느님의 의지를 움직였던 것이지. 하느님의 은총으로 세상에 다시 태어날 수 있었던 트라야누스 황제는 자신을 구원의 길로 인도해 줄 교황 그레고리우스를 믿고 의지하게 되었고, 그로써 참사랑을 실천하며 살았던 그는 두 번째 죽음을 맞이했을 때 천국에 오를 자격을 부여받게 되었다."

"아하!"

단테는 자신의 어리석음에 대해 무릎을 치며 독수리의 말을 계속해서 경청했다.

"그리고 리페우스는 자신의 사랑을 의로움에 바쳤다. 이는 너무나 깊은 샘에서 솟아올라 사람의 눈으로는 그 바닥을 도저히 잴 수 없는 하느님의 은총에 의한 것이었다. 하느님의 은총으로 빛을 보게 된 그는 이교도적인 것에서 풍기는 악취를 더는 참지 못하고, 사악해져 가는 사람들을 훈계하고 꾸짖었다. 그는 지상에서 세례가 행해지기 천 년도 훨씬 이전에 세례를 받았다. 너의 오른편 바퀴(그리핀이 끌던 전차의 바퀴)에 있던 세 명의 여인(믿음, 소망, 사랑을 상징한다.)이 그 세례의 대리인들이었다."

단테가 하느님의 위대하신 의지에 경탄하면서 인간으로서는 감히 엄두도 낼 수 없는 하느님을 직접 뵙고 그 의지대로 움직이니 참으로 행복하겠다고 말하자, 독수리가 대답했다.

"사실 우리도 하느님께 초대된 모습을 다 보지 못하고 있다. 하느님의 예정에 대한 깊은 뜻을 일일이 알지는 못하는 것이다. 하지만 우리가 모르는 것은 하느님께서도 굳이 가르쳐 주실 필요가 없다고 판단하셨기 때문이니, 그것만으로 만족해하고 있다. 우리는 하느님께서 원하시는 만큼 즐겁게 찬미의 노래를 부르며 살고 있다."

노래를 잘 부르는 가수의 노래 뒤에 비파 연주자의 반주가 더욱 아름다운 매력을 더해 주듯, 독수리가 설명하는 동안 트라야누스와 리페우스의 영혼들은 마치 두 눈이 조화를 이루며 깜박이듯 독수리의 말소리에 맞춰 불꽃을 깜박이고 있었다.

야곱의 무지개 사다리

단테와 베아트리체는 일곱째 하늘인 토성천에 오른다. 거기에도 사다리가 걸려 있는데, 그 끝은 높이 뻗어 올라서 볼 수 없었다. 이 토성천에는 명상 속에 일생을 보낸 사람들의 영혼이 있다. 피에트로 다미아노가 다가와서 단테의 질문에 대답하고 하느님의 교리에 대해 설명한다.

이윽고 단테는 베아트리체에게 인도되어 일곱 번째 하늘인 토성천에 이르렀다. 베아트리체는 더욱더 빛나는 모습이 되었으며 휘황찬란하여 함부로 바라볼 수 없을 정도가 되었다.

베아트리체에게로 고개를 돌린 단테는 깜짝 놀랐다. 한 계단씩 하늘을 오를 때마다 한층 더 빛나는 미소로 단테의 마음을 황홀하게 했던 그녀의 얼굴에서 미소가 사라진 것이다.

그녀는 엄숙한 표정으로 입을 열었다.

"내가 지금 웃는다면 당신은 세멜레(그리스 신화의 디오니소스의 어머니)처럼 재로 변하고 말 거예요. 제 빛은 당신도 보셨듯이 영원한 궁전의 층계를 오르면 오를수록 더욱 불타오르게 되고, 살아 있는 당신을 번갯불에 얻어맞은 잎사귀처럼 만들어 버릴 힘을 갖추게 됩니다. 이제 우리가 일곱 번째 하늘에 당도했으니, 마음을 가다듬고 앞으로 우리 앞에 나타날 형상들을 잘 살펴보도록 하세요."

단테가 기쁨에 벅차서 눈을 들어 하늘을 바라보니 희끗희끗 번뜩이는 사다리가 하나 걸려 있었다. 그것은 햇살에 반짝이는 황금빛을 띠고 단테의 눈이 닿을 수 없을 만큼 높이 솟아 있었는데, 수많은 천사가 환하게 빛을 발하며 그 사다리를 오르내리고 있었다. 그 모습은 마치 하늘에 보이는 온갖 빛들이 모두 그곳에서 쏟아져 나오는 것과도 같았다.

사다리에서 내려온 빛들 가운데 하나가 찬란한 광채를 발하며 다가오자 단테는 흘끗 베아트리체의 눈치를 살피다가 그 빛을 향해 말하였다.

"그대의 기쁨을 마음속에 숨겨 놓고 계신 축복받은 영혼이여! 어인 일로 이토록 저에게 가까이 오셨습니까? 그리고 또 한 가지, 저 아래쪽 천국에서는 그토록 감미롭고 장엄한 찬미가가 울려 퍼졌는데, 왜 이곳에서는 그 소리를 들을 수 없는지 그에 대한 이유를 알고 싶습니다."

그러자 빛의 영혼이 답해 주었다.

"그대의 눈이 그러하듯 그대의 귀 또한 현세 인간의 것이네. 이곳에서 노랫소리를 들을 수 없는 것은 마치 그대가 베아트리체의 미소를 볼 수 없는 것과도 같은 이치지. 그리고 내가 이렇게 나를 감싸고 있는 빛과 하느님의 말씀을 가지고 그대를 찾아온 것은 그대의 천국 입성을 환영해 주기 위함이다."

영혼은 오른쪽 손바닥을 펴서 왼쪽 가슴에 가볍게 얹더니 이야기를 계속했다.

"나는 그대의 고향에서 그리 멀지 않은 곳, 즉 중부 아펜니노산맥의 제일 높은 봉우리 카트리아 산기슭의 수도원에 있던 피에트로 다미아노일세. 그곳에서 올리브즙만을 마시면서 추위와 더위를 아랑곳하지 않고 하나님께 영광과 감사의 기도를 올리는 게 나의 일이었지. 그 수도원이 옛날에는 하늘을 위해 풍성한 열매를 맺었지만, 지금은 허무하게 변해 버렸고 머지않아 그 실체가 드러나게 될 걸세."

영혼이 말하고 있는 수도원은 이제 의로운 인간이 아무도 없는 부패한 곳이었다. 다시 말해서 수도자들이 영원한 삶을 외면한 채 속세의 행복에 눈이 어두워져 있다는 것이었다.

서기 988년, 피에트로 다미아노는 라벤나의 가난한 집안에서 태어났다. 그는 인문과학과 법률을 공부한 뒤 라벤나와 피엔차에서 교직 생활을 했으며 서른 살 때 비로소 수도생활을 시작하였다. 그는 교황 스테파노 9세의 부름을 받고 오스티아의 주교를 거쳐 추기경에 임명되었으며, 이후 유럽 각지를 순회하면서 교회의 혁신에 전념했다. 그러나 그는 얼마 못되어 모든 직책을 사퇴하고 예전의 수도원으로 돌아가 교회법과 역사 및 신학 분야에 귀중한 문헌을 남기기도 했다. 요컨대 성 피에트로 다미아노는 엄격한 성격의 소유자요 교회의 위대한 충복이었으며, 성직자의 생활 개선을 꾀하여 교황들이 열렬히 지지했다. 그에게서 참다운 성직자의 모습을 발견한 단테는 존경이 가득 담긴 목소리로 질문했다.

"겸손하고 은혜로운 영혼이시여! 당신은 왜 남들이 탐내는 고위 성직을 마다하고 평범한 몸으로 삶을 마감하셨습니까?"

그러자 영혼은 얼굴에 인자한 모습을 떠올리며 대답했다.

"성직자는 하느님의 종으로 말씀에 순종하며 살아야 하거늘, 그 성직이 다른 사람에게 넘어갈 때마다 점차 세속에 젖어 더욱 더러워졌다네. 사람들이 임의로 덧씌운 세상의 권세와 영광의 껍데기 속에 구더기가 들끓고 있으니, 어찌 내가 그 자리에 머물 수 있겠는가. 차라리 평범한 수사로 남아 기도하는 게 훨씬 더 복된 일이라고 생각하여 그리한 것이라네."

그는 계속해서 옛날의 성직자들과 지금의 성직자들을 비교하며 슬픈 목소리로 말했다.

"옛날 성직자들보다 요즘 성직자들은 걷기조차 힘들 만큼 뚱뚱하게 살이 쪘다네. 그들이 타는 말까지도 그들의 외투 자락으로 덮여 있으니 한 장의 가죽 아래 두 마리의 짐승이 걸어가고 있는 셈이지. 오, 하느님! 저희가 이것을 얼마나 더 오래 보고 있어야 하는지요?"

그가 말을 멈추자 수많은 빛이 내려와 주위를 맴돌기 시작했다. 그 빛들이 주위를 돌 때마다 그들의 아름다움은 자꾸만 더해져 갔다. 그들은 피에트로 다미아노의 빛을 둘러싸며 우레와도 같은 목소리로 함성을 질렀다. 하지만 단테는 그들이 무슨 말을 하고 있는지 한 마디도 알아들 수 없었다.

단테가 그 외침에 깜짝 놀라며 베아트리체를 바라보자, 그녀는 단테를 안심시키며 말했다.

토성천의 광경_ 토성천에 이르른 단테에게 천사들이 천상의 사다리를 내려오는 장면을 보여
주고 있다.

"당신이 지금 하늘나라에 있음을 잊었습니까? 하늘나라는 모든 것이 거룩하므로 지금 이 외침은 선의와 열의에서 나온 것입니다. 그러니 당신의 눈을 돌려 되도록 훌륭한 영혼들을 많이 뵙도록 하십시오."

그녀의 말에 따라 단테가 시선을 돌리자, 백 개도 넘는 진주 모양의 둥근 빛들이 서로 비추며 아름다움을 더하였다.

'저들이 누굴까?'

단테가 마음속으로 강한 호기심을 품고 있을 때, 그들 가운데 가장 찬란한 빛을 내는 영혼이 단테 앞으로 다가와 말했다.

"일찍이 카시노 산에는 아폴론 신전이 있어서 이교도들이 그 산을 즐겨 오르내렸지. 그 아폴론 신전을 헐고 우리를 이곳으로 인도해 주신 하느님과 아들 예수 그리스도를 모신 사람이 바로 나일세. 이 정도만 말해도 내가 누군지 알 수 있겠지?"

단테는 눈이 휘둥그레지며 말했다.

"아니, 그렇다면 성 베네딕투스님?"

그러자 그 영혼은 만면에 웃음을 띠며 고개를 끄덕였다.

단테는 성 베네딕투스의 생애에 대해 익히 잘 알고 있었다.

서기 480년, 단테의 조국인 로마의 누르시아에서 태어난 베네딕투스는 오랜 세월을 로마 근교의 동굴 속에서 가난하지만 경건한 삶을 살았다. 그의 성덕(聖德)은 음식을 운반하던 로마냐 수사가 세상에 알려 많은 사람이 그에게 몰려와 제자가 되고자 했다. 그 결과 그는 510년, 수도자들이 베네딕투스 수도원의 수도원장으로 추대했다.

베네딕투스 수도회의 회칙은 모든 수도회 회칙의 규범이 될 정도로 모범적이었다. 그러나 한때는 그 회칙이 너무도 엄격하다는 이유로 독살당할 위기에 처하기도 하였다. 그레고리우스는 성 베네딕투스를 가리켜 성서에 나오는 예언자들과 비교되는 기적을 헤아릴 수도 없을 만큼 많이 행한 사람이라고 했다. 그런 그를 시기하는 사람들 또한 끊이지 않았다. 피렌체의 한 심술궂은 사제는 예수님을 배반한 유다를 자처하며 그를 심하게 모함하기도 했다.

그동안의 원시적인 수도 방법에 대해 혐오를 느낀 베네딕투스는 서기 523년 몬테카시노로 돌아가 아폴론 신전을 헐어내고 그 자리에 서방에서 제일 큰 수도원을 건축했다. 그리고 그 후 수도회에 결정적인 영향을 준 '수도회 회칙'을 완성한 그는 서기 547년 하느님의 부름을 받았다.

"여기 나와 함께 있는 다른 불꽃들은 모두 거룩한 꽃과 열매들을 얻게 하는 뜨거운 열정에 불타오르는 사람들이네. 저분은 마카리우스, 여기 이분은 로무알두스, 그리고 이쪽에 있는 분들은 수도원에서 나가지 않고 끝까지 굳은 마음을 지키며 경건한 삶을 살았던 우리 회(會)의 형제들일세."

성 베네딕투스와 다른 모든 영혼의 찬란한 불빛에 용기를 얻은 단테가 그에게 자신의 소망을 말했다.

"육신의 눈으로는 빛으로 쌓인 당신의 모습을 볼 수 없습니다. 하오니 제가 당신의 참모습을 볼 수 있도록 은혜를 베풀어 주소서."

그러자 그는 껄껄 웃으며 말했다.

"형제여, 그대의 소망은 마지막 천국인 항성천에 오르게 되면 이뤄질 것이니 너무 조급해하지 말게나. 그곳은 모든 이의 소망이 이뤄지는 곳이니까 말일세. 하지만 야곱은 살아 있을 때 이미 꿈속에서 하늘까지 닿는 긴 사다리와 그 사다리 위를 천사들이 오르락내리락하는 모습을 보았지. 하느님의 은총은 날이 갈수록 깊어 가지만 안타깝게도 인간들의 어리석음은 그 끝이 없다네. 그래서 지금은 그 사다리를 오르기 위해 땅에서 발을 떼려는 자들도 점차 줄어들고 있고, 내가 힘들여서 썼던 회칙들까지도 버려진 채 먼지만 수북이 쌓이고 있는 실정이니 참으로 안타까운 일이 아닐 수 없네.

그 영혼은 한숨을 한 번 크게 몰아쉬고 나서 말을 이었다.

"성 베드로께서는 성전 앞에서 구걸하고 있는 앉은뱅이를 보고 '내게 금과 은은 없지만 내가 줄 수 있는 것은 이것뿐이니, 나사렛 예수 그리스도의 이름으로 걸으라.'고 하면서 기적을 행하셨고, 나는 기도와 단식으로, 그리고 성 프란체스코는 거지와 같은 청빈한 생활을 통해서 수도원을 만들어 놓았건만, 기도하는 하느님의 집 수도원은 지금 도둑의 소굴로 변해 버리지 않았는가."

이야기를 마친 성 베네딕투스가 불빛 무리 속으로 돌아가자, 그들은 다시 회오리바람처럼 휘감기며 위로 솟구쳐 올랐다.

그때 베아트리체가 단테에게 눈짓하며 그를 사다리 위로 밀어 올리자, 인간의 본성을 초월하는 그녀의 힘으로 단테는 순식간에 사다리

야곱의 꿈_ 꿈속에서 천국으로 올라가는 사다리를 보는 야곱을 묘사한 그림이다.

위로 빨려 올라갔다.

그녀는 단테에게 주의를 환기하며 당부하였다.

"당신은 지금 마지막 구원의 길에 들어서 있으니 맑고 예리한 눈을 갖지 않으면 안 됩니다. 그곳에 이르기 전에 아래쪽을 내려다보세요. 그러면 당신의 발밑 세계가 어떠한지를 알 수 있을 것입니다. 그리고 환희의 빛을 나타내 보이면 승리의 영혼들이 기꺼이 저 둥근 대지를 지나 당신을 맞으러 올 겁니다."

단테는 날개 돋친 천사와도 같은 빠른 속도로 사다리를 오르면서 아래를 내려다보았다. 그런데 일곱 천국 저 멀리에 있는 지구가 어찌나 작고 하찮아 보이던지 웃음이 절로 나왔다.

구원의 열매

베아트리체의 요청을 받아들여 성 베드로가 단테에게 시문한다. 신앙이란 대체 무엇인가, 단테 자신은 신앙이 있는가. 신앙의 본질과 신앙의 유래는 무엇인가. 이런 여러 점에 대하여 갖가지 질의응답이 성 베드로와 단테 사이에 오고 간다. 그리고 사도 요한과도 사랑에 대한 질의응답을 계속한다. 단테는 지상선을 사랑해야 할 이유를 철학적 추리와 계시의 두 가지 면에서 설명한다. 구술 시문이 완전히 끝났을 때 '거룩하시도다'라는 외침 소리가 들려 온다.

여덟 번째 하늘인 항성천에 도착한 베아트리체는 열렬한 사랑으로 태양을 기다리며 새벽이 오기를 기다렸다. 그녀는 마치 새끼들과 함께 둥지 속에서 밤을 새운 어미 새가 새끼들에게 먹이를 구해다 주기에 앞서 아침을 기다리듯이 하늘을 올려다보며 우아하게 서 있었다. 단테가 그녀의 아름다운 모습에 도취해 눈동자의 초점이 흐려질 때 하늘이 훤히 밝아왔다.

그때 베아트리체가 그 순간을 기다리기라도 했다는 듯이 말문을 열었다.

"자, 보세요! 승리의 그리스도를 맞는 무리를. 마치 로마의 병사들이 승리의 전리품들을 수레에 가득 싣고 위용을 과시하는 것 같지 않나요? 하느님의 은총에 힘입어 자신의 영혼을 잘 가꾸고 얻은 영원한 구원의 열매를 가지고 오는 저 모습을 보세요."

단테가 하늘을 올려다보니 성스러운 수천의 영혼 가운데 예수 그리스도의 빛이 한층 더 밝게 빛나고 있었다. 그 모습은 하늘의 수많은 별에게 불을 밝혀 주는 태양과도 같았다. 그 강렬한 빛이 얼굴에 비추자, 단테는 그 힘을 감당할 수 없어 눈을 감았다.

단테가 그렇게 예수님의 영광의 빛을 똑바로 바라보지 못하고 두 눈을 감고 있을 때, 베아트리체가 말했다.

"자, 눈을 떠서 저를 바라보세요. 이제 제 미소의 빛에도 이미 익숙해졌을 것입니다."

단테는 사라져버린 환상의 그림자를 다시 떠올려 보려는 듯 그녀의 모습을 다시 뚫어지게 바라보았다.

"당신은 어째서 제 얼굴에 마음을 빼앗긴 나머지 그리스도의 광채 아래 꽃을 피우는 사랑스러운 정원으로 시선을 돌리지 않나요? 왜 성모 마리아의 빛이신 장미와 하느님의 말씀을 전하는 백합을 보려고 하지 않으시나요?"

베아트리체의 말대로 꽃이 만발한 초원이 하늘 아래 태양 빛을 받으며 순수하게 빛나고 있었다. 사도들의 빛 역시 그 옆에서 찬연히 빛나고 있었다. 바로 그때, 그리스도께서 단테의 시력을 회복시켜 주기 위해 정화천으로 오르셨다.

단테는 초원을 거닐다가 동정녀이신 성모 마리아의 빛을 보았다.

그분은 사도들의 영혼보다 유난히 찬란한 빛을 발하고 있었다.

잠시 후, 가브리엘 대천사가 내려와 성모 마리아를 찬미하는 노래를 부르며 그분의 둘레를 돌기 시작했다.

"나는 천사의 사랑과 드높은 즐거움으로 어머님의 주위를 돕니다. 하늘의 여왕이시여, 당신이 자식을 따라 가장 높은 하늘로 드시어 하늘을 더욱 신성하게 만드시는 동안 저는 당신 주위를 계속해서 돌고 또 돌립니다."

성모 마리아님에 대한 가브리엘 대천사의 찬양이 끝나자, 모든 축복받은 영혼들이 마리아의 이름을 드높이며 합창으로 응답했다.

이어 성모 마리아님은 가브리엘 대천사와 함께 아드님이신 예수 그리스도를 따라 정화천에 올랐지만, 단테는 아득히 멀리 떨어져 있었기에 그분들의 승천을 끝까지 바라볼 수가 없었다.

베아트리체는 승리한 영혼을 위한 영원한 축복의 잔칫상에 둘러앉은 지복자(至福者)들에게 단테를 소개하면서, 그들이 하느님의 지혜 샘에서 마시는 생명수를 몇 방울만이라도 맛보게 해달라고 청하였다. 그러자 이 거룩한 영혼들은 베아트리체와 단테의 주위를 맴돌면서 혜성과 같은 모양을 나타냈다. 그들은 각각 다른 속도를 내어 움직이고 있었는데, 그 가운데서 가장 찬란하게 빛나는 영혼이 나와 베아트리체의 주위를 세 바퀴 돌며 노래를 부르기 시작했다.

그 노랫소리는 어느 영혼의 소리보다 더 성스럽고 고귀했다.

베아트리체는 그에게 공손히 머리 숙여 예를 표하고 나서 말하였다.

"위대한 인간의 영원한 빛이시여. 주님께서 천국의 열쇠를 맡기셨던 분이시여. 당신으로 하여금 바다 위를 걸을 수 있게 하셨던 그 신앙에 대해 단테를 시험하시고 또 도우소서. 단테가 옳게 사랑하고, 옳

성 베드로를 만나는 단테와 베아트리체_ 단테는 예수 그리스도의 제자인 성 베드로와 사도 요한을 만나 가르침을 받는다.

게 바라며, 옳게 믿고 있는 것인지 당신은 잘 알고 계십니다. 부디 하느님의 왕국에서 하느님께 진정한 영광을 돌릴 수 있도록 도와주소서.”

그러자 그 빛이 단테에게 말했다.

“말해 보라, 훌륭한 그리스도인이여! 신앙이란 무엇인가?”

단테는 빛을 향해 이마를 높이 쳐들며 말했다.

“당신의 사랑하는 형제 사도 바울께서 말씀하셨듯이, 믿음은 바라는 것들의 실상이요 보이지 않는 것들의 증거니, 이것이 그 본질인 것으로 생각합니다.”

“그렇다면 사도 바울은 이것을 왜 ‘실상’과 ‘증거’로 풀이했는지 그 이유를 아는가?”

“이 천국의 심오한 진리가 지금 제 눈에는 있는 그대로 보이지만, 지상의 사람들에게는 숨겨져 있어 믿음을 통해서만 받아들일 수 있는 것입니다. 그러기에 믿음은 곧 바라는 것들의 실상이라고 하는 것입니다. 볼 수 없는 것에 대한 논리적 증거는 이런 믿음 위에서 세워야 합니다. 그럴 때 믿음은 논증으로 이해될 수 있지요.”

“그렇다면 그대는 그대의 신앙을 잘 간직하고 있는가? 화폐에도 진짜와 가짜가 있듯이 신앙에도 자칫 거짓 믿음이 있을 수 있는데, 그대가 지니고 있는 화폐는 어떤 것인지 한번 말해 보게나.”

“네, 제 믿음은 불순물이 전혀 섞이지 않은 둥근 순금에 새겨진 그대로입니다. 누구나 탐낼 만큼 빛나고 있다고 자부합니다.”

"그러면 모든 덕이 세워지는 그대의 그 값진 보석은 어디서 왔다고 생각하는가?"

"그것은 구약과 신약성서를 흠뻑 적시는 성령의 흡족한 비가 제 마음에 믿음의 순전한 확실성을 내려 주어 어떠한 다른 증거도 이보다 더 큰 확신을 주지 않았습니다."

성 베드로는 이와 같은 신앙의 문답을 통하여 단테의 대답에 수긍하며 말했다.

"그대의 정신과 함께 사랑스럽게 말씀하시는 은총이 지금까지 그대의 입술을 움직여 올바른 길을 말하게 해주셨도다. 지금까지 그대의 입술을 통해 들은 것을 받아들인다. 그러나 이제 그대의 교의를 밝혀야 한다. 그대의 신앙의 원천을 말해 보게나."

"저는 오직 한 분을 믿습니다. 영원하신 유일자 하느님은 당신의 사랑과 소망 안에서 돌고 있는 모든 하늘을 당신 스스로는 움직이지 않으시면서 움직이십니다. 저는 그러한 믿음에 대한 물리적이고 형이상학적인 증거를 갖고 있습니다. 또한, 모세와 예언자들, 성가와 복음을 통해, 또 성령의 혀로 타올라 복음을 쓰신 당신과 같은 여러 성인을 통하여 이 왕국에서 비처럼 내리는 진실을 증거로 갖고 있습니다. 저는 영원한 존재들을 믿습니다. 이들은 하나와 여럿으로 동등하게 묘사되는 하나이자 셋이신 본체임을 믿습니다. 제가 말하는 이러한 심오하고 성스러운 상태에 관해서는 복음의 여러 곳에서 가르침을 주었습니다. 이것이 제 신앙의 원천이며 곧이어 살아 있는 불로 퍼지고 하늘의 별처럼 내 전신에 빛을 비추는 바로 그 불꽃입니다. 하느님은 결코 변하심이 없이 온 하늘을 사랑으로써 움직이십니다. 그리고 신앙의 물리적 혹은 형이상학적인 증명만을 믿는 것이 아니고 신약과 구약의 심오한 진리를 믿습니다."

단테가 자신의 참 신앙을 서슴없이 고백하자, 사도 베드로의 불빛은 단테의 주위를 세 차례나 감싸고 돌며 노래 부르고 축복해 주었다.

'이곳 천국에서 사도 베드로의 거룩한 영혼이 이처럼 나를 감싸고 세 번이나 돌아 주시는 영광을 내가 받을 수 있다니, 이는 하느님의 배려에 의한 은총이 아니고서는 불가능한 일이야!'

단테가 잠시 명상에 잠겨 있는 동안 또 하나의 밝은 빛이 나타났다. 그는 아까 베드로가 나왔던 바로 그 빛의 고리에서 나와 그들에게로 다가오고 있었다. 그 빛을 본 베아트리체가 기쁨에 찬 목소리로 크게 소리쳤다.

"저 빛을 좀 보세요! 지상에서 많은 사람이 스페인 갈라시아를 찾는 것은 저분의 무덤을 찾아가기 위함이지요."

비둘기가 자기 짝 옆에서 구구대고 서로 맴돌며 사랑을 표현하듯이, 그 빛 역시 사도 베드로가 그러했듯이 단테와 베아트리체의 주위를 몇 바퀴 돌았다. 그 빛은 베드로의 영접을 받으며 하느님을 찬양했다. 그들은 서로 즐거운 인사를 나눈 뒤 단테 앞에 말없이 멈춰 섰다. 그러나 두 영혼의 빛은 어찌나 강렬한지, 단테는 눈이 부셔서 그들을 똑바로 바라볼 수가 없었다. 베아트리체가 성서의 말씀을 인용해 가면서 방금 나타난 그 빛을 찬양했다.

"고매한 생명이여! 하느님 아버지의 은총에 대해 기록하도록 선택된 분이시여! 당신은 예수 그리스도의 첫 번째 제자요, 헤롯 아그리파 1세에 의해 열두 사도 중 맨 처음 순교한 분이십니다."

단테는 그녀의 말을 듣고 나서야 비로소 그 빛의 주인공이 예수님의 제자인 야고보의 영혼이란 걸 알게 되었다. 베아트리체는 계속해서 야고보의 영혼을 찬양하며 말했다.

"많은 사람이 예수님의 수제자이신 베드로를 믿음의 표상으로, 야고보를 소망의 표상으로, 그리고 요한을 사랑의 표상으로 삼고 있습니다. 하오니 소망의 표상이신 당신께서 살아 있는 육신을 이끌고 이곳까지 온 이분이 소망을 외칠 수 있도록 도와주십시오."

희망의 빛 베아트리체에게 부탁을 받은 야고보가 찬란한 빛을 발하며 말했다.

"두려워하지 말고 머리를 들어라. 지상에서 육체의 옷을 벗고 이곳에 오르는 복된 이들은 누구나 다 우리의 빛을 받아야만 눈이 맑아진다."

그러면서 야고보의 영혼은 단테에게 물었다.

"단테여, 소망이란 무엇인지 말해 보라. 또 소망이 그대의 정신에서 얼마나 잘 자라고 있는지, 그대의 소망은 어디에서 오는지 말해 보라."

그러자 베아트리체가 단테에게 몸을 돌려 나지막이 말하며 용기를 북돋아 주었다.

"당신에게 무언가를 알아내시기 위함이 아닙니다. 당신 마음속에 덕이 얼마나 깃들어 있는지를 확인하기 위하심이니 부담 갖지 말고 성심성의껏 대답해 드리세요."

베아트리체의 말을 듣고 난 단테는 우선 하느님께 기도를 드렸다.

"오, 하느님! 감사와 찬미와 영광을 받으시기에 합당하신 하느님 아버지여! 당신의 거룩한 은총이 제게 임하여 축복이 되었나이다. 우리를 죄악에서 구원해 주신 예수 그리스도의 이름으로 기도드립니다. 아멘!"

단테는 마치 너무도 잘 알고 있는 스승의 질문에 대해 자기 실력을 뽐내려는 학생과도 같이 거침없이 입을 열었다.

"소망이란 앞으로 축복을 받으리라는 것을 확고하게 기대하는 것입니다. 때론 보지 못한 것을 바라고 믿고 인내하며 기다려야 할 때도 있지만, 소망은 사랑보다는 앞서지 못하는 것이기에 반드시 소망과 함께 하느님을 사랑하고 영광을 얻으려는 노력이 중요합니다. 그렇듯 믿음, 소망, 사랑의 심덕을 쌓아야만 하는 것이지요. 그것은 하느님의 은총과 인간이 미리 쌓는 가치에서 나옵니다."

"그렇다면 하느님의 은총에 대해서는 어떤 생각을 가졌는지 말해보라."

"저는 그 누구보다도 하느님의 은총을 많이 받았다고 생각합니다. 제가 마음속에 소망을 간직할 수 있었던 것은 모두 성서의 가르침 때문이었습니다. 저의 마음속에 처음으로 소망의 빛을 심어주신 분은 하느님께 수많은 찬미의 노래를 바쳤던 시편의 주인공 다윗 왕이었습니다. 그분이야말로 진정 하느님의 사랑을 받을 만한 분이셨지요."

그때 베드로와 야고보의 빛이 섬광처럼 번쩍였다. 그러자 베아트리체가 단테에게 작은 목소리로 속삭이듯이 말했다.

"저 빛은 죽을 때까지 예수님을 위해 따르던 믿음과 소망을 상징하는 것입니다. 그 믿음과 소망은 세상을 떠난 후에도 저렇게 영원히 남아 빛으로 타오르고 있지요."

야고보와의 대화가 끝나갈 무렵, 머리 위에서 합창소리가 들려왔다.

"당신께 바라나이다!"

합창소리에 이어서 둥근 원을 그리며 춤을 추던 영혼들도 화답의 합창을 했다. 노래가 끝나자 마치 한여름에 내리쬐는 태양과도 같이 강렬한 빛이 공중에 나타났다. 그 빛이 수줍은 처녀처럼 살며시 베드로와 야고보가 있는 곳으로 다가왔다.

그 세 빛은 서로 어울려 춤을 추었다. 새색시처럼 곱고 다소곳한 시선으로 그 모습을 바라보고 있던 베아트리체가 얼굴 가득 미소를 지으며 단테에게 말했다.

"이분은 우리의 펠리컨의 가슴 위에 누우신 분이세요. 그분은 큰 소임(성모 마리아를 돌보는 일)을 예수님에게 받으셨지요."

그 빛의 주인공은 바로 예수님이 사랑하시던 제자 중의 하나인 요한이었다. 그는 예수님의 신임을 두텁게 받았으며 베드로와 마찬가지로 예수님의 말씀을 기록하여 후세에 전한 사람이었다. 그 빛이 요한인 걸 알게 된 단테는 세상 사람들과 마찬가지로 그의 승천설이 과연 사실인지 아닌지가 무척이나 궁금했다.

베아트리체는 눈 한번 깜박이지 않고 시선을 세 영혼에서 떼지 않았다. 그때 그 큰 빛 안에서 말소리가 들려 왔다.

"육체가 어찌 됐든 그게 무슨 문제란 말인가. 내 육체는 땅속에서 이미 흙이 되었노라. 지상의 육체를 입은 채 승천하신 분은 오직 두 분뿐이다. 한 분은 바로 하느님의 독생자시오, 우리의 스승님이신 예수 그리스도시며, 또 한 분은 예수님의 어머니시오, 모든 인류의 어머니이신 성모 마리아님이시다. 지상에는 나의 승천 여부에 대해 무척이나 궁금해하는 자들이 많은데, 세상에 돌아가면 이 사실을 꼭 그들에게 전해 주기 바란다."

그 소리와 함께 둥글게 원을 그리던 불꽃들이 일제히 춤을 멈추었다. 그리고 베드로와 야고보, 요한의 세 숨결이 조화를 이루어 내는 달콤한 소리의 어우러짐도 멈추었다. 지금의 상황은 마치 뱃사공이 바다에서 노를 저으며 파도를 헤쳐 나아가다가 위험을 알리거나 난관을 막기 위한 휘파람 소리에 갑자기 노 젓는 일을 멈추는 것과도 같았다. 불안을 느낀 단테가 베아트리체를 보기 위해 몸을 돌렸을 때, 그의 눈엔 아무것도 보이지 않았다. 그녀의 온기가 느껴지는 걸로 볼 때 그녀는 분명히 자기 옆에 있었는데, 어찌 된 일인지 그의 눈엔 아무것도 보이지 않았다.

갑자기 아무것도 보이지 않아 단테가 손을 내저으며 허둥대고 있을 때, 그의 시각을 빼앗아 가버린 눈부신 불꽃에서 목소리가 들려왔

항성천의 광채_ 단테가 베아트리체의 안내로 여덟 번째 하늘인 항성천에 올라 천사들의 광채로 황홀경에 빠져 있는 장면이다.

다. 사도 요한이었다.

"단테여, 걱정하지 마라. 나의 강렬한 빛으로 한때 그리된 것이니 잠시만 기다리면 곧 회복될 것이다."

단테는 안도의 한숨을 내쉬었다. 이윽고 요한의 첫 질문이 시작되었다.

"하느님의 크신 은총으로 이곳까지 올 수 있었던 자여, 그대의 영혼이 지금 어디를 향하고 있는지 말해 보라."

단테는 요한의 질문에 기뻐하며 얼른 대답했다.

"저의 영혼은 오직 하느님 한 분만을 향하고 있습니다. 저는 이미 연옥과 레테 강물로 죄의 기억을 지웠고, 에우노에 강에서 선행의 기억을 되살렸습니다. 저의 모든 사랑은 하느님의 사랑과 하나가 된 것입니다. 사도 요한님께서 성경에서 말씀하셨듯이 하느님은 처음이요 끝이십니다. 하느님의 사랑이 제 마음속에 자리 잡게 된 것은 바로 하느님의 말씀이 기록된 성서와 교회의 가르침이었습니다. 저는 사랑의 대상을 선(善)으로 생각했습니다. 선은 마음속에 간직하면 할수록 더욱더 커졌으며 하느님에 대한 사랑 또한 이와 같았습니다. 하느님을 알면 알수록 저의 사랑이 더욱 뜨겁게 불타올랐습니다."

단테는 계속해서 말을 이어 나갔다.

"제가 경험한 바로는 하느님의 사랑 안에서가 아닌 선은 모두가 거짓이었습니다. 그런 선행은 모두 자기만족에 지나지 않았습니다. 하느님을 믿고 따르는 사람이라면 당연히 그분께 최상의 사랑을 드려야

마땅하다고 생각합니다."

그러면서 단테는 사도 요한에 대한 존경심을 표하는 것도 잊지 않았다.

"하느님의 진리에 대한 기록을 많이 남겨 제게 깨우침을 주신데 대해 깊은 감사를 드립니다."

사도 요한이 얼굴 가득 흐뭇한 표정을 지으며 고개를 끄덕였다.

단테는 더욱 자신감을 느끼고 막힘없이 계속해서 말을 이어 나갔다.

"그리고 또 한 가지, 인류 구원을 위해 독생자 예수 그리스도를 희생양으로 삼으신 하느님의 크신 사랑은 저의 마음속에 너무 감동적으로 다가왔습니다. 예수 그리스도의 돌아가심과 부활을 통해 영생의 소망을 간직하게 되었고, 또 하느님의 완전한 사랑을 깨닫게 되었습니다."

단테가 말을 마치자 하늘 전체는 감미로운 노랫소리로 가득 찼고 그와 함께 단테의 시력이 회복되었는데, 단테가 보니 베아트리체는 그들과 함께 찬미의 노래를 부르고 있었다.

"거룩하다, 거룩하다, 거룩하도다!"

베아트리체는 1천 킬로미터 이상을 더 환히 비추는 찬연한 눈으로 단테의 시각을 덮고 있던 티끌들을 모두 다 걷어내 주었다. 단테는 이전보다 훨씬 더 시력이 좋아졌다. 시력을 회복하고 나서 단테가 처음으로 본 것은 어느새 자기들 곁으로 다가와 있는 네 번째 불빛이었다. 깜짝 놀란 단테가 누구인지 베아트리체에게 묻자 그녀는 얼굴 가득 사랑을 담은 채 대답했다.

"저 빛 속에 계신 분은 인류의 첫 번째 사람인 아담이십니다. 저분께서는 자신을 창조하신 하느님을 항상 저렇게 환희에 찬 눈빛으로 우러러보고 계십니다."

베아트리체의 말을 듣고 난 단테는 마치 바람맞은 나뭇가지와도 같은 자세로 머리를 깊이 숙이며 아담에게 경의를 표했다. 그리고 나서 인류의 원조인 그와 함께 이야기를 나누고 싶은 마음에서 얼른 굽혔던 상체를 바로 세우고 입을 떼려고 하자, 이미 단테의 마음속을 헤아리고 있던 아담이 먼저 말문을 열었다.

"오, 아들아! 내가 낙원에서 추방된 이유는 선악과를 맛본 것 자체가 아니라 내게 주어진 하느님의 경계를 넘어선 죄, 즉 하느님과 동등하고자 했던 교만 때문이었느니라. 그런 크나큰 죄를 지었기에 이곳 천국에 오르기까지 참으로 오랜 세월이 필요했다."

아담은 지난 과거를 떠올려 보려는 듯이 허공을 올려다보며 말을 이었다.

"나는 너의 여인 베아트리체가 베르길리우스를 움직여 주었던 림보에서 태양이 사천삼백두 번 회전하는 동안 천국 입성의 날을 갈망하고 있었다. 그리고 또 나는 지상에 있던 동안 태양이 구백삼십 번 제 길로 돌아오기까지 살았다."

아담의 말대로라면, 예수님의 돌아가심은 천지창조에서부터 5,232년 후가 된다. 그리고 베아트리체가 림보에 있는 단테를 구하기 위해 베르길리우스를 만났을 때는 이미 아담이 천국에 오른 지 1,267년이 흘렀고, 따라서 천지창조에서부터 지금까지는 무려 6,499년이 지나 있었다.

"그렇게 오랜 세월을 두고 나는 죄를 참회했다. 내가 바다 위로 높이 치솟은 산에서 나의 순수가 치욕으로 변하기까지는 하루의 첫 번째 시간에서 여섯 번째에 앞선 시간이니, 그 사이에 태양은 약 90도로 바뀔 동안이었다."

대영광, 창조의 신비

베아트리체의 눈에 빛이 비쳤으므로 단테는 얼른 알아차리고 그 빛의 본체를 바라본다. 그것은 하느님의 빛이다. 그 원점 둘레를 햇무리처럼 에워싸면서 아홉 개의 불 바퀴가 돌고 있다. 원점에 가까울수록 회전 속도도 빨라지는데, 그 첫째 자리에는 세라핌(치천사) · 케루빔(지천사) · 트로니(옥좌천사)가 있고, 둘째 자리에 통치 · 권위 · 권력의 천사가, 셋째 자리에는 주권의 천사 · 대천사 등이 있다. 아홉 계급으로 나누어진 이 천사의 무리가 아홉 개의 천구에 대응하고 있음을 베아트리체는 단테에게 자세히 설명해 준다.

"성부와 성자와 성령께 영광을!"

'대영광'의 찬미소리가 온 천국의 곳곳에서 울려 퍼지자 단테는 그만 황홀경에 빠졌다.

이때, 베아트리체가 단테를 바라보면서 그를 천상에서 가장 빠르게 회전하는 아홉 번째 하늘인 원동천으로 끌어 올렸다.

단테는 베아트리체와 함께 하늘로 올라가다가 그녀의 시선을 좇아 아주 예리한 빛을 뿜어내는 한 개의 점을 발견했는데, 그 불붙듯이 강렬한 빛 때문에 애써 눈을 감아야만 했다. 그것은 바로 하느님의 빛이었다.

이 눈 부신 빛을 가운데 두고 빙 둘러싼 한 개의 불 테두리가 원동천보다 더 빠른 속도로 돌았다. 테두리는 또 점점 커지는 여덟 개의 다른 테두리로 둘러싸여 있었다. 그러나 밖으로 향하는 테두리일수록 점점 더 느린 속도로 밝아지는 형국이었다.

베아트리체는 단테가 찬란하게 빛나는 빛과 그것을 둘러싸고 있는 테두리들이 무엇인지 궁금해하고 있음을 깨닫고는, 빛은 하느님이시고 그 빛에 의해 천제세계와 자연세계가 다스려지는 것이며, 그 빛에 가까이 있는 세계일수록 더욱더 열렬한 사랑의 충동을 받기에 빠르게 회전하는 것이라고 설명했다.

단테는 그녀의 설명을 듣고는 천체세계와 자연세계, 즉 초감각적인 세계와 감각세계가 왜 어긋난 방향으로 도는지 모르겠다고 고백했다. 베아트리체는 단테에게 특별히 이상하게 생각할 문제는 아니라고 대답했다. 지금까지 누구도 그 문제에 대한 의혹을 제기한 사람이 없었다는 설명과 함께.

베아트리체가 말을 마치기가 무섭게 아홉 개의 테두리들은 작열하는 쇳덩이처럼 빛을 뿜어내면서 수없이 많은 반짝임을 보여 주었다.

이때, '호산나' 찬가가 한 테두리에서 다른 테두리로 이동하면서 모든 합창대들의 노랫소리가 울려 퍼졌다. 베아트리체의 설명에 따르면, 세 개의 그룹으로 구분할 수 있는 이 천사들의 합창대는 첫 번째가 하느님의 면전에서 축복을 누리고 있는 게루빔과 세라핌, 그리고 트로니 천사들로 이루어져 있고, 두 번째 합창대는 주품천사와 능품천사, 그리고 힘의 천사로 구성되어 있으며, 마지막 합창대는 권품천사와 대천사, 그리고 안젤리 천사들로 이루어졌는데, 이 천사들의 합창이 모두 고정된 빛이신 하느님에게로 향하고 있다는 것이었다. 베아트리체가 찬란히 빛나는 하느님의 빛을 응시하더니 곧 천사들의 창조

호산나 찬가를 부르는 천사들_ 단테와 베아트리체가 천사들의 합창대 찬송을 듣고 황홀경에 빠지는 장면이다.

에 대해 설명하기 시작했다.

"하느님은 축복을 더 하시기보다 당신이 지니신 선을 드러내기 위해 이곳에 천사들을 창조하셨습니다. 또, 당신을 닮은 순수한 형상인 인간과 순수한 물체인 우주를 창조하셨으며 동시에 그들의 질서를 설정해 놓으셨습니다. 그분께서는 천사들이 엠피레오에, 인간들은 지상에 두시고 형상과 물체의 본체인 천사들이 엠피레오와 지구 사이를 자유롭게 왕래하며 인간들을 도울 수 있도록 계획하신 것입니다. 단테여, 이제 영원하신 하느님의 뛰어나심과 자비로우심을 아시겠나요? 자, 보세요. 저 빛 안에 부서져서 수많은 영혼을 만드시고도 전과 다름없이 스스로 하나이시며 완전하신 분을 말입니다."

천상의 모후이신 성모 마리아

축복받은 사람들이 백장미들의 행렬처럼 나타난다. 그 장미와 하느님 사이를, 꿀벌이 꽃과 벌집 사이를 왕래하듯 천사들이 날고 있다. 이 하느님의 세계로 들어선 단테는 넋을 잃고 주위를 둘러본다. 깨닫고 보니 베아트리체의 모습이 옆에서 사라지고 없다. 저 위쪽 영광의 자리로 돌아간 길잡이에게 단테가 감사의 뜻을 표하자, 베아트리체는 미소지으며 고개를 끄덕인다. 새로운 안내자로 나타난 노인은 성 베르나르도로서, 그는 관상과 마리아 숭배를 상징한다.

새벽의 여명이 조금씩 밝아오자, 모든 별이 하나씩 사라져가고 천사들의 합창대도 찬란한 하느님의 점에서 벗어나 단테의 시야에서 조금씩 멀어져 갔다. 그는 이제 아무것도 볼 수 없을 뿐만 아니라, 행동마저 제약을 받는 몸이 되어 서둘러 베아트리체를 찾았다.

베아트리체가 그런 단테를 물끄러미 바라보며 입을 열었다.

"이제 우리는 원동천을 벗어나서 가장 순수한 빛이 차고 넘치는 정화천에 올라와 있습니다. 정화천은 빛과 사랑을 의미하지요. 다시 말하면 사랑을 불태우시는 하느님 마음의 빛입니다. 그리고 지복에는 세 단계가 있습니다. 그것은 사랑이 가득한 지성적인 빛이요, 기쁨이 가득한 진실하고 선한 사랑이며, 일체의 감미로움을 초월하는 기쁨입니다. 이제부터 당신은 천국 병사의 첫째와 둘째 군대를 보게 될 것입니다. 그 하나는 지옥의 대마왕 루시퍼와 싸운 의로운 천사들로, 그들은 오직 하느님을 바라봄만으로 행복을 느끼고 있습니다. 그리고 또 다른 하나는 지상에서 세속적인 악마와 싸운 복된 영혼들로, 그들은 최후의 심판 때 입을 그 육신의 옷을 입은 상태로 나타날 것입니다. 왜냐하면, 그들을 가려 주는 빛이 없기 때문이지요."

베아트리체의 말이 끝나기가 무섭게 단테는 느닷없는 섬광에 눈의 감각이 마비된 듯한 느낌을 받았다. 살아 움직이는 빛은 순식간에 그를 에워싼 후, 아무것도 느끼지 못할 빛의 너울로 그를 감싸버렸다.

"사랑의 하느님은 언제나 새로 하늘을 오르는 영혼이 이곳의 불빛에 어울릴 수 있도록 환영의 인사로 맞이하십니다."

베아트리체의 짤막한 이 한 마디 말이 가슴속으로 파고들자, 단테는 어떤 무한의 새로운 힘을 느끼며 그의 시력이 금세 초자연적인 힘을 얻어 그 어떠한 섬광이라도 극복할 수 있음을 깨달았다. 그리하여 단테는 찬란한 빛으로 출렁이는 강물을 보게 되었다.

영혼들의 불꽃이 하나둘 빛의 강물에서 나와 다시 심연으로 돌아가고 있었다. 불꽃들은 지복자의 영혼이 되었다가 또 안젤리 천사로 변모하기도 했다.

"오, 하느님의 빛이시여! 제가 당신의 빛을 받고 당신의 왕국에서 승리의 천사를 보았나니 저에게 힘을 주셔서 본 대로 말할 수 있게 하소서."

인간이 하느님의 모습을 보게 되면 마음의 평화를 얻게 마련이다. 인간에게 하느님의 모습을 비춰 주는 빛이 저 위에 있었다. 그 빛은 둥근 모양이었는데, 그 테두리는 태양의 둘레보다도 훨씬 더 넓었다. 맨

천상에서 내려오는 성녀와 천사들_ 하느님을 찬미하는 성녀와 천사들이 하강하는 장면이다.

아래층이 이처럼 엄청난 빛을 발산하고 있는데, 저 꼭대기에서는 과연 어떤 일이 일어나고 있을지 예측하기조차 힘들었다.

단테의 시력은 이제 그 넓이와 높이에 상관없이 선명히 바라볼 수 있게 되었고, 그 기쁨의 질과 양까지 모두 취하고 있었다. 하느님께서 직접 다스리시는 곳은 자연의 법칙과는 달리 멀고 가까운 차이도, 크고 작음의 차이도 없었다.

그 빛 속에서 복된 영혼들은 장미꽃 형태를 이루었다.

베아트리체가 하느님의 영광이 차고 넘치는 황금빛의 장미꽃 속으로 단테를 데리고 들어가더니 말했다.

"보세요, 새하얀 옷을 입은 이들이 얼마나 많은가를! 복된 영혼들이 손에 종려 나뭇가지를 들고 드넓은 거리를 한가롭게 거닐고 있군요. 그런데 한번 잘 살펴보세요. 이곳의 자리는 거의 다 차서 빈자리가 많이 남아 있지 않습니다. 그러나 지상은 지금 온통 죄악으로 얼룩져 있어서 이곳에 올 자격이 있는 사람들은 거의 없습니다."

큰 장미꽃 속으로 들어간 천사들은 사랑이 충만한 하느님의 옥좌가 있는 곳으로 오르내리고 있었다. 그 모습은 마치 벌들이 꿀을 따기 위해 꽃과 벌집을 드나드는 것과도 같았다. 밝고 환하게 타오르는 천사들의 얼굴은 하느님을 향한 사랑의 표시였다. 그리고 황금빛 날개는 지혜를, 그 밖에 눈보다도 더 새하얀 부분들은 순결함을 나타내는 것이었다. 천사들은 장미꽃 속을 드나들며 끊임없이 날갯짓을 했다. 그 날갯짓을 통해 하느님에게 받은 평화와 사랑을 이곳저곳에 나눠주고 있었다. 하느님의 영광과 기쁨이 차고 넘치는 이 왕국에는 신구약 시대에 구원받은 영혼들이 살고 있었는데, 이들은 오직 하느님만을 사랑하고 바라볼 뿐이었다.

'이들에게 사랑의 빛을 비춰 주시는 하느님이시여! 삼위이신 성부와 성자와 성령의 빛이시여! 사랑의 본체시여! 지금 이 시간도 죄악의 늪에서 헤매는 지상의 인간들을 굽어살피소서!'

단테는 갑자기 머릿속을 스치는 의문에 대해 질문하고자 베아트리체 쪽을 돌아다보았다.

그런데 이게 어찌 된 일인가! 당연히 그 자리에 있어야 할 베아트리체의 모습이 보이지 않았다. 대신에 백발이 성성한 흰옷 입은 노인이 그 자리에 서서 단테를 바라보고 있었다.

단테가 다급한 목소리로 노인에게 물었다.

"베아트리체는 어디에 있습니까?"

그러자 노인이 손을 들어 위쪽을 가리키며 말했다.

"눈을 들어 저기 맨 위층에서부터 세 번째 원을 보아라. 그러면 자신의 공덕으로 마련된 옥좌에 앉아 있는 그녀가 보일 것이다."

단테는 노인의 말에 따라 위를 올려다보았다. 베아트리체는 그곳에서 하느님의 빛으로 둘러싸여 있었다. 단테와 베아트리체 사이의 거리는 너무도 아득하여 천둥 번개 치는 저 하늘에서부터 저 깊고 깊은 바닷속까지의 거리에 비할 바는 못되었지만, 지상에서와는 달리 거리를 느낄 수 없는 천상이었기에 바로 눈앞에서처럼 그녀의 모습을 또

렷이 볼 수 있었다.

"오, 고귀한 희망의 여인이여! 당신의 도움으로 내 소망은 이제 굳건하게 이루어졌소. 내가 지옥과 연옥을 거쳐 이곳 천국에 이르기까지 모든 것을 볼 수 있었던 것은 오직 나를 향한 당신의 사랑 때문이었소. 당신은 온 힘과 정성을 기울여 나를 속박에서 자유의 몸으로 이끌어 주었소."

단테는 베아트리체를 향해 목이 터져라 큰 소리로 외쳤다. 그는 그녀에게 마지막 염원을 보냈다.

"베아트리체, 당신의 큰 사랑을 내 안에 심어 당신이 치료해 준 내 영혼이 육체의 옷을 벗게 되는 날, 당신에게 기쁨이 되게 해 주시오."

단테의 말이 끝나자, 그녀는 저 멀리서 밝고 환한 사랑의 미소를 보내 왔다. 그리고 아무 말 없이 영원한 빛 속으로 다시 돌아갔다.

거룩한 노인은 순례를 잘 마칠 수 있도록 시선을 저 순백의 장미에게 향하라고 일렀다. 그래야만 하느님의 빛에 더욱더 가까이 갈 수 있다면서 그런 다음, 자기는 성모 마리아의 충실한 종 베르나르도라고 밝혔다.

그 순간 단테는 깜짝 놀라 온몸이 굳어 버리는 것만 같았다. 프랑스 다종의 귀족이었던 관상박사인 그를 만난 단테는 경애심과 경외감을 함께 느꼈다. 이윽고 베르나르도는 장미꽃 계단에 앉아있는 축복받은 영혼들에 대해서 설명하기 시작했다.

첨단에 앉아 계신 성모의 발치 아래에 원죄의 원인이었던 이브가 있

성모 마리아와 성인들_ 단테는 동정녀 성모 마리아와 그 아래 베아트리체가 앉아 있는 것을 목격하게 된다.

고, 그녀 밑으로 라헬과 베아트리체가 있으며, 그보다 좀 더 아래쪽에 사라와 리브가, 유딧, 그리고 다윗의 증조모인 룻, 일곱 번째 층계 아래에 히브리의 어린이들이 있다는 것이었다.

노인은 다시금 단테에게 성모 마리아의 얼굴을 바라보라고 권했다. 그때 단테는 동정녀 마리아의 머리 위로 크나큰 기쁨이 내려오는 모습을 보았다. 그 앞에는 날개를 활짝 펼친 채 "은총이 가득하신 마리아여, 기뻐하소서."라는 찬미의 노래를 부르는 가브리엘 대천사의 모습도 눈에 띄었다.

베르나르도는 또 천사들과 함께 장미꽃 속에 있는 지복자들에 대해서도 설명했다. 성모 마리아의 왼편에는 아담이, 오른편에는 성 베드로가, 그리고 성 베드로 곁으로 성 요한, 아담 곁에는 모세가 있다는 것이다.

노인은 단테에게, 이제 주어진 시간이 모두 끝나려 하니 지복자들에 대한 설명은 그만두고 하느님의 빛 안에 들어갈 수 있도록 두 눈을 들어 하느님의 빛을 바라보라고 일렀다.

"자, 이제 저 원초적인 사랑으로 눈을 곧바로 돌리라. 그리하여 그분을 바라보면서 그대가 가능한 한 그 빛을 꿰뚫을 수 있도록 노력하라. 날개를 퍼덕이며 앞으로 나아간다고 굳게 믿으라. 행여나 그대가 뒷걸음질칠까 염려하면서 기도하시는 성모 마리아께 은총을 간구하라. 또한, 나의 언어에서 그대의 마음이 떠나지 않도록 애정을 갖고서 나를 따르라."

그리고는 베르나르도 역시 무릎을 꿇고 천상의 모후 성모 마리아께 기도를 드렸다.

"마리아시여! 다른 피조물보다 겸허하시고 고귀하신 당신은 인류의 구원을 위해 예정된 분이셨습니다. 그리고 당신의 가슴 속엔 하느님과 인간들을 잇는 불같은 사랑이 있고, 그 사랑의 힘으로 신비로운 장미꽃들이 피어날 수 있었습니다. 당신은 이곳 천국에서는 찬란한 사랑의 빛이시며, 저기 지상에서는 마르지 않는 희망의 샘물이십니다. 오, 능하고 위대하신 동정녀시여!"

이렇게 계속되는 기도를 통해 베르나르도는 단테가 하느님을 완전히 깨닫도록 자신이 잘 이끌 수 있는 힘을 갖게 해 달라고 마리아께 간구했다.

마침내 그의 기도가 받아들여지면서, 단테는 하느님께로 향했다.

최상의 복이신 하느님을 완전하게 인식한다는 것, 그것이야말로 단테가 지니고 있던 소망 중의 소망이었는데, 그는 이제야 비로소 소망의 실현에 직면하게 된 것이다.

그때, 베르나르도가 미소 지으며 '눈을 높이 떠 천상을 바라 보라.'고 단테에게 말했다. 단테는 시선을 들어 하느님의 빛을 바라보았다. 바로 그 순간, 단테는 자신의 존재가 하느님의 빛 속에 들어와 있음을 깨달았다. 또 단테는 하느님을 바라보는 동안 명상의 열정이 저절로 넘쳐나는 것을 느꼈다. 왜냐하면, 의지의 목표인 모든 선이 하느님 빛 속에 모여 있었기 때문이었다.

"이제로부터 나의 말은 내 기억하는 것에 비유한다면, 어머니의 젖무덤에 아직도 제 혀를 적시는 어린애의 것보다 더 짧으리라. 그러기에 내가 바라보던 그 살아 있는 빛, 언제나 예전의 모습 그대로인 그 빛 속에, 지고하신 빛의 깊고 투명한 본체 속에 빛나시는 삼위일체의 신비를 말로 다 표현할 수 없도다. 지존하신 환상 앞에 나 여기 힘을 잃었으나 이미 나의 열망과 의지는 같은 방향으로 움직이는 수레바퀴와 같이 해와 별들이 움직이는 사랑에 의해 새롭게 움직이고 있노라."

단테는 자신의 말을 맺었다.

지옥, 연옥, 천국의 순례기

단테의 신곡

초판 1쇄 인쇄 2022년 02월 20일
초판 1쇄 발행 2022년 02월 25일

—

지은이 알리기에리 단테
편   역 진성
펴낸이 김호석
기획부 곽유찬
편집부 박선영
마케팅 오중환
경영관리 박미경
영업관리 김경혜

—

펴낸곳 도서출판 린
주소 경기도 고양시 일산동구 무궁화로 32-21, 로데오 메탈릭타워 405호
전화 (02) 305 - 0210 / 306 - 0210
팩스 (031) 905 - 0221
전자우편 dga1023@hanmail.net
홈페이지 www.bookdaega.com

—

ISBN 979-11-87265-89-4 (03880)